WARRIORS IV
ウォーリアーズ

夜のささやき

エリン・ハンター・作　高林由香子・訳
ERIN HUNTER

小峰書店

装画　小澤摩純
装幀　扇谷正郎

ケイト・ケアリーに心から感謝をささげます

WARRIORS 21: NIGHT WHISPERS
By Erin Hunter

Japanese translation published by arrangement with
Working Partners Limited through
The English Agency (Japan) Ltd.

もくじ

主な登場猫紹介

サンダー族

族長
ファイヤスター〔火の星〕――炎の色の毛をもつ雄猫。飼い猫から族長になった

副長
ブランブルクロー〔イバラのかぎ爪〕――琥珀色の目をもつ、こげ茶色のとら柄の雄猫

看護猫
ジェイフェザー〔カケスの羽根〕――青い目をもつ、灰色の縞柄の雄猫。目が見えない

戦士猫
ダストペルト〔土毛皮〕――こげ茶色の雄猫
サンドストーム〔砂嵐〕――淡いショウガ色の雌猫。ファイヤスターのつれあい
グレーストライプ〔灰色の縞〕――毛足の長い、灰色の雄猫
ミリー――灰色の縞柄の雌猫。もと飼い猫
ブラクンファー〔ワラビ毛〕――金茶色の雄猫
ソーレルテイル〔栗色のしっぽ〕――琥珀色の目をもつ、白地に三毛柄の雌猫
ソーンクロー〔とげ爪〕――金茶色のとら柄の雄猫
クラウドテイル〔雲しっぽ〕――青い目をもつ、毛足の長い、白い雄猫
ブライトハート〔明るい心〕――ショウガ色の斑点のある白い雌猫
リーフプール〔葉の池〕――琥珀色の目をもつ、薄茶色の雌猫。もと看護猫
スクワーレルフライト〔飛ぶリス〕――緑の目をもつ、濃いショウガ色の雌猫
スパイダーレッグ〔クモ脚〕――琥珀色の目をもつ、脚の長い、黒い雄猫
バーチフォール〔落ちたカバノキ〕――薄茶色のとら柄の雄猫
ホワイトウィング〔白い翼〕――緑の目をもつ、白い雌猫

ベリーノウズ［ベリー鼻］――クリーム色の雄猫

ヘーゼルテイル［ハシバミしっぽ］――灰色と白の小柄な雌猫

マウスウィスカー［ネズミひげ］――灰色と白の雄猫

シンダーハート［消し炭色の心］――灰色の雌猫
弟子は紺色の目をもつ、銀色と白の縞柄の雌猫のアイヴィーポー［ツタ足］

ライオンブレイズ［ライオンの炎］――琥珀色の目をもつ、黄金色のとら柄の雄猫
弟子は青い目をもつ、淡い灰色の雌猫のダヴポー［ハト足］

フォックスリープ［はねるキツネ］――赤とらの雄猫

アイスクラウド［氷の雲］――白い雌猫

トードステップ［ヒキガエルの歩み］――白黒の雄猫

ローズペタル［バラの花びら］――濃いクリーム色の雌猫

バンブルストライプ［マルハナバチの縞］――淡い灰色に黒い縞のある雄猫

ブラッサムフォール［散る花］――白地に三毛柄の雌猫

ブライアーライト［イバラの光］――こげ茶色の雌猫

母猫

ファーンクラウド［シダ雲］――緑の目をもつ、濃い斑点のある淡い灰色の雌猫

デイジー――毛足の長い、クリーム色の雌猫。牧場から来た

ポピーフロスト［霜におおわれたケシ］――三毛柄の雌猫
チェリーキットとモウルキットの母親

長老猫

マウスファー［ネズミ毛］――くすんだ茶色の小柄な雌猫

パーディー――白髪まじりの鼻づらをもつ、高齢の太った雄猫。もと野良猫

シャドウ族

族長　**ブラックスター**〔黒い星〕――真っ黒い足をもつ、大きな白い雄猫

副長　**ロウワンクロー**〔ナナカマド爪〕――ショウガ色の雄猫

看護猫　**リトルクラウド**〔小さい雲〕――とても小柄な雄猫
弟子はショウガ色の雄猫のフレームテイル〔炎のしっぽ〕

戦士猫　**オークファー**〔オーク毛〕――小柄な茶色の雄猫
弟子はクリーム色と灰色の雄猫のフェレットポー〔イタチ足〕

スモークフット〔煙足〕――黒い雄猫

トードフット〔ヒキガエル足〕――こげ茶色の雄猫

アップルファー〔リンゴの毛〕――茶色のぶちの雌猫

クロウフロスト〔カラス霜〕――白黒の雄猫

ラットスカー〔ネズミ傷跡〕――背中に長い傷跡のある、茶色の雄猫
弟子は黒い雌猫のパインポー〔マツ足〕

スノウバード〔雪鳥〕――真っ白の雌猫

トーニーペルト〔黄褐色の毛皮〕――緑の目をもつ、三毛の雌猫。ブランブルクローの姉
弟子はショウガ色の雄猫のスターリングポー〔ムクドリ足〕

オリーヴノウズ〔オリーヴ鼻〕――三毛の雌猫

アウルクロー〔フクロウのかぎ爪〕――薄茶色の雄猫

シュルーフット〔トガリネズミの足〕――黒い足をもつ灰色の雌猫

スコーチファー〔こげた毛〕――濃い灰色の雄猫

レッドウィロウ〔赤いヤナギ〕――茶色とショウガ色のぶちの雄猫
タイガーハート〔トラの心〕――こげ茶色のとら柄の雄猫
ドーンペルト〔夜明けの毛皮〕――クリーム色の雌猫

母猫　キンクファー〔もつれた毛〕――ぼさぼさの毛の雌猫
アイヴィーテイル〔ツタしっぽ〕――黒と白と三毛柄のまざった雌猫

ウィンド族

族長　ワンスター〔ひとつ星〕――茶色い雄猫

副長　アッシュフット〔灰色の足〕――灰色の雌猫

看護猫　ケストレルフライト〔飛ぶタカ〕――灰色のぶちの雄猫

戦士猫　クロウフェザー〔カラスの羽根〕――黒っぽい灰色の雄猫
ナイトクラウド〔夜の雲〕――黒い雌猫
アントペルト〔アリ毛皮〕――片耳が黒い、茶色の雄猫
ブリーズペルト〔石炭毛皮〕――琥珀色の目をもつ、黒い雄猫

リヴァー族

族長　ミスティフット〔かすみ足〕――青い目をもつ、灰色の雌猫

副長　リードウィスカー〔アシひげ〕――黒い雄猫
弟子はこげ茶色の雄猫のホローポー〔穴足〕

看護猫　モスウィング〔蛾の羽〕――黄金色のぶちの雌猫
弟子は灰色の雌猫のウィロウシャイン〔ヤナギの輝き〕

だれも住んでいない
〈二本足〉の家
〈月の池〉
古いサンダー道
サンダー族の
キャンプ
オークの
老木
湖
ウィンド族の
キャンプ
途切れた橋
（こわれている）
〈二本足〉の住みか
牧場
サンダー道
サンダー族
リヴァー族
シャドウ族
ウィンド族
スター族

青葉の季節の
〈二本足〉の住みか
〈二本足〉の
家
空き地
〈二本足〉の通る道
〈二本足〉の通る道
シャドウ族の
キャンプ
途切れた橋
小さいサンダー道
青葉の季節の
〈二本足〉の住みか
途切れた橋
島
小川
リヴァー族の
キャンプ

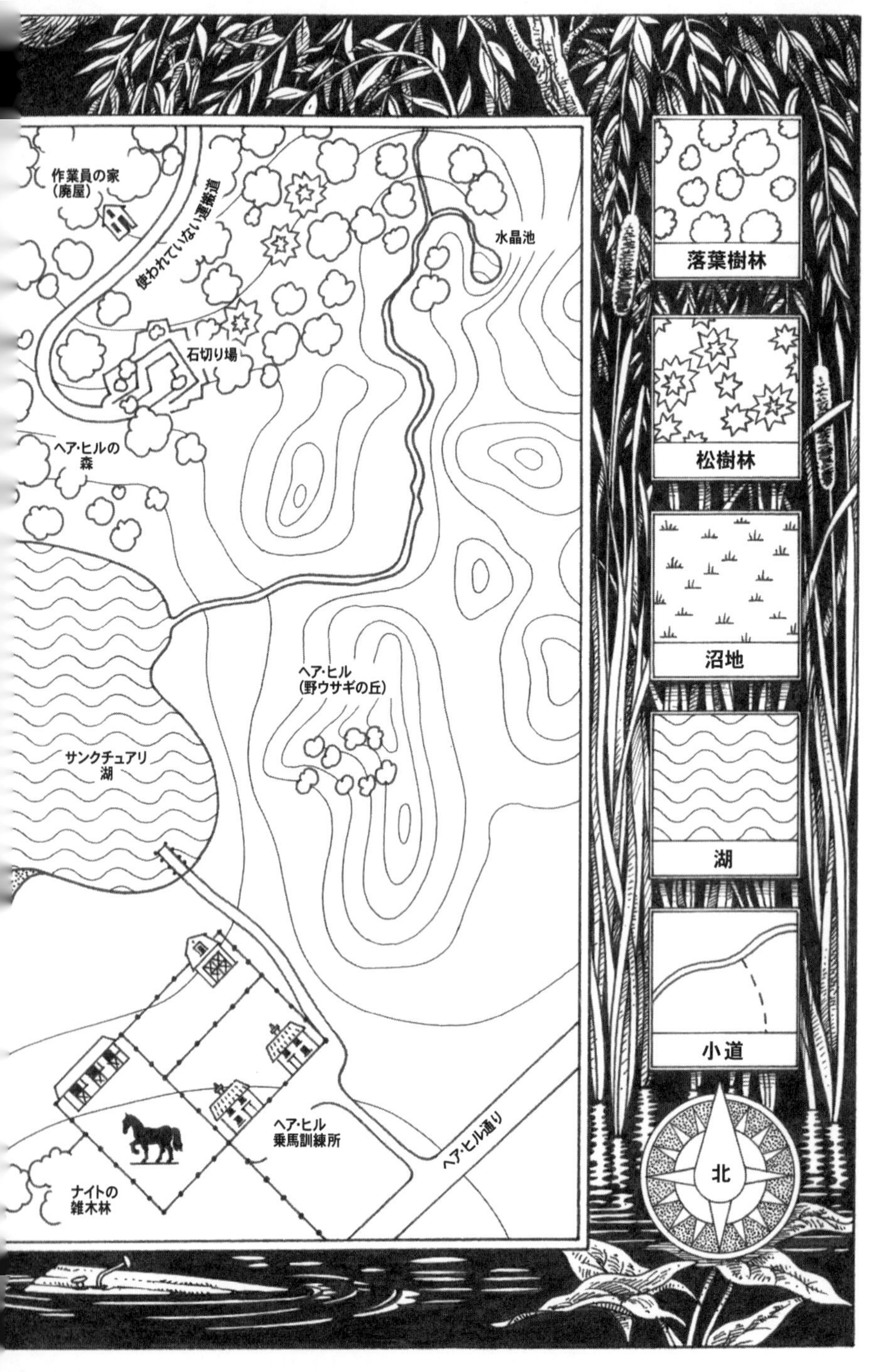
作業員の家
（廃屋）
使われていない運搬道
水晶池
石切り場
ヘア・ヒルの
森
ヘア・ヒル
（野ウサギの丘）
サンクチュアリ
湖
ヘア・ヒル
乗馬訓練所
ヘア・ヒル通り
ナイトの
雑木林
落葉樹林
松樹林
沼地
湖
小道
北

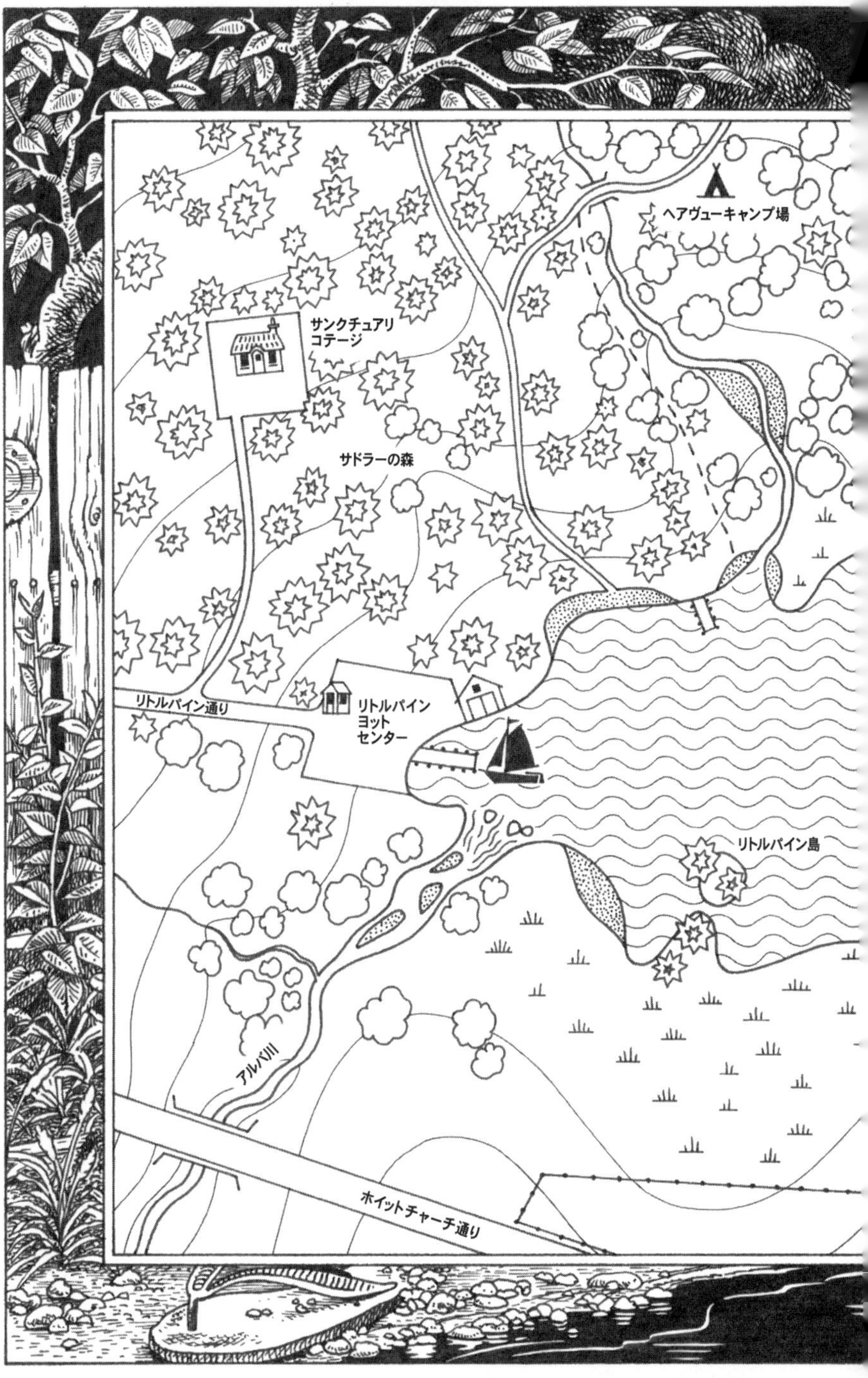
ヘアヴューキャンプ場
サンクチュアリ
コテージ
サドラーの森
リトルパイン通り
リトルパイン
ヨット
センター
リトルパイン島
アルパ川
ホイットチャーチ通り

プロローグ

　星空にちぎれ雲がかかっている。木の枝が真っ黒い空を払《はら》うようにゆれ、暗い空き地に葉を振《ふ》り落とす。浅いくぼ地の底には風が吹《ふ》きこみ、くぼ地をふち取る茂《しげ》みは、オオカミが歩きまわっているかのようにガサガサと音をたてる。

　空き地の中央に、年老いた雌猫《めすねこ》がうなる風に背を丸めてすわっている。もつれた灰色《はいいろ》の毛には星がきらめいている。雌猫は耳を寝《ね》かせた。くぼ地の斜面《しゃめん》をくだってくる二匹《ひき》の猫の姿が見えたのだ。

「イエローファング」白い雌猫が先に声をかけた。「あなたをさがしていたの」

「ライオンハートからききました」イエローファングはあごを上げ、もと指導者の白猫を見てまばたきした。鼻づらに雨が降りかかる。「なにごとですか？　セージウィスカー」

「みんなで話していたの」セージウィスカーは鋭《するど》く返した。

「スター族全員で話していたの」いっしょに来た三毛猫が横からいう。「あなたが止めるべきだった、とだれもが思っているわ」

「サンダー族とシャドウ族の戦いを？」イェローファングはしっぽをピシッと振った。「あたしにそこまでの力があると思いますか？　ファーンシェイド」

セージウィスカーが身をのり出した。「サンダー族にお告げをするくらいはできたはずよ」

「そうしていれば、ラシットファーは命を落とさずにすんだかもしれない」一歩近づいたファーンシェイドの言葉にはとげがある。「わたしの弟子だったのよ」

「ええ、よくおぼえています」イェローファングの声がかすれる。

ファーンシェイドはつらそうな表情になった。「わたしが迎《むか》えにいかなくてはならないんだわ」

イェローファングは肩《かた》を落とした。「だいぶ年を取っていたから」小声でいう。「スター族に仲間入りできるのを喜ぶかもしれませんよ」

セージウィスカーが白いしっぽを激しく振った。「死にたがる戦士などいないわ。起こるべきでなかった戦いでは、なおさらよ」

ファーンシェイドが口をゆがめた。「あなたは〈暗黒の森〉の猫たちのたくらみを知っていたんでしょう？　ファイヤスターはあんな無用の草地をめぐってブラックスターと戦う必要などなかった。あなたは、部族猫たちが命を落とすことを望んでいたの？」

くぼ地に風が渦巻《うずま》き、猫《ねこ》たちの耳やしっぽを引っぱった。そのとき、くぼ地のふちからブルースターの声が飛んできた。

「いいかげんにして！」

サンダー族のもと族長は不機嫌《ふきげん》な足取りで斜面《しゃめん》をくだってくると、セージウィスカーとファーンシェイドに順番に会釈《えしゃく》した。「あの戦いが起きてしまったのは残念なことだけれど、大事なことがわかってよかったわ」

セージウィスカーがブルースターと目をあわせた。「大事なことって？」

ブルースターは風になびく草地で足を踏《ふ》んばっている。「わたしたちが対決するべき相手が、これでわかったじゃない。〈暗黒の森〉の猫たちには、部族の運命を変えられる力がある。あの戦いが起きたのも、〈暗黒の森〉の猫たちのせいよ」

イエローファングは身震《みぶる》いした。「〈暗黒の森〉でブロークンスターと会った瞬間《しゅんかん》に、あたしは地上の部族に災いが降りかかることを察するべきだった」

セージウィスカーが、もと弟子にさっと向きなおった。「あの猫があそこにいるのはだれのせい？ そもそもあの猫が生まれたのは、だれのせいだったかしら？」目が鋭《するど》く光る。「あなたは戦士のおきてを破って、あの猫を産んだのよ。どういう結果が待ち受けているか、考えもしなかったの？」

イエローファングはひるんだ。

「非難しあっても、どうにもならないわ」ブルースターがイエローファングの体をかすり、毛のもつれた背中にしっぽをかけてなぐさめた。「生前はだれでもまちがいを犯してきたでしょう」

ファーンシェイドが怒《おこ》ってひげを震わせた。「戦士のおきては、だれでも破るわけじゃないわ！」

ブルースターは動じず、おだやかにいった。「もっとも多くの教訓を得られるのは、まちがいからよ。それに、こないだの戦いからも学べることがある。部族は過去の不平不満を捨てて、団結しなくてはいけない」

「あたしはブロークンスターからすでに罰《ばつ》を受けた。必要以上の罰を」イエローファングはつぶやいた。「なのに、あいつはふたたびあたしを罰しようとしている。今度は、あたしの古巣ともいえる部族を滅《ほろ》ぼそうとしているんだ」

「これはあなたひとりの問題じゃないわ！」セージウィスカーがどなった。「〈暗黒の森〉で起きていることは、すべての部族猫に影響《えいきょう》をおよぼす。シャドウ族がこれ以上被害《ひがい》を受けないうちに、なんとかしないと！」

ブルースターがのどの奥《おく》でうなった。「シャドウ族だけじゃないでしょう！　ファイヤスターも命をひとつ失ったのよ！」

稲妻《いなずま》がひらめいた。四匹《ひき》の猫《ねこ》はとっさに身をかがめて毛を逆立て、まばたきして目を上げた。遠くで雷《かみなり》がとどろき、空き地にほかの猫たちもこそこそ集まってきた。

「ライオンハート!」ブルースターが声をかけた。マッドファーとオークハートをつれてくぼ地の斜面《しゃめん》をくだってきた旧友を見て、ほっとしたようだ。

「どうしたんだい?」ライオンハートがブルースターのそばで止まった。

「シャドウ族とサンダー族の戦いの背後には〈暗黒の森〉の猫たちがいたことがわかったの」とブルースター。

「サンダー族が引き起こしたんでしょう!」ファーンシェイドがどなる。

「いいえ、〈暗黒の森〉の猫たちよ!」ブルースターはいい返し、イエローファングを見た。「ブロークンスターだけじゃないわ。タイガースターとホークフロストも一枚かんでいる」

オークハートの表情が険しくなった。「〈暗黒の森〉の猫たちの息がかかった者はだれか、わかるか?」

もとリヴァー族の戦士の毛皮はきらめく雨粒《あまつぶ》におおわれている。

イエローファングが欠けた黄色い歯をむいた。「ブロークンスターはだれかれかまわず味方に引きこもうとするだろうね」

「部族の長まで引きこまれたら、たいへんよ」ファーンシェイドがうなり声でいう。

もとウィンド族の看護猫のマッドファーが首を振《ふ》り振りいった。「もう、だれも信用できん」

「どの部族も」セージウィスカーが暗い声でつぶやく。

マッドファーがはっと身をこわばらせて耳をそばだて、あたりをかいだ。「だれだ？　マッドクローか？　おまえがここへ来るとは」

その場に集まった全員が振り向き、くぼ地の斜面を駆《か》け下りてくるもとウィンド族の戦士を見つめた。

「うわさをきいて、急いで来たんだ」とマッドクロー。「作戦は立てたのか？〈暗黒の森〉の猫たちにはどう対処する？」

ブルースターが爪《つめ》を出し、草がちぎれた。「団結してこの脅威《きょうい》と戦うように、地上の部族を説得するのよ」

セージウィスカーが耳を寝《ね》かせた。「だれと戦えばいいのか、かれらにわかるかしら」

「〈暗黒の森〉の戦士たちも、そこまで戦いに飢《う》えているのなら、ただスター族のわたしたちを相手に戦えばいいのに」ファーンシェイドが歯をむいてうなる。

ライオンハートが風で波打つ草地を見わたした。「それじゃつまらないんだろう。地上の部族を攻撃《こうげき》するほうが、先祖のおれたちに与《あた》える打撃がはるかに大きいとわかっているんだよ」

「やつらをやっつける方法はほかにないのか？」オークハートがブルースターを見つめる。

ブルースターはオークハートの思いをさぐるかのように一瞬《いっしゅん》かたまり、それからまばたきして答えた。

「タイガースターには、暴力しか通用したためしがない」

オークハートは目をそらした。

「〈暗黒の森〉の猫《ねこ》はみんな、そう」ブルースターは強くいった。「かれらに道理を説こうものなら、弱気と取られるわ」

セージウィスカーが鼻を鳴らし、「それより、ブロークンスターのことで、シャドウ族が皮肉られるんじゃない？」と、ちらりとイエローファングを見やった。

「わたしの見るかぎり、こないだの戦いでもっとも痛手を負ったのはシャドウ族よ」とファーンシェイド。

頭上で雷《かみなり》がとどろいた。

「そろそろ、ラシットファーを迎《むか》えにいったほうがいいわ」セージウィスカーがファーンシェイドをつついてうながした。

そのとき、空が破れて空き地に雨が降りそそいだ。猫たちは木の下に避難《ひなん》しようと四方に散った。

「ファーンシェイド！」イエローファングは三毛柄《みけがら》の戦士の後ろから叫《さけ》んだ。

ファーンシェイドは急停止して振《ふ》り返った。「なに？」

イエローファングの視界が雨でぼやける。「道中、お気をつけて」声がかすれる。「そして、ごめんなさい、とラシットファーに伝えてください」

第1章

戦場に鋭《するど》い叫び声が響《ひび》いた。怒《いか》りよりも悲しみに満ちた鳴き声だ。

ダヴポーは振り向いた。

ファイヤスターになにかあったの？

ダヴポーは恐怖《きょうふ》に震《ふる》えた。まわりで戦士たちがつぎつぎに動きを止め、爪《つめ》を引っこめて、とまどったように目を見開いている。広い肩《かた》が血でぬれたサンダー族の副長ブランブルクローが、ブラックスターのそばへ行った。シャドウ族の族長は濃《こ》いショウガ色の毛皮の上にかがみこんだまま、顔を上げない。

ブランブルクローは会釈《えしゃく》し、うなり声でいった。「決着はついた。空き地はサンダー族のものだ。降参しろ。それとも、もう一度戦うか？」

ブラックスターは振り向き、憎《にく》しみに燃えた目でぎろりとにらんだ。「そんなにほしけりゃ、くれてやる。もともと、こんな流血ざたを起こしてまでうばいあう価値はない」

ブランブルクローが後ろに下がったとき、ふたたび濃《こ》いショウガ色の毛皮が見えた。それがだれか、ダヴポーにわかった。

ラシットファーだわ！　息がないの？

シャドウ族の副長は口から血を流してぐったり横たわっている。部族仲間がサンダー族の戦士たちを慎《しん》重《ちょう》によけて、松林へもどりはじめた。スコーチファー、タイガーハート、ロウワンクローが、族長ブラックスターのそばで立ち止まった。スコーチファーは族長をつついて立たせて松林へ導き、タイガーハートはラシットファーの毛皮をくわえて、ゆっくりやさしくロウワンクローの背中にのせると、傷だらけの仲間を追って、霧《きり》に包まれた松林に入った。

ダヴポーは去っていくシャドウ族の戦士たちをながめていた。タイガーハートのしっぽが木陰《こかげ》に消えた瞬間《しゅんかん》、体からがっくり力が抜《ぬ》けた。姉のアイヴィーポーをさがしてあたりを見まわすと、脚《あし》を引きずるブラッサムフォールを導いて森へ向かう姿が見えた。

「がんばって、ブラッサムフォール」アイヴィーポーは小声ではげましている。「ジェイフェザーが手当てしてくれるわ」このあいだのけんかが尾《お》を引いているようすはまったくない。

戦士たちの入り乱れる空き地を、サンダー族の族長のぐったりした体が引きずられていく。族長の血で草地が赤く染まる。バーチフォールが族長の首筋をしっかりくわえなおして、スパイダーレッグの背中にのせ、横から支えて森の奥《おく》へ運んでいく。

スクワーレルフライトがリーフプールの傷を調べている。「ライオンブレイズのことなら、だいじょうぶよ」心配そうに目を見開いて戦場を見まわす姉を安心させる。

ブライトハートが草地に横たわって息を切らし、いいほうの青い目を白目が見えるほど大きく見開いている。

つれあいのクラウドテイルが鼻づらでブライトハートをつついた。「ほら、立て。歩けば、気分がよくなるよ」

ブライトハートは低くうめいて体を起こし、立ち上がった。

片耳が裂《さ》けたバンブルストライプが、踏《ふ》み荒《あ》らされた草地を見わたした。「あいつら、思い知ったんじゃないか？」

ヘーゼルテイルがあきれた目でバンブルストライプを見ると、マウスウィスカーに身を寄せ、毛を乱し出血している弟の体をなめはじめた。「なにを思い知ったというの？」なめながらぶつぶついう。「むだな戦いで、こんなに血が流されていいの？」

ライオンブレイズだけ、無傷のようだ。わき腹が血でよごれているが、自分の血ではないことをダヴポーは知っている。疑念がムクドリの群れのように心に押《お》し寄せ、ダヴポーは顔をしかめた。ライオンブレイズもあたしと同じく、予言の猫《ねこ》だ。ライオンブレイズにそなわったとくべつな力は、どんな猫どんな生き物と戦っても傷ひとつ負わない、というものだ。

なぜ、ライオンブレイズはファイヤスターを助けられなかったの？　そんなすごい力をもっていても、族長も守れないんじゃ意味がない。

目の前をブランブルクローが横切った。ブランブルクローは血に染まった草地を通ってラシットファーの横たわっていた場所へ行くと、しっぽの先でライオンブレイズの肩《かた》に触《ふ》れ、小声でいった。「高齢《こうれい》のラシットファーには、この戦いはきつすぎたんだ。かのじょが死んだのは、おまえのせいじゃない」

ライオンブレイズはうなだれた。

えっ！　ダヴポーの胃がきゅっとなった。ライオンブレイズがラシットファーの命をうばってしまったの？　指導者はうつろな目をし、打ちひしがれたようすだ。ダヴポーは指導者に駆《か》け寄って、わき腹に身を押《お》しつけた。あたしったら、なんて役立たずなの？　あたしにはとくべつな能力があって、ほかの猫たちには感知できない遠くのものごとを見たりきいたりできるのだから、シャドウ族のたくらみをだれよりも早く知ることができたはず。なのに、姉のアイヴィーポーに先を越《こ》されてしまった。ブラックスターがサンダー族のなわばりへ狩《か》り場を広げようとしていることを知ってファイヤスターに知らせたのは、アイヴィーポーだった。スター族は、あたしではなくアイヴィーポーにお告げをしたの？　あたしが、とくべつな能力を使ってほかの部族をスパイすることを拒否《きょひ》したから？　ライオンブレイズの言葉にしたがって、ほかの部族のようすに気をくばっていたら、あたしはシャドウ族の動向を感知していたかもしれない。そうしたら、戦うしかなくなる前に、ファイヤスターに知らせることができたはずだ。

あたしの力でこの戦いを防げたかもしれないの？

頭のてっぺんにライオンブレイズの鼻づらが触れ、あたたかい息がかかった。「さ、行こう」疲《つか》れた声でささやく。「キャンプに帰ろう」

ダヴポーはライオンブレイズにぴたりと身を寄せ、サラサラ鳴る木々のあいだを重い足取りで歩きだした。

第2章

ジェイフェザーは薬草置き場の奥《おく》をさぐった。岩の下に突《つ》っこんであるマリーゴールドの古くなったにおいがする。あれが最後のたくわえだ。あまりに古く、ソーレルテイルの傷の化のう止めとして効き目があるかどうかわからないが、ともかくそれを岩の下からかき出し、オークの葉を乾燥《かんそう》させたものとまぜあわせた。

「しみるかもしれませんよ」ジェイフェザーはソーレルテイルにいった。

白地に三毛柄《みけがら》の雌猫《めすねこ》は、ブライアーライトの寝床《ねどこ》のそばにじっとすわっている。「かまわないわ」声の響《ひび》きで、寝ている若い戦士を見守っているのがわかった。「息づかいが荒《あら》いわね」

ブライアーライトは日が沈《しず》む前に眠《ねむ》ってしまい、負傷した戦士や見習いがひっきりなしに看護部屋を出入りしても、目をさまさない。ソーレルテイルは最後にやってきて、重傷なのに、ほかの負傷者の手当てが終わるまで待つといい張ったのだった。ソーレルテイルの肩《かた》の切り傷は深く、まだ出血している。

ジェイフェザーは傷口に薬をぬり、その上にはりつけるクモの巣を取り上げた。「この子は胸を悪くしちまったんです」べとつくクモの巣で傷をおおう。「リハビリ運動を強化して、胸にきれいな空気を送りこんで病気を追い出すべきか、それとも休んで抵抗力《ていこうりょく》をつけさせ、体の内部から病気を撃退《げきたい》するべきかで、悩《なや》んでいるんです」

ソーレルテイルは鼻づらでジェイフェザーの肩をかすった。「リーフプールには相談してみた?」

ジェイフェザーは不機嫌《ふきげん》にしっぽを振《ふ》り、部屋の地面に散らばる血に染まったコケや薬草のかけらを示した。「そんなひまがあったと思いますか?」

「ちょっと思いついたから、きいただけよ」ソーレルテイルはおだやかに返した。

「それに」ジェイフェザーはぶつくさいった。「リーフプールは負傷者の診察《しんさつ》でいそがしいんです」

「そうね」ソーレルテイルは立ち上がった。「薬をありがとう」

ジェイフェザーはつんけんしてしまったことを悔《く》やみ、しっぽで戦士のわき腹に触《ふ》れた。「よく眠れるように、ケシの実をさしあげましょうか?」

「いいえ、いらないわ」ソーレルテイルは歩きだした。「ブラクンファーのいびきがなによりの子守歌になるの」

ブラクンファーのけがの治療《ちりょう》はさっき終えた。脱臼《だっきゅう》した肩の骨をはめてやり、日の出までぜったいに動かさないようにときびしくいいきかせて、寝床《ねどこ》へ帰したのだった。ほかの戦士たちは重傷をまぬがれていたが、ファイヤスターのけがだけは慎重《しんちょう》な手当てが必要だった。裂《さ》けた首の傷口は、クモの巣でしっかりふさいでおいたので治るだろう。しかし、失われた命は二度ともとにはもどらない。ジェイフェザーはスター族の狩《か》り場で見かけた透《す》きとおったファイヤスターの姿を思い出し、このあいだよりやや影《かげ》の濃《こ》くなった姿を思い浮《う》かべた。炎《ほのお》の色の毛皮はいま、あの青々とした狩り場に一段と鮮《あざ》やかに映っているにちがいない。

ソーレルテイルが脚《あし》を引きずって看護部屋を出ていくと、ブライアーライトが身動きしたのがわかった。

「ずいぶん散らかってますね」寝床のふちから、かすれた声がした。

「気分はどう?」ジェイフェザーはブライアーライトの体をかいだ。熱をもっていた耳がいくらか冷たくなったので、ほっとする。

「眠《ねむ》くて。ファイヤスターはどうされてますか?」

「ご自分の部屋でお休みになっているよ。サンドストームが看病している。二、三日でお元気になられるだろう」

「ラシットファーが族長に襲《おそ》いかかりさえしなければ」ブライアーライトはほかの戦士たちからいろんな話をきいたようだ。「ファイヤスターはこんなことにならなかったし、ライオンブレイズもラシットファーを殺さずにすんだのに」

ジェイフェザーの体に緊張《きんちょう》が走った。「ラシットファーは戦うには歳《とし》をとりすぎていたんだ！」

イバラのカーテンがシュッと鳴り、かぎ慣れたライオンブレイズのにおいがした。兄は重い足取りで部屋に入ってきた。「ラシットファーに飛びかかる前に、そのことに気づくべきだったよ」

「しかたないだろう？　ラシットファーはファイヤスターの命をうばおうとしていたんだぞ」ジェイフェザーは体を振《ふ》って毛を立たせ、兄のそばへ行った。「ダヴポーはだいじょうぶか？」

「ああ」ライオンブレイズは安心させるようにいった。「まだおとなしいけど、だいじょうぶだ」

戦いからもどったダヴポーは震《ふる》え、ショックで口数が少なく、ジェイフェザーがジャコウソウを食べるように勧《すす》めたが、疲《つか》れただけだといってことわった。一族のほかのみんなとちがって、ダヴポーは自分の戦いぶりを夢中になって自慢《じまん》する気などないようで、診察《しんさつ》を受けるあいだも黙《だま》ってすわっていた。ジェイフェザーにたずねられてようやく、ドーンペルトにやられそうになったあたしをライオンブレイズが助けてくれました、とぽつりと答えた。

見習いを戦士といっしょに戦わせていいんだろうか？　ジェイフェザーはダヴポーが心配で、胃がしめつけられた。あの子はずいぶん幼く感じられることがある。アイヴィーポーのほうは、とりあえず心配なさそうだ。じっさい、戦士たちといっしょに戦えたことをむしろ喜んでいるようで、シャドウ族のどうもうな戦士たちと戦ったというのに、しっぽをけがしただけだ。

それにしても、アイヴィーポーはあの夢の話は二度としない。ファイヤスターの前でいきなり語りだした夢の話。シャドウ族がサンダー族のなわばりをのっ取り、森の川にサンダー族の血が流れる、というあの夢は、いったいどうなったのだろう？　事実、アイヴィーポーの心に入りこんでみると、そんな夢はすっかり消え去っていた。あれほど鮮明《せんめい》で恐《おそ》ろしい夢、サンダー族とシャドウ族をほんとうに戦わせることになってしまった夢を、どうして忘れられるんだ？

ジェイフェザーは見えない青い目をライオンブレイズに向けた。「価値はあったのか？」

「この戦いに？」ライオンブレイズが身をこわばらせたのがわかった。「もちろん！」

「けど、無用な草地をめぐる戦いで、命がふたつも失われたんだぞ！」

「シャドウ族に、忘れられない教訓を与《あた》えた」

「どれだけの代償《だいしょう》を払《はら》ったと思っているんだ？」ジェイフェザーはため息をついた。

「感傷的になっている場合じゃない」ライオンブレイズはいい、部屋の反対側でブライアーライトが聞き耳を立てたのがわかると、声をひそめた。「つぎはどこに災いが降りかかるかわからないんだ」

ブライアーライトがまたせきこみはじめ、ジェイフェザーは肩《かた》を落とした。

ライオンブレイズがジェイフェザーをつついて、患者《かんじゃ》のほうへうながした。「これからは、どんなしるしも無視するわけにはいかない。さあ、ブライアーライトの看病にもどれ。つづきはあとで話そう」

イバラのカーテンがシュッと鳴り、兄が部屋を出ていったのがわかると、ジェイフェザーはブライアーライトのわき腹をマッサージした。せきがおさまり、ブライアーライトは寝床《ねどこ》のへりにあごをのせた。そしてすぐ、おだやかな寝息をたてはじめた。

「具合はどう？」部屋の入り口で静かな声がしたかと思うと、リーフプールがブライアーライトの寝床へやってきた。

「熱はいくらか下がりました」ジェイフェザーは答えた。リーフプールが前脚《まえあし》にはりついたクモの巣をこすり落とす音がする。さっきまでクラウドテイルの切り傷の手当てをしていたらしいのが、においでわかる。「ブラクンファーの肩の具合はどうですか？」脱臼《だっきゅう》した骨をはめたことで、よけい具合が悪くなっていないか心配だ。「みてきてくださいましたか？」

「え、ええ」リーフプールが口ごもる。「あなたはどう思う？」

ジェイフェザーは胃がきりきりした。以前なら、リーフプールが質問するのは、ぼくの知識をためすためだった。だがいまは、リーフプールは自分の判断にほんとうに自信がないからたずねているようだ。どうして、おどおどした見習いみたいに口ごもるんだ？　答えをまちがうのを恐れているかのようだ。ジェイフェザーは、リーフプールが指導者だったころの思い出に心を漂《ただよ》わせた。あのころのリーフプールは、まさにこの部屋で、ぼくをこき使っていた。ぼくがなにかいい返せば、どなり返した。心配性《しんぱいしょう》の指導者と反抗的《はんこうてき》なぼくのあいだには、しょっちゅうぴりぴりした空気が流れていた。

思い出に胸がうずく。あのころ、ぼくはリーフプールのことをよくわかっていて、いわれる小言もいつも予想がついた。だが、リーフプールがじつの母だと知ってからは、まるで知らない猫《ねこ》のような気がしてならない。

ジェイフェザーはリーフプールの質問を無視し、話を変えた。「ファイヤスターのようすをみてきていただけますか?」そういい、片前脚《かたまえあし》を上げて顔を洗いはじめた。

「ええ、もちろん」うなずいたリーフプールのひげが、前脚の先をかすめた。

ネズミみたいにびくびくしないでくれ! ジェイフェザーは心のなかでどなると、かぎ爪《づめ》のあいだにはさまったジャコウソウの小枝を歯で引っぱった。イバラのカーテンがシュッと鳴り、すり足で歩くリーフプールの足音が空き地を遠ざかっていった。

ジェイフェザーはちょっと動きを止め、一族が寝《ね》じたくをはじめる音に耳を傾《かたむ》けた。保育部屋ではポピーフロストがモウルキットとチェリーキットの体をなめており、長老たちの部屋にはパーディーのもの憂《う》げな低い声が響《ひび》いている。ブラクンファーは、さっきつれあいのソーレルテイルがいっていたとおり、いびきをかいている。そしてブラッサムフォールは、倒《たお》れたブナノキの下敷《したじ》きになった戦士部屋で自分の寝床《ねどこ》を整えている。部屋がつぶされる前と同じように、寝心地《ねごこち》よくしたいのだろう。

ジェイフェザーはブナノキが倒れてきた日のことを思い出し、身震《みぶる》いした。雨で地盤《じばん》がゆるんで根元から抜《ぬ》けた大木が、崖《がけ》の上からすごい勢いでキャンプにすべり落ちて、長老たちの部屋を押《お》しつぶし、戦士部屋だったイバラの茂《しげ》みを破壊《はかい》したのだった。長老のロングテイルが命を落とし、ブライアーライトが背骨を折って、後ろ脚の感覚を失った。しかしながら、犠牲者《ぎせいしゃ》がそれだけですんだのは、ダヴポーのとくべつな聴力《ちょうりょく》のおかげだ。

それから半月のあいだ、一族はキャンプの修復に力をつくした。太い枝や小枝や木の葉をできるかぎり取りのぞき、折れた枝を組んだ枠《わく》にスイカズラのつるを編みこんで、長老たちの部屋をつくりなおした。倒れたブナノキはキャンプにかぶさったままだ。背骨とあばら骨のような幹と枝は空き地に突《つ》き刺《さ》さり、根っこはイバラでおおわれた保育部屋をかぎ爪のようにつかんでいる。夜な夜な、木の葉や小枝をかきまわす音がキャンプに響く。倒木《とうぼく》の太い枝の下につくった新しい部屋で、戦士たちが寝床を整えているのだ。

ジェイフェザーは相変わらず、キャンプを歩きまわるのに苦労していた。思いがけないところにころがっている枝や、まだ片づかず隅《すみ》に寄せてある小枝の山にいちいちつまずいてしまうのだ。目が不自由だった長老のロングテイルが生きていたら、ぼく以上に苦労していただろう、とジェイフェザーは思った。スターー族のもとへ行ったのは、幸運だったかもしれない。ブライアーライトより幸運かも。ブライアーライトは胸を悪くしてしまった。みんなのように走ったり狩《か》りをしたりできなくなったからだ。しとめた獲物《えもの》のようにだらんとした後ろ脚《あし》を引きずって、看護部屋と空き地を這《は》って往復することしかできずにいる。

ジェイフェザーは体を振《ふ》った。くよくよ悩《なや》んでいてもどうにもならない。ジェイフェザーは水たまりで水の冷たさに震《ふる》えながら前脚を洗うと、ブライアーライトの寝床《ねどこ》のそばに積んだシダのところへ行った。シダの山の上で体を丸めて目を閉じたとたん、アイヴィーポーの見た夢のことが気になりだした。なぜ、スター族はこんな戦いを起こしたんだろう？　スター族がアイヴィーポーにお告げをしたというのが、どうも腑《ふ》に落ちない。どうして、予言の三匹《びき》ではなく、よりによってアイヴィーポーに？

朝になったら、ライオンブレイズに話してみよう。しっぽの先まで疲《つか》れきったジェイフェザーは考えるのをやめ、眠《ねむ》りについた。

腐《くさ》ったにおいにぞっとして目をあけると、そこは〈暗黒の森〉だった。闇《やみ》が黒っぽい毛皮のように四方から押《お》し寄せてくる。ジェイフェザーはおそるおそる振り返った。なぜ、ここに来ちまったんだろう？　タイガースターがぼくを味方に引きこもうとしているのか？

ちがう。タイガースターはばかじゃない。

ジェイフェザーはあたりをかいだ。なじみのあるにおいが舌にかかった。緊張《きんちょう》しながら、暗がりに目をこらす。

「こんばんは！」前方の空き地に、ほがらかな声が響《ひび》いた。

アイヴィーポー？

「きょうは怖《こわ》がらせちまったかな。悪かった」ぶっきらぼうに答える声がした。

だれと話しているんだ？

「ううん、ちっとも怖くなかったわ」アイヴィーポーは〈暗黒の森〉に来たことに驚《おどろ》いてもいなければ、おびえてもいない。「あなたがあたしを傷つけるわけがない、ってわかってたもの。あなたも仲間なんでしょ？」

仲間？

ジェイフェザーは身を低くかがめて霧《きり》にもぐり、じわじわ前進した。アイヴィーポーはキツネ一匹分離《はな》れたところにおり、耳としっぽをぴんと立てている。そばに、こげ茶色のとら猫《ねこ》の大きな背中が見えた。

タイガーハート！

シャドウ族の戦士はサンダー族の見習いに身を寄せた。「こないだの夜、ホークフロストといっしょにいるきみを見たよ。ぼくはブロークンスターの指導を受けてた。きみが仲間入りするとは思わなかったな」

仲間入りする？　ジェイフェザーは二匹にもっと近づいた。

タイガーハートがアイヴィーポーをぐるっとまわって、いった。「きみ、優秀《ゆうしゅう》だね」アイヴィーポーが毛をふくらませて胸を張ると、タイガーハートはつづけた。「けど、きみとぼくの部族が戦うことになっちまったのは残念だったな。どうして、あんなことになったんだ？」

夢の話をしてやれ！

暗がりから静かな足音がきこえ、ジェイフェザーの背筋に冷たいものが走った。太い声が若い二匹《ひき》のおしゃべりをさえぎった。

「早く来い、アイヴィーポー！　時間をむだにするな！」

だれの声かわかり、ジェイフェザーは息をのんだ。ホークフロストだ。異母兄弟に殺されたことを永久に根にもつ、タイガースターの息子。ホークフロストは自分とタイガースターの残酷《ざんこく》な野望を遂《と》げるため、ファイヤスターの残りの命をうばってサンダー族を族長不在にしようとして、ブランブルクローに殺されたのだった。

「きょうはよく戦った」もとリヴァー族の戦士は低い声でいった。「だが、スコーチファーに襲《おそ》いかかったときの動きはまちがっていた。片脚《かたあし》を軸《じく》にまわれるときに、ふたつの脚を地面につけて向きを変えることはぜったいするな！」ホークフロストはしっぽでアイヴィーポーを招いた。アイヴィーポーは黙《だま》ってしたがい、戦士のあとから霧《きり》のなかに消えた。暗がりからホークフロストのうなり声が飛んできた。「そこで待っていろ、タイガーハート。ブロークンスターはすぐにいらっしゃる」

ジェイフェザーはぞっと見つめていた。脚は冷たい地面に凍《こお》りついている。まわりで霧が渦巻《うずま》き、暗がりで鳴き声やうなり声が響《ひび》きだした。質問したり許可をもとめたりする若い猫《ねこ》たちのかん高い声。すごみのある声で答え、もっとがんばれとあおる年長の猫たちの声。湖のそばで暮らすどの部族の訓練でもきかれる声だ――が、ここは湖のそばではない。ここは〈暗黒の森〉、〈星のない世界〉だ。暗がりで取っ組みあう猫たちのてらてらした毛皮が見え、リヴァー族のにおいがする。灰色《はいいろ》のシダの壁《かべ》の向こうでは、もっとしなやかな体つきの猫たちが後ろ脚で立ち上がり、なぐりあっている。ウィンド族もいるのか？

「爪《つめ》を出せ！」

「戦士らしく戦え！　子猫じゃないんだぞ！」

腐《くさ》ったにおいがジェイフェザーの舌に押《お》し寄せた。

そのとき、暗がりでブリーズペルトの声がした。「おれもきょう、戦いたかったな」くやしそうな声だ。

「戦わせてもらえてたら、あなたの部族に加勢したのに」

だれと話しているんだろう？

あたりをかいだジェイフェザーは、〈暗黒の森〉のいやなにおいの奥《おく》にシャドウ族のにおいをかぎ取り、身震《みぶる》いした。ウィンド族のブリーズペルトはシャドウ族の猫に忠誠を誓《ちか》っている！

木々のあいだに、またべつの姿が見えた。霧《きり》のなか、黒っぽい長い背筋がヘビのように動いている。あの猫《ねこ》の名前は、このあいだ〈暗黒の森〉に来たとき、イエローファングが呼んでいた。イエローファングが毒のように吐《は》き捨てた名前。

ブロークンスター。

「心配するな、ブリーズペルト」こげ茶色の戦士はうなり声でいった。「戦う機会はまだまだある。これから戦士のおきてをつぶす。おきてがなくなれば、われわれにできることは無限に広がる」

ブリーズペルトが興奮《こうふん》した声をあげると、ブロークンスターはつづけた。「われわれの行動を規定するばかげたおきてがなければ、部族をこれまでになく強くできるぞ」

ジェイフェザーは恐怖《きょうふ》に背筋が寒くなった。まわりにいるのは、現実の世界では湖のそばで暮らしている部族猫たちだ。みんなのあたたかい心臓が、死者に吹《ふ》きこまれたうそにまどわされて興奮し、激しく打っているのを感じる。これで状況《じょうきょう》が明らかになった。すべての部族の猫が、部族仲間にはむかうように〈暗黒の森〉の戦士に鍛《きた》えられ、部族が昔から必死に守りつづけてきたおきてをことごとく破るための特訓を受けているのだ。

第3章

「いいかげんにしてくれ！」ライオンブレイズはぶつくさいった。いびきをかいて眠《ねむ》るバーチフォールの脚《あし》がまた、腹にのっかってきた。これで三度めだ。

ぼくも眠りたいよ！　ライオンブレイズはバーチフォールを乱暴に押《お》しのけ、立ち上がった。

「いてっ！」とがった小枝が耳のあいだをつついた。部屋の天井《てんじょう》は低く、まだ刈《か》りこんでいない小枝がいくつも突《つ》き出してハリネズミのようにちくちくしている。天井だけでなく、部屋全体の枝葉を刈りこまなくては。

ライオンブレイズは鼻にしわを寄せた。部屋のなかは疲《つか》れ果てた戦士たちのにおいでむっとしている。

戦いのことを思い返したとたん、胸がしめつけられた。ラシットファーが命を落とすことになるとは。〈二本足〉の空き地をめぐる小ぜりあいなんて、いちばん強い部族が所有権を主張するまでほうっておけばよかったのだ。なわばり争いで死者など出してはならなかったのに。

ライオンブレイズは部屋の出入り口近くで丸くなっているミリーをかすめて通り、枝を押《お》し分けて外に出た。出たとたん、冷気が鼻を刺《さ》した。冷たさが気持ちいい。ライオンブレイズは目をしばたたき、毛皮を引っぱるしだれた枝を振《ふ》りほどいた。空き地はまばゆい月明かりにきらめいている。キャンプを囲む岩《いわ》壁《かべ》は霜《しも》で銀色に輝《かがや》き、地面は石のようにかたい。ライオンブレイズのあたたかい肉球はひりひりし、二、三歩進むと、あまりの冷たさにしびれて感覚がなくなった。

ライオンブレイズは立ち止まって、耳をすました。看護部屋から、せきこむブライアーライトの体をジェイフェザーがさする音がきこえる。保育部屋では、モウルキットがのどを鳴らしている。ポピーフロストのお乳を飲んでぬくぬくしているのだろう。昼間の戦いは別世界のできごとだったように思えてくる。くぼ地の上で、カチンとかすかな音がした。はっと見上げると、石のかけらのようなものがひと粒《つぶ》、月明かりを反射しながら落ちてくるのが見えた。それは凍《こお》った空き地の地面にあたって、小さな音をたてた。

あの上でなにかが起きている。

ライオンブレイズはキャンプの出口へ向かった。〈暗黒の森〉が地上の部族を倒《たお》そうと立ち上がった、とジェイフェザーからきいている。だから、どんな小さな兆候も無視できない。

「ライオンブレイズ？」後ろで声がした。シンダーハートが戦士部屋のせまい出入り口をくぐって現れた。

「どうかしたの？」

ライオンブレイズは振《ふ》り返った。シンダーハートの灰色《はいいろ》の毛にはまだ寝《ね》ぐせがついている。「キャンプの外でなにか音がしなかったか？」

イバラのトンネルがかさこそ鳴り、ヘーゼルテイルがキャンプに入ってきた。「どうしたの？」ファイヤスターに命じられて、グレーストライプといっしょにキャンプの出入り口の番をしているのだ。族長は、戦いのあとはきまって見張り番を二匹《ひき》に増やす。

「今夜、なにか不審《ふしん》なものを見たりきいたりしていないか？」ライオンブレイズはまた、くぼ地の上を見た。

「いいえ、なにも」ヘーゼルテイルはライオンブレイズの視線を追った。

「グレーストライプはどうかな」

「だれか呼んだか？」イバラのトンネルから灰色の戦士の顔がのぞいた。寒さに毛をふくらませている。

「見張り中、なにか変わったことは起きませんでしたか？」ライオンブレイズは強くきいた。

「なんにも」

ヘーゼルテイルがのびをし、あくびをかみころした。「ずっと、星のように静かよ。どうして？　なにか気になることでもあるの？」

さっき落ちてきたかけらが、霜の降りた地面で光っている。

「ただの獲物《えもの》だったのかも」ライオンブレイズはつぶやいた。

「うーん、獲物《えもの》かあ」グレーストライプが舌なめずりして、トンネルに引っこんだ。ヘーゼルテイルも体を振《ふ》って毛をふくらませると、トンネルをくぐって見張りの仕事にもどった。

シンダーハートがこっちを見た。「調べにいく？」

ライオンブレイズはためらった。「森のなかはすごく寒いぞ」

シンダーハートは肩《かた》をすくめた。「走れば、体があたたまるわ」

「けど、夜中だぞ」不安をさとられたくない。それに、ほんとうになにか不審《ふしん》なものを見つけたら、どうしよう？　仲間を守らなくては、という強い気持ちがこみ上げた。「きみはここにいろ。ぼくが調べてくる」

シンダーハートの目が月明かりにきらりと光った。「子どもあつかいしないで！」

ライオンブレイズはあわてて、しっぽを振った。「そんなつもりは――」

シンダーハートはさっさとそばを通りすぎた。「脚《あし》が地面に凍《こお》りつくまでここに突《つ》っ立っているつもりもないわ！」

キャンプの出入り口へずんずん向かうシンダーハートを見て、ライオンブレイズはため息をついた。まったく、頑固《がんこ》だからな。こうなると、どうしようもない。

ライオンブレイズはシンダーハートのあとについてトンネルへ向かった。「シャドウ族を警戒《けいかい》したほうがいい。まだ、サンダー族の血を味わいたがっているかもしれない」

シンダーハートはきっと振り返り、「そう?」とひと言いうと、トンネルをくぐった。

ライオンブレイズは自分に腹が立って、鼻を鳴らした。こいつのいうとおりだ。ぼくはこいつを子どもあつかいしている。

「おい、どこへ行くんだ?」イバラのトンネルを出た二匹《ひき》に、グレーストライプがきびしい声でたずねた。

「眠《ねむ》れないんです」シンダーハートが答える。

「気をつけてね」ヘーゼルテイルが声をかけた。

「すぐもどるよ」ライオンブレイズの吐《は》く息が目の前で白く渦巻《うずま》く。「長く外にいるには寒すぎる」ライオンブレイズは霜《しも》の降りたシダにおおわれた細い道をたどり、木々のあいだを通って坂をのぼった。くぼ地の上に着くと、二匹は森のなかから月明かりの下に出た。ライオンブレイズは崖《がけ》のふちに生えた草をかいだ。草は霜にやられてしおれ、凍った葉と氷のにおいしかしない。

「ショックはおさまった?」シンダーハートが心配そうな声で静かにきいた。

「なんの?」

「ラシットファーのこと」シンダーハートは小首をかしげた。「かのじょが亡《な》くなったこと」

ライオンブレイズはどきんとした。「ぼくが殺しちまったこと?」

「あれはファイヤスターを助けるための正当防衛よ」

「その話はしたくない」ライオンブレイズは草に目をもどし、霜《しも》できらめく茎《くき》の列をたどってくぼ地のふちをまわり、地面に横たわる枝へ向かった。サンダー族のにおいしかしない。侵入者《しんにゅうしゃ》の気配も獲物《えもの》の気配も、ない。

「しなくちゃだめよ」シンダーハートは食い下がる。「これから、だれもが話題にするわ。なかったふりはできないわよ」

「あんなことは起きてはならなかったんだ！」口から言葉が飛び出し、どっと怒《いか》りがこみ上げた。ライオンブレイズは横たわった枝に飛びのり、シンダーハートに食ってかかった。「あの猫《ねこ》を殺すつもりなんてなかった！」樹皮をかきむしる。「ぼくはファイヤスターを助けようとしただけだ！　なのに、それすらできなかった。族長は命をひとつ失っちまった！」

シンダーハートが身を引き、飛び散る樹皮のかけらをよける。「あなたはファイヤスターをちゃんと助けたわ」きっぱりとした口調《くちょう》でいう。「ほっといたら、あのあとラシットファーはなにをしていたかわからない。ファイヤスターの命をすべてうばっていたかもしれない」

どうして、わざわざあのときのことを思い出させるんだ？　そう思ったとたん、あの場に意識が引きもどされた。ラシットファーの首をつかみ、ファイヤスターから引きはがそうとする自分。かぎ爪《づめ》の下でもがいていたラシットファーの体が急にぐったりしたのを感じ、恐怖《きょうふ》におののいた。なぜ、スター族はぼくにラシットファーの命をうばわせたんだ?

シンダーハートがつづける。「戦士ならだれでも、戦いで命を落とすかもしれないことくらい承知のうえよ。どうして、そんなに落ちこむの? シャドウ族の報復を恐《おそ》れているの?」紺色《こんいろ》の目に星が反射する。

「報復なんてするかしら。命を落とすのは、とくべつなことじゃないわ。どの部族も、戦士を一匹《ぴき》失うことよりもっと心配するべきことがあるでしょう」

「ラシットファーは副長だったんだぞ!」ライオンブレイズはどなった。

シンダーハートが目をあわせた。「お年を召《め》していたわ」

急に怒りが冷め、思わずかっとなってしまった自分が情けなくなった。ライオンブレイズは小声でいった。「相手の命をうばって勝利を得るなんて、真の戦士のすることじゃない。戦士のおきてをおぼえているだろう?」

シンダーハートはまばたきし、逆立てていた毛を寝《ね》かせると、ライオンブレイズに背を向け、漂《ただよ》っていく思いを目で追うかのように森の奥《おく》を見つめてつぶやいた。「時代が変わりつつあるのかも」

「それはちがう!」ライオンブレイズの体に力がこもる。

シンダーハートは足踏《あしぶ》みした。

「なにをいっているんだ?」ライオンブレイズは口調を強めた。「戦士のおきての重要さは変わらない。

すべての部族にとってそんなに大事なものが、変わるはずがないだろう?」

シンダーハートは肩《かた》をすくめた。「でも、感じない?」

「なにを?」ライオンブレイズの毛が逆立ちはじめた。ダヴポーが予言のことをなにかもらしたんだろうか?

「なにか……」シンダーハートは言葉をさがしながらいった。「なにかがちがう気がするの。今度の戦いは激しすぎた――なわばり争いにしては激しすぎた。恐《おそ》ろしいことのはじまりのようだった」黒い水たまりのような瞳《ひとみ》はまん丸だ。

ライオンブレイズはシンダーハートを見つめた。そんなふうに感じているのは、こいつだけだろうか?ぼくは「星の力をもつ三匹《びき》がこの世に生まれる」という予言をきいているから、大昔の敵が動きだしたことや、地上の部族が闇《やみ》のふちにいることを、とっくに知っている。その知識がいま、ぼくの一瞬《いっしゅん》一瞬に影響《えいきょう》を与《あた》え、ひとつひとつの思いをかたちづくっている。けど、一族のほかのみんなは予言のことを知らないはずだ。ふつうの感覚ではとても理解しきれないことだから、知らないほうがいい。どんなに一生けんめい訓練しようと、どんなに戦士のおきてを信じようと、対処しきれないことだから。

「夢を見たのか? なにかを警告する夢でも?」ライオンブレイズはきいた。「だったら、ファイヤスターに知らせないと」

シンダーハートはかぶりを振《ふ》った。「いいえ。ただ、なんだか腑《ふ》に落ちないの。ラシットファーがファイヤスターの命をうばおうとしたことが。あんなりっぱな戦士がなぜ、ファイヤスターを殺そうとしたのかしら。スター族がお許しにならないことを、わかっていたにちがいないのに」

ライオンブレイズが身をのり出すと、シンダーハートはつづけた。

「なにかもっと邪悪《じゃあく》なものがシャドウ族を突《つ》き動かしていたみたい」

森の奥《おく》でかん高い鳴き声があがった。二匹は毛を逆立て、爪《つめ》を出して振り向いた。木のあいだから白いフクロウが飛び出して旋回《せんかい》し、こっちへ急降下してきた。フクロウは真っ白い大きな翼《つばさ》で風を起こし、猫《ねこ》たちの毛をあおってそばを通りすぎた。

「な、なんだ?」ライオンブレイズは息をのんだ。

翼の先で鼻づらをはたかれ、ライオンブレイズは倒《たお》れないように足元の枝にしがみついた。フクロウはふたたびかん高い鳴き声をあげると、旋回しながらくぼ地の向こうへ飛び去った。シンダーハートがきゃっと叫《さけ》んで森の奥へ駆《か》けだした。しっぽをハリエニシダのようにふくらませている。

ライオンブレイズはすばやくあとを追い、だいじょうぶだよと声をかけようとして、思いなおした。走ればすぐ恐怖心《きょうふしん》は消えるだろう。それに、冷たい夜風が気持ちいい。体に力がみなぎる気がする。まわりの木々がぼやけて見え、かすめた枝がゆれる。キツネ一匹分前を走るシンダーハートのしっぽはもう、毛が寝《ね》はじめ、ヘビのように後ろへのびている。シンダーハートはシダの茂《しげ》みに飛びこんだ。ライオンブレイズもつづいた。凍《こお》った枝が体を引っかく。

茂みを飛び出すと、シンダーハートは大きく方向を変えた。短い急斜面《きゅうしゃめん》をひらりとひと跳《と》びで下りて走りつづけ、イバラの茂みをよける。まわりの木がうっそうとしてきた。二匹《ひき》は森のさらに奥《おく》へ向かった。ライオンブレイズはシンダーハートに先導させ、シンダーハートの通ったあとに残るあたたかさを心地《ここち》よく感じながら、速度をあわせ、足元の地面だけに意識を集中して走った。

シンダーハートが速度を落としはじめると、ライオンブレイズも落とした。二匹はわき腹を波打たせて息を切らし、そろって止まった。前方に、だれも住んでいない〈二本足〉の家が暗い森を背景に黒くそびえている。こんな遠くまで走ってきたのか、とライオンブレイズは驚《おどろ》いた。二匹は〈二本足〉の家の前を黙《だま》って駆《か》け抜《ぬ》け、岩場の後ろのオークが並ぶ坂をのぼった。目の前にイバラの茂みが現れたが、シンダーハートはかまわず押《お》し分けて進み、つまずきながら小さな空き地へ出ていった。

シンダーハートの後ろで、ライオンブレイズは急停止した。

「どうしたの？」シンダーハートが振《ふ》り向いた。

ライオンブレイズはとげだらけの茂みに囲まれたせまい空き地を見まわした。前に一度、ここに来たことがある。あのときは、傾斜《けいしゃ》した地面は草におおわれ、空き地の中央がくぼんで地下トンネルへつづく穴があった。いまは穴はなく、なめらかな草地だったところは、岩と泥《どろ》がかさぶたのようにおおっている。ライオンブレイズは気分が悪くなった。この傷ついた地面の下のどこかに、妹のホリーリーフの遺体《いたい》が横たわっているのだ。ここは、リーフプールが実の母親だと知って現実から逃《に》げ出そうとした妹が、地下トンネルに飛びこんだ場所。トンネルの入り口は妹の後ろでくずれ、妹は土砂《どしゃ》の向こうに閉じこめられてしまったのだった。

「ねえ、どうしたの?」シンダーハートのひげがライオンブレイズのひげをかすった。

ライオンブレイズは首を振った。ホリーリーフがいなくなったほんとうのいきさつ、地面の下に消えてしまった理由を知っているのは、ぼくとジェイフェザーだけだ。妹が姿を消したのは、リーフプールのことを知ってしまったからだけじゃなく、アッシュファーを口封《くちふう》じのために殺してしまったからだ。アッシュファーは、ぼくたち三きょうだいとリーフプールとスクワーレルフライト以外で唯一《ゆいいっ》、ぼくたちの親子関係についての秘密を知る猫《ねこ》だったのだ。しかし、アッシュファーが死んでもいっこうに怒《いか》りがおさまらなかったホリーリーフは、大集会で自分の出生についての真実を公表したのち、最後にもう一度面と向かってリーフプールを非難してから、地下トンネルに逃げこんだのだった。一族のあいだでは、ホリーリーフは不慮《ふりょ》の死を遂《と》げたことになっている。そして、アッシュファー殺しの犯人は不明のままで、通りすがりの野良猫《のらねこ》ではないかとも推測されている。

地下トンネルをはじめて見たとき、ライオンブレイズは興奮《こうふん》した。すばらしいものを見つけた！　大好きな猫《ねこ》と内緒《ないしょ》で会って遊べる秘密基地になるぞ！　と喜んだのだった。だがいま、土砂《どしゃ》くずれの跡《あと》を見つめながら、ヘザーテイルがこんな場所を見つけてさえいなければ、と思った。まだ見習いだったころ、同じく見習いだったウィンド族のかわいい雌猫《めすねこ》と地下の洞窟《どうくつ》で遊んだことを思い出し、良心がとがめた。

ライオンブレイズはのどの奥《おく》でうなった。ヘザーテイルが地下トンネルを見つけていなければ、ホリーリーフはまだ生きていたかもしれない。

「ライオンブレイズ？」シンダーハートの心配そうな声に、ライオンブレイズはわれに返った。つま先が痛い。凍《こお》った地面に無意識に爪《つめ》を突《つ》き立てていたのだ。

「いったい、どうしちゃったの？」シンダーハートは小首をかしげてこっちを見つめている。「さっきのフクロウのショックがまだおさまらないの？」

「ああ、そうみたいだ」ライオンブレイズは地面から爪を引き抜《ぬ》き、毛を二、三度なめて整えた。「シャドウ族との境界線を調べにいこう」シンダーハートの気をそらそうと提案した。「せっかく近くまで来たんだから」

「もう怖《こわ》くないの？　サンダー族の血は、ねらわれているんでしょ？」

ライオンブレイズはシンダーハートのからかいを無視して、白んできた空を見上げた。「もうすぐ夜明けだ。早朝パトロールをして、ファイヤスターに報告しないか？」

シンダーハートはほっとしたようだ。「戦士らしい態度にもどってくれて、よかった」ライオンブレイズをかすめて通る。「心配しちゃった」

ライオンブレイズは並んで歩きだした。「ぼくのことを？」

「あたりまえでしょ？」シンダーハートは足を止め、真顔で見つめてきた。「親友だもの」

親友以上じゃないか？

その言葉を口に出す勇気をふるい起こすひまもなく、シンダーハートは駆《か》けだしてしまった。

「競走しましょ！」

木々のあいだを駆け抜けるシンダーハートに、ライオンブレイズはたやすく追いついた。友だち以上になってくれないか？　いったいいつになったら、その言葉をいえるんだ？　もどかしさで毛が逆立つ。四つの部族でいちばん勇敢《ゆうかん》な戦士になれるかもしれないぼくなのに、シンダーハートに告白するとなると、勇気がこれっぽっちも出ない。

前方の木々のあいだに星がきらめいている。森のはずれに近づいたのだ。

ライオンブレイズは速度を上げた。「遅《おそ》いな！」からかうふりをして、シンダーハートを追い抜く。じっさい、シンダーハートより先に空き地に着きたい。サンダー族がシャドウ族と戦って勝ち取った場所ではあるが、シャドウ族は信用できない。万が一、罠《わな》でもしかけてあり、シンダーハートがかかってしまったらたいへんだ。

ライオンブレイズは森のはずれで止まり、下がって待て、とシンダーハートにしっぽで合図した。シンダーハートは合図を無視し、霜《しも》の降りた草地の向こうに目をこらすライオンブレイズの横へ来て身をかがめ、つぶやいた。「あんな場所、返してもらわなきゃよかったのに!」

えっ? ライオンブレイズは振《ふ》り向き、驚《おどろ》いて雌猫《めすねこ》を見つめた。

シンダーハートはもぞもぞ足踏《あしぶ》みした。「あそこをパトロールするのは無理、といいたいだけ」弁解っぽくいう。軽はずみなことを口にしてしまったと感じたようだ。「パトロールしに森から一歩踏み出したとたん、シャドウ族に見つかっちゃうし、獲物《えもの》は乏《とぼ》しいし、青葉の季節のあいだはずっと〈二本足〉がいるし――」そこで言葉を切った。

たしかに、シンダーハートのいうとおりだ。じつはぼくもこのあいだの戦いには疑問を感じているんだ、とライオンブレイズはいいたくなった。あんなに犠牲者《ぎせいしゃ》を出してまで戦う価値はほんとうにあったのだろうか、と疑問に思う。だが、黙《だま》っていた。一族はこれまで以上に団結し、強くありつづけなくてはならないのだ。

ライオンブレイズは震《ふる》えを抑《おさ》えた。耳の奥《おく》に戦いの音が響《ひび》き、かぎ爪《づめ》の下でラシットファーの命が失われていく感覚がよみがえった。吐《は》き気《け》がこみ上げ、ライオンブレイズは腹を地面に押《お》しつけた。

「だれかがこっちを見ている！」

シンダーハートのひそめた声に、ライオンブレイズはわれに返った。「どこ？」

シンダーハートが鼻づらで示した方向に目をやると、空き地の反対側のシャドウ族の林に、光る一対《いっつい》の目が見えた。

つぎの瞬間《しゅんかん》、ライオンブレイズは草地を疾走《しっそう》していた。勝ち取ったばかりのサンダー族のなわばりをだれにも触《ふ》れさせるものか。怒《いか》りで毛を逆立てたライオンブレイズは、シャドウ族との境界線のしっぽ一本分手前で急停止した。耳を寝《ね》かせ、しっぽを激しく振る。

一対の目がおだやかにまばたきしたかと思うと、一匹《ぴき》の猫が林から現れた。

フレームテイルだ。

シャドウ族の見習い看護猫はふてぶてしくこっちを見つめ、「ラシットファーを殺したみたいに、ぼくを殺しにきたのか？」と、すごみを利《き》かせてきいた。

後ろでシンダーハートの足音がした。「ここはもう、サンダー族のなわばりよ。当然おぼえていると思うけれど」シャドウ族の猫にいう。

フレームテイルは鼻を鳴らして近づいてくると、自分のキャンプに入るかのように、マーキングされた境界線を気楽に越《こ》えた。「ぼくは看護猫《かんごねこ》だから、どこでも自由に通れるんだ」

ライオンブレイズは腹の底からこみ上げる怒《いか》りを飲みこんだ。傲慢《ごうまん》なシャドウ族！「キャンプで負傷者の手当てをしていなくていいのか？」

「ぼくの部族仲間はみんな元気だ」フレームテイルはライオンブレイズを見すえた。「もちろん、ラシットファー以外だけどな」

ライオンブレイズは思わずフレームテイルに飛びかかりそうになった。こいつは、あの戦いの重大さをわかっていないのか？　両方の部族がどれほどの損害をこうむったか、わかっていないのか？

わき腹をシンダーハートのしっぽがかすった。「やめて」シンダーハートがなだめるようにささやく。「挑発《ちょうはつ》しているのよ。のっちゃだめ」

そのやさしい声に、ライオンブレイズは気持ちを落ちつかせ、爪《つめ》を引っこめた。

「きょうはサンダー族に近づかないほうが身のためよ」シンダーハートがシャドウ族の雄猫《おすねこ》にいう。「境界線をマーキングしなおさないといけないようね。それと、いっておくけれど、今度の戦いで犠牲者《ぎせいしゃ》が出たのは、あなたの部族だけじゃないわ」

フレームテイルはシンダーハートを無視し、ライオンブレイズを見てまばたきした。「きみと血がつながってると思って喜んだこともあったけど、いまは、そうじゃなくてよかったとつくづく思うよ。殺しをするやつと同じ血が流れてるなんて、冗談《じょうだん》じゃない」

いいかげんにしろ、とライオンブレイズは警告の鳴き声をあげたが、フレームテイルはあごを上げてぷいと背を向け、えらそうな足取りで林のなかへもどっていった。

「臆病《おくびょう》なくせに、いやみなやつ！」ライオンブレイズはフレームテイルをずたずたにしてやりたくなった。フレームテイルの命がラシットファーの命のように失われていくのを、感じたい。

「行きましょう」シンダーハートが不安そうにじわじわライオンブレイズを押《お》しもどし、シャドウ族との境界線から離《はな》す。「わたしたちにできることはなにもないわ。ここにいても、もっと面倒《めんどう》を起こすだけ」

ライオンブレイズは不満のうなり声をあげると向きを変え、空き地を突《つ》っ切った。そしてサンダー族の森に着くと、壁《かべ》のようなイバラの茂《しげ》みを突き進んだ。とげで鼻づらが切れるのも毛がむしられるのも感じない。怒りと悲しみでまわりの景色など目に入らない。やみくもに森を駆《か》け抜《ぬ》けてキャンプへ向かい、おかえり、と迎《むか》える見張り番のグレーストライプとヘーゼルテイルには目もくれずにトンネルに飛びこみ、イバラの壁をシュッとかすめてキャンプにころがりこんだ。

「どうかしたのか？」保育部屋の入り口にいるベリーノウズが驚《おどろ》いてきいた。

「いいや」

ベリーノウズは一瞬《いっしゅん》けげんな顔をしたが、うなずいて保育部屋に消えた。部屋のなかで、父親を歓迎《かんげい》するモウルキットとチェリーキットのかん高い鳴き声があがった。

「ライオンブレイズか？」戦士部屋のそばにジェイフェザーがいる。

「どうしたんだ？　なんで起きているんだい？　まだ、夜も明けていないのに」ライオンブレイズは息をはずませてきいた。

「負傷者をみてまわっているんだ」

「みんなだいじょうぶそうか？」

ジェイフェザーはうなずき、イバラのトンネルへ歩きだした。「いっしょに来てくれ。話がある」

走ってきた疲《つか》れがどっと出た。「どんな話だよ？」ライオンブレイズはぶっきらぼうに返した。

ジェイフェザーは険しい表情になり、うなり声でいった。「アイヴィーポーのことだ」

第4章

「アイヴィーポー？」

ダヴポーははっと起き上がり、目をぱちくりさせた。

ライオンブレイズの驚《おどろ》いた声で目がさめた。耳の奥《おく》に、指導者の声がクロウタドリの警告の鳴き声のようにはっきり響《ひび》いたのだ。ダヴポーは見習い部屋をきょろきょろ見まわした。だが、指導者の姿はない。アイヴィーポーは眠《ねむ》っており、ブラッサムフォールとバンブルストライプもそれぞれの寝床《ねどこ》でまだいびきをかいている。二匹《ひき》の戦士は、新しい戦士部屋ができあがりしだい、そこへ移ることになっている。そうしたら、この部屋はしばらくアイヴィーポーとダヴポーだけのものになる。モウルキットとチェリーキットが見習い名を取得するまで、一族の見習いは自分たち姉妹だけだ。

「そう。アイヴィーポー」今度はジェイフェザーの声。

ダヴポーは頭を振《ふ》った。どうやら、声は部屋の外からきこえてくるようだ。ダヴポーは壁《かべ》の外の寒い空き地へ感覚を向け、眠《ねみ》りをじゃました話し声がきこえてくる場所をさがした。

「ほんとうなのか？」ライオンブレイズが、信じられないという声できいている。

アイヴィーポーがどうしたというの？　なぜ、そんなに心配そうに話しているの？　ダヴポーは震《ふる》えながら、急いで部屋を出た。あたしも予言の猫《ねこ》よ。あたしにも話してくれるべきだわ。アイヴィーポーのことなら、なおさら。あたしはアイヴィーポーの妹なのよ。ダヴポーは霜《しも》の降りた地面を小走りで横切り、キャンプの出入り口へ向かった。

イバラのトンネルまであとしっぽ一本分もないというところまで来たとき、保育部屋の前から呼び声がした。「ダヴポー！」

ダヴポーは止まった。ああ、見つかっちゃった。

ベリーノウズがこっちを見ている。「どこへ行くんだい？」クリーム色の毛皮が、夜明けの青白い光に輝《かがや》いている。そばにモウルキットとチェリーキットがうずくまり、鼻から小さな雲のような息をぽっぽと吐《は》き出している。

「用を足しにいくんです」

「なら、あっちのトンネルを使え」

また、ライオンブレイズの声が耳の毛を震わせた。「あの子があいつを知っていた？」

だれを？

突《つ》きとめなくちゃ。ダヴポーは向きを変え、用を足す場所に通じるトンネルへ駆《か》けだした。あっちの出口からこっそり抜《ぬ》け出して、指導者たちをさがしにいけばいい。

足音が追ってきた。「用を足しにいくの？」毛に寝《ね》ぐせのついたアイヴィーポーが横へ来た。「あたしも」

ダヴポーはいら立ち、思わずかぎ爪《づめ》に力をこめた。もう、キャンプをひとりで抜け出しようがない。アイヴィーポーがいっしょに来たがるにきまっている。ダヴポーは耳をそばだて、ふたたびライオンブレイズの居場所をさがした。そのとき、アイヴィーポーが脚《あし》を引きずっていることに気づいた。

「脚、どうかしたの？」とたんに、そのことだけが心配になった。アイヴィーポーは片方の後ろ脚をかばって、もう片方の後ろ脚に体重をかけて歩いている。「戦いでは、けがをしなかったんじゃなかった？」

「寝ちがえちゃったみたい」アイヴィーポーはぼそっといい、脚を引きずっているのをごまかそうとするかのように体に力をこめた。「きのうの戦い、楽しかったわね」話を変える。

「楽しかった？」ダヴポーは姉を見つめた。「ファイヤスターが命をひとつ落とされたのに？」

「ああ、あれは不幸なことだったわ。ラシットファーが亡《な》くなったことも。でも、訓練で習った戦いの技《わざ》を全部使えたのは、すごくうれしかった」

ダヴポーは用を足す場所に通じるトンネルをくぐった。「あたしは、できれば狩《か》りの技しか使いたくないな。戦いの技《わざ》は、一族を守らなきゃならなくなるときまで取っておきたい」

「きのうは、一族を守って戦ったのよ！」アイヴィーポーがついてくる。「シャドウ族がサンダー族のなわばりをうばおうとしてたんだもの。あたしの見た夢を忘れたの？」

ダヴポーは答えなかった。なぜ、スター族が自分ではなくアイヴィーポーに夢でお告げをしたのか、まだ納得がいかない。ダヴポーは用足しを終えると、キャンプのなかへもどった。

一族が起きだした。グレーストライプがあくびをしながらそばを通りすぎ、戦士部屋へ向かう。戦士は澄《す》みわたった夜明けの空を一瞥《いちべつ》した。「この寒さはとうぶん居すわりそうだ。まもなく獲物《えもの》が乏《とぼ》しくなるな」

ヘーゼルテイルが灰色《はいいろ》の戦士のあとについていく。「冷えこんだ長い夜でしたね」

グレーストライプは立ち止まり、戦士部屋の枝を鼻で押《お》し分けて現れたつれあいのミリーと鼻づらを触《ふ》れあわせた。「きみの体、あたたかいな」のどを鳴らす。

ミリーはつれあいに身を押しつけた。「少し休むといいわ。部屋のなかはあたたかいわよ。おいしいものを捕《と》ってきてあげるから、それまで寝《ね》ていて」

くぼ地のふちから朝の最初の光がさしこみ、保育部屋をオレンジ色に染めた。ダヴポーは早朝に自分を起こした指導者たちの話し声に、ふたたび耳をすました。だが、ライオンブレイズとジェイフェザーはキャンプからどんどん離《はな》れていき、もう、凍《こお》った落ち葉を踏《ふ》むパリパリという音しかきこえない。

どうして、そんなに秘密にしたがるの？

「ねえ、待って！」用を足す場所から、アイヴィーポーがあわてて飛び出してきた。「振《ふ》り向いたら、いないんだもん」

「びっくりした？」ダヴポーは無理やり軽い口調《くちょう》でいい、それから鼻にしわを寄せてみせた。

「あたしがくさいっていうの？」アイヴィーポーは後ろ脚《あし》で立ち上がり、ふざけて妹をたたくと、顔をしかめて前脚を下ろした。

「その脚、ジェイフェザーにみてもらったほうがいいんじゃない？」ダヴポーはいった。

「だいじょうぶ。すぐ治ると思う」アイヴィーポーはきっぱりいうと、「見て」と地面に半分埋《う》まった岩のほうを向いた。岩の前で、ブランブルクローとファイヤスターがきょうのパトロールの指示を出している。「この脚よりもっと心配するべきことがあるわ」

「シャドウ族とのあいだの新しい境界線は、ふたつの部隊にパトロールしてもらいたい」ファイヤスターはあごを上げて指示を出しているが、緑の目には疲《つか》れがにじみ、ラシットファーにかみつかれたのどのあたりの毛にはまだ、乾《かわ》いた血がこびりついている。

トードステップ、アイスクラウド、シンダーハート、ローズペタルが地面に半分埋まった岩のそばにかたまり、もう少し離れたところにはソーンクロー、サンドストーム、ダストペルトがいて、その近くをリーフプールとスクワーレルフライトが行ったり来たりしている。

「本日の予定は？」青い目を眠《ねむ》そうに開いたクラウドテイルが、みんなのところへ行った。

「パトロール隊をふたつ組むの」スクワーレルフライトが教えた。

ファイヤスターがつづける。「湖の近くのパトロールはブランブルクローが率いろ。もうひとつの部隊はダストペルトにまかせる。ソーンクロー、ホワイトウィング、スクワーレルフライトは、ブランブルクローと行け」

ソーンクローがうなずいた。ホワイトウィングもうなずいた。スクワーレルフライトはためらうようにちらっとブランブルクローを見たかと思うと、険しい目で見返されて、すばやく目を伏《ふ》せた。

ファイヤスターがさらにつづける。「クラウドテイル、ソーレルテイル、スパイダーレッグは、ダストペルトと行け」

クラウドテイルがすぐさま向きを変えて毛を逆立て、キャンプの出入り口へ駆《か》けだした。ソーレルテイルがつづき、残りの仲間がぴたりとついていく。四匹《ひき》は戦いにいくかのようにしっぽの毛をふくらませ、一列になってキャンプを出ていった。

「シンダーハート」ファイヤスターが灰色《はいいろ》の戦士のほうを向いた。「枯《か》れ葉の季節に入ったいま、一族には腕《うで》のいい狩猟猫《しゅりょうねこ》が必要だ。きょうはアイヴィーポーに獲物《えもの》のねらいかたを指導しろ。これ以上、きのうの戦いのことに気をとられて見習いの訓練をおろそかにしたくない。ライオンブレイズ、おまえもダヴポーに狩《か》りの指導をしてくれ」

ファイヤスターがキャンプを見まわすのを見て、ダヴポーはどきんとした。「ライオンブレイズはどこだ？」

ベリーノウズが進み出た。「夜が明ける直前に、ジェイフェザーといっしょに出かけました」

ファイヤスターはダヴポーと目をあわせ、なにか起きたのか？　という表情をした。ダヴポーは肩《かた》をすくめた。族長のご存じないことは、あたしも知りません。

ファイヤスターは考える顔をした。「そうか。ならば、ダヴポーはシンダーハートとアイヴィーポーと行け」ベリーノウズに向きなおる。「おまえもいっしょに行け。きょうはライオンブレイズの代わりをつとめるといい」

アイヴィーポーがダヴポーに顔をよせ、「まいったわね」と小声でいった。「狩りの訓練とベリーノウズの両方を我慢《がまん》しなくちゃならないなんて」

姉の怒《おこ》りたい気持ちは、ダヴポーにもわかる。きのうは戦士たちといっしょに戦ったのに、きょうは訓練を受ける見習いに逆もどり。

「行くぞ」ベリーノウズが先に立って、キャンプの出入り口へ向かった。保育部屋の前を通ったとき、モウルキットとチェリーキットがポピーフロストのそばを離《はな》れて、ベリーノウズの脚《あし》のあいだに飛びこんだ。よろけそうになったベリーノウズは大きな音をたててのどを鳴らした。「すぐにも戦士になれそうだな。おまえたちが戦士になったら、シャドウ族は怖《こわ》くて、おれたちのなわばりに攻《せ》めこめなくなるぞ」

アイヴィーポーがあきれた目をして、小声でダヴポーにいった。「なにからなにまで自慢《じまん》しないと気がすまないみたいね」

ダヴポーはきいていなかった。感覚をあちこちに向けて、ジェイフェザーとライオンブレイズをさがしていたのだ。二匹《ひき》はどこにいるの？

不意に後ろからつつかれ、びくっとした。「ほら、ぼうっとしていないで」シンダーハートがたしなめた。「ファイヤスターのおっしゃるとおり、枯《か》れ葉の季節は狩《か》りが最優先よ。集中しなさい」

ダヴポーはうなずき、ベリーノウズとアイヴィーポーのあとについてキャンプを出た。

「ハタネズミ捕《と》ってきて！」チェリーキットが後ろから叫《さけ》んだ。

訓練場のくぼ地へ向かって森のなかを歩きはじめてもなお、ダヴポーはやきもきしていた。なぜ、ライオンブレイズとジェイフェザーは、、、、アイヴィーポーのことを話していたの？　きのうの戦いで、アイヴィーポーがシャドウ族のタイガーハートと意味ありげに目をかわしたことを、思い出した。一瞬《いっしゅん》、二匹は互《たが》いに敵とは思えない表情を見せた。ダヴポーは顔をしかめた。ライオンブレイズもあの場面を見たのかしら。

それで、アイヴィーポーの忠誠心を疑っているの？　まさか！

「ダヴポー」ベリーノウズの声に、ダヴポーはわれに返った。「集中しろ！」

いつの間《ま》にか四匹は訓練場のくぼ地に着き、砂におおわれた空き地のまんなかに立っていた。

「おれはいま、なんといった？」ベリーノウズが強い口調《くちょう》できいた。

ダヴポーはあごを上げ、戦士をぽかんと見つめた。体がほてる。

ベリーノウズはくぼ地にいる獲物《えもの》がみんなおびえて逃《に》げてしまいそうなほど大きなため息をつくと、ダヴポーの前を行ったり来たりしはじめた。「どんなに熟練した戦士でも、獲物をねらうときの構えはつねに練習する必要がある、といったんだ」戦士は止まり、空《くう》を切るようにしっぽをシュッと振《ふ》った。「やってみろ」

ダヴポーはさっと身をかがめた。

「もっと腰《こし》を落とせ。でないと、跳躍力《ちょうやくりょく》が弱くなる」ベリーノウズは鼻でダヴポーのわき腹をつつき、片方の前脚でしっぽの位置を正した。「地面につけるな。ぴくぴく動かすんじゃない。毛が落ち葉をかする音で、獲物に気づかれちまう」

ダヴポーはあごを低くし、まっすぐ前へ突《つ》き出して止めた。

「そんなに首をのばすな」ベリーノウズが正した。「敵に襲《おそ》いかかるときのヘビのように、あごを引くんだ。鳥の巣をさがしてかぎまわるイタチみたいに、水平にのばすんじゃない」

ダヴポーは石のようにかたい地面に爪《つめ》を立てた。

シンダーハートが進み出た。「ちゃんとできていると思うわ」

「あのトチの実までは跳《と》べないでしょ」アイヴィーポーがいった。

「跳べるわよ！」ダヴポーはしっぽ三本分前方にあるいがを見つめて呼吸を整え、脚《あし》にじゅうぶん力をこめると、跳んだ。

いがの真上に着地した。「痛いっ！」とげが肉球を刺《さ》した。ダヴポーは毛を逆立てて、飛びのいた。

アイヴィーポーがおかしそうにきゃっきゃと笑う。「ごめん、ダヴポー！　まともに飛びつくとは思わなかったんだもん」

「いいって、いいって！」ダヴポーはすわり、ちくちくする肉球をなめた。「あたしがばかなのよ」自分でも笑ってしまった。

アイヴィーポーがはねまわる。「ネズミだって、そこまでばかじゃないのに」

ダヴポーは傷ついたふりをすると、いきなりアイヴィーポーに飛びかかってひっくり返した。

「はい、そこまで」シンダーハートがたしなめた。「訓練にもどりなさい」鼻づらでアイヴィーポーをつつく。「獲物《えもの》をねらうときの構えをやってみせて」

アイヴィーポーは白い腹を地面に押《お》しつけた。

「体が傾《かたむ》いているぞ」ベリーノウズが注意した。

アイヴィーポーはまだ、寝《ね》ちがえた脚をかばっているのだ。ダヴポーは姉の構えを四方からチェックするベリーノウズとシンダーハートを見ながら、耳をそばだて、ライオンブレイズの声をさがした。集中力を高め、感覚を湖へ向けると、湖岸の小石をころがす波の音が耳の毛をくすぐった。そして、かぎ慣れたにおいが鼻をついた。ライオンブレイズとジェイフェザーは小石だらけの水ぎわで身を寄せあって話しているようだ。

「で、アイヴィーポーがあそこにいたがっているのは、たしかなんだな？」

ダヴポーはどきんとした。どこに？　目を閉じると、ライオンブレイズとジェイフェザーの姿がにおいや音とともに浮《う》かび上がった。二匹《ひき》は波打ちぎわにすわり、冷たい風に毛をなびかせている。

「自分のいるべき場所みたいな顔をしていたよ」ジェイフェザーがぼそっという。

ライオンブレイズが歯ぎしりした。「それは深刻だな」

「深刻？」ジェイフェザーがきき返す。「部族史上最悪の事態だよ！〈暗黒の森〉はすべての部族の猫《ねこ》であふれているんだぞ！〈暗黒の森〉との戦いが起きたら、四つの部族は全滅《ぜんめつ》だ！」

ダヴポーの毛が逆立った。ジェイフェザーの言葉の意味がのみこめてきた。ホークフロストとタイガースターに目をつけられた猫《ねこ》がいることは知っていたが、サンダー族の猫までかれらのうそにそそのかされるとは。

わき腹になにかがぶつかってきて、ダヴポーは凍《こお》った地面にひっくり返った。

「ほらな！」ベリーノウズが見下ろして立っていた。「いったとおりだろう、シンダーハート！　こいつはやっぱり居眠《いねむ》りしていたよ！」

ダヴポーは急いで立ち上がり、冷たい土をペッと吐《は》き出した。

「枯《か》れ葉の季節なんだぞ」ベリーノウズがきびしい口調《くちょう》でいう。「居眠りしながら獲物《えもの》を捕《つか》まえられると思っているのか？」

ベリーノウズに向きなおった瞬間《しゅんかん》、ダヴポーははっと思った。アイヴィーポーは〈暗黒の森〉の戦士たちに鍛《きた》えられているんだわ！

アイヴィーポーは、空き地の反対側で立ち上がろうとしている。砂だらけの地面をころがったせいで、毛が乱れている。肩《かた》を落とし、うつろな目をした姉が、急に小さくやつれて見えた。

いいえ、ありえない！　だって、なぜ、アイヴィーポーが目をつけられなくちゃならないの？　とくべつな力をなにももっていないのに！

ばかなことを考えないの！　いろんな思いが嵐《あらし》のように渦巻《うずま》く。ダヴポーは深く息を吸いこみ、心を落ちつかせた。ジェイフェザーはまちがっているのかもしれない。タイガースターがまどわそうとしているのはアイヴィーポーではなく、ジェイフェザーなのかも。

「ダヴポー！」また、ベリーノウズのきびしい声が飛んできた。「おまえはライオンブレイズの指導を受けているときも、そんなにうわの空なのか？」

ダヴポーはかぶりを振《ふ》った。「申しわけありません」目を落とす。「戦いのショックがまだちょっとおさまらなくて……」

ダヴポーが語尾《ごび》をにごすと、ほっとしたことに、ベリーノウズは口調をやわらげた。「まだ幼いもんな。戦いがきつかったのも無理はない」しっぽでダヴポーのわき腹をなでる。「いまは一族を食べさせることに集中しよう。それも戦いと同じくらい重要だ。枯れ葉の季節の狩《か》りに役立つ技《わざ》を教えてやる」そういうと、駆《か》け足で空き地の中央へ行った。「おまえもよく見ろ、アイヴィーポー」

ダヴポーは空き地の反対側からやってくる姉をにらみつけた。

アイヴィーポーが目をあわせてきた。「だいじょうぶ？」

「いいか、よく見ていろ」ベリーノウズは身をかがめ、しっぽ二、三本分先にある凍った落ち葉の小山を見すえている。「こんなふうに地面が凍っているときは、獲物には、どんな足音もキツツキが中空の丸太をたたく音みたいにきこえてしまうんだ」ベリーノウズは霜《しも》の降りた落ち葉の上をすべるように脚《あし》を動かし、ゆっくり前進をはじめた。

「ヘビみたいですね」アイヴィーポーがいう。

シンダーハートが弟子のまわりをぐるっとまわった。「あのように動くと、どんな獲物《えもの》にも、ヘビが近づいてくるようにきこえるの。獲物はけんめいにヘビをさがそうとして、猫《ねこ》にねらわれていることに気づくのが遅《おく》れるわ」

シンダーハートが説明を終えると、ベリーノウズはタカのような速さで前へ跳《と》び、落ち葉の山の上に着地した。そして、体を起こして振《ふ》り向いた。

「やってみろ、ダヴポー」

ダヴポーはヘビのように二、三歩前進した。氷のように冷えきった肉球は、凍《こお》った地面を楽にすべる。それから、跳んだ。

「完璧《かんぺき》だ！」ダヴポーが落ち葉の山の上に着地すると、ベリーノウズが叫《さけ》んだ。

ダヴポーはしっぽを振った。早くこの訓練を終えれば、それだけ早く姉に問いただせる。

「おまえの番だ」ベリーノウズがアイヴィーポーにいった。

ダヴポーは体をまっすぐ起こし、ベリーノウズを見てまばたきした。「アイヴィーポーといっしょに、さっそくこの技《わざ》をためしにいってもいいですか？　日が短そうなので」木々のあいだから見上げると、太陽はいちばん高い枝の上を越《こ》えようとしている。まもなく傾《かたむ》きはじめるだろう。「すばらしいお手本を見せていただいたので、アイヴィーポーもおぼえたと思います」

「そうか。じゃあ、行け」ベリーノウズは満足そうに胸を張った。

シンダーハートが首をかしげた。「ほんとうにおぼえた？」

「はい、しっかり」ダヴポーはいい切った。「もし、アイヴィーポーが困ったら、もう一度教えていただきにもどります」

シンダーハートはいぶかしげな顔をした。「それでいいの？　アイヴィーポー」

アイヴィーポーはうなずいた。

「シャドウ族との境界線には近づかないように」シンダーハートが注意した。

「はい、もちろん！」ダヴポーはもう、訓練場のくぼ地を出ようと駆《か》けだしていた。ふたつのハリエニシダの茂《しげ》みのあいだを通る細い道をたどり、斜面《しゃめん》をのぼってくぼ地のふちに上がる。

アイヴィーポーがぴたりとついてくる。姉のあたたかい息が体にかかる。

「機転を利《き》かしてくれてありがとう！」姉は息をはずませていった。「ベリーノウズのひけらかそうとする態度に、もう一瞬《いっしゅん》も我慢《がまん》できなかったの」

ダヴポーは返事をしなかった。頭のなかで、姉への質問を準備していたのだ。なぜ、そんなことをしてるの？　どうして、そんなおろかなことができるの？

崖《がけ》のふちに着いた。ダヴポーは切り立った岩壁《いわかべ》のふちに沿って進みつづけ、はるか下のキャンプからきこえる音や声を気にしないようにした。

「おーい、ローズペタル！」トードステップが妹を呼んでいる。「マウスウィスカーとぼくといっしょに狩《か》りに行かないか？」

「たったいま、リーフプールの率いる一団がツグミを一羽捕《わと》ってきたわ」

「霜《しも》が降りる日はとうぶんつづくかもしれないだろ？　獲物《えもの》置き場をつねに満たしておいたほうがいい」

ダヴポーはしっぽを引っぱられた。

「狩りをするんじゃないの？」アイヴィーポーが不機嫌《ふきげん》にきく。

ダヴポーは姉の言葉を無視し、ブナノキのあいだを通ってウィンド族との境界線へ向かった。すぐそばの地面をリスが駆《か》けまわっている音がきこえるが、かまわず進みつづける。止まって狩りをする気はない。一族のみんなから遠く離《はな》れた場所へアイヴィーポーをつれていき、ジェイフェザーの話がほんとうかどうか、問いたださなくては。

ふと、アイヴィーポーがついてきていないことに気づいた。ダヴポーはすべりやすい落ち葉の上で急停止し、後ろを振《ふ》り返った。アイヴィーポーは身をかがめ、木の根元でブナの実をかじっているネズミをねらっている。ネズミをしっかと見すえ、ゆっくり近づいていく。

よく、なにごともなかったように狩りができるわね。ダヴポーはのど元にこみ上げる怒《いか》りを抑《おさ》えきれなくなった。

「やめて！」ダヴポーはどなった。

ネズミがぴたっと動きを止めて実を落とし、ブナノキの根の下に逃《に》げこんだ。

「ほんとなの？」ダヴポーは不安と怒りで毛を逆立て、姉につかつかと向かっていった。

アイヴィーポーは目をぱちくりさせた。

ダヴポーは深呼吸をした。「〈暗黒の森〉に行ったことがあるの？」

「えっ？」アイヴィーポーはあとずさった。

「きこえたはずよ！」ダヴポーは止まって、姉をにらみつけた。「〈暗黒の森〉に行ったことがあるの？」

「まさか！」アイヴィーポーも毛を逆立て、目を見開いている。「どうして、そんなことをきくの？」

「ジェイフェザーがあなたの夢に入りこんだの」

ダヴポーの言葉に、アイヴィーポーはごくりとつばを飲みこんだ。「あ、あたし……」

「じゃ、ほんとなのね？」ダヴポーはどきどきしはじめた。

アイヴィーポーの青い目が険しくなった。「だったら、どうだというの？　りっぱな戦士になるための指導を受けるには、あそこに行くしかないの。サンダー族では、みんなあなたを最高の戦士にすることばかりに力を入れて、あたしには見向きもしない。あたしはダヴポーのできの悪い姉でしかなくて――」

ダヴポーはきいていられなくなった。「どうして、そんなおろかなことができるの？〈暗黒の森〉の猫《ねこ》たちは悪魔《あくま》なのよ！」

「どうして、わかるの？」アイヴィーポーがどなり返す。「会ったこともないくせに！」

ダヴポーは姉を見つめた。「悪魔にきまってるわ。でなきゃ、なぜ〈暗黒の森〉にいるの？　タイガースターが〈暗黒の森〉に送りこまれたのは、よい猫だったからだと思う？」

「タイガースターに会ったことがあるの？」

「ないわよ！　でも、あの猫の話は赤《あか》ん坊《ぼう》のころからきかされてる。あなただって、そうでしょ！　あの猫はファイヤスターをやっつけようとしたのよ。ブラッド族に襲《おそ》わせて――」

「いまはちがうわ！」アイヴィーポーは鼻づらを突《つ》きつけてきた。「タイガースターは〈暗黒の森〉で暮らすうちに、忠誠心の大切さを学んだの」

姉はけんかを売ろうとしているの？

ダヴポーはひるまなかった。「わかってないわね。タイガースターがファイヤスターをやっつけたがってるのは、昔もいまも同じ。タイガースターにとって大事なのは、権力だけよ」

アイヴィーポーは口をゆがめた。「タイガースターと話したこともないくせに。あたしはあるのよ！　いろんなことを教えてもらったわ。ブルースターにサンダー族から追放されて、最終的にシャドウ族の族長になったいきさつとか、自分の生まれた部族への忠誠心はけっしてなくしたことがないということも。さんざんひどい仕打ちを受けたにもかかわらず、サンダー族への忠誠心はなくならないんですって！」

「ひどい仕打ちを受けた？」ダヴポーは耳を疑った。

「きのうの戦い、どっちが勝った？」

「きのうの戦いとなんの関係があるの？」

「あれはタイガースターの発案だったのよ！　シャドウ族と戦うようにファイヤスターを説得しなさいって、あたしにいったの。シャドウ族があたしたちのなわばりをうばおうとしてる、って警告してくれたの。タイガースターのおかげで、あたしたちが敵のなわばりをうばえたわ。それって忠誠心のなせるわざじゃない？　ちがう？」

「でも、タイガースターは〈暗黒の森〉の猫よ！　信用できないわ！　きのうの戦いはよけいな問題を起こしただけだった、ということがわからない？」ダヴポーはどなった。「無用な土地を勝ち取ったのと引きかえに、ファイヤスターが命をひとつ失い、ラシットファーが亡《な》くなったのよ！」

アイヴィーポーの目がさらに険しくなった。「タイガースターはいまでもサンダー族に忠実よ。あなたはやきもちを焼いてるだけ。タイガースターがあなたじゃなく、あたしの夢に現れるのがうらやましいんでしょ！　あたしのほうが優秀《ゆうしゅう》な戦士になるかもしれないのが心配なんでしょ！　とくべつな猫《ねこ》はあなたじゃなく、あたしかもしれなくて、ファイヤスターがあたしに目をかけるようになるのが怖《こわ》いんでしょ！」

「ばかなこといわないで！　あなたはあたしの姉よ」だが、ダヴポーは心のなかでむなしく泣き叫《さけ》んでいた。アイヴィーポーは背を向け、シダの茂《しげ》みに駆《か》けこんでしまった。凍《い》てつく森にひとり取り残されたダヴポーは、寒さに震《ふる》えはじめた。

姉は〈暗黒の森〉で指導を受けているんだわ！　どうして、スター族はそんなことをお許しになるの？

第5章

「しばらくようすをみるしかないな」ジェイフェザーは身を切るような風に首をすくめ、土手をのぼりはじめた。「キャンプに帰るよ」弱い日差しで霜《しも》は少しも溶《と》けず、足の下で草がパリパリ鳴る。

ライオンブレイズは湖岸から動こうとしない。さっきの話でかき立てられた不安を、払《はら》いのけようとしているようだ。ジェイフェザーは立ち止まり、肩越《かたご》しに兄に叫んだ。「狩《か》りをしろよ！　戦いのあとで、みんな腹をすかせているだろう」

小石が音をたて、ライオンブレイズが駆けだしたのがわかると、ジェイフェザーはすばやく土手のふちを越えて木陰《こかげ》に入った。枯《か》れ葉のかびくさいにおいが鼻をついたとたん、〈暗黒の森〉の記憶《きおく》がよみがえった。タイガースターがサンダー族の猫を引きこんでいたなんて信じられない。それもアイヴィーポーだとは、妙《みょう》だ。もしかすると、あの姉妹でとくべつな運命を背負っているのは、ダヴポーだけじゃないのかも。

ジェイフェザーはなじみのあるサンダー族のなわばり――霜でおおわれた倒木《とうぼく》の上を獲物《えもの》が駆けまわり、

木の上で鳥がさえずっている森――のにおいに意識を集中しようとしたが、枯《か》れ葉の季節に支配されつつある森の、あらゆる小動物の不安ばかり感じ取った。枯れ葉の季節は死の季節。若葉の季節までに、弱いものは寒さと飢《う》えで死んでしまうだろう。

ジェイフェザーは身震《みぶる》いして、その思いを振《ふ》り払《はら》うと、キャンプにつづくイバラだらけの道を急いだ。イバラの壁《かべ》の外は冷気に包まれているが、トンネルをくぐったとたん、あたたかい空気が押《お》し寄せてきた。部族仲間はいそがしそうだ。

「この枝をもち上げて、ブナノキの枝で支えたらどうかしら」戦士部屋からリーフプールの声がした。「そのまわりに新たに壁をつくれば、寝床《ねどこ》をあと三つは置けるわ」

ジェイフェザーは、戦士部屋の修復のために乱雑に積み上げられた小枝を慎重《しんちょう》によけて進んだ。

「気をつけて」獲物《えもの》置き場に近づくと、ミリーが警告した。「バーチフォールが、獲物を貯蔵する穴を掘《ほ》っているの」地面が凍《こお》っているときは、獲物は地中に埋《う》めることで長く保存できるのだ。

ジェイフェザーは貯蔵穴のふちで立ち止まり、ミリーにきいた。「霜《しも》の降りる日はそんなにつづくでしょうか?」

「わからないけれど、そなえておくに越《こ》したことはないわ。獲物はできるだけたくさんたくわえておかなくちゃ」

「ジェイフェザー！」看護部屋からバンブルストライプが呼んだ。

顔を上げたジェイフェザーは、ミリーの不安を感じ取った。ブライアーライトの具合が悪くなったのか？　ジェイフェザーは看護部屋へ走り、入り口にかかるイバラのカーテンを覚悟《かくご》してくぐった。

部屋のまんなかにバンブルストライプが立っていた。樹皮と湿《しめ》った青葉のにおいを漂《ただよ》わせている。「すごいものを取ってきましたよ」陽気にいう。

森の香《かお》りの下に、ほこりっぽいクモの巣のにおいがかぎ取れた。「なにかたいへんなことが起きたのかと思ったよ！」

ミリーが部屋に駆《か》けこんできた。「ブライアーライトがどうかしたの？」

「いいえ、なにも悪いことは起きていないわ」ブライトハートが進み出た。「バンブルストライプが、グレートオークにからまったツタの陰《かげ》に、クモの巣の巨大《きょだい》なかたまりを見つけたの」誇《ほこ》らしげにいう。「ずいぶん高いところまでのぼって取ってきたのよ」

ブライアーライトが寝床で身動きした。「すごい勇気よね」

ジェイフェザーはブライトハートの体をかぎ、化のうした傷のすっぱいにおいはしないか調べた。「けがの具合はどうですか？」

「ちょっとひりひりするだけ。かすり傷程度だから、すぐ治るわ」

「傷口が開かないように気をつけてください」ジェイフェザーは年長の戦士にいい、それからバンブルストライプにきいた。「耳の傷は痛むか？」

「ちくちくします。けど、こんな天気の日は、だれだって耳の先が痛くなりますよ」

ジェイフェザーはブライアーライトの寝床《ねどこ》のそばで立ち止まってかがみこみ、若い雌猫《めすねこ》の息づかいに耳をすました。ぜいぜいいう音はおさまっている。「きょうは必ず運動をすること。いいな？」

「こいつはもう、獲物《えもの》置き場まで往復してきましたよ」とバンブルストライプ。

「取ってきたクモの巣、確かめてみない？」ブライトハートがきいた。「たっぷりあって、かなり使い出がありそうよ」

「そのようですね」部族仲間の興奮《こうふん》を共有できたら、とジェイフェザーは思った。みんなの元気な声をきいても、気分は晴れない。「ブライトハート、すみませんがコケを採《と》ってきて、保育部屋に届けていただけますか？　子猫たちの寝床をきれいにしてやりたいので」戦士がぎくりとしたのを感じ、ジェイフェザーは申しわけなく思いながらつづけた。「見習いの仕事なのはわかっています。けど、いま見習いは二匹《ひき》とも訓練に出かけてしまっているんです」

「いいわよ」ブライトハートは部屋の出口へ向かった。「バンブルストライプにも手伝わせるわ。クモの巣を見つけたくらいだから、コケは難なく見つけられるでしょう」

二匹がいなくなると、ジェイフェザーはミリーに向きなおった。「バーチフォールの穴掘《あなほ》りを手伝ってやったほうがいいんじゃないですか?」

「ブライアーライトはほんとうにだいじょうぶなの?」ミリーが強くきく。

「日に日によくなっています」

「運動を再開するのが早すぎない?」ミリーはしっぽでブライアーライトのわき腹をなでた。「疲《つか》れ果てているみたいよ」

ジェイフェザーはゆっくり息を吐《は》き出した。「無理なことはさせませんせん」

「退屈《たいくつ》しのぎにちょうどいいわ」ブライアーライト本人が口をはさんだ。

ミリーは不安をぬぐえないようだ。ジェイフェザーは声を落とした。「仕事にもどったほうがいいですよ。心配していてもどうにもなりません」

ミリーが部屋を出ていくと、ブライアーライトの寝床でかさこそと音がした。「ブライトハートとバンブルストライプに、クモの巣のお礼をいわなくちゃだめじゃないですか。青葉の季節まで困らないくらいたくさん取ってきてくれたんですよ」

ジェイフェザーが返事をするより早く、部屋の入り口にかかるイバラのカーテンがかさっと鳴った。

「ジェイフェザー!」ダヴポーの不安そうな声が響《ひび》いた。

ブライアーライトが寝床《ねどこ》でびくっとした。「どうしたの？」

「たいしたことじゃないと思うよ」ジェイフェザーは急いで答えた。ダヴポーの不安の原因なら、はっきりわかっている。「いっしょに来い」ダヴポーをつついて部屋の外へうながす。「ファイヤスターのようすをみにいきたいんだ。傷口にあてるクモの巣を取りかえたほうがいいかもしれない」

「アイヴィーポーのことがわかったんです」イバラのカーテンの外に出るなり、ダヴポーがいった。「〈暗黒の森〉の戦士たちの特訓を受けているんです」

「声を落とせ！」ジェイフェザーはうなった。

「でも、なんとかしなくちゃ！」

ブナノキの小枝に前脚《まえあし》をつつかれ、ジェイフェザーは顔をしかめた。「どんなこと？　あの子に行くなというのか？　耳を貸すと思うか？」

「貸さないでしょうか？」ダヴポーの声に不安がにじむ。

ジェイフェザーはダヴポーを空き地のはしへ導き、小声でいった。「いいか？　あの子が自分で決めたことなんだ。ぼくたちはただ、あの子の行動を見張ればいいんじゃないかな。敵のことがなにかわかるかもしれない」

「アイヴィーポーは敵じゃありません！」ダヴポーは悲痛な口調《くちょう》になる。「あたしのふたごの姉です。姉にこんなことをさせるわけにはいきません。タイガースターにどんな目にあわされるか！」

「こんなところに突《つ》っ立って話しあうわけにはいかない」ジェイフェザーがうなり声でいったとき、イバラのトンネルがかさこそ鳴った。振《ふ》り向くと、マウスウィスカーとトードステップとローズペタルが、しとめたばかりの獲物《えもの》のあたたかいにおいを漂《ただよ》わせて、キャンプに入ってきた。「いまここでは話せない」

ジェイフェザーは戦士部屋の方向へ歩きだした。「仲間を手伝いにいけ。仕事は山ほどある」

ジェイフェザーは、途方《とほう》に暮れて立ちつくすダヴポーをその場に残し、ハイレッジへ向かった。ダヴポーの話はあとできいてやろう。みんなの好奇《こうき》の目と耳をのがれられる森へ出かける機会があったら、そのときに。

獲物置き場からおいしそうなにおいが漂ってくる。マウスウィスカーたちの一団はツグミとハタネズミとハトを捕《と》ってきたらしい。

「この貯蔵穴、もっと深く掘《ほ》らなくちゃね」ミリーの声がした。

「なにか腹につめこんでからな」土がバラバラと音をたて、バーチフォールが穴から飛び出した。

「マウスウィスカー！」キャンプの出入り口でチェリーキットの声が響《ひび》いた。「落とし物ですよ！」

イバラのトンネルのそばの地面を毛がかすする音がした。チェリーキットとモウルキットが、なにか重そうなものを引きずってキャンプに入ってくる。

「リスじゃないか！」バーチフォールが舌なめずりして子猫《こねこ》たちに駆《か》け寄り、「おまえたちが捕《つか》まえたのかい？」と、からかった。

「すぐ外で見つけたんです」モウルキットがいった。「マウスウィスカーの一団が落としたんだと思います」

「リスは捕まえなかったよ」獲物《えもの》置き場から、マウスウィスカーの不思議そうな声が返ってきた。

用を足す場所に通じるトンネルから、母猫ポピーフロストがあわててやってきた。「ちょっとあなたたち、なにしているの？　キャンプから出ちゃだめでしょう！」子どもたちをしかる。「それも、こんな寒い日に！」

「この調子じゃ、貯蔵穴はふたつ必要になりそうね」リスを運んできたバーチフォールを見て、ミリーがいった。

ジェイフェザーがハイレッジにつづく岩をのぼっていると、ファイヤスターの部屋からサンドストームが顔をのぞかせた。

「族長の具合はいかがですか？」岩をのぼりきるなり、ジェイフェザーはたずねた。

「疲《つか》れていて、安静にしていなくちゃならないのが不満そう」

ジェイフェザーはサンドストームの横をすり抜《ぬ》け、せまい部屋に入った。族長はあくびをして、起き上がった。のどの傷は乾《かわ》き、化のうしていないことが、においでわかった。

「痛みますか？」ジェイフェザーは切り傷に鼻先をそっと触《ふ》れ、はれて熱をもっていないか調べた。毛は、乾いた血がこびりついてかたまっているが、その下の皮膚《ひふ》はやわらかくてきれいだ。

ファイヤスターが身を引いた。「痛んだら、知らせるよ」毛に寝《ね》ぐせのついた体を振《ふ》る。

「ブランブルクローはもどったか？」

「まだよ」サンドストームが答えた。

「境界線のマーキングを問題なくできるといいが」ファイヤスターがうなる。「どこまでがわれわれのなわばりになったか、シャドウ族にしっかり知らしめたい」

ジェイフェザーのしっぽがぴくっとした。あの戦いは単なるふたつの部族のなわばり争いだった、と族長は思っているんだ。

「ジェイフェザー？」ファイヤスターが緊張《きんちょう》した声で呼びかけた。「話があるのか？」

アイヴィーポーのことを話すべきだろうか？　あの空き地を戦ってでも取り返すように族長を説得した猫は、〈暗黒の森〉の戦士の特訓を受けているのだ、ということを？　夢やお告げを送ってくるのはもうスター族だけではない、ということは、当然、族長に知らせるべきだよな？

いいや。ぼくたちだけで対処できる。

「もどってきたわ！」サンドストームが振り向き、部屋を出ていった。「ブランブルクロー！　ダストペルト！」

石がカラカラ鳴り、サンドストームが空き地へ駆《か》け下りたのがわかった。ファイヤスターがジェイフェザーの横をすり抜《ぬ》け、あとにつづく。ジェイフェザーはハイレッジの上で耳をすました。ブランブルクローとダストペルトとそれぞれの率いるパトロール隊が空き地で足を止めた。戦士たちの体からは霜《しも》と森の香《かお》りが漂《ただよ》い、脚《あし》にはかすかにシャドウ族のにおいがついている。

「マーキングはすんだか？」ファイヤスターがきいた。

「おれたちはすませました」ブランブルクローが答える。

ダストペルトが進み出た。「シャドウ族はまだマーキングしていなかった」

「新しい境界線を認めたくないんだわ！」獲物《えもの》貯蔵穴からミリーが小走りでやってきて、腹立たしげにいった。

「認めるべきよ！」リーフプールの声だ。戦士部屋の修復作業を中断してきたらしい。

「あいつらに、するべきことなんかなにもありませんよ」バーチフォールが指摘《してき》する。

ミリーの毛が怒《いか》りで逆立った。「でも、向こうは戦いに負けたのよ」

ゆっくりだがしっかりした足音がきこえ、長老たちの部屋からパーディーが出てきたのがわかった。

「敵は自分たちが負けたとわかってるのかね？」

「そりゃ、わかっているでしょう!」マウスファーが長老仲間を押《お》しのけてやってきた。「副長がライオンブレイズに殺されたのだから」

だれもが押し黙《だま》り、前脚をもぞもぞ動かす音としっぽが地面を払《はら》う音だけが響《ひび》いた。するとファイヤスターが進み出て、重々しくいった。「ラシットファーが亡《な》くなったのは残念なことだ」

ライオンブレイズはどこだ? ジェイフェザーはそわそわした。ここに来て、自己弁護しなくちゃだめじゃないか。

「ライオンブレイズはもっと慎重《しんちょう》に動くべきだったな」ブランブルクローがつぶやいた。

ジェイフェザーは怒りを飲みこんだ。批判は、ライオンブレイズ本人が受けて立つべきだ。ぼくが代わりにこたえたりしたら、ライオンブレイズは自分のしたことから目をそむけているみたいに見えてしまう。

そのとき、イバラにだれかの毛が引っかかってトンネルがゆれる音がした。

アイヴィーポーだ。

アイヴィーポーがこっそりキャンプにもどり、集まった仲間のあいだに分け入った。「なにがあったんですか?」

ジェイフェザーの体が冷えこみ、見えない青い目を光がつらぬいたかと思うと、突然《とつぜん》アイヴィーポーの姿が見えた。夢のなかと同じくらいはっきり見える。銀色の縞柄《しまがら》の毛皮が、霜《しも》で白くおおわれた空き地にまぶしく浮《う》かび上がっている。目の前に光景が広がったとたん、ジェイフェザーは胸騒《むなさわ》ぎがした。黒い影《かげ》がくぼ地のふちを越《こ》えて流れこみ、一族の部屋と戦士たちを飲みこみはじめた。〈暗黒の森〉の猫《ねこ》が群れをなして、岩壁《いわかべ》を這《は》うトカゲのように崖《がけ》をすべり下りてきたのだ。くぼ地にひしめく猫たちの目が赤くぎらつき、歯とかぎ爪《づめ》が暗がりで水晶《すいしょう》のように光る。

サンダー族が雄《お》たけびをあげて敵を迎《むか》え撃《う》つ。グレーストライプが茶色い雄猫《おすねこ》になぐりかかったが、雄猫にのどをつかまれて投げとばされ、脚《あし》をばたつかせて息絶えた。ミリーが悲鳴をあげ、つれあいを殺した雄猫に襲《おそ》いかかった。だが、べつの二匹《ひき》の戦士に背中の毛をむしられ、悲痛な鳴き声をあげながら闇《やみ》に引きずりこまれていった。

サンダー族は数と力で負けている。

苦痛と怒《いか》りの叫《さけ》びをあげるバーチフォールは敵の残酷《ざんこく》なかぎ爪の攻撃《こうげき》で殺され、ダストペルトは凶暴《きょうぼう》な敵の牙《きば》でのどを切り裂《さ》かれてくずおれた。サンダー族の戦士がつぎつぎに倒《たお》れ、空き地に遺体《いたい》の山ができていく。倒れた戦士たちの口から流れる血が、地面に不気味な影のように広がる。血は部屋からも岩壁のすきまからも流れ出し、保育部屋をおおうイバラからしたたり、やがてキャンプ全体を真《ま》っ赤《か》に染めた。

血に染まっていないのは、アイヴィーポーだけだ。

〈暗黒の森〉の戦士たちがアイヴィーポーを取り巻き、勝利に目を輝《かがや》かせている。アイヴィーポーは月明かりを浴びて石のようにじっと立っている。痛みも恐怖《きょうふ》も感じていないようだ。すると、アイヴィーポーが鼻づらを上げ、まっすぐこっちを見た。闇のように黒い、うつろな目に見すえられ、ジェイフェザーは心臓が止まりそうになった。

そばでぞっとした声があがり、ジェイフェザーは毛を逆立てて振《ふ》り向いた。

スポッティドリーフが絶望的な表情で身をかがめている。「ごめんなさい」雌猫《めすねこ》はささやいた。「わたしの力では、なにも変えられなかった」

第6章

キャンプへ向かって突《つ》っ走るフレームテイルは、凍《こお》った松葉で脚《あし》をすべらせた。体勢を整えようと地面に爪《つめ》を立てたとき、ふたたびライオンブレイズの態度を思い出した。スター族にいちばん好かれていると思いこんでいるみたいに、いばりやがって。いかにもサンダー族らしいよな。

松の木の上でクロウタドリのかん高い鳴き声がしたかと思うと、行く手にトードフットが飛び出してきた。

フレームテイルは急停止した。「気をつけろ！」

「きみの反射神経をためしてみただけだよ」トードフットはからかい、わきによけた。

「じゃ、これはどうだ！」フレームテイルはいきなり仲間に飛びかかって倒《たお》した。

トードフットはもがいて身を離《はな》し、ぱっと立ち上がった。「戦士並みに戦える看護猫《かんごねこ》なんて、ほかのどの部族にもいないだろうな」戦士は笑い、体を振《ふ》ってこげ茶色の毛をふわりとさせた。「どこに行ってきたんだい？」

「新しく設定された境界線」

トードフットは鼻を鳴らした。「あいつらはもう、マーキングしたのか？」

「ぼくが帰るころ、ブランブルクローがマーキングしはじめた」

「おれたちがあの一画を明け渡《わた》したと思いこんでいるとしたら、サンダー族は思ったよりばかだな」

フレームテイルはふんとうなずいた。「戦いはまだ終わってないのにな」

すぐ近くで、毛が地面をかすする音がした。フレームテイルはびくっと振り向き、鼻にしわを寄せた。死《し》臭《しゅう》がする。

「ラシットファーを埋葬《まいそう》しにいくんだよ」トードフットがフレームテイルの視線をたどっていう。

「手伝いにいこう」

フレームテイルは先に立って、音のするほうへ向かった。朝日が縞模様《しまもよう》を描《えが》く松林のなかを、ロウワンクローとラットスカーがもと副長のかたくなった遺体《いたい》を引きずっていく。フレームテイルの父親であるロウワンクローは、昨夜、副長に就任したばかりだ。

木々のあいだに猫たちの姿が見えがくれしている。一族が列をつくってキャンプから現れ、埋葬場所に集まってきた。

「あんな賢《かしこ》い猫を亡《な》くしたのは、ほんとうに惜《お》しいわ」トールポピーが目をうるませ、長老仲間のそばにすわった。シーダーハートとホワイトウォーターがもぞもぞ動いて場所をあける。

ラシットファーの遺体《いたい》が埋葬《まいそう》場所へ引きずられてくると、長老のスネークテイルが白い毛のまじったあごを上げ、かすれ声でいった。「苦労して身につけた多くの技術やたくさんの思い出が、かのじょの死とともに失われてしまった」

ロウワンクローとラットスカーが墓穴《はかあな》のふちで止まり、そばにラシットファーの遺体を寝《ね》かせた。松脂《まつやに》のにおいがする。通夜《つや》の準備をしたとき、フレームテイルがリトルクラウドを手伝って遺体にぬったのだ。

「つらい別れだな」アウルクローがつぶやいた。

「つらくないお別れなんてあった？」シュルーフットが戦士仲間に寄りかかる。

ブラックスターが遺体のそばへ行き、一族のみんなにいった。「ラシットファーは最後まで戦って死んだ。りっぱな死を遂《と》げたのだ。わが部族の戦士に、それ以上もとめるものはない」

長老のシーダーハートの目が涙《なみだ》で光った。「昔、弟子だったわたしにとてもよく指導してくださったわ」

ロウワンクローがうなずいた。「野良猫《のらねこ》としてシャドウ族に入り、戦士として死んでいった」

ブラックスターが松林の上にのぼりかねている太陽を見上げた。「スター族はラシットファーを歓迎《かんげい》なさるだろう。われわれが失ったものを、スター族は得ることになる。ラシットファーの思い出がわれわれの思い出となり、かのじょの生前の力と技術がわれわれの力と技術になりますように」そういうと、ロウワンクローにうなずいた。ロウワンクローは無言で遺体の首筋をくわえ、墓穴のふちから下へ落とした。

ブラックスターがつらそうな目をして墓穴に背を向け、一族を率いて歩きだした。フレームテイルはキャンプの入り口で父親のロウワンクローに追いつき、たずねた。「リトルクラウドは？」

「ひと晩じゅう負傷者の手当てをして疲《つか》れ果てているんで、休めとブラックスターにいわれたんだ。ラシットファーとは〈月の池〉で対話できるだろうから、別れの言葉はそのときにいえばいい」ロウワンクローは息子の顔を見た。「おまえも疲れただろう。明け方までリトルクラウドを手伝っていたから」

フレームテイルは脚《あし》の先まで疲れきっていたが、認めたくなかった。「あとで休むからいいよ。それより、戦場だった場所をひと目見ておきたかったんだ」

「いいことだ」ロウワンクローはうなずいた。「戦いで失った土地をしっかり頭に焼きつけておけ。取りもどすときが来るまでな」そういうと、フレームテイルの頭に鼻づらを触《ふ》れ、キャンプの入り口のせまいイバラのトンネルをくぐった。あとにつづいたフレームテイルがトンネルから出たとき、父はブラックスターとともに族長の部屋に消えた。

「悪いんだけど」シュルーフットがまばたきし、黒い前脚を片方、フレームテイルの鼻づらの下に突《つ》き出した。「代わりにみてくれる？　リトルクラウドはお休み中なの」

フレームテイルは雌猫《めすねこ》の前脚を診察《しんさつ》した。足首の関節がはれて、毛皮が熱をもっているが、患部《かんぶ》に鼻を触《ふ》れても、シュルーフットはかすかに表情を動かしただけだった。

「ちょっとねんざしただけだ。痛み止めにケシの実をやるよ」フレームテイルはシュルーフットをつれて、看護部屋の茂《しげ》みのとげだらけの入り口をくぐった。茂みの奥《おく》は開けている。砂地を掘《ほ》ってくぼませてあるので部屋は広々とし、乾燥《かんそう》させた松葉をまき散らした地面はふかふかだ。

部屋のいちばん奥にある寝床《ねどこ》で、リトルクラウドがのびをして起き上がった。華奢《きゃしゃ》な雄猫《おすねこ》はいつも以上に小さく見え、目は血走り、毛には寝ぐせがついている。

「おかげんはいかがですか?」フレームテイルは心配になり、部屋の奥へ行って指導者の体をかいだ。思ったより熱っぽい。

「元気だ」リトルクラウドはきっぱりいった。「疲《つか》れただけだ」

「お休みになっていてください」

フレームテイルの言葉にリトルクラウドは反論せず、部屋の入り口で待っているシュルーフットを見やった。「あの子はどうしたんだい?」

「前脚《まえあし》をねんざしたんです」フレームテイルは答えた。「痛み止めにケシの実を与《あた》えようと思いまして」

リトルクラウドは首を横に振《ふ》り、「患部をヒレハリソウとイラクサで包むだけでいい」と、ちぎった薬草の山をあごで示した。「ケシの実はシュルーフットにはちょっと強すぎて、いつも眠《ねむ》りすぎるんだ」

「はれに効く薬だけでいい？　痛みは我慢《がまん》できる？」フレームテイルはシュルーフットにきいた。

シュルーフットはうなずき、ねんざした前脚を上げた。フレームテイルはちぎった薬草をかんで、どろっとなったものを雌猫《めすねこ》の前脚にぬりつけ、その上からギシギシの葉を巻きつけた。

処置が終わると、シュルーフットはため息をついた。「もう、よくなった気がするわ」

「一日脚を休ませて、それからそっと動かして慣らすといい」フレームテイルは指示した。

シュルーフットがうなずき、イバラの茂みを出ていくと、フレームテイルは「もう行きます」といおうと、リトルクラウドを振《ふ》り返った。だが、指導者はすでに眠っていた。フレームテイルは疲れで脚が重かったが、寝床で丸くなりたい気持ちをこらえた。負傷者の診察《しんさつ》をしなくては。

イバラを鼻で押《お》し分けて看護部屋を出たとたん、まぶしさに目を細めた。松林のなかの広く平らな空き地いっぱいに光が踊《おど》っている。空き地のはしに数匹《すうひき》の仲間が脚を広げて横たわり、少しでもあたたまろうと枯《か》れ葉の季節の弱い日差しを浴びている。スノウバードが寝返りをうって、のびをした。白い腹を横切る真《ま》っ赤《か》な傷に、フレームテイルは思わずぎょっとした。だが、傷はすでにきれいに洗ってマリーゴールドの汁《しる》をぬってあるので心配ない。スノウバードのそばでは、スコーチファーが前脚に鼻をのせて寝ている。鼻づらの前には食べかけのツグミが置いてある。戦士部屋の入り口には、茶色いぶち柄《がら》の毛を乱したレッドウィロウが横たわっている。戦士はわき腹をなめようと体を起こしてひねったが、痛みに顔をゆがめ、息を切らしてふたたび横になった。オリーヴノウズとアウルクローが並んで寝《ね》ている。二匹《ひき》とも毛を乱し、鼻づらに引っかき傷がある。

イバラの壁《かべ》がゆれ、タイガーハートがキャンプに駆《か》けこんできた。戦士は口からぶら下げてきたリスを獲物《えもの》置き場のほうへほうった。つづいて、ドーンペルトがハトをくわえて駆けこんできた。

フレームテイルはきょうだいに駆け寄り、出血していないか体をかいだ。「傷口、開かなかっただろうな？」

「ええ、だいじょうぶ。気をつけてるわ」ドーンペルトが首をかがめ、肩《かた》のあいだの切り傷を見せた。傷口は粘着力《ねんちゃくりょく》のあるクモの巣でまだしっかりおおわれ、新たに出血したようすはない。

戦士部屋からトーニーペルトが現れた。三毛柄《みけがら》の戦士は子どもたちが三匹いっしょにいるのを見たとたん、緑の目を輝《かがや》かせてやってきて、三匹のほおを順番になめた。

ドーンペルトが頭を振《ふ》ってよけた。「やめて！　もう、子どもじゃないんだから！」

トーニーペルトはのどを鳴らし、空き地を見まわした。「お父さんは？」

「ブラックスターのところ」フレームテイルはきょうだいのあいだをぬうように歩いた。「副長になったから、これからはあそこにいることが多くなるんじゃないかな」

「早く族長にならないかな」タイガーハートがかぎ爪《づめ》に力をこめる。

「しーっ！」ドーンペルトが兄をつついた。

タイガーハートは肩をすくめた。「だって、もうすぐだろ？　ブラックスターは永久には生きられないよ」

トーニーペルトがしっぽで息子の口をふさいだ。「なんてことをいうの！」

「少なくとも、タイガーハートの考えてることはいつも丸見えでいいじゃん」フレームテイルは兄の肩をしっぽでぽんとたたいた。

タイガーハートは鼻をくいっと上げた。「いま考えてることはわかるもんか」

ドーンペルトがひげをぴくぴくさせた。「わからないけど、どうせすぐ口をすべらすでしょ」

タイガーハートは目を光らせ、さっと攻撃《こうげき》の体勢になった。

ドーンペルトはおびえたふりをし、「助けて！」とかん高く叫《さけ》んで母親の後ろにかくれた。

「よしなさい、あなたたち」トーニーペルトがたしなめた。「まだ喪中《もちゅう》よ」

空き地の奥《おく》のブラックスターの部屋からロウワンクローが現れ、家族のほうへやってきた。フレームテイルは気づいたが、タイガーハートとドーンペルトは母のまわりで追いかけっこに夢中で気づかない。

タイガーハートがドーンペルトに体当たりして倒《たお》した。「いまに見てろ。ぼ、ぼくが副長になったら、からかえなくなるぞ」

「そんなこと、ありえない！」ドーンペルトが兄を押《お》しのけた。「副長になるのは、わ、わたしだもん！」

取っ組みあう子どもたちのそばでロウワンクローが立ち止まった。「父さんにはもう、ライバルがいるのかい?」

タイガーハートとドーンペルトははじかれたように立ち上がった。

「ふざけていっただけよ」ドーンペルトがあわてていう。

「野心満々の子どもたちがいて、うれしいよ」ロウワンクローはのどを鳴らした。「けど、おまえたちに地位をゆずる前に、せめて一、二ヵ月は父さんに副長をつとめさせてくれ」そういい、フレームテイルを見やった。「おまえも副長になりたいのかい?」

「ぼくは看護猫《かんごねこ》で満足だよ」フレームテイルは答えた。

ロウワンクローは目を輝《かがや》かせた。「それをきいてほっとした。ライバルが三匹《びき》もいてはきびしいからな」

トーニーペルトがロウワンクローのほおに鼻づらをすり寄せた。「あなたたち全員が誇《ほこ》らしいわ」そういうと、ブラックスターの部屋へ視線を漂《ただよ》わせた。

部屋の入り口に族長が姿を現していた。目は輝き、毛皮はグルーミングしたばかりらしく、つややかだ。

「戦士と見習いのみんな!」ブラックスターは空き地に進み出て叫《さけ》んだ。「もう、体力が回復しただろう! 集まれ! きのうの敗戦の反省会をする」

「みんな、よく戦った」ブラックスターはつづけた。「しかし、なわばりの一部を失った。取られたものを取り返すには、失敗から学ぶ必要がある。この敗戦は、強くなれるチャンスだ」

つぎの戦いの作戦を練る前に全員の治療《ちりょう》をすませるチャンスをくれ、とフレームテイルは思い、あたりをかいだ。すっぱいにおいがする。昨夜、リトルクラウドと二匹で手当てした傷が化のうしないうちに、薬をつけなおさなくては。保育部屋から、アイヴィーテイルが身をよじって出てくるのが見えた。はじめての妊娠《にんしん》で腹がふくらみはじめている。戦士として戦うのは、しばらく無理だろう。看護猫の仕事を手伝ってもらえるかも。

「アイヴィーテイル！」フレームテイルは毛足の長い母猫のそばへ行き、ブラックスターが話しつづけるなか、小声で話しかけた。「負傷者の傷に薬をつけなおすのを手伝っていただけますか？」

アイヴィーテイルはまばたきした。「ええ、もちろんよ」

看護部屋に入ると、リトルクラウドはまだ眠《ねむ》っていた。フレームテイルとアイヴィーテイルは薬草を取り、そっと空き地へもどった。

ラットスカーがそわそわ行ったり来たりしている。茶色い毛皮が木もれ日にきらきら輝く。「フクロウみたいに木から木へ跳《と》び移る猫たちと、いったいどうやって戦えばいいんだ？」

フレームテイルは、くわえてきた薬草の束をオリーヴノウズのそばに落とし、雌《めす》の戦士のわき腹の引っかき傷をかいだ。「薬をつけなおします。ラットスカーの話に意識を集中しててください」戦士にそういうと、アイヴィーテイルをそばへ招いた。「やり方を見てください」フレームテイルはオリーヴノウズのわき腹の傷から乾《かわ》いたぬり薬をなめて落としはじめた。オリーヴノウズは地面に爪《つめ》を立てて、話しあいに集中している。

スモークフットが進み出ていた。「あいつらが強みと思っていることを、弱みに変えてやったらどうでしょう?」

ブラックスターが険しい目でうなずいた。「方法は?」

スモークフットはおずおず答えた。「木から飛び降りて着地したときの衝撃《しょうげき》はかなり大きいはずなので、体勢を立てなおすまで少し間《ま》があると思うんです。そのすきにおれたちは最初の行動に出る、というのはどうでしょうか」

アップルファーが茶色いぶち柄《がら》の頭を傾《かたむ》けた。「つぎの戦いではもう、敵のフクロウ戦法には驚《おどろ》かないわ。木の上に目をくばればいいのよ。敵が飛び降りてくる前に、簡単によけられるはず」

クロウフロストの目が興奮《こうふん》でまん丸くなる。「木にのぼって飛び降りるのには時間がかかる。サンダー族の戦士たちは、自分が鳥ではなく猫《ねこ》だということを忘れているようだ」

スノウバードがうなずいた。「敵がむだに時間と力を使っているあいだに、わたしたちは着地した敵に飛びかかる準備をすればいいわ」

ドーンペルトが話にくわわる。「敵の戦術がわかったから、今度は楽に勝てそうですね！」そういうと、キャンプの上にかかるハシバミの枝を見上げた。「練習しましょうよ！」

タイガーハートはもう駆《か》けだし、空き地のはしに密生したイバラのまんなかに立つハシバミの低木へ行くと、よじのぼって枝の上を慎重《しんちょう》に進みはじめた。ドーンペルトは足踏《あしぶ》みし、地面に下ろしたしっぽをそわそわ動かしながら、兄を見ている。

タイガーハートが飛び降りた。

着地した兄にドーンペルトが飛びかかり、やすやすとひっくり返して、冷たい地面に押《お》さえこんだ。

ブラックスターの目がぱっと輝《かがや》いた。「サンダー族は自分たちが利口だと思っているが、ハト並みにおろかだ」

アウルクローが進み出て、族長にいう。「森のなかの戦いでおれたちが負けたのは、単に弱かったからではありません。空き地でおれたちの戦線がふたつに分断されてしまったからです」

「戦士の配置を変えてみたらどうだろう？」ロウワンクローが提案する。「経験豊富な年長の戦士が、経験の浅い若い猫のそばについて戦うといい。それなら、たとえ戦線を分断されても、どの小部隊も戦力をたもてる」

「名案だ、ロウワンクロー」ブラックスターが新しい副長をほめた。「つぎの戦いでは、前もって戦士たちを組ませておこう。熟練した者と未熟な者が組んで戦うようにしたい」

フレームテイルは部族仲間の話をきいて、誇《ほこ》らしい気分になった。シャドウ族は敗戦をチャンスと見ている。敗戦をきっかけに戦力をみがき、つぎの戦いでもっとうまく戦えるように準備するのだ。落ちこむ者も仲間を責める者もいない。みんなの心にあるのは、つぎはきっとちがう結果になる、という確信だけだ。

いつの間《ま》にか立ち上がっていたクロウフロストが、提案した。「強い戦士を予備軍にするのはどうだろう？　敵が自分たちの勝ちと思いはじめたころに、新しい波を送りこんでつぶしてやるんだ」

「いい考えだ」ロウワンクローがゆっくりうなずいた。「戦術はどれもすばらしい。だが、最終的にわれわれを勝利に導くのは戦闘《せんとう》技術だ、ということを忘れてはならない」そういい、パインポーのほうを向いた。「おまえはヘーゼルテイルに突《つ》きとばされていたな」

「あの猫《ねこ》はあたしより大きいですし、あれは不意打ちだったんです」パインポーは怒《おこ》っていった。「しかも、あのときあたしは、ヘーゼルテイルではなくソーンクローと戦ってたんです」

「そうだったな」とロウワンクロー。「しかし、ヘーゼルテイルの攻撃《こうげき》をうまくかわすこともできたはずだ」

「どうやって？」パインポーは首をかしげ、興味深《きょうみぶか》げに目を輝《かがや》かせた。

「ここへ来い」ロウワンクローは、オークファーと弟子のフェレットポーを空き地の中央へ呼び寄せた。

フレームテイルは戦う練習をする仲間を横目で見ながら、スコーチファーの傷に新しい薬をぬりはじめた。オークファーはまだ脚《あし》を引きずっているが、興奮《こうふん》で毛をふくらませている。

「フェレットポー」ロウワンクローはクリーム色と灰色《はいいろ》の雄猫《おすねこ》をつついて位置につかせた。「おまえはソーンクローの役をやれ」

フェレットポーは毛を逆立てた。

「オークファー、きみはヘーゼルテイル役だ」

オークファーはうなずき、攻撃の構えに入った。

ロウワンクローはパインポーにうなずいた。「きのう、ソーンクローと戦ったときのように、フェレットポーと戦え。そして、オークファーが飛びかかってきたら、いっしょにころがるんだ。そうすれば、勢いのついた敵の重みは、おまえではなく敵自身にかかる」

パインポーは一瞬《いっしゅん》顔をしかめ、それからフェレットポーに襲《おそ》いかかった。取っ組みあいがはじまり、フェレットポーが下になったところで、オークファーが飛びかかり、パインポーの首に前脚をかけてフェレットポーから引き離《はな》した。パインポーは体の力を抜《ぬ》いた。前脚に急に重みがかかったオークファーはよろけ、そのすきにパインポーは身をよじってオークファーの首にかみつき、相手の前脚からのがれた。オークファーはすぐに体勢を整えたが、見習いはもう、戦士の背中にのって後ろ脚でけりつけ、首筋に歯を食いこませていた。

「見事だ！」ブラックスターが進み出た。「役立ちそうな技《わざ》がひとつ見つかったな」

「うまい動きだったぞ、パインポー！」指導者のラットスカーが叫《さけ》んだ。

パインポーはうれしそうにうなずき、一族のあいだに称賛《しょうさん》の声が広がると、黒い毛を誇《ほこ》らしげにふくらませた。

フレームテイルはスコーチファーの傷に薬をぬり終えた。「まだ痛みますか？」

「いくらか楽になったよ」灰色《はいいろ》の雄《おす》の戦士は答えた。

ブラックスターが獲物《えもの》置き場に目をやり、副長に声をかけた。「ロウワンクロー、狩猟《しゅりょう》部隊を組んでくれ」

ロウワンクローはかぎ爪《づめ》に力をこめた。「新しい境界線のマーキングはどうしますか？」

ブラックスターは毛を逆立てた。「まだ、しなくていい。ラシットファーの遺体《いたい》がわずかでもあたたかいうちは、よそう」目をくもらせる。「ファイヤスターは卑劣《ひれつ》なやりかたで土地を取りもどした。無償《むしょう》でゆずったものを、相手を殺してまで取り返そうとするなど、真の戦士のすることだろうか？」

「いやしいやつ！」

「ずるがしこい野郎《やろう》だ！」

冷たい空気のなかに、キャンプのあちこちからののしりの言葉が吐《は》き出された。

ブラックスターが静かに、としっぽをひと振《ふ》りした。「フレームテイル！」

フレームテイルははっと顔を上げた。

「リトルクラウドといっしょに、おれの部屋へ来い。看護猫《かんごねこ》のおまえたちに話がある」族長はそれからロウワンクローに向きなおり、「狩猟部隊を組んでくれ」と、もう一度いった。「ただし、あの〈二本足〉の空き地には近づくな。戦士たちのけがが完治するまで、いかなる争いも起こしたくない」

フレームテイルは看護部屋へ急ぎ、リトルクラウドをつついて起こした。リトルクラウドの体はまだ異常に熱をもっている。

リトルクラウドはふらつきながら起き上がり、「なんだい？」と、ぼそぼそいった。

「ブラックスターがお呼びです。族長の部屋で話したいそうです」

リトルクラウドははじかれたように寝床《ねどこ》を飛び出し、急いで看護部屋の出口へ向かった。その足取りがしっかりしているのを見て、フレームテイルは安心した。族長の部屋の前でリトルクラウドに追いついたフレームテイルは、立ち止まって指導者を先に通し、それから低いイバラのアーチをくぐった。

薄暗《うすくら》がりで、ブラックスターの目がきらりと光った。「きのうの戦いについて、スター族からなにかお告げはあったのか？」

フレームテイルはかぶりを振り、横目でリトルクラウドを見た。

「ありませんでした」リトルクラウドは答えた。そのかすれ声をきいたとたん、フレームテイルは、指導者がぜいぜい息をしていることに気づいた。

ブラックスターは難しい顔をしている。「まったくなかったのか？」

二匹《ひき》の看護猫《かんごねこ》はそろってうなずいた。

「スター族はラシットファーをもっと高く評価している、と思っていたんだが」族長はつぶやいた。

「スター族は、あんな戦いが起きることをご存じなかったんじゃないでしょうか」フレームテイルはいった。「あるいは、ラシットファーの死は避《さ》けられないことだったのかもしれません」

ブラックスターは耳を寝《ね》かせてどなった。「この世に避けられないことなどない！」それからリトルクラウドのほうを向いた。「スター族と話してこい。こんなことが起きた理由を突《つ》きとめるんだ。サンダー族がまだほかにもなにかたくらんでいるのかどうか、知りたい。あいつらはシャドウ族のなわばりのさらに奥《おく》へ攻《せ》めこもうとしているんじゃないか？　きのうの戦いはほんの序の口にすぎないのかもしれない。あいつらはもう、松林のはずれまで攻めてきている。すでにキャンプに近すぎる距離《きょり》まで来ているんだ」

リトルクラウドが目をぱちくりさせた。「サンダー族は部族大移動の前から、よそのなわばりをうばったことなどありませんよ」

フレームテイルは足踏《あしぶ》みした。指導者がほかの部族をかばおうとするのをきくと、落ちつかなくなる。リトルクラウドがサンダー族を敵ではなく仲間として見るのは、これがはじめてではない。

年長の看護猫はつづけた。「ファイヤスターが率いるようになってから、サンダー族は欲深くなくなったと思いますが」

「傲慢《ごうまん》さはなくしていない」ブラックスターはうなった。「サンダー族はつねにほかの部族にあれこれ指図しようとしてきた。おそらく、言葉でいってもむだだと感じると、行動に出るのだろう」長いかぎ爪《づめ》に力をこめる。「〈月の池〉へ行って、スター族と話してこい。できるかぎり多くのことを突きとめてこい」

うなずいたリトルクラウドのわき腹が震《ふる》えた。

「ぼくが行ってきます」フレームテイルは思わずいった。リトルクラウドはとても野外で夜を明かせる状態ではない。それも、こんな寒いときに。

ブラックスターはリトルクラウドを見やった。看護猫の目はうつろで、しっぽは小刻みに震えている。族長は、年長の看護猫が病気であることに気づいたのかもしれないが、動揺《どうよう》をかくして、フレームテイルにいった。「よし。おまえが行け」

フレームテイルはリトルクラウドのあとから族長の部屋を出た。外に出ると、リトルクラウドのしっぽの震えは激しくなった。「ひとりでだいじょうぶかい？」

「リトルクラウドがあたたかいところでお休みになっていてくださるのが、なによりです。とにかくご無理なさらないでください。簡単な仕事はアイヴィーテイルが手伝ってくれますので、ご安心ください」

リトルクラウドは反論しようとしたのか口をあけたが、せきこみ、ただひと言「ありがとう」といった。フレームテイルは不安な気分でうなずいた。リトルクラウドがそんなにすぐに折れるなんて。よほど具合が悪いにちがいない。

「気をつけてな」リトルクラウドは看護部屋へもどっていった。

「ブラックスターからどんな話があったの？」アイヴィーテイルがふくらんだ腹をゆらして、小走りでやってきた。

「〈月の池〉でスター族と対話してきます」フレームテイルは、指導者がイバラの茂《しげ》みに消えるのを見届けてから、返事した。「リトルクラウドのようすを気にしてみててもらえますか？　具合がよくないんです。安静にしててほしいので」

「了解《りょうかい》。休んでもらうようにするわ」アイヴィーテイルはいった。「あと、あなたがもどるまで、負傷者のけがの処置も全部しておくわ」

「やりかた、おぼえてらっしゃるんですか？」

「傷がすっぱいにおいを発していたら、古いぬり薬をなめて取りのぞいて、新たに薬草をかんだものをぬればいいんでしょう？」

フレームテイルはうなずいた。「薬草置き場のどの薬草を使えばいいかは、リトルクラウドにきいてください。ぼくはあしたの昼までにはもどれると思います」

「気をつけて行ってらっしゃいね」

キャンプの出入り口のトンネルをくぐったフレームテイルは、外の空気の冷たさに目をしばたたいた。すぐに駆《か》けだし、湖岸までつづく古いアナグマの通り道をたどった。足元からは松葉が飛び散り、鼻づらのまわりには吐《は》いた息が白く渦巻《うずま》く。

坂を駆け下りると、銀灰色《ぎんかいしょく》の木々のあいだにきらめく湖が見えてきた。全速力で松林を飛び出し、波に反射する日の光のまぶしさに目を細める。湖岸に飛び降りると、小石がカラカラ鳴った。フレームテイルは向きを変え、水ぎわを走った。毛皮の下に引きしまったたくましい筋肉を感じる。心臓の鼓動《こどう》が速くなり、耳の奥《おく》で血が脈打ちはじめた。

サンダー族にいばられてたまるか。シャドウ族はあごで使われるような部族じゃない。となりの傲慢《ごうまん》な部族は、痛い目にあわなくちゃいけない。シャドウ族が思い知らせてやる。

第7章

「なにがあったんですか？」

アイヴィーポーは昨夜のホークフロストとの訓練で痛めた脚《あし》を引きずり、キャンプにもどってきていた。ダヴポーとのけんかのことがまだ尾《お》を引いていて、いらいらする。

なによ、えらそうにあたしを批判して！

脚をねんざしていることをかくそうと、緊張《きんちょう》しながらキャンプの入り口のトンネルをくぐったが、アイヴィーポーがこっそり空き地に入ってきたことに気づいた者はいなかった。一族はファイヤスターのまわりに集まって、毛を逆立てている。

「なにがあったんですか？」アイヴィーポーはもう一度きいた。

そのとき、ハイレッジにジェイフェザーがいるのに気づいた。アイヴィーポーの体に翼《つばさ》が生えているのを見たような表情で、こっちを見下ろしている。ジェイフェザーと目があったとたん、アイヴィーポーの背筋に冷たいものが走った。あたしが見えて、い、る、の？　ジェイフェザーはあたしが〈暗黒の森〉で特訓を受けていることを知っている。アイヴィーポーは不安を押《お》しやった。あたしが一族につくすために優秀《ゆうしゅう》な戦士になっていく姿を見れば、〈暗黒の森〉に行く理由をわかってくれるはず！

耳元でブラッサムフォールの声がした。「まだ、シャドウ族が新しい境界線にマーキングしてないの」アイヴィーポーは振《ふ》り向いた。「なあんだ、それだけのこと？」ほっとし、肩《かた》の力が抜《ぬ》けた。「また、スター族からお告げでもあったのかと思った」ハイレッジに目をもどすと、ジェイフェザーの鋭《するど》かった目つきはやわらぎ、見えない青い目にはいつものおだやかな表情が浮《う》かんでいた。

「それだけのこと？」ブラッサムフォールは目をぱちくりさせた。「シャドウ族はあの一画がサンダー族のなわばりになったことを認めてない、ということなのよ。それって、すごく深刻な問題だわ」

アイヴィーポーは脚をもぞもぞ動かした。片脚に痛みが走り、顔をしかめる。「まあ、そうだけど。でも、サンダー族のマーキングした線を越《こ》えてこなければ……」

「越えてこないでほしいわ」ブラッサムフォールはつぶやき、戦士部屋へ歩きだした。修復中の戦士部屋は片側が出っ張って不格好だ。「部屋の修復、手伝いにこない？」

そこにはすでにダヴポーがおり、リーフプールといっしょに枝を編みこむ作業をしている。

「あとで行くわ」アイヴィーポーは叫《さけ》び返した。

「どこに行っていたの？」指導者のシンダーハートの声に、アイヴィーポーはびくっと振《ふ》り向いた。その目は、いぶかっている目？「ダヴポーはとっくにもどっているわよ」

「うまく獲物《えもの》をねらえるようになるまで練習したかったんです」腹を立てて湖岸にすわっていたなんて、正直にいうつもりはない。あたしはサンダー族のだれにも負けないいくらい誠実よ。いいえ、だれよりも誠実！一族を守るために、夢のなかでさえ戦う訓練をしているのは、あたしだけだわ。

「おなかすいたでしょう」シンダーハートがいった。「なにか食べなさい。それから、ダヴポーとリーフプールのところへ行って、戦士部屋の修復を手伝うといいわ」

アイヴィーポーは下を向いた。「ほかの仕事はありませんか？」

「また、きょうだいげんかしているの？」身をのり出したシンダーハートのひげがアイヴィーポーのほおをかすする。「妹に嫉妬《しっと》することなんかないわ。あなたの狩《か》りと戦いの腕前《うでまえ》は、あの子にちっとも負けていない」

当然でしょ！あたしは最高の指導を受けているんだもの！

「きのうのあなたは誇《ほこ》らしかったわ」シンダーハートはつづける。「戦士並みに戦っていたわね」

「ありがとうございます」アイヴィーポーはぼそっといった。ホークフロストは、ほめるなんてむだなことはしなかった。ホークフロストはあたしの戦いぶりをしっかり見ていて、そのあと〈暗黒の森〉で会ったとき、つぎの戦いにそなえてさらに高度な技《わざ》を指導してくれた。片脚《かたあし》をねんざしたくらい、なんでもない。こんなにいろんな技が身についたんだもの！

「獲物を取っていらっしゃい」シンダーハートがアイヴィーポーを獲物置き場へうながした。獲物の山から漂《ただよ》うおいしそうなにおいに、アイヴィーポーの腹が鳴った。

「好きなものを取るといい」バーチフォールが獲物の山のてっぺんのものから、そばに掘《ほ》った浅い穴にほうりこんでいる。「いま食わないものは、貯蔵にまわす」

アイヴィーポーはトガリネズミをつまみ出し、がつがつ平らげた。口のまわりをなめたとき、リーフプールがフォックスリープをつれてやってくるのが見えた。

「シンダーハートが、あなたにも戦士部屋の増築部分の仕上げを手伝わせろ、って」リーフプールがいった。

フォックスリープはそわそわしている。「完成したら、すごくいい部屋になるぞ。ブラッサムフォールとバンブルストライプの寝場所《ねばしょ》もできるんだ」

「わかりました。手伝います」アイヴィーポーはため息をついた。永久に妹を避《さ》けることはできない。アイヴィーポーは獲物置き場のそばに積んである小枝をひと束くわえた。

「あたしも手伝います！」ローズペタルが空き地の反対側から駆《か》けてきた。

「いま、あの部分をふさいでるんだ」フォックスリープが壁《かべ》のすきまをあごで示した。すでに、ブナノキの長い枝を何本か曲げて地面に突《つ》き刺《さ》してある。「ただの倒木《とうぼく》だったとは思えないだろ」

ローズペタルがうなずいた。「すっかりキャンプの一部になっちゃったわね」

「空き地がほとんどなくなっちまったな」フォックスリープはつぶやき、突き出た枝の横をすり抜《ぬ》けた。

「まだ、じゅうぶん残ってるわよ」とローズペタル。「それに、前よりキャンプにすきま風が入らなくなってよかったじゃない」

アイヴィーポーは口いっぱいにくわえてきた小枝を「はい、これ」とダヴポーのそばに落とすと、ダヴポーに礼をいうひまも与《あた》えず、出っ張った壁《かべ》の外側を駆《か》け足でまわって、すきまに小枝をあみこみはじめた。

「器用ね」ブラッサムフォールが横に来て、手伝いはじめた。「行くわよ」ブラッサムフォールは長いヤナギの枝を一本、壁のすきまに突っこんだ。「いい場所に通してくれる？　そうしたら、あたしが引っぱるわ」

アイヴィーポーはつぎの小枝を壁のすきまに通した。「なぜ、だれもこないだの戦いの話をしないのかしら。戦いがあったことを忘れちゃったみたい」

「なぜ、話さなくちゃいけないの？」ブラッサムフォールは小枝をからめた二本の枝を両側から前脚《まえあし》でぎゅっと押《お》してすきまをなくした。「あたしたちは勝ったのよ。するべきことはなにもないじゃない」

「反省点を話しあうべきだわ」

ブラッサムフォールは目をまん丸くした。「あたしたちは勝ったのよ！」

「つぎも勝てるという保証はないでしょ？」アイヴィーポーは指摘《してき》した。「それに、シャドウ族の戦士たちはこれまで以上に戦いの訓練をしてるにちがいないわ。つぎはぜったい勝てるように」

「どうして、わかるの？」

アイヴィーポーは目をそらした。「シャドウ族のことだもの、そうにきまってるわ」

ブラッサムフォールはあきれた声をあげた。「なんであれ、あたしたちはサンダー族だし、枯《か》れ葉の季節に入ったのよ。心配するべきことはほかにもたくさんある。戦うことばかり考えていられないわ」

アイヴィーポーはふんと鼻を鳴らした。ホークフロストがあなたの夢に現れないのも無理はないわ。


アイヴィーポーは疲《つか》れたため息をつきながら、寝床《ねどこ》のなかをぐるぐるまわった。あれからブラッサムフォールといっしょに獲物《えもの》を食べ、毛づくろいもせずに寝床に入ったのだった。ダヴポーが入ってくる前に眠《ねむ》りたい。バンブルストライプとブラッサムフォールが戦士部屋に移ってしまったいま、姉妹二匹《ひき》だけになった部屋で妹を無視するのは難しい。

アイヴィーポーは前脚の下に鼻を突っこんで、目を閉じた。

「アイヴィーポー」ダヴポーがシダを押し分けて部屋に入ってきて、寝床で横になったのがわかった。

「アイヴィーポー、もう寝《ね》ちゃった？」

アイヴィーポーはゆっくり呼吸し、眠《ねむ》っているふりをした。長い一日だったので、心がざわついていても眠れそうなほど疲《つか》れている。すぐに睡魔《すいま》が襲《おそ》ってきた。アイヴィーポーは寝床《ねどこ》に深くもぐりこみ、あたたかさに包まれた。

目をあけると、そこは夢のなかだった。足元には霧《きり》が渦巻《うずま》き、冷たくよどんだ空気のなかに叫《さけ》び声が響《ひび》いている。〈暗黒の森〉に来たことがわかってがっかりしたのは、これがはじめてだ。一度ぐらい、朝まで熟睡《じゅくすい》してみたい。戦いで負った引っかき傷がずきずきし、脚《あし》も痛い。寝てもさめても訓練では、疲れ果ててしまう。夢が消えてくれることを願って目を閉じたが、足元の霧は冷たさを増すばかりだ。

アイヴィーポーはため息をつき、目をあけた。前方は短い草におおわれたなだらかな丘《おか》で、頭上には星ひとつない真っ黒い空が広がっている。アイヴィーポーはのびをし、訓練の準備をした。少なくとも、〈暗黒の森〉ではダヴポーと比較《ひかく》されずにすむ。

後ろで草をかすめる音がし、アイヴィーポーは振《ふ》り向いた。片耳が黒い、茶色の雄猫《おすねこ》――小柄《こがら》でしなやかな体つきは、明らかにウィンド族――がやってきた。雄猫は足を止め、そっけなく会釈《えしゃく》した。だれだったかしら。アイヴィーポーは思い出そうと顔をしかめた。大集会で見かけたことがある。名前を思い出そうとしていると、丘の向こうから雄猫を呼ぶ声がした。

「アントペルト！」

そうそう、アントペルト。

アントペルトが呼び声のしたほうへ駆《か》けだすと、アイヴィーポーは声の主を見ようと、後ろ脚で立ち上がった。そのとたん、ねんざした脚に痛みが走った。アイヴィーポーは暗がりにいる声の主の姿を確認できないうちに、前脚をどんと地面に下ろした。

「疲れてるようだね」後ろで声がし、アイヴィーポーはびくっとした。

「こんばんは、タイガーハート」よく知っている猫に会えてうれしい。たくましい体をおおう濃《こ》いとら柄の毛を波打たせているが、目には疲れがにじんでいる。「あなたも疲れた顔をしてるわ」

「ひと晩ぐらい休ませてもらいたいよ」タイガーハートはあくびをした。

「あたしたちを鍛《きた》えあげたいんじゃない？」

その言葉はタイガーハートにはきこえなかったようだ。「今夜もダヴポーはいっしょに来なかったんだな」

アイヴィーポーは毛を逆立てた。「ここの戦士に選ばれたのは、妹じゃなくあたしよ！」そういうと、タイガーハートの反応も待たずに森へ向かって丘を駆けのぼった。アントペルトが草を踏《ふ》み倒《たお》して通った跡《あと》をたどり、暗い森に飛びこむ。耳の奥《おく》で怒《いか》りが脈打っている。せっかく妹から解放される場所に来たというのに、あんまりだわ！

それにしてもなぜ、タイガーハートはダヴポーに会いたがるのかしら。ダヴポーにお熱を上げているの？

アイヴィーポーは鼻を鳴らした。時間のむだよ、タイガーハート。ダヴポーがほかの部族の猫《ねこ》に興味《きょうみ》をもつことなどありえない。指導者のライオンブレイズにすばらしい猫だとほめられるのがなによりうれしいみたいだから、戦士のおきてを破るなんて危険を冒《おか》すわけがない。

アイヴィーポーはうなりながら、木をよけて走った。毛のもつれたオレンジ色と白の姿が見えたつぎの瞬間《しゅんかん》、毛の濃《こ》い雌猫《めすねこ》のわき腹に突《つ》っこんだ。アイヴィーポーは体勢を立てなおし、行く手をじゃました猫にどなった。「なんでそんなところにすわってるのよ！」怒《いか》りがおさまらない。

すると、息をつくひまもなく、オレンジ色と白の雌猫が飛びかかってきた。首にかぎ爪《づめ》が刺《さ》さるのを感じたと思ったら、すごい勢いで倒《たお》され、地面に押《お》さえこまれた。苦しい。恐怖《きょうふ》に襲《おそ》われ、夢中で息を吸いこもうとしたアイヴィーポーは、凍《こお》りついた。雌猫の顔がゆっくり近づいてきたのだ。

オレンジ色と白の雌猫は歯をむき、くさい息を吐《は》いてうなった。「見習いのくせに。少しは敬意を示しな」かぎ爪に力をこめ、とげのように鋭《するど》い先端《せんたん》をアイヴィーポーの皮膚《ひふ》に突き立てる。「こんな場所で死にたくないだろう？　ここより先に世界はないんだよ。あるのは闇《やみ》だけだ」

アイヴィーポーの目のはしに、とら柄《がら》の毛皮が見えた。「よせ、メープルシェイド」

ホークフロストの声だとわかってほっとし、アイヴィーポーの体の力が抜《ぬ》けた。

「その子を放せ」すごみのあるその声に、メープルシェイドはつかんでいたアイヴィーポーの体を放した。

アイヴィーポーはむさぼるように息を吸いこみ、せきこみはじめた。せきこみながらどうにか立ち上がると、腹が地面をかするほど低く身をかがめて、息を整えようとした。鼻からしっぽまで震《ふる》えが止まらない。

「落ちつけ」ホークフロストは雌猫にどなった。

メープルシェイドはしっぽをピシッと振《ふ》り、「自分で呼び寄せた猫の管理は、ちゃんとしてよね」というと背を向け、ぶつくさいいながら不機嫌《ふきげん》な足取りで歩きだした。「礼儀《れいぎ》知《し》らずのばか猫がはびこるようになる前は、居心地《いごこち》のいい場所だったのに」

アイヴィーポーはホークフロストを見上げてまばたきした。「申しわけありませんでした」

「メープルシェイドのことは気にするな」ホークフロストはそっけなくいった。「あの猫はずいぶん昔からここにいて、もう先は長くない」

去っていく雌猫を、アイヴィーポーは不安な気分でちらりと見やった。暗がりに飲みこまれていくみたい、と思って、どきんとした。雌猫の輪郭《りんかく》が霧《きり》のように宙に浮《う》かんでいるのだ。メープルシェイドの向こう側にある木々がはっきり見える。ほんとうなら、そこには雌猫のたくましい体しか見えないはずなのに。

アイヴィーポーは身震いした。「どの猫も消えていくんですか？」

「いずれはな」ホークフロストはうなり声でいった。「そのころまで存在できればだが」

ホークフロストは森の奥《おく》へ歩きだした。アイヴィーポーは胃がきゅっとなり、ついていくのを一瞬《いっしゅん》ためらった。あたしはぜったい消えたくない。それから体を振《ふ》り、駆《か》け足でホークフロストを追いかけた。

「だいじょうぶか?」ホークフロストは追いついたアイヴィーポーの後ろ脚《あし》を見て、顔をしかめている。

アイヴィーポーは脚をねんざしたことを思い出した。「はい、だいじょうぶです」

ホークフロストは細い溝《みぞ》を跳《と》び越《こ》えた。「訓練に耐《た》えられる状態でなければ、帰れ」

アイヴィーポーは戦士のあとから溝を跳び越え、着地の衝撃《しょうげき》に歯を食いしばった。「よく来たな、っていってください。ジェイフェザーに知られてしまったんですから」内緒《ないしょ》にしておくつもりだったのに、うっかりしゃべってしまった。

ホークフロストが振り向いた。「なにを?」

「あたしがここにかよってることを。ジェイフェザーが知ってる、ってダヴポーが教えてくれたんです」

「じゃ、ダヴポーも知っているんだな」ホークフロストは言葉を切って、アイヴィーポーを見つめた。「それで?」

なんといえばいいの? アイヴィーポーは肩《かた》をすくめた。「べつに……なんでもありません」

ホークフロストはうなずき、ふたたび歩きだした。

「なんであれ、あたしはなにもまちがったことはしてませんよね？」アイヴィーポーは急いであとを追った。「一族は、あたしがみんなより多く訓練を受けてることに感謝するべきですよね？　サンダー族の戦士たちは、戦いに関心がないみたいなんです。あたし、一日じゅう部屋の修復を手伝わされたんですよ」

ホークフロストの毛皮がなめらかな樹皮をかすめた。「おまえは少しもまちがったことをしていない。していたら、おれが注意すると思わないか？」

ホークフロストはアイヴィーポーを空き地へ導いた。空き地のまんなかに、背を丸めた年寄りアナグマのような形の灰色《はいいろ》と黒の岩が突《つ》き出ている。岩のまわりを歩きまわる猫《ねこ》たちのなかに、アントペルトとタイガーハートを見つけた。タイガーハートが会釈《えしゃく》したが、アイヴィーポーは無視した。ほかにも知っている顔はいないか、さがすのに夢中だったのだ。これまで、〈暗黒の森〉でこんなにたくさんの部族猫は見たことがない。リヴァー族のミノウテイルのつややかな濃《こ》い灰色の毛皮が見えた。その向こうでは、ブリーズペルトが雷《かみなり》で裂《さ》けた松の木の下を行ったり来たりしている。

アイヴィーポーは小柄《こがら》な白い雄猫《おすねこ》のそばで立ち止まり、雄猫の腹を走る長い傷跡《きずあと》に気づいて身震《みぶる》いした。傷跡は腹の毛を分けるようにのび、肩を越えて片方の耳の先まで、ピンク色の太いヘビのようにつづいている。

ホークフロストがその場にいる猫たちを紹介《しょうかい》してくれた。「こいつはスノウタフトだ」

アイヴィーポーは雄猫《おすねこ》の耳の傷跡《きずあと》を見ないように気をつけて、はにかんで会釈《えしゃく》した。

「そいつはシュレッドテイルで、そっちはスパロウフェザー」ホークフロストはもう二匹《ひき》の〈暗黒の森〉の猫をしっぽで示した。シュレッドテイルの黒っぽいとら柄《がら》の毛皮は古い傷跡だらけで、ぶち柄の小柄な雌猫《めすねこ》のスパロウフェザーの鼻づらには、犬にかみつかれたようなみにくい傷跡がある。アイヴィーポーはかぎ爪《づめ》に力をこめ、あごを上げた。新しい仲間に不安をさとられたくない。

「ティスルクロー！」

ホークフロストの声に、アイヴィーポーはびくっとした。ティスルクローの話は幼いころにきいたことがある。ファイヤスターの宿敵タイガースターのもと指導者で、タイガースターに残虐《ざんぎゃく》とはどういうことかを最初に教えた猫ともいわれている。振《ふ》り向くと、空き地にゆっくり入ってくる大きな雄猫の姿が見えた。白い顔に灰色《はいいろ》の大小のまだら模様がある。たくましい白い肩《かた》の筋肉を波打たせ、灰色の長いしっぽを振っている。

「やあ、ホークフロスト」雄猫は〈暗黒の森〉に集まった猫たちに鋭《するど》い緑の目を走らせた。「今夜はあまり多くないな」

「優秀《ゆうしゅう》な者だけを集めたんです」ホークフロストは答えた。

ティスルクローはゆっくり岩をまわりはじめた。アイヴィーポーは息をころした。今夜はどんな訓練をするのかしら。痛む後ろ脚《あし》を地面から浮《う》かせ、その脚が訓練に耐《た》えられることを祈《いの》った。

「よし、おまえだ」ティスルクローはシュレッドテイルにうなずいた。「岩にのぼれ」

シュレッドテイルはつるんとした大岩にのぼり、てっぺんに立った。

ティスルクローの緑の目がきらりと光る。「いいか、みんな。協力しあって攻《せ》めるんだ。頭をなぐられずに、あいつを岩からたたき落とせ」そう命じると、岩の上のシュレッドテイルを見すえた。「わかったか？」

シュレッドテイルがうなずく。

ティスルクローは後ろに下がった。「はじめろ」

まず、スパロウフェザーが飛びかかった。体は小さいがたくましい雌猫は、シュレッドテイルの顔を激しくなぐりつけて、あっという間《ま》によろけさせた。アイヴィーポーの毛がぞっと逆立った。シュレッドテイルのほおから血が出ている。訓練のときは、爪を引っこめるんじゃなかった？　アイヴィーポーは身をかがめ、シュレッドテイルめがけて跳《と》んだ。が、同時に飛びかかろうとしたアントペルトに突《つ》きとばされた。

「協力しろといっただろう！」ティスルクローがどなり、アントペルトの耳をなぐった。アイヴィーポーの首にあたたかいものがはねかかり、ぷんと血のにおいがした。だが、アイヴィーポーは怖《こわ》くてアントペルトを見られなかった。仲間のじゃまをしたことでどんなに恐《おそ》ろしい罰《ばつ》を受けたのか、見たくない。アイヴィーポーは岩をまわり、タイガーハートのそばへ行った。タイガーハートは後ろ脚《あし》で立ち、首を引っこめて反撃《はんげき》をかわしながら、シュレッドテイルをなぐりつけている。アイヴィーポーも後ろ脚で立って、いっしょに攻撃《こうげき》した。

四方から攻撃されはじめたシュレッドテイルは半狂乱《はんきょうらん》になってきた。すばやく向きを変えながら、一匹《ぴき》ずつ慎重《しんちょう》にねらってなぐり返そうとしている。アイヴィーポーは自分のほうへ突《つ》き出された前脚をひょいとかわすと、シュレッドテイルが背を向けたのと同時に後ろ脚で立った。そして前へ跳《と》び、両前脚でシュレッドテイルを突いた。戦士がよろけたのがわかって、興奮《こうふん》をおぼえる。

やったあ！

ところが、シュレッドテイルはくるりとこっちに向きなおり、目を引っかこうと前脚を突き出してきた。アイヴィーポーはさっとのけぞってかわしたが、かぎ爪《づめ》がまつげをかすめたのを感じた。

アイヴィーポーの体に衝撃《しょうげき》が走った。目をつぶされていたかもしれない！　震《ふる》えながら四つの脚を地面につけたそのとき、シュレッドテイルが目を見開き、ばたんとうつぶせに倒《たお》れた。だれかに脚を払《はら》われたのだ。見ると、スパロウフェザーがシュレッドテイルの体に深くかみついて、岩から引きずり下ろそうとしている。シュレッドテイルは苦しげに叫《さけ》び、どうにか岩にしがみつこうと、爪の立たない岩肌《いわはだ》を引っかいている。

「ちがう！」ティスルクローがどなり、スパロウフェザーをなぐりつけた。スパロウフェザーは悲鳴をあげてふっ飛び、脚を広げて草地に落ちた。

身動きしない！　アイヴィーポーは息をのんだ。

ティスルクローが、震えて見ている猫《ねこ》たちを見まわした。「たたき落とせといっただろう」恐ろしいほどおだやかな声だ。「引きずり下ろせとはいっていない」スパロウフェザーを見やる。茶色い小柄《こがら》な雌猫《めすねこ》はぴくっと体を引きつらせ、頭を起こした。「ずるをするな」ティスルクローはうなった。

「申しわけありません」スパロウフェザーは蚊《か》の鳴くような声で謝った。

ティスルクローはスパロウフェザーのまわりをゆっくり一周すると、雌猫の体を片脚で小突いてどなった。「立て。今度はおまえが岩にのぼれ」スパロウフェザーはどうにか立ち上がり、岩にのぼりはじめた。

「今度はちゃんとやれ、いいな？」

第8章

フレームテイルはへとへとだった。

ぎこちない足取りでくぼ地のふちを越《こ》え、〈月の池〉へくだる、くぼみのあるらせん状の道をたどる。

二日間寝《ね》ていないフレームテイルは水ぎわに着くと、打ちのめされた戦士のようにばたんと倒《たお》れこんだ。足の裏は凍《こお》ってひりひりする。

くぼ地を囲む岩の斜面《しゃめん》は氷できらめき、身を切るような風で、星の光を散りばめた池の水面にさざなみが立つ。フレームテイルは目を閉じ、前脚《まえあし》にあごをのせて、鼻先を池の水に触《ふ》れた。そのとたん、まわりで火が燃え上がり、岩場の氷がシューシュー、パチパチ鳴りだした。

フレームテイルははじかれたように立ち上がり、パニックになった。くぼ地のふちへ引き返そうとすると、目がくらむようなオレンジ色の炎《ほのお》の壁《かべ》に行く手をふさがれた。フレームテイルは耳を寝かせてあとずさった。心臓が激しく打つ。助けてください、スター族さま！　池をめざしてやみくもに駆《か》けだした。

「そっちじゃない、ばか!」どなり声に、フレームテイルは止まった。

振《ふ》り向いて、声のしたほうに目をこらすと、炎の壁に黒く浮《う》かび上がる猫《ねこ》の姿が見えた。「どなたですか?」フレームテイルは近づいてくる猫にたずねた。灰色《はいいろ》の雄猫《おすねこ》だ。知らない猫だが、かすかにシャドウ族の松林のにおいをまとっている。

「池に近づくな」灰色の雄猫はうなり声でいう。

「怖《こわ》がらないで。ペールフットは力になろうとしているだけよ」今度は、ちらちら光る雌猫《めすねこ》の姿が現れた。炎に照らされ、真っ白い毛皮に影《かげ》がゆれる。セージウィスカーだ。昔のシャドウ族の看護猫。

スター族の猫たちは冷静にフレームテイルを見つめている。

「この火が見えないんですか?」フレームテイルは叫《さけ》んだ。

「まわりをごらんなさい」セージウィスカーが小声でいう。

フレームテイルは燃えるくぼ地を見まわし、息をのんだ。

くぼ地の斜面の岩場を、星をまとった猫たちが埋《う》めつくしている。まわりの火が猫たちの毛をちらちら照らすが、炎は猫たちにまったく触れない。フレームテイルはあたりをかいだ。霜《しも》が舌を刺《さ》した。空気は冷たく、毛皮に感じるのは凍《い》てつく夜風だけだ。火は幻《まぼろし》にすぎないのだ。まわりで静かに燃えている火は、くぼ地を照らすただの冷たい光でしかない。

恐怖《きょうふ》が消えていった。フレームテイルはほっと深呼吸すると、くぼ地の斜面《しゃめん》にずらりと並んだ先祖たちを見まわした。ラニングノウズ、ナイトペルト、ファーンシェイドがいる。ラシットファーを見つけたとたん、フレームテイルの心が躍《おど》った。その姿は若く、たくましい。ぼくが生まれる前のラシットファーはあんなだったのか、とフレームテイルは思った。黄褐色《おうかっしょく》の毛はつややかで、しっぽは前脚《まえあし》にくるりとかかり、落ちついた黒っぽい目には炎《ほのお》がちらちら反射している。

「だれが見える？」セージウィスカーがやさしくきいた。

「ラニングノウズ、ファーンシェイド……」フレームテイルは名前を挙げはじめた。どうして、そんなことをきくんだろう？　自分で見ればわかるじゃないか。「ラシットファー、クロウテイル……」知っている顔がどんどん見つかる。「ストーントゥース、フォックスハート……」〈月の池〉で会ったことのある、大昔に亡《な》くなったシャドウ族の戦士たち。「ぼくの部族の先祖ばかりです」なぜ、セージウィスカーはそんなにじろじろぼくを見つめているんだろう？

「ほかには？」

フレームテイルはずらりと並んだ猫《ねこ》たちを、もう一度見まわした。「ホリーフラワー、フリントファング……」フレームテイルは顔をしかめ、「みんなぼくの部族の先祖です」と、ふたたびいった。毛がぞっと逆立った。シャドウ族の猫しかいない。「シャドウ族は火事で滅《ほろ》びるんですか？」心臓が口から飛び出そうになる。「これは、そのお告げですか?」

セージウィスカーは首を横に振《ふ》った。「あいにく、そんな単純なお告げではないの」

「スター族のほかの猫たちはどこにいらっしゃるんですか?」フレームテイルはそわそわ足踏《あしぶ》みした。

「それぞれの部族のところへ行っているわ」

「けど、亡くなったら、みんなひとつの部族になるんじゃないんですか?」フレームテイルは首をかしげた。「四つの部族をへだてる境界線はなくなるんですよね?」

炎のなかに黒っぽい毛皮がちらっと見えたかと思うと、とら柄《がら》の大きな雄猫《おすねこ》が平たい岩に飛び降りた。ラギッドスターだ。その昔、シャドウ族の族長をつとめたすばらしい猫。

「これまで、スター族には境界線などなかった」低く太い声がくぼ地に響《ひび》きわたる。「しかし、時代は変わった」

フレームテイルの引っこめている爪《つめ》がぴくっとした。「どんなふうに変わったんですか?　なぜ、そんなことが?」

「あのサンダー族との戦いは不当で、向こうが一方的にしかけてきたものだった。なのに、サンダー族の先祖は止めようともせず、そのせいでラシットファーが命を落とすはめになってしまった」ラギッドスターはシャドウ族のもと副長にうやうやしく頭を下げた。

「恐《おそ》ろしいことが起ころうとしているの」セージウィスカーが、ラギッドスターを見つめるフレームテイルを自分のほうへ向かせ、目をきらりと光らせてつづけた。「どの部族も信用できない。生きのびるには、部族はそれぞれ自立しなくてはならない」

フレームテイルの毛が逆立った。「なにが起ころうとしているんですか？」

セージウィスカーは顔を近づけてきた。「ほかの部族の背信行為《こうい》に足を引っぱられてはならない」

恐怖《きょうふ》でフレームテイルの胃がきゅっと縮んだ。「どんなことが起きるのか、教えていただけないんですか？」

セージウィスカーはかぶりを振《ふ》る。フレームテイルはラギッドスターに向きなおった。「なにが起きるんですか？　どうか教えてください」

ラギッドスターは困ったようにセージウィスカーを見た。「教えちまおうか」

「知ってしまったら、この子はだれも信用できなくなる」セージウィスカーはうなり声でいった。「不信感は部族全体を無力にしかねないわ」

ラギッドスターは大きな前脚《まえあし》の先に目を落としてつぶやいた。「われわれの力がとうていおよばないことだ」

「みなさんの力がおよばないものなんて、ありえるんですか？」フレームテイルは進み出た。「みなさんはスター族なんですよ！」

「あなたたちを導くわ」とセージウィスカー。「助言もできる。でも、これから起ころうとしていることを止めることはできない」

「じゃ、どんな助言をしていただけるんですか？」

ラギッドスターが炎《ほのお》の壁《かべ》をあごで示した。「一族を守って、この炎のように鮮《あざ》やかに燃えろ。看護猫《かんごねこ》のおきてよりも、生きのびることが大事だ。看護猫仲間への忠誠心を捨て、自分の部族だけに忠実であれ。この先、シャドウ族に味方する部族はいない。いいか、忘れるな。一大戦争が起きようとしている。そして、おまえたちの味方につくのは先祖の戦士たちだけだ。ほかに味方はいない」

「一大戦争が起きようとしている」炎の壁が薄《うす》れはじめ、先祖の姿も消えはじめた。「一族を守って、この炎のように鮮やかに燃えろ」

フレームテイルは震《ふる》えながら目をあけた。そこは〈月の池〉のほとりだった。くぼ地は暗く、きこえるのは池の水面をかすめるそよ風の音だけだ。まわりにはまだ、スター族のにおいが漂《ただよ》っている。

けっして忘れません。フレームテイルは心のなかで約束した。どんな犠牲《ぎせい》を払《はら》ってでも、一族を守ります。

第9章

ダヴポーは震《ふる》えながら飛び起きた。まわりでシダの壁《かべ》がかさこそ鳴っている。氷のように冷たいすきま風に、ダヴポーは身をすくめた。バンブルストライプとブラッサムフォールがいないせいで、部屋のなかはいつになく寒い。ダヴポーは耳をそばだてた。アイヴィーポーがうなされている。

どうしたのかしら？

「起きて！」ダヴポーは片脚《かたあし》でアイヴィーポーをつついた。〈暗黒の森〉の戦士たちに痛めつけられていたら、たいへんだ。

シダの壁のすきまからホワイトウィングの顔がのぞいた。「どうかしたの？」

ダヴポーはすばやく向きを変え、母から見えないようにアイヴィーポーを体でかくした。「アイヴィーポーが悪い夢を見てるみたいだから、起こそうとしてただけ」

ホワイトウィングは真っ白い前脚でシダを大きくかき分けた。夜明けの光が部屋にさしこむ。「悲しそうな鳴き声がきこえた気が――」

「ほんとに、だいじょうぶだってば」ダヴポーはさえぎった。

ホワイトウィングは肩《かた》をすくめた。「夢を見ているだけなら、起こして、出ていらっしゃい。ブランブルクローが狩猟《しゅりょう》部隊を組んでいるわ」そういうと、首を引っこめた。シダがシュッともとの位置にもどる。

ダヴポーは両前脚でアイヴィーポーの体を強くゆすった。「起きて！」

「はっ？　なに？」アイヴィーポーはぱちりと目をあけた。

アイヴィーポーの片方の目のまわりは、はれてあざができている。「けがをしてるじゃない！」

アイヴィーポーは暗がりに顔をそむけて、けがをかくした。「たいしたことないわ」

「そのけが、夢のなかで負ったの？」ダヴポーはいらいらした。「また、〈星のない世界〉で戦う訓練をしてたのね？」

アイヴィーポーは鼻づらを突《つ》きつけてきた。「うるさいわね！」

「あそこには行っちゃだめよ！」アイヴィーポーのはれあがった目が熱を発しているのを感じる。

アイヴィーポーはダヴポーを押《お》しのけた。「ほっといて！」

「危険なのがどうしてわからないの？」

ダヴポーはいったが、アイヴィーポーはもう、部屋を飛び出していた。

姉を助けてくださいスター族さま！　まちがったことをしていることに気づかせて、お守りください。ダヴポーは目を閉じた。どうかお願いします、スター族さま。そう祈《いの》ると、深呼吸して気持ちを落ちつかせ、シダを押《お》し分けて部屋を出た。

ヘーゼルテイル、ブラクンファー、トードステップがブランブルクローのまわりに集まっており、そのすぐ後ろでバンブルストライプとブラッサムフォールが小突《こづ》きあっている。クラウドテイルとブライトハートは行ったり来たりし、ダストペルトとサンドストームとソーンクローは静かに待っている。

副長の姿は、耳の先だけがかろうじて見える。「ダストペルト！」副長が呼んだ。「サンドストームといっしょに新しい境界線へ行って、シャドウ族がマーキングしたかどうか、見てきてください」それからクラウドテイルのほうを向き、「ブラッサムフォールとバンブルストライプを狩《か》りにつれていってください」と指示すると、今度はブラクンファーにうなずいた。「ヘーゼルテイルとトードステップをつれて、獲物《えもの》をさがしてきてもらえますか？　日没《にちぼつ》までに、もうひとつの貯蔵穴をいっぱいにしたいので」

アイヴィーポーはどこ？　ダヴポーはキャンプを見まわした。姉の銀色と白の毛皮はどこにも見つからない。だが、空き地の奥《おく》にライオンブレイズを見つけた。黄金色《こがねいろ》の戦士はスクワーレルフライトとスパイダーレッグと話しこんでいる。三匹《びき》はひたいを寄せあい、ひそひそしゃべっている。なにごとかしら。ダヴポーは三匹の声に意識を集中した。

「足跡《あしあと》はどのくらい大きかったんですか？」ライオンブレイズの心配そうな声がきこえた。

「かなりの大きさだ」スパイダーレッグがいう。「においからすると、雌《めす》ギツネだろう」

「同じ道を何度か通った跡があるの」スクワーレルフライトがつけ足した。

ライオンブレイズは顔をしかめた。「じゃ、通りすぎただけじゃないということか」

スクワーレルフライトが爪《つめ》を出した。「追跡《ついせき》して、なわばりから追い払《はら》わないと」

「少し待ったほうがいいかも」とライオンブレイズ。「枯《か》れ葉の季節に森で暮らすのはきびしいから、ほかの場所へ行っちまうんじゃないかな。キツネは狩りが難しくなると、自分でしとめたものより、落ちている死骸《しがい》を好んで食べるじゃないか」そういうと、不意に目を上げ、まっすぐダヴポーを見つめて叫《さけ》んだ。

「ブラクンファーの部隊にくわわれ」

ダヴポーはそわそわ足踏《あしぶ》みした。盗《ぬす》み聞きしていたのがばれたようだ。「訓練はどうするんですか？」

「訓練はあとでいい」ライオンブレイズは返すと、スパイダーレッグに向きなおった。

トードステップとヘーゼルテイルはもう、ブラクンファーのあとについてイバラのトンネルをくぐろうとしている。ダヴポーは駆《か》け足で追いかけ、ブラクンファーに声をかけた。「あたしもいっしょに行くように、ライオンブレイズにいわれました」

「それはよかった」ブラクンファーはあたりをかいだ。「獲物を狩るかぎ爪は多いほうがいい。きょうの狩《か》りはきびしくなりそうだ。寒すぎて鼻が利《き》かない」

「それに、雪の吹《ふ》きだまりでは、ブラクンファーの毛皮はキツネみたいに目立ちますしね」ヘーゼルテイルが戦士のまわりをぐるっとまわった。灰色《はいいろ》と白の脚《あし》の下で、霜《しも》の降りた落ち葉がパリパリ鳴る。

ブラクンファーは鼻を鳴らした。「じゃ、おまえが先導するといい」

ヘーゼルテイルは先に立って坂をのぼりはじめた。その白っぽい毛皮は、霜でおおわれた下生《したば》えのなかではほんのしみにしか見えない。ダヴポーは集団のいちばん後ろにつき、耳をそばだてて姉の気配をさがした。

「待って!」ヘーゼルテイルが坂の上で止まり、身をかがめて前方の地面を見すえた。凍《こお》った落ち葉の上をクロウタドリがぴょんぴょんはねている。ダヴポーはかたずをのんで見守った。ブラクンファーとトードステップは岩のようにじっとしている。ヘーゼルテイルは腰《こし》を振《ふ》りはじめた。

ピシッ!

ダヴポーの脚の下で小枝が折れた。クロウタドリはびっくりして飛び去った。

「申しわけありません!」ダヴポーは身を縮めた。

ブラクンファーが肩《かた》をすくめた。「凍った小枝は折れやすいから、しかたないさ」

「分かれて狩りをしたほうがいいんじゃないかしら」ヘーゼルテイルが提案した。

ブラクンファーは首をかしげ、「どう思う？」とトードステップにきいた。

「いいと思います」白黒の雄猫《おすねこ》は賛成した。「それなら、万が一なにも捕《と》れなかったとしても、ひとのせいにはできませんから」

「よし、じゃ、分かれて獲物《えもの》をさがそう」ブラクンファーは仲間を見まわした。「おれは湖岸に行ってもいいかい？」

ダヴポーはどうぞ、とうなずいた。あたしは森のなかにいるほうがずっといい。「あたしは小川へ向かいます」

ヘーゼルテイルはもう、坂の上を進みはじめている。「じゃあ、またキャンプで」戦士は肩越《かたご》しに叫《さけ》んだ。

「ぼくは荒《あ》れ地のはずれに行ってみるよ」とトードステップ。「はぐれたウサギが捕《つか》まるかもしれない」

ブラクンファーがダヴポーの体をかすめて通った。「ひとりでだいじょうぶかい？」

ダヴポーはうなずいた。「いい練習になります」

金茶色の戦士が坂の向こうに消えると、ダヴポーは森のさらに奥《おく》へ向かった。感覚を遠くへ向けて耳をすまし、アイヴィーポーの気配をさがす。そこで、はっと動きを止めた。アイヴィーポーにほっといてくれといわれたことを思い出したのだ。それに、起きているときの姉の動向をさぐることもない。見張らなくてはいけないのは、眠《ねむ》っているときのアイヴィーポーだ。

木々のあいだをぬうように進んでいくと、前方にせせらぎがきこえた。小川のふちへ行き、水を飲もうと首をかがめると、脚《あし》の下で氷がピシッと鳴った。ダヴポーは驚《おどろ》いて後ろへ飛びのいた。浅く流れのゆるやかな小川は、岸に接したところが凍《こお》りはじめている。せまい砂地のある向こう岸のほうが、凍っていない水に近づきやすそうだ。ダヴポーは流れを跳《と》び越《こ》え、反対側の岸からゆっくり水を飲んだ。そして、あごから水をたらしながら、あたりをかいだ。獲物《えもの》のあたたかいにおいはしない。かぎ取れるのは、かすかな雪の気配だけだ。もうすぐ雪が降りだすのだ。ダヴポーはぴくりと耳を立てた。静かすぎて、落ちつかない。

静けさのなかに、ムクドリのかん高い鳴き声が響《ひび》いた。

獲物！

ダヴポーはうれしくなり、鳴き声のしたほうへ向かった。できるだけ音をたてないように気をつけて、木々のあいだを慎重《しんちょう》に進む。また、ムクドリが鳴いた。さっきより近い。ダヴポーは爪《つめ》を出し、頭上の枝に目を走らせた。のぼるしかなくなったら、のぼろう。

後ろでシダの茂《しげ》みがかさっと鳴り、ダヴポーは振《ふ》り向いた。ムクドリがシダの茂みに？　めずらしいわね。ダヴポーは興奮《こうふん》でしっぽを激しく振り、茂みに飛びこんだ。

「わっ、なんだよ！」

驚いた声に、ダヴポーの毛が逆立った。脚の下に毛皮を感じる。ムクドリじゃない。ダヴポーは毛を逆立てたまま、もぞもぞあとずさって茂みを出た。「だれ？」恐怖《きょうふ》で声がかすれる。あたりをかいでみた。

シャドウ族！

その不快なにおいにぎょっとしたダヴポーは、体に力をこめ、戦う準備をした。シャドウ族がサンダー族のなわばりでなにをしているの？　また、シダがかさこそ鳴ったかと思うと、タイガーハートが飛び出してきた。

ダヴポーはびっくりしてタイガーハートを見つめた。サンダー族のなわばりに侵入《しんにゅう》するとは！「いったい、どういうつもり？」わき上がる興奮を無視して、挑《いど》むようにいった。

「ぼくのこと？」タイガーハートは目をまん丸くしている。「きみこそ、シャドウ族のなわばりでなにしてるんだい？」

「シャドウ族のなわばり？」ダヴポーは顔をしかめた。「ここはサンダー族のなわばりよ」急いであたりを見まわす。松とオークとブナノキが入り乱れている。あたりをかいでみると、サンダー族とシャドウ族のまざりあったにおいがした。境界線はどこ？　もう一度、あたりをかいだ。

あった！　境界線はタイガーハートの後ろだ。

タイガーハートがくるりと後ろを向き、マーキングされた木々を見つめた。境界線が自分の後ろにあることに気づいて驚《おどろ》いたようだ。タイガーハートは前へ向きなおった。「ごめん！」琥珀色《こはくいろ》の目をすまなそうに見開いている。「寒さでにおいがかぎ分けにくくなっちまったみたいだ。きょうは霜《しも》のにおいしかしなくて」

ダヴポーは笑った。「わかるわ！　朝から獲物《えもの》のにおいがぜんぜんかぎ取れないの」

タイガーハートはほっとしたようだ。「よかった。ぼくだけじゃなかったんだ」そういい、境界線を振《ふ》り返る。「ぼくを追い払《はら》ったりしないよな？」のどを鳴らす音がぴたりとやんだ。

「まさか！」ダヴポーは首を振った。「こないだの戦いで、あなたと戦わなくちゃならなかっただけでもつらかったのに」タイガーハートの琥珀色の目がふたたびこっちを向くと、ダヴポーの体はほてった。

「なんていうのかな、戦いだから戦うのはあたりまえなんだけど……」なにをいっているのかわからなくなり、気づくと、ただタイガーハートを見つめていた。

「境界線って、厄介《やっかい》なものだな。大事ではあるけど」タイガーハートがつぶやいた。

「えっ？」ダヴポーはききちがえたのかと思った。でも、たしかにそのとおりだ。境界線がなければ、タイガーハートといつでも好きなときに会える。そう思ったら、どきどきした。

タイガーハートがせき払いした。「けど、とにかく境界線は境界線だ」そういうと言葉を切り、表情をやわらげた。

「たとえマーキングのにおいがしなくてもね」ダヴポーはふざけていった。どうして、そんなまなざしであたしを見るの？

後ろの地面に足音が響《ひび》いた。「パトロール隊だわ！」

タイガーハートはすでに耳をそばだてていた。ダヴポーはいった。「自分のなわばりにもどって。パトロール隊をべつの方向へ導くから」タイガーハートはためらっている。「早く！」

足音が近づいてくる。タイガーハートはようやく境界線へ駆《か》けだしたかと思うと、止まった。「また会いたい！」

ダヴポーは目をぱちくりさせた。「えっ？　いつ？」

「今夜！　ここで。いい？」

「え、ええ」ダヴポーは思わずうなずくと、くるりと背を向け、すばやくその場を離《はな》れた。

ライオンブレイズとスパイダーレッグとスクワーレルフライトが足音を響かせて突《つ》っ走ってくる。鮮《あざ》やかな色の毛皮が木々のあいだに見えがくれしている。ダヴポーは三匹《びき》のほうへ走り、行く手をふさいだ。

「なにしているんだ？」ライオンブレイズがあわてて速度を落とし、よろけて止まった。

「狩《か》りです」ダヴポーはとぼけた。

スクワーレルフライトとスパイダーレッグがそばに来た。「なにを捕《つか》まえた？」スパイダーレッグがダヴポーをかいだ。

「まだ、なにも」ダグヴポーは白状した。

「ブラクンファーは？」ライオンブレイズがきく。

「湖岸にいます。分かれて獲物《えもの》をさがすことにしたんです」

ライオンブレイズは霜《しも》で凍《こお》った落ち葉の上で前脚《まえあし》をもぞもぞ動かした。「ふうん。獲物は寒さをのがれて地中にもぐってしまっているだろうから、こんなところをひとりでさがしまわってもむだじゃないか？」そういうとすわり、肉球についた細かい氷の粒《つぶ》を振《ふ》り落とした。「キャンプにもどって、戦士部屋の修復を手伝ったほうがいい」

「黙《だま》って帰ったら、ブラクンファーが心配するんじゃないでしょうか」キャンプにはもどりたくない。森に残って、タイガーハートの琥珀色《こはくいろ》の瞳《ひとみ》を思い浮《う》かべていたい。

「ブラクンファーなら、ぼくたちが見つけて、おまえのことを知らせておくよ」もの思いにふけっていたダグヴポーの耳に、ライオンブレイズの声が飛びこんできた。「キツネの居場所を突《つ》きとめてから」

「このあたりにいたんですか？」ダグヴポーはとたんに不安になって、あたりを見まわした。

スクワーレルフライトが不思議そうな顔をした。「においでわからない？」

ダグヴポーはあたりをかぎ、ぞっとした。どうして、気づかなかったんだろう？　キツネのいやなにおいがぷんぷんしている。「キ、キツネじゃなく、獲物をさがしてたもので」ダグポーは口ごもった。

ライオンブレイズの目が険しくなった。「キャンプにもどれ」

ダグポーはうなずいた。これ以上、言い訳を考えずにすんでよかった。急いで駆《か》けだすと、後ろからスクワーレルフライトの声が飛んできた。「気をつけなさいね！」

「はい」ダグポーは叫《さけ》び返した。

これだけ時間をかせげばじゅうぶんだろう。タイガーハートは自分のなわばりの奥《おく》へもどれたにちがいない。かれには、またあとで会える。ダグポーはタイガーハートのふさふさした毛とつややかな長いしっぽを思い浮かべながら、キャンプへくだる坂をほとんど無感覚で駆け下り、心臓を高鳴らせてイバラのトンネルを抜《ぬ》けた。

そこで急停止した。保育部屋の前で、デイジーとポピーフロストが耳を立てて身をのり出している。長老たちの部屋からはマウスファーが顔をのぞかせ、獲物置き場ではベリーノウズがスズメをくわえたままその場にかたまっている。戦士部屋のそばにいるリーフプールの足元で落ち葉が舞《ま》う。

全員の目がミリーとジェイフェザーにそそがれている。雌《めす》の戦士と看護猫《かんごねこ》は空き地の中央で向きあい、毛を逆立てている。

「あの子に無理をさせすぎよ！」ミリーの青い目に怒《いか》りが燃え上がる。

「無理をさせなきゃいけないんです！」ジェイフェザーがしっぽを激しく振《ふ》っていい返す。

「でも、疲《つか》れ果てているわ」

「寝《ね》たきりで、だんだん呼吸困難になっていくより、ましです」

「ほんとうにそうなるの？」ミリーは震《ふる》えている。

ジェイフェザーが目を見開いた。「娘《むすめ》さんに死んでほしいんですか？」

「まさか！　元気になってほしいわよ！」ミリーはどなった。「森を駆《か》けまわってほしい。狩《か》りをしたり、戦ったりしてほしい。戦士として生きる喜びを味わわせてやりたいのよ！」

「それは無理です」ジェイフェザーはやんわりといった。

「じゃあ、生きていて、なんの意味があるというのよ？」ミリーがいきり立つ。

「生きている、それだけで喜ばしいと思いませんか？」ジェイフェザーは取り乱した戦士に顔を近づけた。

「喜ばしい？」ミリーは信じられないという声をあげた。

ジェイフェザーはあごを上げた。「ぼくはブライアーライトの治療《ちりょう》をあきらめません」

ミリーがのどの奥《おく》でうなる。「あなたはあの子の苦しみを長引かせているだけよ」

戦士部屋のそばから見守っていたリーフプールが、二匹《ひき》に駆け寄った。「あの子は少しも苦しんでいない。ジェイフェザーはちゃんと配慮《はいりょ》してくれているわ」

「でも、ちっともよくならないじゃない」とミリー。

「看護猫《かんごねこ》には、薬草だけでなく信仰心《しんこうしん》も大事なの」リーフプールがしっぽでジェイフェザーのわき腹をなでた。

ジェイフェザーはさっと身を引いた。「ほっといてください、リーフプール！　ぼくひとりで対処できます！」

だが、ミリーはもと看護猫のリーフプールと鼻づらを突《つ》きあわせて、うなり声でいった。「信仰心？　そんなにたのもしいご先祖さまなら、どうしてあの子を治してくれないの？　もし、わたしのもとの住みかで同じことが起きていたら、飼い主が治してくれていたわ」

「ミリー……」キャンプの出入り口から動揺《どうよう》した小声がきこえ、グレーストライプが空き地に入ってきた。「本気でそう思うのか？」

ミリーはあとずさり、かすれ声でいった。「どう考えればいいのかわからない。骨折して無力なあの子が、キツネのようにしのび寄ってくる死を感じながら、一日一日を必死に生きのびようとしている姿を見ていると……」声が小さくなって消えた。

「けど、しっかり生きているじゃないか」グレーストライプがまばたきした。「あの子はおれたちとともにいる」

ミリーは深く息を吸いこんだ。「あの子は、きょうだいが戦士の道を歩むのを、ながめていなくちゃならないのよ！　自分はただ苦痛にうめいたりせきこんだり、獲物《えもの》置き場へ這《は》いずっていったりすることしかできずに」

看護部屋の入り口にかかるイバラのカーテンがゆれたかと思うと、ブライアーライトが前脚《まえあし》でとげだらけの茎《くき》を押《お》し分け、腰《こし》から後ろを引きずって現れた。しんとなったくぼ地に、ブライアーライトの腹の毛が凍《こお》った地面をかする音だけが響《ひび》く。ブライアーライトはミリーを見つめた。「あたしの体、よくなってきてるでしょ？」

ミリーは娘《むすめ》に駆《か》け寄り、ほおを夢中でなめた。「ええ、みるみるよくなってきている」

「リハビリ運動、ちゃんとやるわ」ブライアーライトは約束した。

「ええ、いわなくてもわかっているわ」ミリーはやさしくいった。「お母さんが手伝ってあげる」

「運動は疲《つか》れるけど、つらくはないもの」

「バンブルストライプとブラッサムフォールがきいていなくてよかったわ」耳元でポピーフロストの声がし、ダヴポーはびくっとした。

目を閉じ、感覚を漂《ただよ》わせると、湖岸を走るバンブルストライプとブラッサムフォールの足音がきこえた。二匹《ひき》はのどを鳴らし、小川まで競走している。

幸せな猫《ねこ》たち。自分たちの安全な小さな世界にひたっていて、よけいな音や声はきこえない。

ダヴポーはキャンプを見まわした。リーフプールは戦士部屋の修復作業にもどり、ベリーノウズは獲物置き場から離《はな》れたところでスズメをがつがつ食べている。空き地にはグレーストライプがぽつんと立っている。雪が降りだし、戦士の毛皮にちらちら舞《ま》い落ちる。

ダヴポーは良心がとがめた。うきうきした気分を抑《おさ》えられない。だって、今夜タイガーハートに会うんだもの。

第10章

薄雲《うすぐも》のあいだから午後の日がさしている。フレームテイルはシャドウ族のキャンプにこっそりもどると、罪悪感をおぼえながら空き地を見まわした。〈月の池〉のほとりで、ほんの一瞬《いっしゅん》だけ目を閉じるつもりだったのに、疲《つか》れ果てていて眠《ねむ》りこんでしまい、目をさますと夜はすっかり明け、明るい空の下には雪がちらちら舞《ま》っていたのだった。

雪がうっすら積もった空き地を横切っていると、保育部屋の外で毛づくろいをしているアイヴィーテイルが目を上げた。フレームテイルは会釈《えしゃく》し、急ぎ足で黙《だま》って前を通りすぎた。まず指導者に、それからブラックスターに報告をしなくては。

とげだらけのトンネルをくぐって看護部屋に入ったフレームテイルは、ほっとした。リトルクラウドは寝床《ねどこ》を出て、乾燥《かんそう》させた薬草をえり分けている。薬草はほこりっぽく、指導者はえり分けながらせきこんでいる。

「霜《しも》ですべて傷《いた》んでしまわないうちに、新しい薬草を採《と》ってこなくては」リトルクラウドは目を上げずにフレームテイルにいった。

「フキタンポポを少し召《め》しあがりませんか？」フレームテイルは勧《すす》めた。「せきがいくらかおさまるかもしれません」

「ほこりを吸っちまっただけだ」

フレームテイルは指導者のそばで足を止めた。「ご気分はいかがですか？」体から発する熱は前ほど熱くないが、目はまだうるんでいる。

「よくなった」リトルクラウドは強くいった。「ひと晩ぐっすり眠ったのがよかったんだ。ところで、〈月の池〉でなにかあったのかね？　ずいぶん帰りが遅《おそ》かったが」

フレームテイルは目を伏《ふ》せた。「くぼ地で居眠りしてしまったんです」

「ふだんでも〈月の池〉へ行くのはきついのに、行く前から疲れ果てていたのだからしかたないさ」

「けど、あんな夢を見たら、飛んで帰らなくちゃいけなかったのに！」

「なんだって？」リトルクラウドは身をのり出した。

「たいへんなことが起ころうとしている、とスター族に警告されたんです」

「どんなことだい？」リトルクラウドは顔をしかめた。

「はっきりとは教えてくれませんでしたが、深刻なことのようです」フレームテイルは身震《みぶる》いした。「〈月の池〉のくぼ地が火に包まれたんです。あちこちに炎《ほのお》が上がって。一大戦争が起きようとしている、とラギッドスターはおっしゃいました」

「一大戦争が起きる？」リトルクラウドはぴくりと耳を立てた。「ほかには？」

「ほかの部族を信頼《しんらい》することをいっさいやめて、自分の部族だけを守れ、とおっしゃってました」

「信頼することをいっさいやめろ？」リトルクラウドのしっぽがぴくぴくしはじめた。

「ほかの看護猫《かんごねこ》との信頼関係も断て、と」

リトルクラウドは目をぱちくりさせた。「そんなばかな話はきいたことがない！」

どうかわかってくれますように、とフレームテイルは念じた。「スター族さえ、いまや分裂《ぶんれつ》してるんです。信用できるのはもう、自分の部族と先祖だけです」

リトルクラウドは部屋の出口へ急いだ。「ブラックスターに知らせなくては」

ブラックスターはロウワンクローといっしょに空き地の奥《おく》にいた。オークファーがスノウバードとラットスカーをつれてキャンプの出入り口へ走っていく。クロウフロストとスコーチファーは指示を待ち、そのまわりをオリーヴノウズとアウルクローがそわそわ行ったり来たりしている。

リトルクラウドはブラックスターの視線をとらえた。

ブラックスターはうなずき返すと、「クロウフロスト！」と戦士を呼んだ。

白黒の雄《おす》の戦士は体をまっすぐ起こした。「なんでしょうか？」

「追加の狩猟《しゅりょう》部隊を早く組め。日没《にちぼつ》までに獲物《えもの》置き場を満たしてもらいたい。ロウワンクロー、おれといっしょに来い」

ブラックスターが部屋に引っこむと、指示を待つ意欲的な目がクロウフロストに集まった。ロウワンクローは族長についていき、リトルクラウドがそのあとを追う。フレームテイルは、三匹《びき》の姿が薄暗《うすぐら》い部屋のなかに消えるのを待ってから、あとにつづいた。

部屋に入ると、薄暗がりでブラックスターが目をぎらつかせてこっちを見すえた。「〈月の池〉で夢を見たそうだな」

フレームテイルはうなずいた。「一大戦争が起きようとしている、というお告げを受けました。スター族は地上と同じ四つの部族にふたたび分かれてしまっています。ぼくたちはほかの部族との信頼関係をいっさい断って、自分の部族だけを守らなくてはなりません」

ブラックスターは不思議そうな顔をした。「しかし、信頼しあっている部族などいないぞ」

フレームテイルはちらっとリトルクラウドを見てから、族長にいった。「看護猫のおきてには境界線はありません」

リトルクラウドが鼻を鳴らした。「おまえの夢の解釈《かいしゃく》はたしかなのか？」

フレームテイルの肩《かた》の毛が逆立ちはじめた。「ラギッドスターがはっきりそうおっしゃったんです」

「しかし、看護猫《かんごねこ》仲間にいきなりぷいと背を向けるわけにはいかない」リトルクラウドが反論する。「おれたちは大昔からいろんな問題を相談しあい、助けあってきたんだ」

フレームテイルは松葉におおわれた地面に爪《つめ》を立てて、黙《だま》っていた。ぼくのいったことがきこえなかったのか？

リトルクラウドはつづけた。「この夢の意味は慎重《しんちょう》に読み解いたほうがいいと思う。たいへんなことが起ころうとしている、とスター族が警告してくださったのはたしかだから、準備しておかなくてはいけない。しかしなぜ、友情まで捨てなくてはならないんだ？　友情のおかげで、われわれはいちばん苦しい時期を切り抜《ぬ》けることができたんだ。部族大移動や、四つの部族がこの地に定住するときに果たした看護猫の役割を忘れるのは、まだ早すぎる」

ブラックスターの目がきびしくなった。「おまえの判断が正しいと思う、リトルクラウド」族長はそういうと、フレームテイルにうなずいた。「〈月の池〉へ行き、このお告げを受けてきてくれてありがとう。われわれはほかの部族に命をささげるほどばかではない。しかし、助けが必要なときに差しのべてくれた手を振《ふ》り払《はら》うほど頑固《がんこ》でもない」

リトルクラウドが激しくせきこみはじめた。

「部屋にもどって休め」ブラックスターが命じた。

リトルクラウドはせきをぐっとこらえ、族長の部屋を出ていった。

「ほんとうにありがとう、フレームテイル」ブラックスターがしっぽをさっと振った。もう行け、という合図だ。フレームテイルはもどかしさをおぼえながら、日がななめにさす空き地へ出た。

「おまえも休め」

ロウワンクローの声に、フレームテイルはびくっとした。振り向くと、父がこっちを見ていた。

「疲《つか》れただろう」父はいうと、顔をしかめた。「どうかしたのか?」

フレームテイルは鼻を鳴らし、顔をそむけた。

「ほかにもいいたいことがあったんだな?」とロウワンクロー。

「〈月の池〉で見た光景の意味くらい、ちゃんとわかってるよ」フレームテイルはうなり声でいった。「受けたお告げをそのまま伝えたのに」指導者のしっぽの先が看護部屋に消えたのが見えた。「リトルクラウドはサンダー族との関係を大事にしすぎだよ」

「あいつはおまえよりずっと長く看護猫をつとめている」ロウワンクローはいった。「ほかの部族に友だちがいるのも無理はない」

「そのせいで、判断力がにぶってるじゃないか」フレームテイルはいい返した。「一大戦争が起きようとしてるんだ。ぼくのいったこと、だれもきこえなかったの？　ラギッドスターのおっしゃるとおりだよ。どう対処するべきか、明らかじゃないか。生存競争になったら、どの部族も助けてくれるわけがない。どうして、リトルクラウドとブラックスターにはそれがわからないの？」

「ブラックスターを見くびるな」ロウワンクローの表情がかげる。「族長はけっしておろかではない」

「けど、ぼくの話を真剣《しんけん》にきいてくださらなかったじゃないか！」フレームテイルはしっぽを激しく振《ふ》った。「族長はリトルクラウドの意見を受け入れた。ほかの部族の看護猫《かんごねこ》と仲良くしすぎるリトルクラウドの意見をね」

「心配するな」ロウワンクローはしっぽでフレームテイルの背筋をなでた。「シャドウ族は昔から自立している」

「戦士たちはそうかもしれない。看護猫はちがうけど」フレームテイルは父のしっぽをのがれた。「スター族のなかでなにかが起きてる」覚悟《かくご》を決めたフレームテイルの疲《つか》れた筋肉に力がこもる。「すべての部族がその影響《えいきょう》を受けるんだ。今度ばかりは、自分の部族以外のだれも信頼《しんらい》するわけにいかない」

第11章

ダヴポーは足踏《あしぶ》みした。寒すぎて、じっと立っていられない。地面はうっすら雪におおわれている。空はすっかり晴れ、森の上には星がきらめいている。骨の髄《ずい》まで冷えこんだダヴポーは耳をそばだて、マーキングされた境界線をふたたび行ったり来たりした。タイガーハートはほんとうに来るの？　ダヴポーはブナノキの木立の向こうの松林へ、シャドウ族のキャンプへと、感覚を漂《ただよ》わせた。

「どいてくれ、パインポー！　ぼくの寝床《ねどこ》をつぶすな」

「お休みになる前にネズの実を召《め》しあがってください、リトルクラウド。呼吸が楽になりますよ」

遠くにほかの音がざわざわきこえる。ダヴポーは感覚をさらに広げた。

「スワロウテイル！」

ウィンド族のキャンプからきこえる声が、荒《あ》れ地を吹《ふ》き抜《ぬ》ける風に吹き飛ばされそうになる。

「ホワイトテイルは？」

「今夜はワンスターの部屋でお休みです」

リヴァー族のキャンプのはしに、ひたひたと寄せる水の音がきこえる。

「ウィロウシャイン！」弟子を呼ぶモスウィングの声がした。「パウンステイルの寝床《ねどこ》はちゃんと整えた？」

牧場の近くで、犬が不機嫌《ふきげん》にキャンキャンほえ立てている。ダヴポーはキツネのことを思い出し、遠くへ向けていた感覚を引きもどして、まわりの森をさっと調べた。また、寒さで鼻が利《き》かず、キツネを感知できないとたいへんだ。

しっぽ数本分離《はな》れたあたりで、地面を薄《うす》くおおう雪を踏《ふ》む足音がした。脚《あし》を軽く下ろしてじわじわ進んでいるが、体の重みが感じ取れる。ダヴポーは緊張《きんちょう》して振《ふ》り向き、薄暗い木々のあいだに目を走らせた。

足音が速くなった。地面をかく音がし、ダヴポーは身をかがめた。

「ダヴポー？」

タイガーハートだわ！

「もう、おどかさないでよ！」

「足音でわかるかと思ったのに」タイガーハートは胸に響《ひび》くほど大きな音をたててのどを鳴らした。「きみの耳の感覚は、ぼくの知ってるだれよりも鋭《するど》いから」

鋭すぎるの。いろんな音をきき取ろうとあちこちに耳を傾《かたむ》けていたら、肝心《かんじん》な音に気づくのが遅《おく》れてしまった。あらゆる音をきき取れる能力はただの聴力《ちょうりょく》より不便なこともある、ということを肝《きも》に銘《めい》じておこう、とダヴポーは思った。

「ダヴポー？」タイガーハートの目が月明かりに輝《かがや》いている。

「あ、ごめんなさい」ダヴポーはまばたきした。自分のとくべつな能力に気をとられちゃだめ。タイガーハートには、ふつうの森の猫《ねこ》だと思ってもらわなくちゃ。

「謝るなって」タイガーハートはダヴポーの肩《かた》を鼻づらでそっとつついた。

頭上の黒い空にはかぎ爪《づめ》のような三日月が浮《う》かび、森にやわらかな光を投げかけている。その光を受けてまばゆくきらめくタイガーハートの姿に、ダヴポーはくらくらした。

「行こう」タイガーハートが歩きだした。

「どこに？」

「だれにも見つからない場所を知ってるんだ」

ダヴポーは急いであとを追った。タイガーハートは湖を背にして、シャドウ族のなわばりの境界線をたどって進んでいく。地面はゆるやかに傾斜《けいしゃ》しており、のぼるにつれて、木々がまばらになっていった。ダヴポーは息が切れてきた。

「あの場所、きみもきっと気に入ると思うよ」タイガーハートが振《ふ》り向いていった。「ぼくとフレームテイルしか知らないんだ」

サンダー族とシャドウ族のにおいがだんだん薄《うす》れていく。ダヴポーは後ろを振り返った。遠くできらめく平たい円盤《えんばん》のような湖が、木々のあいだにかいま見える。「部族のなわばりを出るの？」興奮《こうふん》で胃のあたりがそわそわする。このにおいは、山から吹《ふ》き下ろす風？　あのジャコウのような香《かお》りはなにかしら？　なじみのあるにおいが舌に届き、ダヴポーはどきんとした。

ジェイフェザーのにおいだわ。

ダヴポーは立ち止まり、とげだらけの低木をかいだ。茎《くき》の先にジェイフェザーのにおいがついている。ライオンブレイズのにおいも。あの二匹《ひき》がなにしにこんなところへ？　ダヴポーは茎に舌を触《ふ》れた。においは古い。何ヵ月もたっているようだ。

「早く来いよ」坂の上に立つタイガーハートの姿が月の光を背景に黒く浮《う》かび上がっている。たくましい前脚《まえあし》をふんばり、あごを上げたその格好は、族長のようだ。

ダヴポーは気になるにおいのことを頭から振り払《はら》った。「すぐ行くわ！」急いで坂をのぼると、空き地に着いた。前方に、荒《あ》れ果てた〈二本足〉の家が見える。サンダー族のなわばりのだれも住んでいない家よりも小さく、灰色《はいいろ》の切り株みたいな形をしている。壁《かべ》は半分くずれ、屋根はほとんどない。

「わあ！」ダヴポーはタイガーハートを追い越《こ》し、砂利道《じゃりみち》をたどって家の入り口へ突《つ》っ走ると、暗い入り口で止まってタイガーハートを振り返った。「あぶなくない？」

タイガーハートはうなずいた。

ダヴポーは入り口に横たわる平たく幅広《はばひろ》い石をまたいで、家に入った。石の地面を月明かりが照らしている。見上げると、頭上には星空が広がり、その手前をまっすぐな材木が交差している。家がくずれる前は、あの材木が屋根を支えていたにちがいない。

「この場所のこと、どうして知ってるの？」ダヴポーはあとから入ってきたタイガーハートにきいた。

「見習いのころ、フレームテイルと見つけたんだ」タイガーハートは壁の穴の上に張り出した石に飛びのった。「よく、ここで遊んだんだよ」もう一度跳《と》び、交差する材木の上にじょうずに立つと、平らな面を慣れたようすで歩きだした。

ダヴポーは壁から張り出した石に飛びのったとたん、脚をすべらせ、どきんとした。ほこりをけ散らしながら、もぞもぞ体勢を整える。それから、タイガーハートが渡《わた》っていった材木を見すえると、慎重《しんちょう》に距離《きょり》をはかって跳んだ。着地すると材木はきしんだが、表面はざらざらしてやわらかく、爪《つめ》が立った。ダヴポーはどきどきしながら材木をしっかりつかんで体を支え、地面を見下ろした。

「そんな高くないって。怖《こわ》がるなよ」タイガーハートが材木の反対側のはしからいい、しっぽを振ると、跳《と》んだ。まるで空を飛ぶように大きく弧《こ》を描《えが》いてべつの材木に跳び移り、ぴたっと着地して振《ふ》り向き、ダヴポーにウィンクした。「見てて」タイガーハートはまたすぐに跳び、部屋の反対側の材木に着地すると、くるりと方向転換《てんかん》し、小川にかかる飛び石を渡《わた》るかのように、材木から材木へぴょんぴょん跳び移りながらもどってきた。

「気をつけて！」ダヴポーは息をのんだ。タイガーハートがひとつ跳ぶたびに、ダヴポーの心臓がはね上がる。

「こんなの、なんでもないよ！」ダヴポーのそばに着地したタイガーハートは、ななめになった二本の材木の先端《せんたん》と先端がくっついたところを見上げたかと思うと、いきなり後ろ脚《あし》で立ち上がり、跳び上がった。そして、片方の材木に爪《つめ》を引っかけてぶら下がり、体を引き上げると、材木の先端までよじのぼった。

「やめて！」ダヴポーは息をつめて見守った。あんなにたくましく敏捷《びんしょう》で勇敢《ゆうかん》な猫《ねこ》は、ほかにいないわ。

タイガーハートはななめになった材木をすべり下りて、もどってきた。ダヴポーのとなりの材木に着地したそのとき、きしむ音が響《ひび》いた。その音に、ダヴポーの頭にはブナノキが倒《たお》れたときのこと――太い幹がミシミシ、バキバキ鳴りながら、キャンプに倒れてくる――がよみがえった。

「あぶない！」ダヴポーはのどが裂《さ》けんばかりの悲鳴をあげると、となりの材木めがけて跳び、タイガーハートの体をくわえた。二匹《ひき》はそろって真っ逆さまに落ち、やわらかいコケの山にどさっと着地した。まわりに、ほこりが白く舞《ま》い上がる。

ダヴポーは涙目《なみだめ》になり、のどがひりひりするのを感じながら、脚先を動かしてみた。「だいじょうぶ？

タイガーハート」

返事がない。

ああ、スター族さま。どうか、無事でありますように！

「タイガーハート！」

「だいじょうぶだと思う」ダヴポーの体の下で、くぐもった声がした。「けど、どいてくれないと、わからないよ」

ダヴポーははずかしくなって、あわてて体を離《はな》した。「ごめんなさい！」かん高い声で謝る。「あなたの上に着地するつもりはなかったのに」

タイガーハートは起き上がり、前脚を順番に上げてみてから、首を振った。「なんともない」こっちを見つめるやさしい目に、不思議そうな表情が浮《う》かんでいる。

ダヴポーはうつむきたいのをこらえた。

「なにがあったんだい？」

ダヴポーは材木を見上げた。折れていない。「ピシッという音がきこえて」すまない気持ちでいった。

「折れるかと思ったの」

タイガーハートはダヴポーの視線を追い、ちょっと目を細めた。「ほんとだ」小声でいう。

「ほんとだ？」

「ほら、あそこ。ちっこい裂《さ》け目が見えないか？」

よく見ると、月明かりの下、材木にできたばかりの小さな裂け目がある。

「きみの耳、思ってた以上にいいんだな」タイガーハートはひげをぴくぴくさせた。「ぼくの命を救ってくれたんだ！」そういうと立ち上がり、しっぽを立て、のどを鳴らしてダヴポーのまわりを歩きだした。

「きみがいなかったら、ぼくは死んでたよ。きみはぼくの恩人だ。どう、お礼したらいいいか」

ダヴポーはあごを上げ、タイガーハートに調子をあわせた。「ネズミを捕《と》ってきて」えらそうな口調《くちょう》でいう。「そしてひと月、毎日新鮮《しんせん》なリスをもってきて。あと、寝床《ねどこ》に敷《し》く新しいコケも。それから……」

ダヴポーはしっぽの先でタイガーハートのあごをはじいた。「一日じゅう、あたしにつきそって、毛皮についたいがを取ること」

タイガーハートの琥珀色《こはくいろ》のやさしい目から、おどけた表情が消えた。ダヴポーはどきんとした。からかいすぎちゃったかしら。

「それ全部、喜んでするよ」タイガーハートはまなざしと同じくらい落ちついた声でいった。「そもそも、ぼくの命を救う必要なんてなかったんだから」

ダヴポーはタイガーハートを見つめ返して、ささやいた。「命を救う、なんて。それほどのことはしてないわ。ほんの小さな裂け目ができただけだったんだもの、あの材木はあなたの重みにじゅうぶん耐《た》えられたと思う」

「かもな」タイガーハートはうなずいた。「けど、きみはぼくの身を心配してくれた。それって、ぼくを大切に思ってくれてるってことだろ?」シャドウ族の若い戦士の目に不安がよぎった。「その、ただの友だち以上に思ってくれてる、ってことだよな?」

ダヴポーはごくんとつばを飲みこんだ。はじめて、ほんとうに星の力がそなわっている気がした。

「ええ」ダヴポーは小声でいった。「あなたを大切に思ってる」苦しさとうれしさで胸がきゅんとなる。

「こんな気持ちになってはいけないんだけど」

タイガーハートが首をのばして、鼻づらを触《ふ》れあわせてきた。ダヴポーは、胸の奥《おく》から響《ひび》くような音をたててのどを鳴らしはじめた。二匹《ひき》の吐《は》く息が白く渦《うず》巻《ま》き、ひとつになる。タイガーハートがしっぽをからめてくると、ダヴポーの体にあたたかいものが広がった。

タイガーハートはため息をついた。「キャンプにいないことが一族にばれないうちに、もどったほうがいい」そういうと、ダヴポーが立ち上がれるように、少しだけ体を離《はな》した。それから、二匹は毛がすれあうほど身を寄せあって、家の出入り口へ向かった。

ダヴポーは出入り口に横たわる平たい石の上で立ち止まり、はるか下の湖まで広がる森を見わたした。

「うまくいくわよね？　あたしたち、つきあえるわよね？」

「ああ、つきあえる」タイガーハートはきっぱりいった。「ぼくたちの強いきずなを引き裂《さ》ける境界線なんて、ない」

ダヴポーは目をぱちくりさせた。「ほんと？」タイガーハートの言葉を信じたい。信じなくちゃ。こんなにだれかを大切に思うのは、はじめてだもの。

「満月になる前に、また会わないか？」とタイガーハート。

「あした会いたい」ダヴポーは度胸がすわっていた。

「ふた晩つづけてキャンプを抜《ぬ》け出して、だいじょうぶかな」タイガーハートは目を見開いた。「そんな危険を冒《おか》すのかい？」

「それだけの価値はあるわ」ダヴポーは鼻でタイガーハートのほおをかすった。タイガーハートのあたたかいにおいを舌に感じる。かれはもう、あたしのもの。シャドウ族のものじゃない。あたしたちは、お互《たが》いのものよ。

「見習い仲間は？」タイガーハートが体を離《はな》した。「出かけたことに気づかれるぞ」

「見習い部屋にはいま、あたしとアイヴィーポーしかいないの」ダヴポーはタイガーハートの毛皮についたコケのかたまりを爪《つめ》で引っかけて取った。「姉は告げ口なんてしないわ」

「アイヴィーポー？」タイガーハートが身をこわばらせたのがわかった。

ダヴポーは、胃に冷たい石を投げこまれたような気がした。このあいだの戦いのさなかに一瞬《いっしゅん》、姉とタイガーハートが見つめあったことを思い出したのだ。「ア、アイヴィーポーを知ってるの？」

タイガーハートはダヴポーの肩《かた》についた枯《か》れ草をぎこちなく払《はら》った。「大集会で見かけたことがある」

「それだけ？」

タイガーハートはすわり、ダヴポーの目をまっすぐ見つめた。「それだけ、って？　夜中に誘《さそ》い出してここへつれてきて、ぼくが折れそうな材木にのって身を危険にさらすところを見せたことはないのか、ってこと？」首をかしげて、つづける。「うーん、どうだったかな……」

ダヴポーは、もう、とタイガーハートをつつきたいのをこらえた。

「ない。そんなことをしたおぼえはない」断言する」タイガーハートはダヴポーの耳に鼻を触《ふ》れた。「ぼくが心を引かれてるのは、姉妹のうちの一匹《ぴき》だけだ」

あたたかい息がかかる。あたしったら、どうして疑ったりしたのかしら、とダヴポーは思った。かれはとても大きな危険を冒してあたしをここへつれてきて、告白してくれたのよ。こないだの戦いでアイヴィーポーに見せたあの表情は、あたしの想像だったにちがいない。

かれは信用できる。

「行きましょ」ダヴポーは先に立って坂をくだり、森の奥《おく》へ向かった。タイガーハートがそばを歩きだし、じゃまなイバラをどかして道をつくってくれた。あたりに漂《ただよ》うふたつの部族のにおいが濃《こ》くなってくると、ダヴポーはなんともいえない気持ちになり、なわばりの境界線に並んだ木が見えたときには、胸がうずきだした。あしたの夜が、はるか先に思える。今夜待ちあわせたブナノキの木立に着くと、二匹《ひき》の歩みはゆっくりになった。

「あっという間《ま》にあしたになるよ」タイガーハートがやさしい声でいった。ダヴポーと同じことを感じているようだ。

ダヴポーはタイガーハートと鼻づらを触《ふ》れあわせて、ささやいた。「じゃあ、またね」

「ああ、またあしたな。おやすみ」

第12章

明るい夜明けだ。ライオンブレイズは、ハイレッジの下に立つファイヤスターとブランブルクローをながめていた。二匹のまわりを、一族がそわそわ歩きまわっている。

「ダストペルト、トードステップ、フォックスリープ」ファイヤスターが呼んだ。「オークの老木のそばへ狩《か》りに行け。サンドストーム、ホワイトウィング、バーチフォールは、ウィンド族との境界線を越《こ》えずに、荒《あ》れ地から獲物《えもの》を狩り出せ」

ダヴポーがあくびをした。「あたしたちは、きょうは狩りと訓練のどっちをするんですか？」

「両方だ」ライオンブレイズは、ダヴポーが眠《ねむ》そうなのを不思議に思った。「シンダーハートとアイヴィーポーといっしょに出かける」昨夜、月明かりに照らされた湖岸をシンダーハートと散歩しながら、訓練の予定を立てたのだった。「おまえたちの、雪のなかでの狩りの腕前《うでまえ》を見たいんだ」

ライオンブレイズは昨夜の光景をぼんやり思い返した。月明かりに輝《かがや》くシンダーハートの毛皮。霜《しも》でおおわれた丘《おか》のように無数の星がきらめく夜空。「じゃ、ぼくたちは友だち以上なんだね？」ライオンブレイズはシンダーハートの耳元でささやいたのだった。

すると、シンダーハートはほおを押《お》しつけてきた。「わからなかったの？」

「そうだといいな、と思ってはいたけど」

「ばかね」シンダーハートはのどを鳴らし、しっぽをからめてきたのだった。

「グレーストライプ」ファイヤスターの声が、もの思いにふけっていたライオンブレイズの意識のなかに飛びこんできた。「ミリーとブライトハートとブラッサムフォールをつれて、湖のそばへ狩《か》りに行ってくれ」

空き地の反対側では、アイヴィーポーが興奮《こうふん》したようすでシンダーハートのまわりを歩いている。見習いのアイヴィーポーはこのひと月でずいぶん成長し、太った。ライオンブレイズは顔をしかめた。きょうの訓練では、ダヴポーの狩りの腕前《うでまえ》を見るだけではなく、アイヴィーポーのようすも観察したい。夜な夜な〈暗黒の森〉にかようアイヴィーポーがどう変わっていくか、しばらくようすを見るようにとジェイフェザーに説得され、まだアイヴィーポーを問いただしたりはしないと約束したのだった。しかし、干渉《かんしょう》するべきではないという考えには、心からはうなずけない。弟子の体に毎日新しい傷ができるのを、シンダーハートも心配している。アイヴィーポーは、寝床《ねどこ》からころげ落ちたとか、キャンプの外で獲物《えもの》をねらう練習をしているときにイバラの茂《しげ》みに突《つ》っこんだ、などと説明しているそうだが、〈暗黒の森〉の戦士たちにしごかれているのは明らかだ。

ファイヤスターがさらに指示を出す。「スクワーレルフライトとマウスウィスカーは、小川の土手で狩りをするといい。ハタネズミが見つかるかもしれない」

狩りに出かける戦士たちがキャンプの出入り口へ向かうと、デイジーがあわてて空き地を横切ってきた。モウルキットとチェリーキットがちょこちょこついてくる。「これでは、キャンプを守る戦士が一匹《ぴき》もいなくなってしまいます」デイジーは族長に訴《うった》えた。「長老と子猫《こねこ》だけになってしまいますよ。もしシャドウ族が復讐《ふくしゅう》しにきたら、どうするんですか?」

チェリーキットが後ろ脚《あし》で立ち上がって、敵をなぐるしぐさをした。「あたしがずたずたにしてやる」

モウルキットがデイジーの毛足の長いクリーム色の毛皮に体を押しつけた。「ぼくは敵のしっぽを引きちぎってやる」

「まあ、たのもしいわ」デイジーは不安そうな目でファイヤスターを見つめた。「どうするんですか?」

ファイヤスターは首を横に振《ふ》った。「シャドウ族の戦士たちも、無防備な長老や子猫は攻撃《こうげき》しないよ」

「そろそろ行きませんか?」

アイヴィーポーの大きな声に、ライオンブレイズは驚《おどろ》いて目を上げた。鼻づらのすぐ前にアイヴィーポーの顔があった。以前よりすばしこく、身のこなしが軽くなったな、とライオンブレイズは思った。

シンダーハートがあくびをしながらやってきた。「凍《こご》えないうちに行きましょう」

キャンプを出ると、ローズペタルとソーレルテイルとブラクンファーがあたりをかいでいた。「湖岸で獲物《えもの》をさがすのは、時間のむだだ」ブラクンファーがつれあいにいう。

ソーレルテイルはうなずいた。「森の奥《おく》でさがしたほうがいいわね」

ローズペタルがうずうずしたようすで二匹《ひき》を見た。「どっちへ向かいますか？」

「あっち」ソーレルテイルがイバラの密生した坂の上をしっぽで示した。

ローズペタルがすぐさま駆《か》けだし、茂《しげ》みに積もった雪を散らして進むのを見て、ソーレルテイルは首を振《ふ》った。「速度を落とさないと。あれじゃ、捕《つか》まる獲物より、おびえて逃《に》げる獲物のほうが多くなるわ」

ブラクンファーがのどを鳴らし、ソーレルテイルと並んで坂をのぼりはじめた。毛がすれあうほど身を寄せ、ひとつになって進んでいく。

ライオンブレイズは二匹の後ろ姿を見つめた。ぼくもいつか、あんなふうにシンダーハートと歩きたいな。そばをはねまわる子どもたちにつまずきながら歩く自分たちの姿を想像して、ライオンブレイズはひげをぴくぴくさせた。鼻づらを、だれかのやわらかい鼻づらがかすった。シンダーハートに見られていたようだ。

「ああいう姿、あこがれるわね」シンダーハートがささやく。

やさしい瞳《ひとみ》に引きこまれ、ライオンブレイズはどきどきした。シンダーハートの毛皮はまだ、夜風のにおいをまとっている。「どうして、ぼくの考えていることがわかったんだい？」

「なにするのよ！」ダヴポーの驚《おどろ》いた声に、ライオンブレイズは振り向いた。

ダヴポーは灰色《はいいろ》の毛から雪を振り落としており、頭上の雪の積もった枝にはアイヴィーポーがすわっている。アイヴィーポーが銀色の縞模様《しまもよう》のしっぽをさっと振ると、ダヴポーに雪がバラバラ降りかかった。

ダヴポーが木の幹に突進《とっしん》して、のぼりはじめた。「捕まえてやる！」

「降りろ、おまえたち！」ライオンブレイズは毛を逆立てた。「遊ぶのは、狩《か》りのあとだ」

アイヴィーポーがひらりと地面に飛び降り、「どっちへ行きますか？」と目を輝《かがや》かせた。

ずいぶん積極的になったな、とライオンブレイズはまたも驚いた。

「松林のほうへ行きましょう」シンダーハートがいった。「あのあたりは身をかくせる場所が多くていいわ」

アイヴィーポーが駆けだし、「競走しましょ、ダヴポー！」と、肩越《かたご》しに叫《さけ》んだ。

ダヴポーはあわてて木から下り、雪をけ散らして姉を追いかけていった。ライオンブレイズは顔をしかめた。

「どうしたの？」シンダーハートが首をかしげてこっちを見た。「狩りをする場所、ほかのほうがよかった？」

「松林のあたりは、例のキツネがうろついているんじゃないかな」

「じゃ、あの子たちのそばについていないと」シンダーハートは見習いたちを追って駆《か》けだした。

ライオンブレイズも駆けだした。ブナノキの林と松林の境あたりで、見習いたちに追いついた。シャドウ族との境界線にかなり近いのが、においでわかる。

「見てください！」アイヴィーポーが地面をかぎながら、松の木の下をぐるぐる歩いている。「これ、キツネの足跡《あしあと》ですか？」興奮《こうふん》したようすで目を上げ、ライオンブレイズを見た。

観察が鋭《するど》いな。ライオンブレイズは思い、アイヴィーポーの見つけたものを調べにいった。雪の上にくっきり足跡がついている。「ああ、そのとおり。キツネだ」

ダヴポーが耳をそばだてた。「なにもきこえませんけど」

「足跡をたどってみませんか？」とアイヴィーポー。

もう、シンダーハートがたどりはじめている。ライオンブレイズはすばやくシンダーハートの前へまわって、行く手をさえぎった。うなられたが、無視した。プライドのためにシンダーハートを危険にさらすわけにはいかない。もしキツネと鉢《はち》あわせしたら、対処するのはぼくだ。

大きな足跡は、葉を広げたニワトコの低木の下を通ってつづいている。「そこで待っていてくれ」ライオンブレイズは肩越《かたご》しに小声でいうと、新しいにおいはしないかと鼻をくんくんさせながら、ゆっくり低木の枝の下にもぐった。低木の下の地面に穴があいている。土にキツネのにおいがしみついているが、幸い、古いにおいだ。

「その穴、ふさいだほうがいいかしら」

シンダーハートの声に、ライオンブレイズははっと振《ふ》り返った。「待っていてくれ、といっただろう？」

シンダーハートは、「文句ある？」といいたげな目でにらみ返した。ライオンブレイズは受け流し、「この穴をふさいだら、キツネはキャンプのもっと近くに新しい巣穴を掘《ほ》るだけだよ」といって、低木の下からもぞもぞあとずさり、毛皮についた雪を振り落とした。

シンダーハートも低木の下から飛び出した。

「キャンプにもどって、ファイヤスターに報告しますか？」アイヴィーポーがそわそわ足踏《あしぶ》みしている。

一族への忠誠心はまだあるようだ、とライオンブレイズは思った。「訓練が終わってからな。まだ、キツネは面倒《めんどう》を起こしてはいない。いますぐ、なにかやらかすとも思えない」

「でも、あたりに目をくばるのは忘れないように」シンダーハートが注意した。

「耳をすますのも忘れるな」ライオンブレイズはダヴポーをにらみつけた。森の奥《おく》を見つめているダヴポーに腹が立つ。集中力はどうしちまったんだ？「さ、狩《か》りをしろ！」

ダヴポーがさっと振り向いた。「いまからですか？」

「なにをしにきたと思っているんだ?」

アイヴィーポーは早くはじめたそうに、地面の雪を引っかいている。「二匹《ひき》でいっしょに狩《か》りをするんですか? それとも、べつべつに?」

「べつべつに」シンダーハートが指示する。「そのほうが評価しやすいから」

「わかりました」アイヴィーポーはニワトコの低木のそばを駆《か》け抜《ぬ》けたかと思うと、木々のあいだに消えた。シンダーハートが急いであとを追う。

ライオンブレイズは二匹の後ろ姿を見送りながら、顔をしかめた。姉妹いっしょに狩りをさせたほうがよかったな。そうすれば、アイヴィーポーの観察をつづけられたのに。

「どっちへ行けばいいですか?」ダヴポーがきく。

「狩りをするのは、おまえだ。おまえが決めろ」

ダヴポーは耳をそばだて、鼻をひくひくさせて、森を見まわした。そして、シャドウ族との境界線に沿って坂をのぼっていった。ライオンブレイズは、ダヴポーの姿が見えなくなってから、あとを追いはじめた。

ライオンブレイズは坂をのぼりきる少し手前で立ち止まり、向こう側に目をこらした。雪が激しくなり、ダヴポーの姿はよく見えなくなったが、雪の積もった地面を踏《ふ》む足音と鼻を鳴らす音がきこえる。ダヴポーが獲物《えもの》のにおいをかぎ取ろうとするたびに、くしゃみをこらえるみたいに鼻をフンフンいわせるのもきこえる。この天気じゃ狩りは無理だな、とライオンブレイズは思った。

ダヴポーは大きなイバラの茂《しげ》みをまわり、細いカエデの木立のあいだをまっすぐ進んでいったようだ。ダヴポーの足跡《あしあと》はもう、雪をかぶっている。これでは、猫《ねこ》よりずっと小さい獲物の足跡やにおいなど、たどれるはずがない。木々のあいだにダヴポーの姿が見えた。ぼんやりとした灰色《はいいろ》のかたまりにしか見えないが、身をかがめたのがわかった。なにかをねらっているにちがいない。ライオンブレイズは雪の降る音が足音を消してくれることを祈《いの》りつつ、できるだけ音をたてないように気をつけて、じわじわ弟子に近づいた。

すると、リスのにおいが鼻に届いた。ダヴポーは、積もった雪のなかからかすかに頭を出している木の根の上を進んでいく。ダヴポーが前へ跳《と》んだのと同時に、上下にゆれる獲物のしっぽが見えた。と思ったら、ダヴポーの腹立たしげな叫《さけ》び声がした。つまずいて、つんのめったのだ。リスは木の上へ逃《に》げ、ダヴポーの上に雪のかたまりがバラバラ降ってきた。

「残念」ライオンブレイズは弟子に駆け寄った。

「じゃまなところにイバラがあって。つまずいちゃいました」ダヴポーはぶつくさいった。「雪におおわれて、見えなかったんです」

「こんな悪条件で狩りをするのは、経験豊富な戦士でもきびしいよ」ライオンブレイズは弟子をなぐさめた。「しかも、おまえは雪の日の狩《か》りはははじめてだ」

ダヴポーは頭上の枝に目をこらした。「あの上で狩りをしませんか？ 獲物《えもの》はみんな木の上にかくれてるんじゃないでしょうか」

ライオンブレイズはつま先に力をこめた。木のぼりは苦手だが、ダヴポーのいうとおりだ。「よし、そうしよう」

ライオンブレイズは弟子がよじのぼるのを待ってから、重い体を引き上げてカエデの幹をのぼりはじめた。最初の枝に脚《あし》がかかると、ほっとした。ダヴポーはすでにつぎの枝に這《は》いのぼっており、ライオンブレイズがその枝に着いたときには、枝の上を走ってとなりの木の枝に跳《と》び移ろうとしていた。

ひげについた雪を振《ふ》り払《はら》いながら、ライオンブレイズはリスを追うアナグマになった気がした。かぎ爪《づめ》をめいっぱい出し、すべりやすい樹皮を苦労してつかんで進む。

「クロウタドリが見えます！」ダヴポーが肩越《かたご》しに小声で知らせた。

「ぼくはここで待つよ」降りしきる雪を通して、黒い姿が見えた。クロウタドリは雪のかからないとなりの松の木の枝に避難《ひなん》している。ライオンブレイズたちのいる枝からほんのひと跳びの距離《きょり》だ。ダヴポーが、樹皮に腹がつくほど身を低くして前へ進み、腰《こし》を振ると、クロウタドリめがけて跳んだ。

ダヴポーが着地すると、松の木がゆれた。クロウタドリが騒《さわ》ぎたて、ダヴポーの重みで枝がたわんだ。

ダヴポーはきゃっと叫《さけ》び、真下の雪の積もった地面に落っこちた。

「だいじょうぶか?」ライオンブレイズはあわてて木から下りた。

ダヴポーはふらつきながら後ろ脚で立っていた。前脚のあいだには、翼《つばさ》をばたつかせてもがくクロウタドリがいる。ダヴポーはクロウタドリを地面にたたきつけ、とどめを刺《さ》そうと、かがみこんだ。

そのとき、おびえた悲鳴が森に響《ひび》きわたった。ダヴポーはつかんでいたクロウタドリを放し、「キャンプにキツネ!」と叫んで、森の奥《おく》へ駆《か》けだした。クロウタドリは怒《おこ》った鳴き声をあげ、ふたたび松の木の上へバタバタ飛んでいった。

ライオンブレイズは弟子を追って駆けだした。雪でまわりがよく見えず、すぐ横に来るまでシンダーハートの姿に気づかなかった。

「なにごと?」シンダーハートが並んで走る。「あの騒ぎはなに?」

二匹《ひき》の前にアイヴィーポーが現れた。アイヴィーポーはいったん速度を落としたが、ダヴポーを追ってまた突《つ》っ走っていった。

「キャンプにキツネが入りこんだ!」ライオンブレイズはどなると、かぎ爪を出し、さらに強く雪をけって走った。

キャンプに近づくと、ミリーが坂をすべり下りてきた。体の前に雪が舞《ま》い上がる。ブラッサムフォールがぴたりとついてきて、その二、三歩後ろをグレーストライプとブライトハートが毛を逆立ててやってくる。キャンプから響《ひび》く悲鳴が激しくなった。

ずたずたになったイバラの壁《かべ》を突《つ》き破ってキャンプに飛びこんだライオンブレイズは、ぎょっとした。興奮《こうふん》したキツネがぐるぐる歩きまわっている。雪をかぶった部屋の前をうろつく姿はかなり大きく、白く凍《こお》った岩壁を背景に、赤い毛皮が炎《ほのお》のように目立つ。保育部屋の入り口でポピーフロストとファーンクラウドが背中を弓なりに曲げてうなり、キツネがそばに来るたびに、爪《つめ》を出した前脚《まえあし》でなぐりつけようとしている。キツネは耳を寝《ね》かせ、歯を鳴らして空《くう》をかみ、つくりたての部屋をしっぽでたたきつける。デイジーが看護部屋の入り口に体を押《お》しつけて毛を逆立て、追いつめられたヘビのようにシャーッとうなっている。

ダヴポーとライオンブレイズよりひと足先に、ブランブルクローの率いる一団がキャンプにもどっていた。副長はかみつかれないように首をかがめて、キツネの前脚のあいだに飛びこんだ。ダストペルトが後ろ脚で立って、キツネの鼻づらをなぐりつけた。雪で白くおおわれた空き地に血が飛び散る。キツネはかん高くほえ、いっそう激しくかみつこうとする。

ダストペルトが飛びのくと、今度はトードステップがキツネのわき腹を引っかいた。赤い毛が束になってむしられた。ライオンブレイズの耳の奥《おく》で血がごうごう鳴りだし、身をかがめると、まわりの動きがゆっくりになったように見えてきた。腹の底から怒《いか》りがわき上がり、力が脈打ちながら全身の筋肉に広がっていく。ライオンブレイズは力が爆発《ばくはつ》しそうになるのを無理やりこらえた。キツネをじっと見すえていると、そのうち、赤い毛皮しか見えなくなった。

それから、飛びかかった。

ライオンブレイズはキツネの背中のまんなかに着地し、皮膚《ひふ》に深くかみついた。キツネは悲鳴をあげ、ライオンブレイズを振《ふ》り落とした。ライオンブレイズは雪の積もった空き地にどさっと落ちた。すると、ブライトハートがキツネのしっぽをつかんだ。キツネはくるりと向きを変え、片目の不自由な雌《めす》の戦士をブナノキの枝にたたきつけた。だが、ブライトハートは歯をむき、耳を寝かせて、キツネのしっぽに食らいついている。

ダヴポーがキツネの腹の下に飛びこんで後ろ脚にかみつき、アイヴィーポーが前脚を引っかいた。さらにシンダーハートが後ろ脚で立ってキツネの鼻づらをなぐりつけ、フォックスリープがキツネに飛びついてわき腹を激しく引っかく。キツネは恐怖《きょうふ》と困惑《こんわく》で白目をむいて、あわててキャンプの出口へ駆《か》けだすと、身をよじり、しっぽにしがみついているブライトハートを振り払《はら》って、トンネルを突き抜《ぬ》けた。そして、苦痛の叫《さけ》び声を残し、森の奥へ逃《に》げ去った。

地面に半分埋《う》まった岩にブランブルクローがのり、くぼ地を見わたした。「けがをした者はいるか?」

ライオンブレイズは仲間を見まわした。だれもが自分の毛皮を調べて、首を横に振《ふ》っているが、すでに看護部屋から駆《か》けつけていたジェイフェザーが、戦士の体をてきぱきと順番にかいで、けがはないか調べている。

「ブライトハートはだいじょうぶか？」ブランブルクローが大声できいた。

「なんともありません」ジェイフェザーは答えると、ダストペルトの体を調べはじめた。

ブランブルクローはうなずくと、つづけた。「ベリーノウズとフォックスリープ。出入り口の壁《かべ》の修復をはじめろ。グレーストライプ、ファイヤスターの率いる一団をさがして、なにがあったか知らせてもらえますか？」それから、保育部屋の入り口にいるファーンクラウドを見た。「子猫《こねこ》たちは無事ですか？」

「ええ。キツネはここには近づかなかったわ」ファーンクラウドは報告した。

ライオンブレイズは進み出た。「キツネの巣穴を見つけました」

ダストペルトが背中を弓なりに曲げて、うなった。「よし、こらしめにいこう」

ブランブルクローが戦士にしっぽを振った。「もう、こりたんじゃないでしょうか」

ライオンブレイズのほおに、だれかがあたたかいほおを押《お》しつけてきた。「だいじょうぶなの？　ほんとうに、けがはない？」シンダーハートだ。

「ああ」ライオンブレイズは振り向いた。シンダーハートの毛は乱れ、首のまわりの毛は逆立った状態でかたまっている。「きみは？」

「震《ふる》えはおさまらないけれど、けがはないわ」

アイヴィーポーが駆け寄ってきた。「思い知らせてやりましたね」

ダヴポーがついてきた。「あたしがもっと早く感知するべきでした」声をつまらせる。

「おまえは狩《か》りをしていたんだ」ライオンブレイズは弟子にいった。「耳がいいのはわかっている。けど、つねにあらゆる物音を感知しなくてはいけない、と思う必要はない」しかし、ほんとうにそれでいいのだろうか？　ダヴポーは狩りなどしないほうがいいのでは？　とくべつな能力を使って危険を察知することに、意識を集中したほうがいいのかもしれない。

アイヴィーポーが妹を見て、顔をしかめた。「どうして、あなたが感知するべきだったの？　あたしたちは、だれよりもキャンプから遠いところにいたのよ！　なぜ、あなたはいつも自分がとくべつみたいな顔をしなくちゃいけないの？」

シンダーハートがびくっとした。

ライオンブレイズは自分に腹が立ち、しっぽを激しく振った。どうして、アイヴィーポーの前でダヴポーをほめたりしちまったんだ？「けんかしないでくれ、たのむ」

イバラが音をたててゆれ、折れた枝がバラバラ落ちたかと思うと、ファイヤスターがキャンプに駆けこんできた。その後ろから、ソーンクローとサンドストームがグレーストライプとともにやってくる。族長はくわえてきたムクドリを落として、くぼ地を見まわした。「全員無事か？　部屋はこわされなかったか？」

「いちばん被害《ひがい》を受けたのは、イバラのトンネルです」ブランブルクローが報告する。

サンドストームはもう、保育部屋の入り口に駆《か》けつけて、ファーンクラウドをなぐさめている。「子猫《こねこ》たちはけがひとつしなかったのね。あなたはよくがんばったわ」

ジェイフェザーがフォックスリープの片方の前脚《まえあし》の先をヒレハリソウの葉で包みこんでいる。

「脚を痛めたのか？」ファイヤスターが若い戦士にきいた。

ジェイフェザーが代わりに答えた。「かぎ爪《づめ》を一本、折ってしまったんです。けど、治ります」

ローズペタルが息をのんで、空き地の反対側から駆け寄った。「痛む？」

フォックスリープはあごを上げた。「ちょっとだけだ」

ジェイフェザーがフォックスリープの前脚をそっと放した。「ほかに負傷者がいなくて、ほんとうによかった」そういい、ヒレハリソウの葉を慎重《しんちょう》にたたんだ。「薬草のたくわえが底をつきそうなんだ。これ以上雪が降りつづいたら、補充《ほじゅう》できない」

ファーンクラウドが心配そうにしっぽを振《ふ》った。「子猫たちがせきの病気にかかったら、どうするの？」

「〈二本足〉の家のそばでぼくが大事に育てている薬草の新芽は、採《と》れるだけ採ってしまいました」とジェイフェザー。「あれ以上採ったら増えなくなる恐《おそ》れがあるので、あそこの薬草はもう、手をつけたくありません。新鮮《しんせん》な薬草の生えている場所を、ほかにさがさなくては」

ライオンブレイズはどきんとした。「この雪にやられずに残っている薬草なんてあるのか？」

「急げば、見つかると思う」ジェイフェザーはいった。「まだ残っている葉も、あっという間《ま》に黒ずんで使いものにならなくなる。採るなら、いますぐ行かないと」

ブライトハートが駆け寄ってきた。「わたしがさがしてくる。必要な薬草はわかっているわ」

「手伝うわ」リーフプールが進み出た。「生えていそうな場所を知っているから」

「助かるよ」ファイヤスターが雌猫《めすねこ》たちにいい、「護衛しろ」と、ソーンクローとダストペルトに命じた。「キツネがまだうろついていると危険だ」それから、ブランブルクローに向きなおった。「狩猟《しゅりょう》部隊をもっと組んでくれ」さっき足元に落としたムクドリをつつく。「これっぽっちじゃ、一族の腹を満たせない」

そういうと、族長は空き地を横切り、ハイレッジにつづくくずれた岩の山をのぼっていった。空き地では、ブランブルクローが戦士たちに狩《か》りの指示を出しはじめた。

ライオンブレイズは急いで族長を追いかけ、シンダーハートとダヴポーの不思議そうな視線を無視して、ハイレッジにのぼった。「ぼくにキツネをやっつけさせてください」族長に懇願《こんがん》した。

ファイヤスターは目を見開いて振《ふ》り向いた。

「ぼくたちのなわばりから永久に追い払《はら》ってやります」ライオンブレイズはファイヤスターの緑の目をじっと見返した。「ぼくがぜったいけがをしないことを、ご存じですよね？」

ファイヤスターはすわった。

「安全に狩《か》りができるようになるんですよ」ライオンブレイズは強くいった。

ファイヤスターは顔をしかめた。「ほんとうに、けがをしないだろうな？」表情がかげる。「これまで一度も負傷したことがないからといって、ぜったいに負傷しないとはいい切れない。キツネ退治なんかに体を張るな。もっと危険な敵が陰《かげ》で待ち受けているんだぞ」

「ただでさえ、きびしい枯《か》れ葉の季節になりそうなのに」ライオンブレイズは族長を説得にかかった。

「乏《とぼ》しい獲物《えもの》をキツネと分けあって、さらに苦しもうとおっしゃるんですか？」

「キツネをひとりで軽くやっつけちまったわけを、一族のみんなにどう説明するつもりだ？」ファイヤスターが質問を返す。「とくべつな能力のことは秘密にしておきたいんじゃないのか？」

「ばれませんよ」ライオンブレイズはいった。「キツネの不意をついた、と説明すればいいでしょう。やっつけることができたのは、単に運がよかったのだ、と。あのキツネはキャンプを襲《おそ》ったときのけがですでに弱っていた、と話します」

ファイヤスターは前脚《まえあし》にしっぽをかけた。「わかった。いいだろう。ただし、ダグポーをつれていけ」

「ダグポー？」ライオンブレイズは耳をぴくっと動かした。「けがをするかもしれませんよ」

「離《はな》れたところで待機させろ」ファイヤスターは命じた。「助けが必要になったら、あの子に呼びにいかせるといい」

「助けなんか――」ライオンブレイズは反論しかけた。助けなんか必要になるわけがない。だが、言葉を飲みこんだ。要求をきき入れてもらったのだ。これ以上、なにかいう必要はない。

第13章

ライオンブレイズは寝床《ねどこ》でのびをした。背中がシンダーハートの体をかすったが、シンダーハートは寝言をいっただけで、目はさまさなかった。枝をからみあわせた部屋の壁《かべ》から、夜明けの光がかすかにさしこんでいる。ライオンブレイズは静かに息をしながら、じっと横になっていた。まわりで仲間が身動きをはじめた。ダストペルトがあくびをし、最初のパトロールにそっと出かけていった。

ホワイトウィングが起き上がってすわり、ブラクンファーの寝床に片前脚《かたまえあし》をさし入れて、「時間ですよ」と小声で呼びかけた。

金茶色の戦士は小さくうなると、どうにか体を起こして立ち上がった。「夜中にまた、雪が降ったのか?」

「まだ、外は見ていません」ホワイトウィングは仲間の寝床を慎重《しんちょう》によけて進み、部屋の出入り口をくぐった。空き地を歩きだした戦士の足元で雪がサクサク鳴る。

ライオンブレイズは、ブラクンファーが部屋を出るのを待ってから起き上がった。昨夜のうちにキツネをやっつけておきたかったたな、とライオンブレイズは思った。キツネに休むひまを与《あた》えず、まだ傷がふさがらないうちに。けど、ファイヤスターに待つように命じられたから、しかたない。

「いますぐおまえがやっつけてしまったら、ほかの戦士たちはおまえに出し抜《ぬ》かれ、一族を守って戦う機会をうばわれたと思うだろう。あしたなら、偶然《ぐうぜん》あのキツネに出くわしたと話しても、一族に信じてもらえる可能性は高い」族長はそういった。

シンダーハートが寝返りをうって、あおむけになった。夢を見ているらしく、耳がぴくぴく動いている。灰色《はいいろ》の腹の毛はふんわりしてあたたかそうだ。ライオンブレイズはふと、罪悪感をおぼえた。シンダーハートは、ぼくにとくべつな能力があることを知らない。かのじょには、予言のことは話していない。しかし、こんなに親しくなったいま、黙《だま》っているのは、うそをついているみたいで落ちつかない。けど、話す勇気がない。ぼくたちの愛のきずなは強いと思うけれど、真実に打ち勝てるだろうか。

ライオンブレイズは不安を振《ふ》り払《はら》い、眠《ねむ》っているシンダーハートのあたたかい香《かお》りを吸いこんだ。きみのためにキツネをやっつけるよ、シンダーハート。枯《か》れ葉の季節のあいだじゅう、きみが安全に狩《か》りができるように。ライオンブレイズは心のなかでいい、シンダーハートの体をしっぽでやさしくなでると、こっそり部屋の出口へ向かった。空き地は新雪でおおわれ、水面のようになめらかな真っ白い地面を乱しているのは、夜明けのパトロールに出かけた猫《ねこ》たちの足跡《あしあと》だけだ。くぼ地の上にはピンク色の空が広がり、やわらかな光がキャンプにそそいでいる。

ライオンブレイズはそっと部屋を出た。ハイレッジにファイヤスターが立ち、だれもいない空き地を見下ろしている。族長はライオンブレイズに気づくと、目をぐっと細めてうなずいた。ライオンブレイズはしっぽをひと振《ふ》りし、見習い部屋へ急いだ。

「ダヴポー！」ささやくような声で呼んだのに、すぐに部屋の入り口のシダがゆれて、灰色《はいいろ》の見習いは現れた。

「もう、訓練をはじめるんですか？」ダヴポーは前脚《まえあし》をのばして、大きくのびをした。腹に押《お》されて雪がくぼむ。

「とくべつな任務に出かけるんだ」

ダヴポーはまっすぐ体を起こした。「ジェイフェザーもいっしょですか？」

「この任務には、あいつの能力は必要ない」おまえの能力もな、とライオンブレイズは心のなかでつけ足した。

ライオンブレイズはキャンプを出た。ダヴポーはあわてて追いかけてきた。

「どこへ行くんですか？」

「行けばわかる」

「あたしは物音かなにかを感知するために行くんですか？」

「いいや」弟子の質問に答える気分ではない。やっぱり、昨夜のうちにひとりで片づけておけばよかった。

ライオンブレイズはキツネのことを考えながら、獣道《けものみち》をずんずん進んだ。ダヴポーがまたなにかいったが、耳を貸さなかった。キツネがキャンプのなかをくるったように駆《か》けずりまわり、ファーンクラウドにかみつこうとし、しっぽでデイジーを払《はら》いのけたときの光景を思い起こした。ライオンブレイズの血が怒《いか》りでふつふついいはじめた。よくも一族をおびやかしてくれたな。

灰色の毛皮が行く手をさえぎった。「いったい、どこへ行くんですか？」ダヴポーのいら立った声に、ライオンブレイズは足を止めた。

「キツネを追い払いにいくんだ」ライオンブレイズはダヴポーを押しのけ、ふたたび歩きだした。

ダヴポーがそばをはねるように歩く。「あたしたちだけで？」

「ぼくだけだ。万が一、けがをしたときに助けを呼びにいかせるためにおまえをつれていけ、とファイヤスターにいわれたんだ」

「えっ、ファイヤスターはこの任務のことをご存じなんですか？」ダヴポーは驚《おどろ》いた声をあげた。

「当然だろう？」ライオンブレイズは毛を逆立てた。「族長なんだから。ぼくのとくべつな能力のこともご存じだ。ぼくがけっしてけがをしないということも」

「でも、あたしたちのとくべつな能力は、こういうことに使うために授かったんじゃないんですよ！」ライオンブレイズは急停止して、ダヴポーを見つめた。「キツネが部族仲間をおびやかすのを、黙《だま》って見ていろというのか？」

「そういう意味じゃありません」ダヴポーは動じない。「ほかの部族はとくべつな能力を使わずにキツネ退治をしてる、といいたいんです。どうして、ふつうの戦士の一団にできることを、ひとりでやろうとするんですか？」ふつうという言葉に、うらやましそうな響《ひび》きがあった。

「ひとりでやるほうが楽だからだ」ライオンブレイズはきっぱりいった。「それに、負傷者も出ない」

ダヴポーは顔をそむけた。「でも、このやりかたはまちがってる気がします。なんか、ずるい感じ」そういうと、ツタのはびこる場所をまわってつづく道をたどりはじめた。

「ずるい？」ライオンブレイズは急いで追いかけた。「一族を守るために授かった能力を使うことの、どこがずるいんだ？」

ダヴポーは足を止めない。「一族では、全員が助けあうんです。そこから、きずなが生まれるんです。ひとりで戦士全員の仕事ができるのなら、集団で暮らす意味がないじゃないですか」

「ぼくはけっしてけがをしない体をもっているけど、ほかのみんなはちがう、といいたいんだ」

「ソーンクローとダストペルトは、すぐにも長老部屋に移れるとわかって、さぞお喜びになるでしょうね。一族にはライオンブレイズがいるから、二匹《ひき》は明らかにお役御免《ごめん》ですもの」

「いいかげんにしろ！」ライオンブレイズはどなった。「なぜ、ものごとを面倒《めんどう》にするんだ？」

「思ったことをいってるだけです。それとももう、あたしは意見もいっちゃいけないんですか？　ライオンブレイズの意見しか重要じゃないんですか？」

ダヴポーの剣幕《けんまく》に、ライオンブレイズは驚《おどろ》いた。「ぼくがそんなことを思っていないのは、わかってるだろう？　ぼくは現実的に考えているだけだ。このやりかたなら、キツネはいなくなるし、負傷者も出ずにすむ」

ダヴポーはしっぽをぴくっと動かした。「アイヴィーポーのことも、そんなふうに考えてくださるといいのに」

「どういう意味だい？」

「〈暗黒の森〉に行かないように、姉を説得してくださいましたか？」

「もう少し待ったほうがいいんじゃないか、とジェイフェザーがいうんだ」

「なにを待つんですか？　夢からさめたアイヴィーポーがひどいけがを負ってることに、一族全員が気づくまで待つんですか？」

ライオンブレイズは止まった。「いいか、ジェイフェザーはこう考えているんだ。しばらくようすをみていれば、〈暗黒の森〉の戦士たちが仲間に引きこんだ猫《ねこ》たちをどんなふうに鍛《きた》えているかがわかるかもしれない、と」

ダヴポーは首をかしげて、ライオンブレイズを見た。「アイヴィーポーに直接きいたらどうですか？」

「教えると思うか？」

「もちろんですよ！」ダヴポーはどなった。「姉は、自分が〈暗黒の森〉の猫たちに利用されてることを知らないんです。優秀《ゆうしゅう》な戦士になるための訓練を受けてる、と思ってるんです」

「なら、もうしばらくようすをみても害はない」そういいながら、はたしてそうだろうか、とライオンブレイズは思った。アイヴィーポーはまだほんの見習いだ。〈星のない世界〉でなにが起きているのか、あの子には理解できないだろう。

「姉が重傷を負ったら、どうするんですか？　あのとき止めていればよかった、って後悔《こうかい》しても遅《おそ》いんですよ」ダヴポーは背を向け、雪をけ散らして歩きだした。

ダヴポーを説得しているひまはない。もう、キツネの巣穴をかくしているニワトコの低木のそばまで来てしまった。ライオンブレイズはダヴポーを追い抜《ぬ》き、しっぽで合図した。「あのモチノキの下にかくれて、問題が起きたときにそなえて耳をすましていろ」

ダヴポーの背筋に沿って毛が逆立つ。「お気をつけて」ダヴポーは小声でいった。「ぼくはだいじょうぶだ。けど、万が一、予想外のことが起きたら、キャンプに助けを呼びにいってくれ」

ダヴポーはうなずいた。

ライオンブレイズは弟子に背を向けると、キツネのにおいをかぎ取ろうと口をあけた。ダヴポーとの言い争いで、集中力が途切《とぎ》れてしまった。ぼくたちのなわばりにキツネが侵入《しんにゅう》したんだ、と自分にいいきかせ、ふたたび意識を集中させる。キャンプがキツネに襲《おそ》われたんだぞ。子猫たちが殺されていたかもしれないんだ。毛皮の下で怒《いか》りがふつふつわきはじめた。ライオンブレイズはニワトコの低木の下にもぐり、キツネの巣穴へゆっくり近づいた。

巣穴の外に新しい足跡《あしあと》はついていない。キツネはなかにいるにちがいない。ライオンブレイズは暗がりに目をこらし、いやなにおいに鼻にしわを寄せた。不吉《ふきつ》な予感で、脚《あし》がむずむずする。巣穴の奥《おく》は真っ暗だ。全身の毛がぞっと逆立つ。

よし、キツネをおびき出そう。

ライオンブレイズは巣穴の入り口で身をかがめると、怒りくるった鋭《するど》い鳴き声をあげた。

反応がない。

臆病《おくびょう》なキツネめ！

そのとき、あのキツネが無防備な子猫《こねこ》たちをねらったことをあらためて思い出した。怒《いか》りに燃えたライオンブレイズは、さらに低くかがんで身をのり出し、くさいにおいを我慢《がまん》して息を吸いこむと、子猫のようなか細い悲しげな鳴き声をあげた。

耳をすます。なにもきこえない。

おそるおそる巣穴のふちを越《こ》え、暗闇《くらやみ》に入りこむ。腹がかすめる地面が、雪から土にかわった。キツネのにおいに息がつまりそうだ。ライオンブレイズは息を止め、真っ暗な巣穴のさらに奥《おく》へ這《は》って進んだ。

そのとき、しっぽに痛みが走った。鋭《するど》い歯にかみつかれ、後ろへ引っぱられる。ライオンブレイズは地面を引っかき、向きを変えようとしたが、しっぽをしっかりつかまれていて自由がきかない。キツネはうなり声とともにライオンブレイズを巣穴から引きずり出し、雪のなかへほうり投げた。ライオンブレイズはぱっと立ち上がり、ニワトコの低木の下から這い出してきたキツネと向きあった。キツネは黒い目を敵意でぎらつかせてにらみ返してきた。鼻づらには、きのうの戦いで負った傷跡《きずあと》がある。

ライオンブレイズはまったく動じず、鋭くうなった。キツネは歯をむいたかと思うと、飛びかかってきた。ライオンブレイズは後ろ脚《あし》で立ち上がり、激しくなぐり返した。だが、キツネの重みで後ろへよろけて背中からばたんと倒《たお》れ、一瞬《いっしゅん》、息ができなくなった。体をひねり、しっぽを激しく振《ふ》って立ち上がろうとすると、キツネの重い脚でさらに強く地面にたたきつけられた。耳元でキツネが空《くう》をかむ音がし、つばが顔にかかる。

ライオンブレイズは息を吸いこもうとあえぎながら、雪の積もった地面に爪《つめ》を立てて体を起こし、呼吸が整うと、ぱっと立ち上がった。キツネにこんな力があるとは。これまでこれほど大きな動物と戦ったことがないライオンブレイズは驚《おどろ》いた。もっとすばやく動かなくては。運がよければ、キツネはぼくの速さに追いつけないだろう。ライオンブレイズはくるりと向きを変え、前脚を突《つ》き出した。

遅《おそ》すぎた！

皮膚《ひふ》に鋭い痛みが走り、脚が地面から浮《う》き上がった。ライオンブレイズはパニックになり、空をかいた。肩《かた》にキツネの歯が深く食いこむ。皮膚が裂《さ》けるのでは、と生まれてはじめて怖《こわ》くなった。

「助けを呼んできます！」近くで口をあんぐりあけて立っていたダヴポーが叫《さけ》んだ。

「行くな！」ライオンブレイズは身をよじって、キツネになぐりかかった。かみつかれている皮膚がのびて激痛が走ったが、こらえた。かぎ爪の下でキツネの毛皮が裂けるのを感じ、勝てそうな気がしてきた。

キツネはほえ、ライオンブレイズを放した。

まわりの動きがゆっくりになった。

足の裏が、雪の積もった地面に触《ふ》れた。ライオンブレイズは後ろ脚を軸《じく》にして向きを変えると、片方の前脚を突き出した。かぎ爪をのばした指を大きく広げ、歯をむいているキツネの顔を激しくなぐりつける。

キツネの唾液《だえき》で肉球がすべり、ライオンブレイズはキツネの鼻づらにはじかれて、後ろへよろけた。キツネがまた、飛びかかってきた。ライオンブレイズはもう一度、激しくなぐりつけた。鼻づらに返り血を浴び、キツネの悲鳴がきこえた。

目の前にぼんやりと赤い毛が見える。ライオンブレイズは後ろ脚《あし》で地面を強くけって高く跳《と》び、キツネの鼻づらを越《こ》えて背中にのった。キツネの体はかたく、あたたかい地面のような感触《かんしょく》だ。キツネは背を丸めたりはね上がったり首を振《ふ》ったりして、ライオンブレイズを振り落とそうとあばれ、もどかしげにかん高くほえながら、かみつこうと何度も振り向く。しかし、ライオンブレイズは歯の攻撃《こうげき》をうまく避《さ》けて、キツネの背中にしっかりしがみついていた。

ライオンブレイズはかぎ爪《づめ》にさらに力をこめつつ、キツネの毛皮にかみつき、皮膚《ひふ》が裂《さ》けたのがわかると、強く引っぱった。皮膚の裂け目からあふれる血が、ライオンブレイズの口にどくどく流れこむ。キツネはひと声ほえると、くずおれた。ライオンブレイズはキツネの皮膚にかみついたまま、待った。

キツネはじっと横たわって、わき腹を波打たせ、のどの奥《おく》からかすかな鳴き声をもらしている。ライオンブレイズはキツネを放してあとずさると、血でかすむ目でキツネを見つめた。キツネが身動きした。そして、どうにか立ち上がると、あえぎ、くんくん鼻を鳴らして、巣穴へ向かって歩きだした。ライオンブレイズはすかさず駆《か》けだし、うなり声をあげて、キツネの行く手をさえぎった。キツネはぎょっと目を見開いてライオンブレイズを見ると、ニワトコの低木をよけて進み、真っ赤な血がはねかかったしっぽをひと振りして、シダの茂《しげ》みに入っていった。

モチノキの下からダヴポーがするりと出てきた。全身の毛を逆立てたダヴポーは、黙《だま》ってキツネを追い立てはじめた。ライオンブレイズとダヴポーはキツネを両側から引っかきながら、シャドウ族との境界線に沿って追い立てた。キツネがシャドウ族のなわばりに入らないように注意し、逆にサンダー族の森の奥へ向かおうとすれば、うなっておどした。そうして、二匹《ひき》は力をあわせてキツネを湖から遠ざけ、部族のなわばりの外へ追い出した。

坂が険しくなり、あたりにオークの木よりもトネリコの木が目立ってくると、キツネは急に足を速めてイバラの茂みの下に消えた。

「ここまででいいだろう」ライオンブレイズは息をはずませて、すわった。

そばで止まったダヴポーが、キツネの消えた場所を見ている。葉がまだゆれている。

「もう、来ないだろう」ライオンブレイズの脚が震《ふる》えだした。「キャンプにもどろう」

ダヴポーがいぶかるような目でこっちを見た。「おけがはありませんか?」

「疲《つか》れただけだ」キツネとの戦いで力を使い果たしてしまったライオンブレイズは、気づくとダヴポーの体にもたれて歩いていた。ダヴポーに導かれ、どこをどう歩いているのかよくわからないまま進み、キャンプのにおいが鼻に届くと、立ち止まった。冷たい雪が、痛むつま先に心地《ここち》いい。

「ちょっと息を整えさせてくれ」ライオンブレイズはいった。

ダヴポーは心配そうな目をしている。「ほんとうに、おけがはないんですか？　全身、血まみれですよ」

ライオンブレイズが自分の毛皮を見下ろしたとき、あたりを引き裂《さ》く悲鳴があがった。ぎょっと目を上げると、シンダーハートがこっちを見つめていた。顔をこわばらせ、おびえきった目をしている。

「ライオンブレイズ！」シンダーハートは駆《か》け寄ってきて、夢中でライオンブレイズの体をかいだ。「なにがあったの？　どこをけがしたの？」そうきくと背を向け、キャンプのほうへ駆けだした。「助けを呼んでくるわ！」肩越《かたご》しに叫《さけ》ぶ。

シンダーハートを追いかけ、これはぼくの血じゃないから安心しろといいたいが、まだ脚《あし》は重く、頭も疲《つか》れきってうまく働かない。毛皮から血がしたたり、足元の雪が真《ま》っ赤《か》に染まっていく。シンダーハートの知らせに、一族全体がパニックになりそうだ。

「急がないと」ライオンブレイズは低くうなった。

「まず、血を落としてください」とダヴポー。

ライオンブレイズは体をなめた。ぬるぬるしたキツネの血のいやな味に、吐《は》きそうになる。

「雪のなかでころがるといいですよ」ダヴポーが勧《すす》めた。

ライオンブレイズは横になって身をよじり、地面に積もった冷たく水分の多い雪に体を思いきり強くこすりつけた。ようやく立ち上がると、真っ白い森の地面に、大きな赤いしみができていた。

ダヴポーがそわそわと地面をかいた。「救助隊がここまで来る前に、キャンプにもどりましょう」

ライオンブレイズは体にふたたび力がみなぎるのを感じた。冷たい雪の上でころがったおかげで、気分もすっきりだ。だが、ライオンブレイズが大けがをした、とシンダーハートがキャンプで騒《さわ》ぎたてているかと思うと、心臓が激しく打ちはじめた。

救助隊には、キャンプの外の坂の途中《とちゅう》で会った。

「だいじょうぶか?」先頭のファイヤスターがきいた。ブランブルクロー、グレーストライプ、バーチフォールが耳としっぽをぴくぴくさせて、そばを行ったり来たりする。

「いったい、なにがあったんだ?」グレーストライプがけげんな顔でライオンブレイズをかいだ。

「キツネに出くわしたんです」ライオンブレイズはうなり声でいった。

「どこで?」バーチフォールが耳を寝《ね》かせて、森を見まわす。

「ぼくたちのなわばりから追い出しましたから、安心してください」ライオンブレイズはみんなにいった。

「もう、来ないでしょう」

グレーストライプがしっぽでライオンブレイズをイバラのトンネルへうながした。「看護部屋につれていってやる。もう、シンダーハートがジェイフェザーを手伝って、薬草を用意している。あいつは、おまえが死にかけているかのように騒《さわ》ぎたてていたよ」

ライオンブレイズはジェイフェザーがぶつくさいっているようすを思い浮《う》かべて、ひげをぴくぴくさせた。きっと、ありったけの薬草を用意してくれ、とシンダーハートにせっつかれているのだろう。傷なんかひとつもないとわかっているのに。

ファイヤスターがダヴポーを見やった。「おまえはけがはないか？」

ダヴポーはうなずいた。「ほとんど、ライオンブレイズがひとりで戦ったんです。あたしはなわばりから追い立てるのを手伝っただけです」

「キツネはシャドウ族のなわばりに迷いこんではいないだろうな？」ファイヤスターのしっぽがぴくりと動いた。

「それはありません」ライオンブレイズはいった。「山のほうへ追い立てましたから」なぜ、ファイヤスターはいつもほかの部族のことまでそんなに心配するんだろう？　どの部族も、自分たちの問題は自分たちで対処するべきだ。

「いちおう、調べたほうがいい」ファイヤスターは顔をしかめ、ブランブルクローのほうを向いた。「部隊を組んで、キツネがまちがいなく、部族のなわばりからいなくなったことを確かめてこい」

ブランブルクローはキャンプに駆《か》けもどっていった。

「さあ、もどろう」グレーストライプがライオンブレイズをそっとつついて、キャンプのほうへ向けた。

「肩《かた》を貸してやる」

キャンプに入ると、仲間が空き地に集まっていた。

「お手柄《てがら》ね、ライオンブレイズ！」ファーンクラウドが大声でいった。

マウスファーが白い毛のまじった頭を振《ふ》った。「この話は、わたしがいなくなったあともずっと長老部屋で語り継《つ》がれるわ」

「どうやって、ひとりで撃退《げきたい》したの？」ソーレルテイルが心底感心した目でライオンブレイズを見つめた。

「けが、ひどいの？」デイジーは心配そうな顔をしている。

グレーストライプがライオンブレイズを看護部屋へうながした。「質問はあとだ。まず、ジェイフェザーの診察《しんさつ》を受けさせてやれ」

イバラのカーテンを押《お》し分け、静かな看護部屋に入ると、ライオンブレイズはほっとした。シンダーハートがさっと顔を上げた。足元に薬草の山ができている。

「だいじょうぶなの？」シンダーハートはかすれ声できいた。「ここまでみんなで運んであげなくちゃいけないほどの重傷かと思ったわ」声をつまらせる。

ジェイフェザーが進み出た。「すぐに手当てできるように、シンダーハートに薬草を調合してもらったんだ」そういうと、灰色《はいいろ》の雌猫《めすねこ》にうなずいた。「手伝ってくれて、ありがとう。助かったよ。もう、行っていいぞ。あとはぼくにまかせてくれ。落ちついて、きちんと手当てしたい」

シンダーハートは耳をぴくっと動かした。「よかったら手伝うわよ」

「いいや、けっこうだ」ジェイフェザーはきっぱりことわり、見えない青い目でシンダーハートを見すえた。シンダーハートはうなずき、イバラのカーテンへ向かった。

ブライアーライトがライオンブレイズを見ようと、寝床《ねどこ》から首をのばしている。「シンダーハートのあわてぶりから、命を落とされたのかと思いましたよ」

「運動をしろ」ジェイフェザーがブライアーライトにコケのかたまりをほうった。

ブライアーライトは不満そうになったが、命令にしたがい、コケのかたまりを前脚《まえあし》でお手玉のようにトスしはじめた。コケを落とさないようにトスしつづけながら、前脚をより遠くへのばそうとする。

ジェイフェザーはライオンブレイズを部屋の奥《おく》へつれていくと、「みんなのヒーローになれて、満足か？」と、鋭《するど》くきいた。

「やらなきゃならないことだったんだ」ライオンブレイズは腹が立った。

「ひとりでやる必要はなかっただろう？」

ライオンブレイズは毛を逆立てた。「キツネはいなくなったし、負傷者も出なかったんだぞ」

「どうしてそんなにうまくいったのか、自分でみんなに説明したらいい」

「いいから、ぼくの体を洗って、みんなが納得するように、ちょっとばかり薬をぬってくれないか？」

ジェイフェザーはため息をついた。「わかったよ」そういうと、部屋の壁《かべ》ぎわの水たまりへライオンブレイズをつれていき、冷たい水をふくませたコケで兄の毛皮を洗いはじめた。

キツネ退治で疲《つか》れ果てたライオンブレイズは、黙《だま》ってジェイフェザーに洗わせた。だが、ダヴポーと言い争ったことが頭に引っかかっていた。

「なあ、ほんとうにアイヴィーポーが〈暗黒の森〉へ行くのを止めなくていいのか？」ライオンブレイズは片目でブライアーライトのようすをうかがいながら、声をひそめていった。「ダヴポーが心配しているんだ」

「アイヴィーポーのことなら、心配ない」ジェイフェザーは新しいコケのかたまりを水にひたした。「まだ、けがの手当てをしてもらいに、ぼくのところに来たことはないし、サンダー族を裏切るような態度も見せていない。タイガースターを監視《かんし》するために、あの子を利用したほうがいい」

「なら、あの子と話さないと」ライオンブレイズはいった。

「なにを話すんだ？　スパイしてくれ、というのか？」ジェイフェザーはライオンブレイズの耳を乱暴に洗った。「ダヴポーにスパイをたのんだときのことを忘れたのか？　もう少し待って、それから話そう。そのほうが、多くのことをきき出せるし、あの子もぼくたちに利用されている気分にならずにすむ」

ライオンブレイズは返事がわりにうなって目を閉じ、ジェイフェザーの作業が終わるまで体を休めた。

「これなら、少しはけがをしたように見えるから、みんなに納得してもらえるだろう」ジェイフェザーはかんでどろっとなった薬草を、ライオンブレイズの両肩《りょうかた》のあいだにぬり終えた。

部屋の反対側から、ブライアーライトのトスしていたコケのかたまりが飛んできて、ライオンブレイズの足元に落ちた。ライオンブレイズは拾って、投げ返した。

「体、もうだいじょうぶなんですか？」ブライアーライトがきいた。

「ああ、生まれたばかりの子猫《こねこ》みたいに元気いっぱいだ」ライオンブレイズは答えた。

ジェイフェザーが鼻を鳴らし、薬草置き場からもち出してきていた薬草を片づけはじめた。

「ありがとな、ジェイフェザー」ライオンブレイズはぼそっと礼をいった。

ジェイフェザーは顔を上げずに小声で返した。「いってもむだかもしれないけど、つぎはもう少し気をつけろ。とくべつな力の限度はわからないんだから」

「了解《りょうかい》」ライオンブレイズはジェイフェザーの頭のてっぺんに鼻を触《ふ》れると、部屋の出入り口へ向かった。「じゃあな、ブライアーライト」寝床《ねどこ》にいる雌猫《めすねこ》に声をかけ、イバラのカーテンを押《お》し分けた。

部屋の外で、シンダーハートが待っていた。シンダーハートはライオンブレイズの姿を見るなりそばに来て、ライオンブレイズの体に筋のようにぬりつけられた薬をかぎはじめた。「こんなに早く手当てがすむとは……」語尾《ごび》をにごし、もっとよくかいだ。「ぬり薬のにおいしかしないわ」ゆっくりいう。「血のにおいがしない」

ライオンブレイズはじわじわあとずさった。「ジェイフェザーは強い薬草を使ったんだ。そのせいで、ほかのにおいがほとんどしないんだよ」

シンダーハートの目がまん丸くなった。「なにごともなかったみたいな口調《くちょう》ね」いら立っているのだろうか、とライオンブレイズは思った。「ついさっき、ひとりでキツネと戦ったばかりなのに。全身血まみれだったのに」

ライオンブレイズは肩をすくめた。「戦うために、日ごろから体を鍛《きた》えているんだ」

「出血多量で死にそうに見えたわ！」シンダーハートの目に苦悩《くのう》の色が浮《う》かぶ。「あなたを失うかと思って、わたし……」

ライオンブレイズはシンダーハートのほおに鼻づらを押しつけた。「ぼくはいなくなったりしないから、安心しろ」いいながら、良心がうずいた。

「いや！」シンダーハートはびくっと身を引いた。「こんなの、耐《た》えられない。あなたが戦いに行くたびにこんな思いをさせられるのは、いや」

「そんなこといわないでくれ！」ライオンブレイズはどきんとした。「戦士はだれだって戦いに行く。けど、それは、つれあいをもつことのさまたげにはならないよ」

「大方の戦士は、毎度戦いのまんなかに飛びこんでいきはしないわ。みんなが眠《ねむ》っているあいだにキツネ狩《か》りに行ったりもしない！」

「けど、ぼくはなんともないじゃないか！　ほら、見てくれ！」

「ありえない！」シンダーハートは目をうるませて、ライオンブレイズを見つめた。「あんなに血まみれだったのよ！」しっぽを震《ふる》わせる。

ライオンブレイズは空き地に目をやった。ダストペルトは狩猟《しゅりょう》部隊を組んでいる。デイジーはぶうぶういうチェリーキットの体を洗っており、モウルキットにクリーム色の大きな背中によじのぼられている。ベリーノウズとヘーゼルテイルは、イバラの壁《かべ》の破れた部分にカバノキの茎《くき》をせっせとあみこんでいる。

耳をそばだてている者はいない。

「きみに話さなきゃいけないことがあるんだ」ライオンブレイズは声をひそめていうと、シンダーハートの肩《かた》にしっぽをまわして、看護部屋のそばのイバラの茂《しげ》みへ導いた。そして、からみあった枝のあいだにもぐりこみ、シンダーハートをしっぽで招いた。シンダーハートは不思議そうに目を見開いて、あとからもぐりこんできた。

「きみにわかってもらわなくちゃならないことがあるんだ」ライオンブレイズはシンダーハートをまっすぐ見つめた。「これを話せば、ぼくがぜったい負傷しないことがわかって、安心してもらえると思う」

シンダーハートは目をぱちくりさせた。

「ぼくが負傷することはありえない」ライオンブレイズはきっぱりいった。

シンダーハートは鼻を鳴らした。「これまで運がよかっただけよ」

「ちがう！」ライオンブレイズは首を横に振《ふ》った。「ある予言がおりたんだ。その昔、ファイヤスターにおりた。どの部族のだれよりも大きな力をもつ猫《ねこ》たちが現れる、という予言が」

シンダーハートは小首をかしげてきいている。

「ぼくは、そのうちの一匹《ぴき》だ。予言の猫なんだよ。けっして負傷しない、というのが、ぼくの授かったとくべつな力だ。戦いでも、キツネ退治でも、どんなものに襲《おそ》われても、ぼくは負傷しない」ライオンブレイズは、わかってくれと念じながらシンダーハートを見つめた。どうか、ぼくの言葉を信じてくれ。

シンダーハートはすわってライオンブレイズを見つめ返し、小声でいった。「予言がおりた？　あなたについての？」

ライオンブレイズはうなずいた。わかってくれたんだ！

「あなたはけっしてけがをしないという力を授かっている」シンダーハートはまた、ライオンブレイズの体にぬりつけられた薬を見た。

「そうだ」

「一族を守るために」

「ああ」ライオンブレイズは、シンダーハートが冷静に話をきき入れてくれたことにほっとし、身をのり出した。「二度と、ぼくの身を案じなくていい」シンダーハートとほおを触《ふ》れあわせる。あたたかい香《かお》りに、心があたたまる。「なにもかもうまくいくよ」

「いいえ！」シンダーハートはさっと身を引き、尻《しり》からイバラの茂《しげ》みを出た。目をうるませている。「無理よ。あなたのつれあいにはなれない。スター族からそんなとくべつな力を授かった猫《ねこ》とはつきあえない」

ライオンブレイズは凍《こお》りついた。「ど、どういうことだよ？」

「あなたはわたしよりはるかに大きな運命を背負っているわ！　もう、これまでのようにはつきあえない！」シンダーハートは悲痛な声でいうと、背を向け、戦士部屋へ走っていった。

第14章

ジェイフェザーは部屋の地面に散らばった薬草を拾いはじめた。なんてもったいないことをしちまったんだろう。ライオンブレイズの「傷」の手当てには、いちばんありふれた薬草を使った。とはいえ、雪が降りだしたいま、イラクサの茎《くき》やヨモギギクでさえ補充《ほじゅう》するのは難しい。昨夜、薬草採《やくそうと》りに出かけたブライトハートとリーフプールは、ほんのひとつかみのアオイとジャコウソウしかもって帰らなかった。半日さがしたのに、それきりしか見つからなかったのだ。

「ミリー！」

ブライアーライトの声に、ジェイフェザーはわれに返った。ネズミの甘《あま》いにおいに、つばがわく。

「獲物《えもの》をもってきてあげたわ」ミリーはブライアーライトの寝床《ねどこ》のそばにネズミを落とした。「おなかがすいただろうと思って。朝からほとんどなにも食べていないでしょう?」

「いったでしょ?」ブライアーライトがぼそっという。「おなかすかないんだってば」

ミリーはネズミをちぎりはじめた。「ひと口食べてごらんなさい」

「そんなことしたって、食欲出ないわよ」ブライアーライトが切り返す。

「ほんのちょっとだけ食べてみたら？」とミリー。

「おなかすいてないんだってば！」

ジェイフェザーはブライアーライトの寝床《ねどこ》へ行き、雌猫《めすねこ》の鼻づらに鼻を触《ふ》れた。鼻づらは湿《しめ》っていて、熱はおびていない。発熱はしていない。だが、心に不安と罪悪感が渦巻《うずま》いているのがわかった。

「また、胸の具合が悪くなったの？」ミリーが心配そうにきく。

「そのネズミ、置いていってください」ジェイフェザーはいった。「診察《しんさつ》が終わったら、なにか少しでも食べるように説得してみますよ」

ミリーは娘《むすめ》の寝床のそばを動かない。「胸が悪くなっていないかどうかを知りたいの」

「空き地にもどってください」ミリーが近くにいないほうが、ブライアーライトの悩《なや》みを突《つ》きとめやすい。

「診察する場所をあけてください」

ミリーはためらっている。

「なにかわかったらすぐ、お知らせしますから」ジェイフェザーは約束した。ミリーが重い足取りでしぶしぶ看護部屋を出ていくのがわかった。

「なぜあんなに気をもむのか、わからないわ」ミリーが出ていくなり、ブライアーライトは腹立たしげにいった。

「そうか?」ジェイフェザーは返事を待たずに身をのり出し、ブライアーライトの息をかいだ。息はさわやかだ。病気のにおいはしない。ジェイフェザーはブライアーライトの胸に片前脚《かたまえあし》をのせた。「できるだけ深く息を吸ってみろ」ブライアーライトは息をたっぷり吸いこんだが、ぜいぜいいわない。

「で、食欲はわかないんだな?」ジェイフェザーはいった。

「ええ」ブライアーライトは体に力をこめている。片意地を張っているようだ。ほんとうは、ひどく空腹をおぼえているはずなのに。

「うそをつくな」

「えっ?」

ブライアーライトがぎくりとしたのを、ジェイフェザーは感じた。「ミリーはだませても、ぼくは無理だ。狩《か》りができない者は食べる資格がない、と思っているんだろう? そんな理由でなにも食べず、お母さんを心配させるのは、正しいことだと思うか?」

「なんのことですか?」若い雌猫の体がはずかしさでほてる。

ジェイフェザーは口調《くちょう》をやわらげた。「おまえが正しいことをしているつもりなのはわかる」寝床のそばにすわる。「けど、その考えはちょっと浅はかだな」

ブライアーライトは顔をそむけた。「あたしは狩《か》りをしないから、食べちゃいけないんです」

「デイジーだって、狩りをしないぞ」ジェイフェザーは指摘《してき》した。「デイジーも食べちゃいけないのか？」

「デイジーは子猫《こねこ》たちの世話をしてるじゃないですか！」ブライアーライトはうなった。

「それなら、おまえもしているだろう。デイジーが休んでいるあいだ、コケのかたまりで子猫たちと遊んでやっているじゃないか」

「そのくらいは、だれでもできます」

「なら、パーディーとマウスファーは？」ジェイフェザーは食い下がった。「二匹《ひき》も狩りをしないぞ」

「あの二匹はお年を召《め》してます。あの歳《とし》になるまで、いやというほど一族のために狩りをしてきてます」

「けど、もうできなくなった。もう、飢《う》え死にさせればいいんじゃないか？」

ブライアーライトがぎょっとしたのがわかった。「そんなこと、できません！　二匹は一族の猫です。二匹のお世話をするのが、あたしたちの役目です」ブライアーライトの足元で寝床《ねどこ》がかさこそ鳴った。

「それに、あの二匹がいなくなったら、一族は大きな痛手を受けます」

ブライアーライトが自分の口にした言葉をかみしめられるように、ジェイフェザーは少し間《ま》を置き、それからいった。「おまえがいなくなっても一族はなにも変わらない、と思うか？」

ブライアーライトは答えない。

「みんなが獲物《えもの》を運んできてくれるのは、おまえに食べさせる価値があるからだ。それに、部族仲間の面倒《めんどう》をみられるのは、一人前の戦士である証《あかし》だからだ。みんな、喜んでおまえの世話をしているんだよ」

「お返しに、なにかあたしにもできることがあればいいのに」ブライアーライトが声をつまらせた。

「よし、それなら」ジェイフェザーは体を起こした。「来い。寝床から出ろ」

毛が小枝をかすする音がし、ブライアーライトが寝床から這《は》い出したのがわかった。

「モウルキットとチェリーキットの子守を手伝うだけじゃもの足りないのなら、ここで働くといい。おまえにできることはいくらでもある」ジェイフェザーはしっぽを大きく振《ふ》って、看護部屋のなかを示した。

「水たまりのそばに、つねにコケのかたまりを積み上げておきたいんだ。負傷者の傷口を洗ったり、病気の猫に水を飲ませたりしたいときに、すぐに水をふくませられるように。ブライトハートがたいてい二、三日置きに新しいコケをもってきてくれる。そのコケから木くずやとげを取りのぞいて、小分けして丸め、水たまりのそばに積み上げる作業を、これからはおまえの仕事にしよう」

「わかりました」ブライアーライトはとたんに元気が出たようだ。「ほかにもありますか?」

「部屋の地面をそうじしてくれ。このところ、一族のほぼ全員がひんぱんに出入りするんで、薬草があちこちに散らばってしまう。泥《どろ》やほこりは部屋から掃《は》き出して、薬草の葉は拾い集めて薬草置き場の横に積んでおいてくれ」

「はい、喜んで」

「あと、底をつきそうな薬草はないか、たくわえを調べなくちゃならないんだ。手伝ってくれ」ジェイフェザーは部屋の奥《おく》へ行き、ひんやりした壁《かべ》の割れ目にすべりこむと、肩越《かたご》しにいった。「薬草を出すから、壁ぎわに積み上げてくれ。あとで、いっしょに調べよう」

ジェイフェザーは薬草の束をつぎつぎに外へ押《お》し出した。干《ひ》からびて、つかむとこなごなになってしまうものが多い。薬草置き場の奥をさぐると、ふわふわしたものが肉球に触《ふ》れた。ジェイフェザーはそれをかぎ爪《づめ》で引っかけて引き寄せた。毛のかたまりだ。においをかいだとたん、どきんとした。ホリーリーフ！　姉さんの毛が、どうしてこんなところに？　あの世からよみがえってきたのか？

そんなばかな！

ホリーリーフは、リーフプールの弟子だったことがある。きっと、そのころ薬草置き場の隅《すみ》に引っかかった毛が、そのままになっていたにちがいない。なつかしい姉のあたたかいにおいに、胸がいっぱいになる。ジェイフェザーの意識が一瞬《いっしゅん》、保育部屋にいたころに引きもどされた。ライオンキットとホリーキットと取っ組みあって遊んでいると、母猫《ははねこ》のファーンクラウドが迷惑《めいわく》そうに鼻を鳴らす。

ほら、捕《と》って、ジェイキット！

どんくさいな、ホリーキット！

「ジェイフェザー？」その声に、われに返った。

「それで全部だ、ブライアーライト」ジェイフェザーはホリーリーフの毛を岩の割れ目に突《つ》っこんだ。

「ジェイフェザー！」また、声がした。

「葉を種類べつに分けて山にしてくれないか？　ブライアーライト。すぐ行くから、はじめていてくれ」

「ジェイフェザー」今度は、あたたかい息が耳の毛にかかった。

ジェイフェザーはびくっと振《ふ》り向き、そのひょうしに岩壁をかすった。だれもいない。だが、猫のにおいが濃《こ》く漂《ただよ》っている。

イエローファング！

ジェイフェザーはせまい壁の割れ目から出た。反対側の壁ぎわで、ブライアーライトが薬草をえり分けている。「種類べつに分けてます」ブライアーライトの声がした。

「おう、助かるよ」ジェイフェザーはあたりをかぎながら、慎重《しんちょう》に歩きまわった。冷たい空気のなかに、イエローファングのにおいが濃く漂っている。どうして、イエローファングがここに？　今夜は半月だ。〈月の池〉で対話できるじゃないか。なぜ、いま現れるんだ？

「いっしょにおいで」後ろで、イエローファングのかすれ声がした。「心配しなくていい。あたしの声は、おまえさんにしかきこえないよ」

「なにしにきたんですか？」ジェイフェザーはうなり声できいた。

「おまえさんに会いにきたんだ」

ブライアーライトが動きを止めた。「なにかおっしゃいました？」

「いいや、なにも。ち、ちょっと出かけてくる。えり分け作業をつづけてくれ。すぐもどる」ジェイフェザーは早口でいうと、イエローファングのにおいをたどって看護部屋を出て、空き地を横切った。

「今夜まで待てないんですか？」キャンプを出るなり、ジェイフェザーはどなった。

「好きこのんでスター族の狩り場《か》を離《はな》れて、こんな寒いところへ来ると思うかい？」

目の前に猫《ねこ》のかすかな輪郭《りんかく》がちらちら浮《う》かび上がったかと思うと、イエローファングのもつれた毛と、後ろの木々のぼやけた輪郭が見えた。

「なら、なぜ来たんですか？」ジェイフェザーの足の裏が雪の冷たさでじんじんしてきた。

「〈月の池〉でほかの看護猫たちと会う前に、知っておいてほしいことがあるんだよ！」

「はいはい、わかりましたよ」ジェイフェザーはぶつくさいった。「じゃ、早く教えてください。そして帰りましょうよ」

「ライオンブレイズがキツネと戦うところを見たよ」イエローファングはかすれ声でいった。

「それがなにか？」

「あれはしるしだ」

「なんの？　ライオンブレイズはばかだ、というしるしですか？」

「あの子はひとりで戦った」

「ええ、知っています。ライオンブレイズはばかなんです」ジェイフェザーはまたいった。歯がカチカチ鳴りだした。「早く本題に入ってもらえませんか？」

イエローファングが顔を近づけてきた。ライオンブレイズの鼻づらにくさい息がかかる。「文句をいわずに、黙《だま》っておきき。いいかい、サンダー族はライオンブレイズのように、単独で戦わなくてはならない」

「いつですか？」

「〈暗黒の森〉がついに立ち上がったら、だ。サンダー族は最大の敵に、単独で立ち向かわなくてはならない」

ジェイフェザーは目をぱちくりさせた。「けど、〈暗黒の森〉はすべての部族をおびやかしているんですよ」

「生き残るのは、ただひとつの部族だ」イエローファングはうなり声でいった。「四つのパトロール隊がキツネをなわばりから追い出そうとしたが、できなかった。そのキツネを、ライオンブレイズがひとりで追い払《はら》った。これから起こる大戦では、サンダー族は単独で戦わなくてはならない、ということだ」

「けど、〈暗黒の森〉の戦士たちは、すべての部族の猫《ねこ》を味方に引き入れて鍛《きた》えているじゃないですか」

ジェイフェザーは指摘《してき》した。

「だから、すべての部族がおまえさんたちを裏切るかもしれないんだよ！」

「けど、だれもが危険にさらされているんです。みんなで力をあわせて戦うべきじゃないですか？」

「なら、なぜ予言の猫は三匹《びき》ともサンダー族なんだい？」イエローファングの琥珀色《こはくいろ》の目がきらりと光った。「ほかの部族は滅《ほろ》びて、サンダー族だけが生き残る運命にある、ということにちがいない」

なんだって？　部族は四つそろっていなくちゃいけないはずだ！　冷たい突風《とっぷう》が、二匹のまわりに雪を吹《ふ》き寄せる。「イエローファング！」

年寄り猫の姿が薄《うす》れはじめたのと同時に、見えていた光景も消えていき、ジェイフェザーはふたたび闇《やみ》のなかに引きもどされた。

夕暮れのパトロールからもどった一団が団らんをはじめると、ジェイフェザーはそっと看護部屋を出た。

「いってらっしゃい！」空き地のはしを静かに歩きだすと、ミリーが声をかけた。

「お気をつけて」ブライアーライトがつけ足した。

ブライアーライトはやせたコマドリをきょうだいと分けあって食べており、ミリーがほっとしているのがわかる。ミリーには、ブライアーライトの食欲がなかった理由は話していない。だが、ミリーもきいてこない。あれから娘《むすめ》のようすを見に看護部屋へやってきたミリーは、前脚《まえあし》が薬草でよごれた娘がネズミをがつがつ食べているのを見て、ただ喜んでいた。

「仕事を与《あた》えてやればいいんです」ジェイフェザーは母猫に助言した。「たくましい前脚が二本あるんです。使い道がないと、いらいらしてしまいますよ」

ライオンブレイズとダヴポーはまた、奇跡的《きせきてき》にキツネをやっつけた話を仲間に披露《ひろう》している。話すたびに細部がわずかに変わっていることには、だれも気づかないようだ。ローズペタルとフォックスリープは、なにからなにまでくわしくききたがっている。

「決め技《わざ》はなんだったんですか？」

「どうやって、キツネの歯の攻撃《こうげき》をかわしたんですか？」

ジェイフェザーはさっき見た光景のことを、ライオンブレイズたちにまだ話していなかった。まず〈月の池〉へ行き、スター族のほかの戦士たちもイエローファングと同じ意見なのかどうか調べたい。イバラのトンネルを抜《ぬ》け、部族仲間のにぎやかな話し声をあとにした。

森を出たとたん、荒《あ》れ地を渡《わた》ってくる風が刺《さ》すように吹きつけた。ジェイフェザーは耳を寝《ね》かせ、いつも〈月の池〉へ行くときにほかの看護猫たちと落ちあうくぼ地へ向かって、坂を駆《か》け下りた。脚が雪に深く沈《しず》みこむ。吹《ふ》きだまりでは腹まで沈み、ケストレルフライトとウィロウシャインのにおいを感知したころには、息を切らしていた。

「お出かけ日和《びより》ではないな」ジェイフェザーは二匹《ひき》に声をかけた。

「雪がやんだだけいいよ」ケストレルフライトが答えた。

ウィロウシャインは魚くさい体をぶるっと振《ふ》った。「早く行きましょうよ。凍《こご》えそう」

「リトルクラウドとフレームテイルは？」ジェイフェザーはあたりをかいだが、シャドウ族の看護猫《かんごねこ》たちのにおいはしない。

「途中《とちゅう》で追いつくでしょう」ウィロウシャインはもう歩きだしている。「寒くて、じっとすわっていられないわ」

雪がサクサク鳴り、ケストレルフライトがリヴァー族の看護猫を追いかけ、並んで歩きだしたのがわかった。「ぼくたちが道をつくるから、あとから来る者は歩きやすいんじゃないか？」

たしかに、ジェイフェザーも助かった。ジェイフェザーは二匹が踏《ふ》んでできた溝《みぞ》をたどって進んだ。だが、それでもなお、岩だらけの川岸をころばないように歩くのに全集中力を要し、仲間の思いをさぐる余《よ》裕《ゆう》などなかった。崖《がけ》をのぼりきり、くぼ地のふちに這《は》い上がったころには、ジェイフェザーは肩《かた》で息をしていた。

くぼ地のふちに立っているウィロウシャインの声がした。「リトルクラウドとフレームテイルのどっちの気配もないわ。シャドウ族になにか起きたのでなければいいけど」

「なにか起きているかどうかは、もうすぐわかるよ」ケストレルフライトが返す。

「待ったほうがいいかしら」とウィロウシャイン。

ジェイフェザーはもう、〈月の池〉へくだるらせん状の道をたどりはじめていた。「まだ、こっちへ向かっている姿が見えないんなら、来ないということだよ」大昔から無数の脚《あし》で踏まれてできたくぼみは、雪におおわれている。

「〈月の池〉は凍《こお》っているか？」ケストレルフライトがあわてて追いかけてきた。

ジェイフェザーは片脚を水面に触《ふ》れてみた。ほっとしたことに、脚先の毛を水がなでるのを感じた。

「いいや、凍っていない」くぼ地の斜面《しゃめん》に囲まれた池は、どんなに冷たい風からも守られているのだろう。

ジェイフェザーは積もった雪のなかに身を沈め、ケストレルフライトとウィロウシャインが池のふちにすわるのを待った。

「リトルクラウドとフレームテイルはだいじょうぶかしら」ウィロウシャインが気をもむ。毛が雪をかする音がし、ウィロウシャインが前脚にあごをのせて、水に鼻を触れたのがわかった。ケストレルフライトの息づかいはすでにゆっくりになっている。二匹とも、まもなく夢を見はじめるだろう。

ジェイフェザーは待った。今夜は、自分の夢のなかを歩く必要はない。イエローファングとはもう話した。ジェイフェザーはケストレルフライトに心を集中し、雄猫《おすねこ》の夢のなかに意識を漂《ただよ》わせた。

あたたかい風がからかうように毛を引っぱる。あたりを見まわしたジェイフェザーは、目の前に広がる広い空と土地に目をしばたたいた。ジェイフェザーが立っているのは、岩だらけの丘《おか》のてっぺんだった。すぐ前から、緑におおわれたくだり坂がはるか遠くまでつづいている。地平線へ向かってしだいに木々がうっそうとし、地平線あたりは黒っぽい影《かげ》のように見える。あそこが〈暗黒の森〉か？

丘の下のほうから、話し声がきこえた。ジェイフェザーはあわてて岩の後ろにかくれ、話し声が近づいてくると、岩の横からのぞいた。並んで歩くケストレルフライトとバークフェイスが見えた。ウィンド族のもと看護猫バークフェイスは、やつれた姿で首をたれ、しっぽを引きずっている。まるで、背中に空がずっしりのしかかっているかのようだ。二匹《ひき》のそばを、ウィンド族の猫がもう一匹歩いている。ジェイフェザーは目をこらした。知らない猫だ。ショウガ色の斑点《はんてん》のある薄茶色《うすちゃいろ》の雌猫《めすねこ》で、青葉の季節の湖よりも鮮《あざ》やかな青色の目をしている。

「きみからも説明してくれ、デイジーテイル」バークフェイスはぶっきらぼうにいった。「やっぱり、おれから話しただけでは信じてくれない」

「あなたを信じていないわけではありません」ケストレルフライトが反論する。「すんなり受け入れられる話ではないので、とまどっているんです」

雌猫が口を開いた。ジェイフェザーの毛をなびかせる風のように、威勢《いせい》のいい声だ。「わたしはかつて、部族仲間の将来を守るために立ち上がったことがあるの。子猫は生後六ヵ月に満たないうちから訓練するべきだ、ととなえる族長を相手に、母猫たちを率いて戦ったの」目をくもらせた雌猫の心のなかで、誇《ほこ》りと悲しみがせめぎあっているのが、ジェイフェザーにはわかった。「勇気をもって立ち上がり、戦わなくてはならないときもあるわ」

「けど、ぼくは看護猫です」とケストレルフライト。「戦士とはちがうおきてにしたがっているんです」

「あらゆるものが変わろうとしている」バークフェイスがうなる。「ウィンド族にとって、最大の戦いが起きようとしているんだ。ほかの部族の裏切りによって、ウィンド族の力が弱まることがあってはならない」

「ウィンド族は単独で戦わなくては」デイジーテイルが強くいった。

なぜ？　ジェイフェザーは顔をしかめ、イエローファングの言葉を思い出した。「四つのパトロール隊がキツネをなわばりから追い出そうとしたが、できなかった。そのキツネを、ライオンブレイズがひとりで追い払《はら》った」あれは、やっぱりしるしだったのか？

「ほかの部族ではなく、自分の部族の先祖を信用しろ」バークフェイスがいった。「現在ではなく、過去の者がおまえたちの力となる」

ケストレルフライトはいら立った顔をしている。「けど、その戦いの敵はだれなんですか？　どうして、ウィンド族は単独で戦わなくちゃいけないんですか？　昔の族長のトールスターは、ほかの部族と団結して戦うことを、けっして弱さとは考えませんでしたよ」

デイジーテイルの目が険しくなった。「トールスターは友情を大事にしすぎて、まともな判断ができなかったの」

ファイヤスターと長いことはぐくんでいた友情のことをいっているのだろうか、とジェイフェザーは思った。

ケストレルフライトがバークフェイスの表情をうかがう。「それが敵なんですか？　ほかの部族？」

「敵のことは、まだ知らなくてよい」バークフェイスはかすれ声でいった。「ときが来れば、わかる」

ジェイフェザーの首の毛が逆立った。なぜ、教えないんだ？　一族が立ち向かうことになる敵が、これまで森や荒《あ》れ地や小川のそばで暮らしたことのあるもっとも邪悪《じゃあく》な戦士の集団だということを、ケストレルフライトは知らされるべきでは？

デイジーテイルがケストレルフライトの行く手をさえぎった。「このことは、ほかの看護猫《かんごねこ》には黙《だま》っているように」

ケストレルフライトは目をぱちくりさせた。「みんなもう、知っているんじゃないですか？」

「いつ、だれが裏切るか、わかったものではない」バークフェイスがうなる。「単独で立ち向かうんだ。ウィンド族の先祖はおまえたちだけの味方だ、ということを忘れるな」

デイジーテイルが不意に振《ふ》り向いて、あたりをかいだ。ジェイフェザーはあわてて岩の後ろに首を引っこめた。見つかってしまっただろうか？　もう引き下がったほうが安全と思い、ジェイフェザーはあとずさった。足元で小石がカラカラ鳴るたびにびくっとしながら、短い急斜面《きゅうしゃめん》を尻《しり》から下り、細い溝《みぞ》にすべりこみ、すばやく丘《おか》をくだりはじめた。溝は岩のあいだを曲がりくねってつづき、くだるにつれてどんどん深くなっていく。ジェイフェザーは足を速めた。溝は傾斜《けいしゃ》をゆるめながら、草におおわれた土手につづいていた。まもなく、足元の地面が草から石にかわり、小川のほとりの小石だらけの岸に出た。

ヤナギが土手におおいかぶさるようにしだれ、水ぎわにはシダが茂《しげ》っている。ジェイフェザーはとっさに、身をかくせる場所へ向かった。これは、ぼくの夢ではないのだ。シダの陰《かげ》を通って川下へ進むと、岩が目に入った。平たく幅《はば》の広い岩が水面から顔を出し、小川の流れを切り裂《さ》いている。岩の上に、ウィロウシャインの灰色《はいいろ》の姿が影《かげ》のように浮《う》かび上がっている。そばには、リヴァー族の昔の看護猫マッドファーとグレープールがいる。グレープールの脚《あし》は岩を踏《ふ》みしめ、小川の水がかかってもびくともしない。

「単独で立ち向かえ」マッドファーが命じた。

ジェイフェザーは耳をそばだてた。猫《ねこ》たちの言葉が、激しい水音にところどころかき消される。

「……先祖がついている……」グレープールがウィロウシャインをしっかと見つめている。

ウィロウシャインの毛が逆立った。「……これまでいつも助けあって……」

グレープールが首を横に振《ふ》る。「……変わったの。わたしたちも変わらなくては……」

「モスウィングに話していいですか？」

グレープールはちらっとマッドファーを見てから答えた。「いいわ。どうせ信じないでしょうけれど」

マッドファーがうなずいた。「かのじょは優秀《ゆうしゅう》な看護猫だ。この恐《おそ》ろしい戦いのあいだ、一族を守ってくれるだろう」

「どうか、教えてください」ウィロウシャインが懇願《こんがん》する。「どういう戦いなのですか？　敵はだれなのですか？」

年長の二匹《ひき》が首を振るのが見えた。まわりを小川が激しく流れる。

「……最悪の悪夢よりも恐ろしい……」

「……どんな夢よりも暗く……」

「……血の川が……」

ウィロウシャインが年長の二匹からあとずさった。恐怖《きょうふ》でひげを震《ふる》わせている。

ジェイフェザーは怒《いか》りがこみ上げ、水ぎわを離《はな》れてシダの茂《しげ》みの陰《かげ》を引き返しはじめた。スター族のだれもが正気を失っている！　四つの部族を分裂《ぶんれつ》させ、恐怖でパニックにおちいらせて、どうなるというんだ？　ぼくの知っていることを、ほかの看護猫たちにも教えなくては。ぼくたちが立ち向かうことになる敵は、ただものではない。

「やっと信じる気になったかい？」

イエローファングに行く手をはばまれ、ジェイフェザーは急停止した。

「四つの部族は、それぞれ単独で敵に立ち向かわなくてはいけない」イエローファングは鋭《するど》くいった。「どの部族も〈暗黒の森〉の息がかかっている。信用できたものじゃない。今夜、シャドウ族の看護猫たちが〈月の池〉に来なかったのは、なぜだと思う？　かれらはもう、おまえさんたちを見捨てたんだ。ウィンド族とリヴァー族も、今夜からは、ほかの部族との協力を断つだろう」

「じっさいにどんなことが起きているか教えてやれば、そんなことにはなりませんよ」

「だめだ！」イエローファングが体当たりしてきて、ジェイフェザーを地面に強く押《お》さえこんだ。「こないだのできごとの意味がわからないのかい？　ライオンブレイズはたったひとりでキツネをやっつけたんだよ！　口を閉じていないと、四つの部族はそろって闇《やみ》の部族に負けてしまうよ」

ジェイフェザーはもがき、ぱちりと目をあけた。そこは〈月の池〉のほとりで、視界はふたたび真っ暗だった。毛が雪をかする音がする。ケストレルフライトがらせん状の道をのぼっていく。ウィロウシャインはすでにくぼ地を出て、だれとも口をききたくないらしく、早足で歩いている。看護猫《かんごねこ》のきずなって、そんなにもろいものなのか？

ジェイフェザーは急いで立ち上がった。二匹《ひき》に教えてやらなくては。「〈暗黒の森〉が――」なにかが割れるような音に、ジェイフェザーは口をつぐんだ。くぼ地の斜面《しゃめん》に鋭《するど》い音が反響《はんきょう》する。振《ふ》り向くと、一面の星の光に目がくらんだ。〈月の池〉が凍《こお》りはじめた。氷が炎《ほのお》のように草地を通って水面に広がり、またたく間《ま》に池全体が白く凍りついた。

くぼ地を見まわしたジェイフェザーの心に、ちらりと希望がわいた。きらめくくぼ地の斜面に、スター族の猫がずらりと並んでいる。星をまとった戦士たちはみな、静かにすわっている。ジェイフェザーはもっとよく目をこらした。あそこにいるのはロック か？ 毛のない老猫《ろうびょう》の姿を見つけて、うれしくなった。スター族を助けにきてくれたのかな。思いなおしてくれたのかも。やっぱり、スター族は全員で力をあわせて〈暗黒の森〉に立ち向かうことにしたのかもしれない。

なにかお告げをください、と心のなかでお願いしながら見ていると、くぼ地が真っ白に染まりはじめた。スター族の戦士がつぎつぎに凍りついていく。毛がきらめき、ひげがぴんとかたまったかと思うと、冷たい月明かりの下、戦士たちの体が無残にくだけ散った。

あとには、ロックだけが残った。老猫は〈月の池〉のように白く凍ったふくらんだ目で、ジェイフェザーを無表情に見つめている。

第15章

アイヴィーポーは目をあけた。そんな！　夜中で、そこはまだ見習い部屋だった。〈暗黒の森〉に行きたいのに。昨夜ホークフロストに教わった複雑な技《わざ》を、完璧《かんぺき》に修得したい。アイヴィーポーは耳をすました。しんとしている。ダヴポーは寝床《ねどこ》にいない。

アイヴィーポーはため息をつき、寝返りをうった。ダヴポーったら、夜な夜なキャンプを抜《ぬ》け出して、パトロール隊の出かける直前の夜明けにもどってくることを、だれにも気づかれていないと思っているのかしら？　毎朝、ひと晩じゅう寝床にいたような顔をして起きてくるけれど。

あたしは知っているわよ。アイヴィーポーはしっぽの下に鼻を突《つ》っこんだ。内緒《ないしょ》で腕《うで》をみがきに、森に出かけているんでしょ？　あたしのほうが優秀《ゆうしゅう》だとわかって、くやしいんでしょ？

今度は、ダヴポーがあたしを追いかける番ね。

アイヴィーポーは目を閉じ、メープルシェイドの技を思い浮《う》かべた。後ろ脚《あし》をあそこにかけて、前脚をあそこに……。アイヴィーポーは夢に引きこまれていった。

「下がってください、ソーンクロー！　おけがをするといけませんから」アイヴィーポーは部族仲間に叫《さけ》び、ひとりでシャドウ族の一団と向きあった。そして、片脚でオークファーを肩越《かたご》しに投げとばすと、スモークフットに飛びかかりながら、後ろ脚を後ろへ突き出し、かみつこうとするクロウフロストの鼻づらを引っかいた。

夢見るアイヴィーポーの両肩を、だれかがつかんだ。とがった爪《つめ》が食いこみ、鋭《するど》い痛みが走る。そのとたん、思い浮かべていたシャドウ族の戦士たちが消えた。つかみかかってきたのは、想像上の敵ではなかった。かぎ爪を突き立てられた肩の痛みはほんものだ。敵はそのまま毛皮をつかんでアイヴィーポーをもち上げ、地面にたたきつけた。アイヴィーポーは痛みに悲鳴をあげそうになるのをこらえた。

「集中しろ！　わかったか！」

ティスルクローのくさい息のにおいがし、目の前に〈暗黒の森〉の景色が広がった。湿《しめ》った地面に鼻づらを押《お》しつけたアイヴィーポーには、立ちこめる霧《きり》のなかに影《かげ》のように立ち並ぶ木がかろうじて見えた。

「どいてください！」アイヴィーポーはかん高く叫んだ。

「戦いで懇願《こんがん》が通用すると思うか？」ティスルクローはアイヴィーポーの首に突き立てたかぎ爪をさらに深く食いこませた。

アイヴィーポーはパニックになって、後ろ脚《あし》をばたつかせた。すると、足の裏がなにかかたいものにあたった。木の根にちがいない。アイヴィーポーはそれをけって、体を前へ押《お》し出した。ティスルクローが息をのんだ一瞬《いっしゅん》のすきに、アイヴィーポーは体を起こして後ろ脚で立ちあがり、かぎ爪《づめ》を出し、歯をむいてティスルクローと向きあった。

「よし、よくできた」近くで、ホークフロストの満足そうな低い声が響《ひび》いた。

横目で見ると、木々のあいだからゆっくり現れる戦士の姿が見えた。とたんに、アイヴィーポーは首の痛みも傷口からあふれる血も気にならなくなった。ホークフロストがほめてくれたのだ。

ティスルクローが背中を弓なりに曲げ、歯をむいてうなった。「つぎは気をつけるがいい」

アイヴィーポーはにらみ返し、強い口調《くちょう》でいった。「そちらこそ、これからはあたしに気をつけたほうがいいかもしれませんよ。あたしは永久に見習いではありませんから」それから、ホークフロストに目をもどした。「ティスルクローは見習いをいじめてばかりいるんです。弟子を与《あた》えていただけませんか？そうすれば、ほかの見習いたちにちょっかいを出さなくなるでしょうから」

ホークフロストの目がきらりと光った。「おまえをティスルクローに与えてもいいかな？」

アイヴィーポーはしっぽを激しく振《ふ》った。その瞬間、どんなことでも受け入れられそうな気がした。

「お望みでしたら。でも、そうしたら、あなたは新たに弟子を取って、一から鍛《きた》えなくてはなりませんよ」

ホークフロストの目におかしそうな表情が浮《う》かんだ。「そうだな」

「おれにも弟子がいた」ティスルクローがつぶやいた。「だが、あの子は最終テストに受からなかった」

アイヴィーポーは自信に満ちていたにもかかわらず、身震《みぶる》いした。ティスルクローの口調からすると、テストに一度で受からないのは致命的《ちめいてき》のようだ。さらに訓練を積んでから受けなおせばいい、という悠《ゆう》長《ちょう》なことではないらしい。

「さ、見習い」ホークフロストがティスルクローにそっけなくうなずいてその場から去らせ、アイヴィーポーに向きなおった。「今夜は、水中で戦う練習をする」

「なぜですか?」アイヴィーポーはホークフロストのあとについて木々のあいだを歩きながらたずねた。

「あたしはリヴァー族の猫《ねこ》じゃありませんよ」

「ああ。だが、いつか水中で戦う機会があるかもしれない」ホークフロストはしっぽをさっと振った。

「早くしろ。川岸でみんなが待っている」

木々のあいだに、猫たちの毛皮が見えた。アントペルトが前脚にしっぽをかけてすわり、その横にシュレッドテイルがいる。大集会で見かけたことのあるリヴァー族の見習いホローポーが、スノウタフトのそばを行ったり来たりしている。アイヴィーポーは川をさがしたが、猫たちの向こうには暗がりしか見えない。耳をすましてみても、きこえるのは、葉のない枝のあいだを吹《ふ》き抜《ぬ》けるかすかな風の音だけだ。「川はどこを流れてるんですか?」

「あそこだ」ホークフロストは猫《ねこ》たちの集まった場所に着くと、立ち止まった。

猫たちの群れの近くを、黒い液体で満たされた川とおぼしきものが静かに流れている。「あれですか?」

そこから、吐《は》き気《け》をもよおす奇妙《きみょう》なにおいが漂《ただよ》ってくる。ホローポーが鼻にしわを寄せた。「ここには、川と呼べるものはあれくらいしかないみたいだよ」

「笑えるぜ」アントペルトがアイヴィーポーを見て、顔をしかめた。「サンダー族の猫が体をぬらすのなんて見たことがない」

「ウィンド族はしょっちゅう湖で水浴びしてるんでしょうね」アイヴィーポーは切り返した。それからあたりを見まわし、「タイガーハートは来てますか?」と、さりげなくきいた。シャドウ族の戦士にとても会いたがっていることを、だれにもさとられたくない。これから毛皮をぬらす、しかもあんなどろっとした水のなかに入るのかと思うと、不安でどきどきする。たのもしいタイガーハートがそばいてくれたら、落ちつくのに。木の上で戦う訓練で、ティスルクローがスパロウフェザーを地面に突《つ》き落としたのを見たときも、そばにタイガーハートがいたから怖《こわ》くなかった。

アイヴィーポーはぎくりとした。そういえば、あれからスパロウフェザーを見かけていない。

ホークフロストが大またで川岸へ行った。「準備はいいか?」

アイヴィーポーは緊張《きんちょう》した。

「水に入る前にまず、これから練習する技《わざ》をやってみせよう」ホークフロストはアントペルトをそばへ呼んだ。

ウィンド族の戦士はあごを上げ、緊張したようすでホークフロストの前に立った。ホークフロストはさっと低く前脚《まえあし》を突き出すと、アントペルトの後ろ脚を払《はら》った。アントペルトはよろけたが、すばやく体勢を立てなおした。

木々のあいだからすっと影《かげ》が現れた。「乾《かわ》いた地面なら、簡単に体勢を立てなおせる」ダークストライプだ。「しかし、流れる水のなかでは、そう簡単にはいかない」

アイヴィーポーの毛がぞっと逆立った。ダークストライプはどうもにがてだ。あの黒と灰色《はいいろ》のやせたとら猫には賢《がしこ》いところがあり、不安にさせられる。ダークストライプは以前、模擬戦《もぎせん》が終わったあとにタイガーハートにかみついておきながら、そんなことはしていないといい張った。

ホークフロストはダークストライプに軽く会釈《えしゃく》し、つづけた。「水中では、かぎ爪《づめ》を引っこめていたほうがいい。つい、川床《かわどこ》をつかんで立ちたくなるだろうが、流れに押《お》されてころがる石に引っかかって、かぎ爪がもげる恐《おそ》れがある」

アイヴィーポーは身震《みぶる》いした。

ホークフロストがしっぽを振《ふ》って合図した。「アントペルト、川に入って、さっきの技《わざ》をシュレッドテイルにかけてみろ」

アントペルトは流れの遅《おそ》いにごった川におそるおそる入り、まんなかへ向かって歩きだした。まず腹が、やがて肩《かた》まで水につかった。水が、きいたことのない音をたてて雄猫《おすねこ》の体を打つ。

「スノウタフト、おまえはホローポーと組め」ホークフロストが命じた。

うなずいたスノウタフトの目が、薄明《うすあ》かりのなかできらりと光る。

ホローポーが川に入り、ぶつくさいった。「ぬるぬるじゃないか。こんなの、水とは呼べないよ！」

スノウタフトが鼻づらでホローポーを押《お》した。リヴァー族の見習いは脚《あし》をすべらせてよろけ、あわてて体勢を立てなおそうとして肩まで水にもぐってしまった。だが、鼻は黒い水の上に高くたもっている。

アイヴィーポーは、タイガーハートが来てくれないかと森を見まわした。シャドウ族のタイガーハートにはここ数晩、会っていない。森のほかの場所で訓練を受けているのかしら？

ダークストライプが視界をさえぎった。「おい、ホークフロスト。よかったら、おれがアイヴィーポーと組むよ。おまえは監督《かんとく》だから」肩をすくめる。

アイヴィーポーは胸を張り、あごを上げた。「わかりました」そういうと、浅瀬《あさせ》に足を踏《ふ》み入れた。冷たい水が首の引っかき傷の痛みを癒《い》やしてくれることを期待したが、残念ながら水はあたたかくどろっとしていて、見えない雑草のように毛にまとわりつく。アイヴィーポーは顔をしかめて深みへ向かいながら、川床《かわどこ》が見えないかと黒い水の底に目をこらした。

ダークストライプがそばにすべりこんできた。「早く進め、のろま」

アイヴィーポーはさらに前進した。ぬるぬるした水が毛のあいだにしみこんで皮膚《ひふ》に触《ふ》れ、ぞっとする。水は腹の上まで上がってきたかと思うと、肩まで飲みこんだ。アイヴィーポーは流れに押し流されないように、全身の筋肉に力をこめてふんばっていた。背がもっと高ければ、とアイヴィーポーはくやしくなった。ダークストライプの背筋はほとんど水をかぶっていないのに、あたしは水から頭を出しているのがやっとだ。

不意に、脚の下の石が動いた。アイヴィーポーは脚をすべらせ、息を吸いこむひまもなく水にもぐってしまった。パニックになり、夢中で水をかく。

そんなに深くないから、あわてないで。強く自分にいいきかせ、後ろ脚をぴんと下へのばすと、川床に触れた。アイヴィーポーは川床をけった。水から顔が出た。ひげから水をしたたらせ、涙目《なみだめ》になりながら、あやうく飲みこみそうになった水を吐《は》き出す。水は腐《くさ》った獲物《えもの》よりもひどい味がする。

「まちがってもリヴァー族の猫ではないな」ダークストライプがおかしそうに目を輝《かがや》かせ、おだやかな声でいった。

「なりたくもありません！」強気でいい返したのに、格好悪いことにアイヴィーポーはふたたび脚《あし》をすべらせ、水にもぐってしまった。川床《かわどこ》に脚をつけようと奮闘《ふんとう》していると、腹の下にしなやかな体がすべりこんできて、ホークフロストの見せたお手本と同じように後ろ脚を払《はら》った。

ダークストライプだ！　あたしに息を整えるひまも与《あた》えずに、訓練を開始したんだわ。

流れに押《お》されて体が回転する。アイヴィーポーは脚をばたつかせた。息を吸いこみたいが、我慢《がまん》だ。肺が悲鳴をあげる。すると、片脚で背筋を押され、川床に押さえこまれた。頭上を水が流れていく。パニックで胸が張り裂《さ》けそうだ。息をしなくちゃ。身をよじろうとすると、ダークストライプはアイヴィーポーの体をさらに強く押さえつけ、最後のひと息まで吐《は》き出させようとした。

助けてください、スター族さま！

そばで影《かげ》が動いたのが、泥水《どろみず》を通してかろうじてわかった。リヴァー族の猫《ねこ》のつややかな白っぽい腹の毛が見えた。

ホローポー！

リヴァー族の見習いはアイヴィーポーの首筋をくわえ、ダークストライプの脚から引き離《はな》した。薄暗《うすぐら》い水のなか、〈暗黒の森〉の戦士が前脚を突《つ》き出して川床をさぐるのが、アイヴィーポーにも見えた。すぐ横で、ホローポーがダークストライプの後ろ脚を鼻づらで示して合図した。鼻から泡《あわ》がふき出す。アイヴィーポーは合図の意味がわかった。苦しくて肺は悲鳴をあげているが、パニックはおさまっている。あと少しだけ、がんばれそうだ。アイヴィーポーはホローポーと息をあわせて向きを変えると、二匹《ひき》のカワウソのように川床を進み、ダークストライプの後ろ脚を払った。

ダークストライプが川床に倒《たお》れたのと同時に、アイヴィーポーはすごい勢いで水面へ向かい、水から顔を突き出してあえいだ。となりにホローポーの頭が現れた。二匹はそろって、やったあと叫《さけ》んだ。下流で水しぶきが上がり、水面が泡立った。ダークストライプが足場をさがしてもがいている。

ダークストライプが上流へ向かってぎこちなく水をかきはじめると、ホローポーがアイヴィーポーに耳打ちした。「あいつには気をつけろ」そういうと、リヴァー族の見習いはスノウタフトのところへ泳いでもどっていった。

アイヴィーポーはとぼけてダークストライプに声をかけた。「今度は、あたしに技《わざ》をかけてみますか?」

「よし」とら柄《がら》の戦士の目が険しくなった。あごからは水がしたたっている。その目に浮《う》かんでいるのは、警戒《けいかい》の色?

アイヴィーポーは流れに身を沈《しず》め、川床の岩に四つの脚をつけてふんばった。ずるをするつもりはない。アイヴィーポーは、ダークストライプが息を整え、脚を払いにくるのを待った。そして、脚をすくわれたのと同時に、魚のようにするりと前へ飛び出してダークストライプからのがれた。アイヴィーポーの体は沈《しず》みもしなかった。

油っぽくなまぬるい水のなかでこんなに楽に動けることに驚《おどろ》きながら、アイヴィーポーは向きを変え、ダークストライプにさっきの技《わざ》をもう一度かけてみようと思った。いまやすっかり訓練に集中しているアイヴィーポーは、ダークストライプの脚《あし》を払《はら》うと、すばやいひとかきで、すいっとその場を離《はな》れた。誇《ほこ》らしさがわき上がった。サンダー族に、水中で戦う訓練を受けた者はほかにいない。

水から顔を出すと、土手からホークフロストがとら柄《がら》の太いしっぽで訓練生を招いているのが見えた。

「まずまずのできだ、みんな」戦士は、川から上がったぐしょぬれの訓練生たちにいった。

アイヴィーポーはダークストライプにしぶきがかかるのもかまわず、ぬれた体を振《ふ》った。

「ただ、あなたはもっとうまいと思ったんですがね、ダークストライプ」ホークフロストはやせた戦士を見て、ふふんと笑った。「未熟な見習いにも太刀打《たちう》ちできないとは」

ダークストライプは鼻を鳴らし、こそこそ森の奥《おく》へ去っていった。

「アイヴィーポー！」

タイガースターの声に、アイヴィーポーはびくっとした。振り向くと、こげ茶色の戦士がするりと水から上がって、土手をのぼってきた。

「サンダー族も全員、脚をぬらすことに慣れるべきだ」タイガースターは体を振った。「おまえの水中での動きはなかなかよかったぞ」

「ありがとうございます」アイヴィーポーは頭を下げた。

「タイガーハートを見かけなかったか？」

思いがけない質問に、アイヴィーポーは驚いた。「あたしが、ですか？」この森に来ているとき、あたしがいつもあの若い雄猫《おすねこ》を気にしていることを、タイガースターは知っているの？「いいえ、見かけてません」アイヴィーポーは答えた。

「また、遅刻《ちこく》だな」タイガースターはうなった。「毎晩、来るのが遅《おそ》くなっていく。体の具合でも悪いのか？」

「つぎの大集会できいてみましょうか？」アイヴィーポーは申し出た。緊張《きんちょう》で耳がぴくっとする。

「いいや、おれが調べる」タイガースターの口調《くちょう》に、アイヴィーポーは身震《みぶる》いした。ここに来ないことで、タイガーハートはひどい目にあわされるの？

ホークフロストがせき払いした。「そろそろお開きだ」はるか遠く、〈暗黒の森〉のはずれの木々のあいだにかいま見える空が、白みはじめている。アイヴィーポーはあくびをこらえて向きを変え、川岸をあとにした。

「またあしたな」ホローポーがささやき、暗がりに消えた。

まわりの木々がぼやけてシダの茂《しげ》みに変わった。気づくと、アイヴィーポーは自分の寝床《ねどこ》で丸くなっていた。ダヴポーの息づかいがきこえる。

夜中のお出かけからもどったんだわ。

といっても、ついさっきのようだ。横になったばかりなのか、呼吸は速く、体は新鮮《しんせん》な雪のにおいがする。アイヴィーポーは鼻をくんくんさせた。ダヴポーの毛皮には、雪以外のにおいもついている。かいだことのあるにおい。なんのにおいだったかしら。思い出そうとしたが、まぶたが重くなり、疲《つか》れ果てたアイヴィーポーは眠《ねむ》りに落ちた。

「どうしたの、これ！」

母ホワイトウィングのぎょっとした声にアイヴィーポーは目をさまし、顔を上げた。「なに？」

「血よ！」母は目を丸くしている。「あなたの寝床に血がついているわ」首をかがめ、小枝のあいだからはみ出したコケをかいで、息をのんだ。「あなたの体にも！　けがをしたの？」

アイヴィーポーはびくっと身を引いた。「なにしにきたの？」

「夜明けのパトロールの一団はとっくに出かけたのに、あなたたち二匹《ひき》ともまだ寝ているようだから、起こしにきたのよ」

ダヴポーが疲れきったようすで寝床から這《は》い出した。「訓練がきつかったから」

「だから、寝床に血がついているというの？」ホワイトウィングは心配そうにアイヴィーポーを見つめている。

シダがゆれ、バンブルストライプの顔がのぞいた。「なんの騒《さわ》ぎ？」

「ジェイフェザーを呼んできて」ホワイトウィングがいった。「アイヴィーポーがけがをしているの」

「やめて！　たいしたことないから」アイヴィーポーは止めたが、バンブルストライプはもうそこにいなかった。

アイヴィーポーの体がほてった。ティスルクローに引っかかれた首の傷のことは、だれにも知られてはならない。川の水で洗われて、傷口はきれいになったと思っていたのに、どうやら、〈暗黒の森〉からもどったときもまだ出血していたようだ。寝床に敷《し》いたコケを見下ろすと、血がしみこんだところが黒ずんでいる。ダヴポーと目があった。

「きっと、コケのなかにとげが入ってるんだわ」アイヴィーポーはあわてていった。

お願い、ダヴポー！　協力して。

ダヴポーは肩《かた》をすくめた。「そうね。きっと、とげよ」そういうと、部屋を出ていった。

なによ！　アイヴィーポーは腹が立った。結局、自分でお母さんをなだめろ、っていうの？「でなきゃ、寝床にとがった石が入ってるのかも」

「見せて」ホワイトウィングはアイヴィーポーをわきにどかし、片脚《かたあし》で寝床《ねどこ》のコケをさぐりはじめた。

「とがったものは、なにもなさそうよ」

ジェイフェザーがシダを押《お》し分けて、部屋に入ってきた。葉の包みをくわえている。その後ろから、バンブルストライプとシンダーハートが飛びこんできた。アイヴィーポーは寝床からあとずさった。

ジェイフェザーがアイヴィーポーの足元に葉の包みを落として、広げた。葉の内側に、緑色のぬり薬がべっとりついている。「傷をみせろ」

アイヴィーポーはもぞもぞ下がった。「ほんの引っかき傷です」あたしが〈暗黒の森〉へかよっていることを、ジェイフェザーは知っているから、とげで引っかいた傷じゃないことがばれてしまう。

シンダーハートがアイヴィーポーの寝床をかいでいる。「とげが刺《さ》さったくらいで、こんなに血が出るかしら」

「ちょっとしみるかもしれないぞ」ジェイフェザーがねっとりした薬をアイヴィーポーの首筋にぬりはじめた。

どうか、みんなにいわないで。アイヴィーポーはどきどきした。傷の痛みより、不安のほうが激しい。

ジェイフェザーはため息をついた。「たいした傷じゃないけど、化のうしはじめているにおいがする」

広げた葉の包みからぬり薬をもうひとすくい取って、傷口にぬりつける。「もっと気をつけろ」

アイヴィーポーは身を縮めた。ジェイフェザーの口調《くちょう》にはとげがある。あたしがどこでこのけがをしたのか、はっきりわかっているのだ。

「治りそう？」シンダーハートが心配する。

ホワイトウィングが身を寄せてきた。「出血は止まった？」

あっち行って！　アイヴィーポーの耳が脈打ちはじめた。ジェイフェザーが薬をぬってくれている傷口がずきずきする。もう、ほっといて！

「死にはしないよ」ジェイフェザーはすわって、葉の包みを閉じた。「今夜、薬をぬりなおすから、看護部屋に来い」そういうと、葉の包みを歯でくわえて見習い部屋を出ていった。

ジェイフェザーと入れちがいに、ダヴポーが入ってきた。

「あんたも見物にきたの？」アイヴィーポーはどなった。

ダヴポーはシンダーハートの横から身をのり出し、アイヴィーポーの寝床をちょっとさぐると、体を起こした。「もしかして、これ？」ダヴポーは長いとげを地面に吐《は》き出した。

ホワイトウィングがおそるおそる触《ふ》れた。「どうりで、そんなに血が出たのね！」

シンダーハートが顔をしかめた。「いつの間《ま》に、そんなものが寝床に入ったのかしら」

アイヴィーポーは妹のやさしさに胸が熱くなり、首をのばして傷口をかぐ妹の耳元で「ありがとう」とささやいた。

「これで終わったわけじゃないわ」ダヴポーはうなり声で返し、身を引いた。

「さ、もう行きましょう」ホワイトウィングがバンブルストライプの体をしっぽでぽんとたたいた。「アイヴィーポーを休ませてやりましょう」母猫《ははねこ》は若い戦士を部屋からつれ出した。ダヴポーがあとにつづき、しっぽを震《ふる》わせてシダの向こうに消えた。

シンダーハートが心配そうにアイヴィーポーを見つめている。

「なんですか？」アイヴィーポーはいら立った声できいた。

シンダーハートはため息をついた。「その傷、もう化のうしているのだとしたら、そうとう深いのね」

アイヴィーポーは寝床《ねどこ》に入った。いまはとにかく眠《ねむ》りたい。

シンダーハートのしっぽがぴくっと動いた。「疲《つか》れ果てているみたいね」指導者はアイヴィーポーの頭をやさしくなでた。前脚《まえあし》の震えがアイヴィーポーに伝わってくる。

「なにか困っていることでもあるの？」シンダーハートが身を寄せ、小声できいた。「なんでも話して。遠慮《えんりょ》しなくてていいのよ。その傷は、とげで引っかいたんじゃないわね？　とげなら、ちくっとした瞬間《しゅんかん》に目がさめて、寝床を飛び出したはずだもの」指導者はすわって、アイヴィーポーを見つめた。「それに、とげで引っかいた傷だったら、どんなに深くても、そんなに早く化のうしないわ。しかも……」アイヴィーポーの傷口をしげしげ見る。「そんなふうに皮膚《ひふ》が裂《さ》けたりしない」

アイヴィーポーは死んだ獲物《えもの》のように硬直《こうちょく》していた。なんといえばいいの？　体はかたまっているが、頭のなかは考えが渦巻《うずま》いている。

「ほんとうのことを教えて」シンダーハートはおだやかに返事をせまった。「怒《おこ》らないから。どうしたら、あなたの力になれるかと思っているだけ」

アイヴィーポーは深呼吸した。「夜中に練習してるんです」

「練習？」

「サンダー族でいちばん優秀《ゆうしゅう》な戦士になりたいんです」ええ、ぜったいなる！

「ああ」シンダーハートの口から、ため息のような声がもれた。「そういうことだったのね」ほっとしたようだ。「いちばんになりたい気持ち、よくわかるわ。それで、森に出て自主訓練をしていたのね」

「はい」アイヴィーポーは身を縮めた。指導者にうそはつきたくない。つねにあたしを公平にあつかってくれる指導者に、そんなことはしたくない。これなら、真実に近いから、うそをついたことにはならないわ、とアイヴィーポーは自分にいいきかせた。「ダヴポーはなんでもすごくうまくできて、うらやましいです。もう、いまからみんなに戦士あつかいされて。ファイヤスターはあの子に助言までもとめるし、ライオンブレイズはなにをするにもあの子の力を借りるし……」

シンダーハートが身をこわばらせたかと思うと、うなった。「あなたはダヴポーにこれっぽっちも負けていない！　わたしはあなたをだれよりも誇《ほこ》りに思っているわ！　もっと訓練をしたいのなら、昼間やりましょう。あなたは育ちざかりだから、夜はしっかり休まないといけないわ」

アイヴィーポーはまじめな顔でうなずいた。

「二度と夜中に出かけない、と約束してくれる？」シンダーハートが返事をうながした。「一族全員が眠《ねむ》っているあいだは、あなたに目をくばれる者がいない。なにが起こるかわからないから、気が気でないわ。こないだのキツネがもどってくるかもしれないでしょう？」心配でたまらないという口調《くちょう》だ。「あなたはどの戦士にも負けないほど優秀《ゆうしゅう》よ。陰《かげ》でこそこそ自主訓練する必要なんかないわ」アイヴィーポーの目を真剣《しんけん》に見つめる。「二度と夜中にキャンプを出ない、と約束して！」

アイヴィーポーは足元を見つめ、「約束します」と、罪悪感をおぼえながらぼそっといった。

第16章

ダヴポーはかっかし、ホワイトウィングとバンブルストライプのあとから見習い部屋を飛び出した。アイヴィーポーはシンダーハートから小言をくらえばいいわ！　とげを見つけてきてあげたんだから、あとは自分の口から説明しなさいよ。

だが、すぐに気持ちは落ちついた。怒《おこ》っているのではなく、怖《こわ》いのだ。ダヴポーは毎晩、アイヴィーポーの身を案じながら眠りにつく。翌朝、姉がどんなけがを負って夢からさめるか、心配でならないのだ。それに、アイヴィーポーが〈暗黒の森〉の戦士みたいな考えかたをするようになったら、どうしよう？　ジェイフェザーに相談しよう。なんとかしてもらわなくては。ダヴポーは思い、看護部屋へ向かった。

獲物《えもの》置き場のそばを通りかかると、パーディーが泥《どろ》だらけのネズミをひっくり返していた。「こんなのじゃ、マウスファーは食いたがらないかな」パーディーのかすれた声がした。

ダヴポーは立ち止まった。「えっ？」

「あんまり、うまそうじゃないな」パーディーはやせたネズミを爪《つめ》で引っかけてぶら下げた。「けど、少しは食欲をそそるかもしれん」

「マウスファー、食欲ないんですか？」ダヴポーは驚《おどろ》いた。一族のだれもがおなかをすかせているんじゃないの？

スクワーレルフライトが駆《か》け寄ってきた。「マウスファーはお熱でもあるの？」

パーディーは首を横に振《ふ》った。「ただ、やつれて、悲しそうなんだ」肩《かた》を落とす。「元気づけてやれるものはないかと、獲物《えもの》置き場にさがしにきたんだが」

「狩猟《しゅりょう》部隊がもうすぐもどってくるはずよ」ダヴポーを見やる。「ライオンブレイズと出かけるんじゃないの？」

ダヴポーは肩をすくめた。「まだ、呼ばれません」それに、あたしはほかにやることがあるの。看護部屋に目を向け、さっき入っていったバンブルストライプが長居しないことを祈《いの》った。

パーディーがネズミを落とし、雪がサクッと音をたてた。「もうちょっと若ければ、自分で獲物を捕《と》りにいくんだが」くぼ地のふちをうらめしそうに見上げる。「これでも、若いころは狩《か》りがすごくうまかったんだぞ。ウサギも捕《つか》まえた」自慢《じまん》そうに胸を張る。「あと、キジもな。ま……」ひげをぴくぴくさせる。「キジを捕まえるのは、そんなに難しくない。キジは飛ぶより、地面でなにか食うほうが好きだから」

ダヴポーは一瞬《いっしゅん》、ジェイフェザーのことを忘れて、目をぱちくりさせた。「キジを捕まえた?」パーディーはけっして小柄《こがら》ではないが、それでもキジよりは軽いはずだ。

「若いころは、大きすぎると思う獲物なんぞいなかったよ」パーディーはため息をつきながら、長老たちの部屋へ歩きだした。

ダヴポーはスクワーレルフライトに会釈《えしゃく》すると、看護部屋へ急いだ。

ブライアーライトの寝床《ねどこ》のそばを、バンブルストライプが行ったり来たりしていた。「見せたかったよ! もう、血だらけなんだ。とげが一本刺《さ》さっただけで。しかも、あいつったらひと晩じゅう、とげを踏《ふ》んづけて寝てたことに気づかなかったんだ」

「話をふくらませるな、バンブルストライプ」薬草の汁《しる》でよごれた前脚《まえあし》を水たまりにひたしているジェイフェザーがいった。看護猫《かんごねこ》はさっと前脚を引き寄せて、なめはじめた。「ほんの二ヵ所、傷があっただけだ」

「あたしもこれから、ジェイフェザーの寝床のコケをよく調べるようにしようっと」ブライアーライトが張りきっていった。「とげ調べ係になるわ」部屋の反対側にいる看護猫をちらりと見る。「保育部屋でつかうコケも、寝床に敷《し》く前に調べたほうがいいですね」

ダヴポーが声をかけるより先に、ジェイフェザーがこっちへやってきた。「子猫たちの寝床のコケを調べてやったら、デイジーとポピーフロストがきっと喜ぶぞ」看護猫はブライアーライトの寝床のそばを通りすぎざま、いった。「ちょっと出かけてくる。バンブルストライプ、ブライアーライトの相手をしていてくれ。けど、おどかすような話はもうよせ、いいな？」

ジェイフェザーはダヴポーの横をすり抜《ぬ》けながら、「来い」と小声でいい、イバラのカーテンを押《お》し分けた。「話がある」

やっと！　ジェイフェザーは、アイヴィーポーが〈暗黒の森〉にかよっていることを深刻に受け止めはじめたんだわ。ダヴポーは急いであとを追った。ジェイフェザーは足を止めずに、ライオンブレイズにうなずきかけた。黄金色《こがねいろ》の戦士はファイヤスターとブランブルクローのそばを離《はな》れて、駆《か》け足で追いかけてきた。三匹《びき》はファイヤスターにけげんな顔で見送られながら、キャンプを出た。

「よし」ジェイフェザーはキャンプの外のシダにおおわれた坂の途中《とちゅう》にある空き地で止まると、見えない目でダヴポーを見すえた。「アイヴィーポーが〈暗黒の森〉から傷だらけでもどってくるのを、やめさせろ。あれじゃ、なにもかもばれちまう」

ダヴポーはあっけにとられてジェイフェザーを見つめた。腹の底から怒《いか》りがわき上がる。「あたしに、やめさせろというんですか？　これまでさんざん、なんとかしてとたのんできたのに。あたしが心配なのは、姉の体の傷や腫《は》れやねんざで秘密がばれるかもしれない、ということだけじゃありません」ダヴポーはジェイフェザーの顔に鼻づらを突《つ》きつけた。「姉が殺、さ、れ、るんじゃないかと心配なんです！」

「落ちつけ」ライオンブレイズが二匹のあいだに割って入った。「おまえのいうとおりだ、ダヴポー。アイヴィーポーのけがは多すぎる。あの子を守るのは、ぼくたちの役目だ」

ダヴポーはゆっくり息を吐《は》き出した。「前から、そういってるじゃないですか！」

「けど」ライオンブレイズがつけ足す。「ぼくたちはあの子の夢のなかには入れない」

「ジェイフェザーなら、入れます！」ダヴポーはいった。

ライオンブレイズは首を横に振《ふ》った。「こいつはすでに一度、タイガースターにおどされて〈暗黒の森〉から追い出されている。またそんな危険な目にあわせるわけにはいかない」

「アイヴィーポーならそんな危険なところへ夜な夜な行かせてもいい、というんですね」ダヴポーは腹が立った。

「あの子はやつらの仲間だ」ジェイフェザーがいう。「味方だと思っているかぎり、やつらはあの子をわざと傷つけることはないだろう」

「姉をただ説得するわけにはいかないんですか？」ダヴポーは懇願《こんがん》するようにジェイフェザーとライオンブレイズを見た。「行くな、と姉にいってください。あなたたちになら、耳を貸すかもしれません」

ライオンブレイズがしっぽでダヴポーの背中をなでた。「ほんとうに、そう思うか？」

ダヴポーは肩《かた》を落とした。いいえ、思わない。アイヴィーポーは、タイガースターが自分をりっぱな戦士に鍛《きた》えあげてくれると信じこんでいる。簡単にあきらめるはずがない。

「それに」ジェイフェザーがすわって、前脚《まえあし》にしっぽをかけた。「アイヴィーポーには、これからますます〈暗黒の森〉に行ってもらわないと」

「どうして？」ライオンブレイズがきっと弟を見た。

「夢でイエローファングに警告された。一族は〈暗黒の森〉と単独で戦わなくてはならない、って」

ライオンブレイズは首をかしげた。「単独で？」

「すべての部族の看護猫《かんごねこ》が同じお告げを受けている。どの部族も、ほかの部族とのつながりを断って、単独で危険に立ち向かわなくてはならないんだ」

「ほかの部族も、〈暗黒の森〉の戦士たちのことを知っているのか？」ライオンブレイズが耳を寝《ね》かせる。

「いいや」ジェイフェザーはそわそわ足踏《あしぶ》みした。「スター族は知っているようだけど、サンダー族以外の看護猫には教えていない」

「どうしてですか？」ダヴポーはきいた。

「怖《こわ》がらせたくないからじゃないか？」ジェイフェザーは肩《かた》をすくめた。「あるいは、単にだれを信用できるかわからなくなっちまったからか」

「ジェイフェザーがほかの看護猫たちに教えてあげればいいじゃないですか」ダヴポーはいった。

「イエローファングに口止めされたんだ」ジェイフェザーはまた足踏みした。「けど、ケストレルフライトとウィロウシャインに警告してやろうとした。そうしたら、ある光景が見えた」

「どんな?」ライオンブレイズが身をのり出す。

「目の前で、スター族が凍《こお》りついて、氷のようにくだけ散って消えた。スター族が滅びたんだ」

ダヴポーはジェイフェザーを見つめた。「あたしたちを守ってくれるものはない、ということですか?」

ジェイフェザーはふたたび肩をすくめた。「サンダー族には、とくべつな三匹《びき》がいる。だから、生き残るのはサンダー族にちがいない」

ライオンブレイズがその場を行ったり来たりしはじめた。「じゃ、ぼくがみんなのために戦え、ってことか?」腹立たしげにしっぽの先を震《ふる》わせる。「なんなんだよ、いったい。どうして、ぼくはみんなみたいにふつうに生きられないんだ?」

ダヴポーは顔をしかめた。ライオンブレイズは予言の猫であることを喜んでいるのかと思っていたのに。なぜ急に、とくべつ強い力がそなわっていることをいやがっているみたいなことをいうの? あたしにはいつも、自分のとくべつな能力を大事にしろといっていたじゃない。それで、あたしもようやくその能力を楽しめるようになってきたのに。ずば抜《ぬ》けて鋭《するど》い感覚のおかげで、いつでもタイガーハートの居場所がわかる。部族仲間と狩《か》りをしているのもきこえるし、寝床《ねどこ》で眠《ねむ》りに落ちるかれの寝息もきこえる……。ダヴポーははっと意識をもどした。タイガーハートのことを考えている場合じゃない。「でも、どうして、アイヴィーポーをこれからも〈暗黒の森〉に行かせなくちゃいけないんですか？」

「やつらのたくらんでいることを突《つ》きとめたいんだ」とジェイフェザー。

「それなら、もうわかってるじゃないですか」ダヴポーはいい返した。

「けど、いつ実行するつもりなのかはわからない。地上の部族を分裂《ぶんれつ》させるのが目的なのかどうかも」ジェイフェザーはダヴポーに身を近づけた。「それをアイヴィーポーに突きとめてもらうんだよ」

ダヴポーはぎょっとして身を引いた。「姉にスパイをさせたいんですか？　もう、じゅうぶん危険にさらされてるというのに？　タイガースターにばれたら、どんな仕打ちをされるか」吐《は》き気《け》がこみ上げてくる。「やめてください！　アイヴィーポーにそんなことをさせるなんて、考えられません。たとえ、一族全体の運命がかかってるとしても」

ダヴポーはくるりと背を向け、雪をけ散らしてシダの茂《しげ》みを駆《か》け抜《ぬ》けた。ライオンブレイズとジェイフェザーにとっては、アイヴィーポーなんかどうでもいいんだわ！　アイヴィーポーは、自分たちのほしいものを得るためのただの手段なのだ。二匹《ひき》は、はじめはあたしを利用したがり、今度はアイヴィーポーを利用したがっている。

ダヴポーははらわたが煮《に》えくり返るほどの怒《いか》りをおぼえながら、坂を駆けのぼった。坂をのぼりきったところは木がまばらで、澄《す》みわたった青空の下できらめく湖が見下ろせた。この怒りを一族のために利用すればいいんだわ、とダヴポーは思い、雪におおわれた坂を駆け下りて湖岸へ向かった。狩《か》りをしよう。

小川のそばの湖岸で、獲物《えもの》のにおいを感知した。ダヴポーは立ち止まり、あたりをかいだ。雪の冷たさで足の裏がじんじんする。

ミズハタネズミだ。

ダヴポーは雪に鼻を突《つ》っこんで地面をかぎながら、前進した。すぐに、雪のなかにミズハタネズミのにおいがかぎ取れ、足跡《あしあと》が見えた。静かに歩いて、小さな足跡をたどる。足跡は湖岸から、湖に流れこむ小川に沿って並んだ木までつづいていた。ダヴポーは土手に飛びのると、鼻をくんくんさせて川上へ向かった。木のあいだをぬうように進むと、見つかった——水ぎわに、ミズハタネズミの小さな黒っぽい姿が見える。ミズハタネズミは両前脚《りょうまえあし》でつかんだ餌《えさ》に集中している。

ダヴポーは獲物をねらう姿勢になり、雪におおわれた地面を進みはじめた。毛が真っ白い粉雪をかすって音をたてないように、しっぽと腹を高くたもち、じわじわ近づいていく。ミズハタネズミはまだ餌をかじっていて、危険がせまっていることに気づかない。ダヴポーはミズハタネズミを見下ろす位置で止まり、腰《こし》を振《ふ》ると、土手を駆け下りた。

前脚ではさんだミズハタネズミは、太ってあたたかい。ダヴポーは鋭《するど》いひとかみでとどめを刺《さ》した。おいしそうなにおいの獲物《えもの》が、前脚《まえあし》のあいだでくたっとなった。ミズハタネズミのにおいに、口のなかにつばがわく。こんなすばらしい獲物を見つけたのはひさしぶりだ。

「お見事！」対岸でアイヴィーポーの声がした。銀色と白の縞柄《しまがら》の毛は、雪のなかで目立ちにくい。姉は氷のように冷たい水が流れる浅い小川をバシャバシャ渡《わた》ってくると、土手をのぼってダヴポーのそばに来た。「いい獲物を捕《つか》まえたわね」

ダヴポーは鼻にしわを寄せた。アイヴィーポーの毛は薬のついたところだけ、まだかたまっている。そのとき、姉の目が熱っぽく光っているのに気がついた。「キャンプで休んでなきゃだめじゃないの」ダヴポーはいった。「その傷、化のうしてる、ってジェイフェザーはいってなかった？」

アイヴィーポーは毛を逆立てた。「だったら、どうなの？」鼻づらを上げる。「薬をぬってあるわ」

「とがめてるんじゃないの」ダヴポーはあわてていった。「心配なだけ」しとめたばかりの獲物をアイヴィーポーの前に落とす。「ひと口、食べていいわよ」姉とけんかしたくない。

アイヴィーポーは首を横に振《ふ》り、「戦士のおきてに反するわ」と指摘《してき》した。

「ほんのちょっとだけ、かじったら？」ダヴポーはうながした。「おなか減ってるんでしょ？　みんなには、捕まえたときに傷つけちゃった、って説明するからだいじょうぶよ」

アイヴィーポーは険しい目になり、うなった。「いいえ、けっこう。だれかさんとちがって、あたしは戦士のおきてを破るのは好きじゃないの」

「えっ？」ダヴポーは驚《おどろ》いて姉を見つめた。

「あたしは、夜中にキャンプを抜《ぬ》け出してシャドウ族の戦士に会いにいったりしない」

ダヴポーは、心臓が石のようにすとんと落ちた気がした。アイヴィーポーはタイガーハートのことを知っているんだわ！「どうして知ってるの？」

「あなたの体についたにおいで気づかないと思う？」アイヴィーポーはしっぽを激しく振った。「毎晩、ほかの部族の雄猫《おすねこ》と過ごすなんて、あまり誠実とはいえないわよね？」

ダヴポーは身をこわばらせた。「でも、少なくとも、あたしたちはだれも危険にさらしてない」

「どういう意味？」

「あなたは、〈暗黒の森〉に行くたびに部族仲間を裏切ってる」

「ちがうわ！」アイヴィーポーはうなった。「あたしは一族の力になりたくて、りっぱな戦士になるための訓練を受けてるのよ！」

「ええ、そうよね！」ダヴポーはばかにしてどなった。「タイガースターみたいに。あの猫はごりっぱな戦士だったものね！」

「ほんとうに、りっぱだったわ！」

「あの猫《ねこ》はシャドウ族の族長になったのよ。ファイヤスターを殺そうとしたのよ！」そんなこともわからないほど、アイヴィーポーはばかなの？

アイヴィーポーが氷のように冷たい目でにらみつけてきた。「どうしてタイガーハートのにおいだとわかったたか、きかないの？」

ダヴポーはきょとんとした。「えっ？」

「あたしがタイガーハートのにおいだとすぐわかったのが、不思議だと思わない？」

ダヴポーは凍《こお》りついた。脚《あし》の先まで血の気《け》が引く。戦いのさなかにアイヴィーポーとタイガーハートが一瞬《いっしゅん》かわした表情を思い出した。

「ど、どうして、わかったの？」ダヴポーはひるんだ。答えをききたくない。タイガーハートがアイヴィーポーともつきあっているなんて、ききたくない。タイガーハートがうそをついたなんて、思いたくない。かれが夢中になっているサンダー族の猫はあたしだけじゃないなんて。

「ほとんど毎晩、かれと会ってるの」アイヴィーポーは自慢《じまん》そうにいった。

「そんなこと、ありえない。かれはあたしといっしょにいるのよ！」

「ひ、ひと晩じゅうではないでしょ？」

ダヴポーはあとずさった。「ばかなこといわないで！　かれが好きなのは、あ、あ、あたしよ。あなたじゃない。

かれにつきまとってるの？　つれあいがほしければ、ほかに見つけて！　かれに手を出さないで！」

アイヴィーポーがまた近づいてきた。「ああ、ご心配なく。かれのことは、そういうふうに好きなわけじゃないから。あたしはあなたみたいに感傷的じゃないの。あたしは戦士よ。タイガーハートもそう」

ダヴポーは、耳がきこえなければいいのにと思った。アイヴィーポーの口がぱくぱく動くのが見えるだけならいいのに。

「タイガーハートは、毎晩あなたの耳元で甘《あま》い言葉をささやいてるだけじゃないのよ」アイヴィーポーがいじわるくいう。「かれは優秀《ゆうしゅう》な〈暗黒の森〉の戦士なの。かれが忠誠をつくすのは〈暗黒の森〉。あなたじゃないわ！」

「うそよ！　あなたはやきもちを焼いてるだけだわ！」ダヴポーは叫《さけ》んだ。そんなつくり話、信じるものですか。「あたしのほうが戦士の素質があるのが、くやしいんでしょ？　これまであたしのほうが優秀で、これからもずっとそうなのかと思うと、我慢《がまん》がならないんでしょ？　そのうえ今度はタイガーハートがあなたじゃなく、あたしを好きになったから、くやしいんだわ！　くやしいから、あたしのもってるものを全部つぶしたいのよね。それだけよ！」

アイヴィーポーの目がきらりと光った。「ほんとにそう思う？　タイガーハートにきいてみたら？」

「うるさい！」ダヴポーは土手を這《は》いのぼった。「あたしがタイガーハートと会ってることを、だれかにしゃべったら、あなたが〈暗黒の森〉でタイガースターの指導を受けてることを、一族全員にばらすわよ。そうしたら、あなたは友だちをすべて失うわ。みんな、あたしと同じようにあなたを憎《にく》むでしょうから！」ダヴポーは木々のあいだを駆《か》けだした。

「獲物《えもの》を忘れてるわよ」後ろからアイヴィーポーが叫《さけ》んだ。

「あなたがもって帰ればいいわ！」ダヴポーは叫び返した。「たまにはいいことをする、とみんなに思われるかもよ！」

ダヴポーは走りつづけた。渦巻《うずま》くいろんな思いを頭からしめ出す。シャドウ族との境界線に近づいたようだ。マーキングのにおいが舌を包む。ほんとうに、タイガーハートは湖のまわりで暮らす部族を裏切ったの？　ダヴポーは急停止し、耳をすました。感覚をあちこちに向けて、タイガーハートをさがす。

しょっちゅうこの方法でさがしているので、タイガーハートの居場所はすぐにわかった。タイガーハートの声と、森を歩く足音がきこえる。きき慣れた足音——力強く、迷いのない足音。部族仲間といっしょのようだ。だれだろう、とダヴポーはさらに耳をそばだてた。ラットスカー、パインポー、スノウバードだ。サクッという音とともに、パインポーが雪の吹《ふ》きだまりに落ち、ほかの猫《ねこ》たちがのどを鳴らす。

一団は楽しそうだ。あたしも仲間に入りたいな、とダヴポーは思った。タイガーハートに愛されているという安心感に包まれて、いっしょに雪のなかで遊びたい。四六時中、かれのそばにいたい。

シャドウ族に入ればいいのかも。いきなり思いつき、気分が舞《ま》い上がった。

ばかなことを考えないの！　あたしは予言の猫よ。ジェイフェザーとライオンブレイズだけで〈暗黒の森〉に立ち向かわせるわけにはいかない。それに心の奥《おく》では、アイヴィーポーをひとりにするわけにもいかないとわかっている。とげが刺《さ》さったように心がうずく。姉にいった言葉をすべて取り消したい。なんていじわるなことをいってしまったんだろう？　まるで、一族が姉を厄介払《やっかいばら》いしたがっているみたいないいかたをしてしまった。

ダヴポーはどきんとした。アイヴィーポーが永久に〈暗黒の森〉で暮らすことにしたら、どうしよう？

ダヴポーはくるりと向きを変え、キャンプへ駆けだした。アイヴィーポーに謝ろう。あたしがまちがっていた、といって許してもらおう。

でも、それだけじゃだめだわ！　アイヴィーポーは〈暗黒の森〉に行くのをやめないでしょう。自分が利用されていることをわかっていないから。ダヴポーは凍《こお》った雪をさらに強くけって走った。まわりの木々がぼやけて見え、脚《あし》の下では氷がパリパリ鳴る。

自分の姉も守れなかったら、とくべつな能力を授かった意味がない！

第17章

フレームテイルは期待をこめて、古い切り株の根元の雪を掘《ほ》った。しかし、現れたのは、霜《しも》でやられて黒ずんだ葉だった。フレームテイルはため息をついた。なぜ、病気がもっとも猛威《もうい》をふるう季節に、生き生きと育つ薬草がひとつもないんだ？　リトルクラウドはすでに病気にかかっている。一族は飢《う》えて弱っている。すべての部屋がホワイトコフ（白い咳《せき》）におびやかされるのはもう、時間の問題だ。

「痛いっ！」松林にパインポーの声が響《ひび》きわたった。

「ふざけまわってるから、そういうことになるんだよ」タイガーハートの声がした。

兄さんたちの狩猟《しゅりょう》部隊が近くにいるようだ。フレームテイルは雪を掘りつづけた。「まいったな」腐《くさ》った葉がさらに現れるだけだ。

タイガーハートが木々のあいだを駆《か》け抜《ぬ》けてきた。「どうしたんだい？」

フレームテイルは前脚《まえあし》についた雪を振《ふ》り落とし、ため息まじりにいった。「新鮮《しんせん》な薬草がぜんぜん見つからなくて。イラクサさえも」

狩猟部隊のほかの猫《ねこ》たちもやってきた。「手伝おうか?」ラットスカーが申し出た。

「手があいているの」とスノウバード。「獲物《えもの》もかくれちゃっているから」

パインポーがフレームテイルの肩越《かたご》しにのぞきこんだ。「なにしてるんですか?」

フレームテイルは鼻にしわを寄せた。見習いの毛皮に青くさいにおいがついている。フレームテイルは首を曲げて、もっとよくかいだ。

「やめてください!」パインポーは首を引っこめた。「けさ、ちゃんと体を洗いましたよ!」

「どこに行っていたんだ?」フレームテイルはきいた。

パインポーはくいっと首を曲げて、雪のなかに狩猟部隊がつけた道を示した。「カラマツのそばです」

タイガーハートが笑った。「パインポーは雪の吹《ふ》きだまりに落っこちたんだ」

「下にイバラがあったんです」パインポーが訴《うった》える。「毛がとげだらけになっちゃいました」

「雪の下にイバラがあったって?」フレームテイルは元気が出た。「だから、おまえの毛皮に新鮮なルリチシャのにおいがついてるのか!」

スノウバードがけげんな顔をし、「あなたの弟さん、頭がおかしくなっちゃったみたいよ」と小声でタイガーハートにいった。

「いいえ、フレームテイルは自分がなにをいってるか、ちゃんとわかってます」タイガーハートは弟に向けてしっぽを振《ふ》った。「だろ？」

「イバラがルリチシャの葉を雪から守ってくれてるようだ」フレームテイルはいった。「ルリチシャは霜《しも》でやられてないだろう」

ラットスカーが進み出た。「その場所へ案内してやるよ」

戦士がそういったときにはもう、フレームテイルは狩猟《しゅりょう》部隊がつけた道をさっさとたどりはじめていた。「だいじょうぶです。みなさんの足跡《あしあと》をたどれます」

「パインポーの落っこちた場所はすぐわかると思うよ！」タイガーハートが後ろから叫《さけ》んだ。「野ウサギをかくせるほど大きな穴だから」

フレームテイルは駆《か》け足で部族仲間の足跡をたどった。前方に雪の吹《ふ》きだまりが見えると、興奮《こうふん》で毛が逆立った。雪がくぼんでいるところが、パインポーの落ちた場所だ。くぼみに入り、脚《あし》が凍《こお》りそうになるのもかまわず、さらに雪を掘《ほ》ると、イバラにつつかれた。フレームテイルは痛みに顔をしかめながら、イバラの茎《くき》を引っぱった。すると、雪をかぶらず霜でやられていない、ルリチシャの濃《こ》い緑の葉が見えた。

なんてありがたい！　フレームテイルは届くかぎりたくさんの葉を摘《つ》み取り、尻《しり》からもぞもぞ吹きだまりの穴を出た。しかし、不安はまだ消えない。これがイヌハッカならよかったのに、とフレームテイルは思った。あるいは、ヨモギギクでも。ルリチシャは熱さましにしかならず、病を追い払《はら》ってはくれない。リトルクラウドの肺は病に侵《おか》されているというのに。リトルクラウドの病気が悪化してグリーンコフ（緑の咳《せき》）になったら、どうしよう？　イヌハッカがなければ、お手上げだ。

フレームテイルは不安を振り払い、ルリチシャが手に入ったんだ、スター族のお恵《めぐ》みに感謝しよう、と自分にいいきかせた。

キャンプへ向かって歩きだす。身が引きしまるような寒さはけっして嫌《きら》いじゃない。脚は凍《こご》えてじんじんするが、雪がサクサク鳴るのが楽しい。

「フレームテイル！」

キャンプの入り口をくぐると、トーニーペルトが駆け寄ってきた。「薬草を見つけたのね！」息子のほおを激しくなめる。「よくやったわ！」

フレームテイルは顔をしかめつつ、こんなに愛してくれる親がいることに感謝しなくちゃ、と思った。ときどき大集会で、ウィンド族のブリーズペルトが怒《いか》りをあらわに両親のクロウフェザーとナイトクラウドをにらみつけているのを見かける。だが、クロウフェザーもナイトクラウドも息子のそんな表情に気づかない。二匹《ひき》はたいてい、夫婦げんかにいそがしいのだ。

「やせたんじゃない？」トーニーペルトが心配そうにきく。

フレームテイルは肩《かた》をすくめた。ルリチシャで口がふさがっていて、しゃべれない。やせているのは当然だ。枯《か》れ葉の季節なのだから。

トーニーペルトは看護部屋に目をやった。「ようすをみにいったほうがいいわ。また、せきこんでいるの」

フレームテイルは母のほおをしっぽでなで、急いでその場をあとにした。看護部屋は病気のにおいがした。フレームテイルは薬草置き場のそばにルリチシャを落とし、指導者に声をかけた。「寝床《ねどこ》でお休みになっていなくちゃだめじゃないですか」

リトルクラウドは部屋の奥《おく》で、薬草の葉をゆっくりえり分けている。新鮮《しんせん》な薬草を片側に積み上げ、干《ひ》からびたものを反対側に押《お》しやっている。「ナツシロギクを切らしている」リトルクラウドはため息をついた。

「手伝います」フレームテイルは申し出た。

「いいや、ひとりでできる」リトルクラウドは激しくせきこみはじめた。干からびた薬草の葉が四方に飛び散る。

フレームテイルは指導者をそっと寝床へ導いた。「ぼくがヒレハリソウを見つけて、忘れずに長老たちの部屋に届けます」

「厄介《やっかい》なせきだ」リトルクラウドはぶつくさいいながら、コケを敷《し》きつめた寝床に入った。やわらかいコケに身を沈《しず》めると、ほっとしたようだった。「一日か二日でおさまるだろう」

「ええ、きっと」フレームテイルは薬草置き場へ行った。リトルクラウドはもう何日も同じことをいっているが、今度もまた、〈月の池〉へ行く元気はなかったし、具合はいっこうによくならない。

このあいだの半月の夜にリトルクラウドが〈月の池〉に行かなかったことについては、フレームテイルはひそかにほっとしていた。自分も行かなかったからだ。ほかの部族の看護猫《かんごねこ》とかかわるな、と先祖のラギッドスターにいわれているのだ。幸い、指導者のリトルクラウドが病気で行けなかったので、文句をいわれずにラギッドスターの言葉にしたがうことができた。あの晩、半月がのぼると、フレームテイルはひとりで森へ行き、倒木《とうぼく》の穴のなかで夜が明けるのを待ったのだった。

フレームテイルは、リトルクラウドのせきで飛び散った薬草の葉を片づけはじめた。

「夢でなにかお告げを受けたか?」リトルクラウドがいきなりきいた。

「いいえ」フレームテイルはトールポピーにもっていくヒレハリソウを丸めながら答えた。

「こないだの半月の夜に〈月の池〉へ行ったときは?」

フレームテイルはぎくっとした。「前と同じです。一族は自立しなくてはならない、といわれました」

リトルクラウドがのどの奥でうなった。「なぜ、うそをつく?」

フレームテイルは動きを止めた。「うそ?」けんめいに声を落ちつけて、きき返す。

「〈月の池〉へ行ったことだ」リトルクラウドの寝床《ねどこ》がかさこそ鳴った。「おまえがほんとうのことを話してくれるのを、一週間も待っているんだよ」激しくせきこむ。「〈月の池〉からもどったはずのおまえの体には、水や石のにおいも、ほかの看護猫《かんごねこ》たちのにおいもついていなかった。かぎ取れたのは、湿《しめ》った木のにおいと恐怖《きょうふ》だけだった」

フレームテイルは指導者のほうを向いた。「申しわけありません」心からそう思い、事情をわかってもらおうと、言葉をさがした。「ほかの部族の看護猫とかかわるな、とラギッドスターにいわれたことを、おぼえていらっしゃいますよね？　よろしければ、〈月の池〉へは今度からぼくひとりで行ってきます」

「なぜ、おまえは自分の見た光景の解釈《かいしゃく》にそんなに自信がもてるんだ？」

「解釈するまでもありません！」フレームテイルはのど元にこみ上げる怒《いか》りを飲みこんだ。「ラギッドスターのおっしゃったことは明解です。大きな戦いが起ころうとしているんです。そして、一族は先祖に導いてもらうしかない。ほかのだれにも頼《たよ》れないんです！」

「しかし、ブラックスターはおれと同じ考えだ。慎重《しんちょう》に判断して行動するべきだ、とおっしゃっている」

フレームテイルはつま先に力をこめた。「ぼくは看護猫です。スター族のお言葉を第一に受け入れます」

「大きな戦いで生き残るには、部族同士で協力しあうのがなによりかもしれないだろう！」リトルクラウドの声がかすれはじめた。「ほかの部族と力をあわせたおかげで、おれたちは部族大移動をのりきることができたし、その前のブラッド族との戦いでもスカージをやっつけることができたんだ」

フレームテイルは指導者を見つめた。「それは昔の話です。これからは、そうはいきません。時代は変わったんです」

「戦士のおきては変わらない」

「ぼくたちは戦士じゃありません！」フレームテイルはどなった。「ぼくたちは看護猫です」

リトルクラウドはにごった目で見つめ返した。そのとたん、体を震《ふる》わせてせきこんだ。フレームテイルはリトルクラウドの寝床に駆《か》け寄り、呼吸が楽になるように、指導者の骨の浮《う》き出た胸を両前脚《りょうまえあし》でさすりはじめた。指導者と言い争うのは嫌《きら》いだ。指導者が病気のときは、なおさらいやだ。自分の知識をすべて伝授してくれたリトルクラウドのことは、心から信頼《しんらい》している。けど、リトルクラウドはあの炎《ほのお》に包まれた光景を見ていない。あの光景はぼくだけが見せられたものなのだ。

フレームテイルは前脚を引っこめた。なぜ、スター族はぼくだけに警告したんだろう？　せきの発作《ほっさ》に苦しむリトルクラウドを見守りながら、思った。この年老いた看護猫は亡《な》くなってしまうのか？　フレームテイルはやりきれない気分になり、今度は指導者の背中を強くさすりはじめた。

せきはしだいにおさまってきた。リトルクラウドは寝床であおむけに横たわって、あえいでいる。「おれにかくしごとをするんじゃない」かすれ声でいう。

「〈月の池〉に行かなかったこと、黙《だま》ってて申しわけありませんでした」フレームテイルはリトルクラウドのもつれた毛を片脚《かたあし》で整えた。「ご心配をおかけしたくなかったんです」指導者の不安そうな目を見つめていう。「スター族のお言葉にしたがわずにはいられなくて、〈月の池〉に行かなかったんです」

リトルクラウドはうなずいた。「わかるよ。おれはただ、ほんとうのことを話してもらいたいだけだ」

「お話ししました」フレームテイルは姿勢を正した。「一族は自立しなくてはなりません。ラギッドスターははっきりとそうおっしゃいました。ぼくは、ラギッドスターのお言葉を尊重するつもりです」

「おれもそうしなくてはならないかね？」リトルクラウドがきいた。「おれはなにもお告げを受けていないし、光景も見ていない。旧友を見捨てる理由はない」ささやくような小さな声だ。

「シンダーペルトのことを考えてらっしゃるんですか？」リトルクラウドとシンダーペルトがかたいきずなで結ばれていることを、フレームテイルは知っている。

リトルクラウドの目がうるむ。

フレームテイルは指導者に顔を寄せて、小声でいった。「シンダーペルトは亡《な》くなったんですよ。いま、サンダー族の看護猫《かんごねこ》はジェイフェザーです。かれはシンダーペルトとはちがいます。スター族のおぼしめしならば、ジェイフェザーは単独で戦うことを望むでしょう」

「ジェイフェザーは好きにすればいい！」リトルクラウドはうめいて、体を起こした。「シンダーペルトは昔、おれの命を救ってくれた。その行為《こうい》によって、おれたちは友だち以上のきずなで結ばれたんだ。おれはあのときの恩を返し終わるまで、かのじょの愛した部族を見捨てることはできない」

看護部屋の入り口の茎《くき》がかさこそ鳴り、ロウワンクローの顔がのぞいた。「フレームテイル！　ブラックスターがお呼びだ」

リトルクラウドが寝床《ねどこ》から這《は》い出そうとした。

「フレームテイルだけでいい」ロウワンクローは看護猫にいった。「せきこんでいるのがきこえたから、きみは休んでいるように、とブラックスターもおっしゃっている」

リトルクラウドはもどかしげにうなったが、やわらかいコケにふたたび体を沈《しず》めた。

「もどったら、必ずご報告します」フレームテイルは指導者にいうと、急いでロウワンクローを追いかけた。駆《か》け足で空き地を横切っていると、両わきを毛皮がかすめた。フレームテイルは不思議に思って、速度を落とした。ロウワンクローが前方にいるほかは、そばにはだれもいない。

あたたかいにおいが体にまとわりつく。ラシットファーとセージウィスカーだ！　二匹《ひき》の声が、静かな風音のように耳に届く。

「しっかりがんばるのよ！」

「わたしたちがついているわ！」

フレームテイルはうなずき、ブラックスターの部屋に入った。亡霊《ぼうれい》の声はそよ風にのって後ろへ消え去った。

「あれからまた、お告げはあったかね？」ブラックスターはしっぽを激しく振《ふ》りながら、せまい部屋のなかを行ったり来たりしている。

「いいえ」フレームテイルははたかれないように、わきへよけた。

「ならなぜ、おれはこんなに悪夢を見るんだ？」ブラックスターは苦悩《くのう》の色を浮《う》かべた目でフレームテイルを見すえた。「毎晩、血と暴力と死に満ちた夢にうなされて、安眠《あんみん》できないんだよ」

フレームテイルは目をぱちくりさせた。年老いた族長は目がくぼみ、やつれた顔をしている。

「どんな危険がわれわれを待ち受けているんだ？　シャドウ族は滅《ほろ》びるのか？」ブラックスターは部屋の外に目をこらすと、つづけた。不安で声がきつくなる。「サンダー族との戦いのあと〈月の池〉へ行ってきたおまえは、戦いが起きようとしている、といっていたな。われわれをおびやかすのは、だれなんだ？　サンダー族か？　それとも、ウィンド族？　リヴァー族？　すべての部族か？　われわれはどう立ち向かえばいいんだ？　先祖はなんと？」

フレームテイルは頭を下げた。「前にお話ししたとおりです。一族は単独で危険に立ち向かわなくてはなりません。ほかの部族との協力は、シャドウ族の力を弱めます。一族は自立しているかぎり安全です」

ブラックスターが希望に目を輝《かがや》かせた。「ほんとうか？」

「はい」フレームテイルは目を伏《ふ》せた。「シャドウ族は生き残ります」その言葉はうつろに響《ひび》いた。自信はないが、とにかく族長を安心させなくては、とフレームテイルは思った。族長がおじけづいていては、一族は戦えない。

ブラックスターは顔をそむけた。「われわれはこの戦いに勝てる。シャドウ族は生き残る」族長は自分の世界に入ってしまったようだ。フレームテイルはあとずさって部屋を出た。

「薬草を見つけたそうだな」

父ロウワンクローの声に、フレームテイルははっと振り向き、「薬草？」と思わずきき返した。

「けさのことだよ。おまえがルリチシャをもって帰ってきた、とトーニーペルトがいっていた。だれかに手伝わせて、もっと採《と》ってこさせようか？」

フレームテイルは頭を振ってはっきりさせた。「うん。そうしてくれると助かるよ」

ロウワンクローは雪におおわれた空き地を見まわした。「トードフット！　ドーンペルト！」二匹《ひき》の戦士は保育部屋の壁《かべ》のすきまを木の葉でふさいでいる。ロウワンクローは二匹にしっぽで合図した。「おまえたちに仕事だ」

「どんな仕事？」ドーンペルトが先に父親に駆《か》け寄った。

ロウワンクローはのどを鳴らした。「フレームテイルがルリチシャの生えている場所を見つけたんだ。葉が霜《しも》でやられないうちに採取したい」

「雪をかぶってない薬草がほかにもあるかもしれない」フレームテイルはいいそえた。「イバラの茂《しげ》みの下をくまなくさがさないと」

トードフットが身震《みぶる》いした。「今夜は引っかき傷だらけで寝《ね》ることになりそうだな」

「気をつければだいじょうぶですよ」ドーンペルトが宙を見つめていった。「いいことを思いついたわ」

「もっと高く上げてください！」ドーンペルトがイバラの茂みの下から叫《さけ》んだ。

トードフットがうなって、前脚《まえあし》で棒をもち上げた。そして、後ろ脚で立ってふらつきながら、その棒でからみあったとげだらけの茎《くき》を地面から浮《う》かせて支えると、地面とのあいだにフレームテイルとドーンペルトがどうにかくぐれるトンネルができた。

「しっかり支えててくださいよ！」ドーンペルトはイバラの下をさらにもぞもぞ進んでいった。

「ああ、心配するな」トードフットが息を切らして答える。

フレームテイルは妹のあとにつづいた。凍《こお》った地面を腹がかする。イバラの茂みの上部はずっしり雪をかぶっているが、根元のあたりは雪の影響《えいきょう》を受けておらず、茎のあいだに薬草の緑の葉が見えた。「届く?」フレームテイルはドーンペルトにきいた。

「と思う」ドーンペルトは両前脚をのばして、葉をむしりはじめた。「はい、これ」妹はひとつかみの葉をフレームテイルに渡《わた》した。フキタンポポだ。これがあれば、リトルクラウドの病気そのものは治せなくても、呼吸を楽にしてあげるくらいはできるだろう。

フレームテイルは、妹がむしっては渡してくれるフキタンポポの葉を前脚でまとめていった。そのうち、前脚のあいだには新鮮《しんせん》な香《かお》りのする葉の大きな山ができた。「まだあるのか?」

「それで終わり」ドーンペルトは答えた。

フレームテイルはもぞもぞあとずさってイバラの下から出ると、毛皮についたとげを振《ふ》り落とした。トードフットが息を切らして、茂みをもち上げている。フレームテイルはフキタンポポの葉を落とすと、トードフットと並んで棒を支えた。二匹《ひき》はドーンペルトが這《は》い出すまでイバラをもち上げていた。

フレームテイルはフキタンポポの葉の山を満足げにながめた。「これだけあれば、ひと月はもちそうだ。せきの病気にかかる者が異常に多くないかぎり」

「ほかの茂みの下もさがしてみましょうよ!」ドーンペルトが興奮《こうふん》してその場をぐるぐるまわり、松林を見わたした。「あそこの、あの茂みはどうかしら?」雪をかぶった茂みへ駆《か》けだした。

トードフットがうんざりしたようすで目をぐるっとまわした。「どうやら、おれが棒をもち歩かなきゃならないようだな」戦士はがっしりした松の枝をくわえて引きずり、ドーンペルトを追って歩きだした。

そのとき、ピシッという鋭《するど》い音がした。ドーンペルトの足元の氷が割れたのだ。ドーンペルトがよろけて倒《たお》れかける。フレームテイルはぞっとした。

と同時に、ある光景が目の前に広がり、気づくとフレームテイルは氷のように冷たい黒い水のなかでもがいていた。水は耳や口に入りこみ、毛をつかんで下へ下へと引っぱる。息を吸おうとしたら、胸に水が入ってきた。フレームテイルはあえぎ、せきこみながら、水面へ上がろうと夢中で水をかいた。かぎ爪《づめ》が氷にあたった。氷の天井《てんじょう》に押《お》し返され、体がふたたび水の底へ引っぱられる。耳の奥《おく》で血がごうごう鳴りだした。フレームテイルはパニックになり、必死に氷を割ろうとした。つるんとした表面を引っかくかぎ爪がもげ、肺が悲鳴をあげる。

「あぶない！」フレームテイルは割れた氷の下に落ちかけたドーンペルトに飛びかかり、小道の片側に積もった雪の上に押し倒《たお》した。

「なにするの！」ドーンペルトは叫《さけ》び、フレームテイルをはねのけてすばやく立ち上がった。「どうかしちゃったの？」

小道の中央に、氷の張った小さな水たまりが見えた。氷が割れて、木の葉一枚ほどの薄《うす》さにたまった泥《どろ》水《みず》がのぞいている。

「わたしの脚《あし》がぬれるのを心配してくれたの？」ドーンペルトはきいた。

フレームテイルはわき腹を波打たせて、水たまりを見つめた。「いいや……その……」さっきの光景が頭に焼きついていて、氷の下の冷たい水のなかに閉じこめられて窒息《ちっそく》しそうになる感覚しかない。

フレームテイルはあとずさった。なぜ、ほんの小さな水たまりが、あんななまなましい光景を引き起こしたんだろう？　ぞっとする。このあいだは炎《ほのお》に包まれ、今度は水。どこへ行っても、危険な光景ばかり見せられる。

「わかりましたから」フレームテイルは小声でスター族にいった。「そんなにしょっちゅう警告してくださらなくてけっこうです」

さしあたって大事なことに意識を集中しなくては。病気のリトルクラウドのため、そして一族全員の体力と健康維持《いじ》のために、薬草を見つけなくては。スター族に見せられる光景のことを考えるのは、あとでいい。

第18章

サンドストームがせきこんでいる。長老たちの部屋の壁《かべ》のすきまをふさいでいるライオンブレイズは、作業を中断して振《ふ》り向いた。サンドストームはハイレッジの下で背を丸めてうずくまっている。戦士は昨夜もせきをしていた。

ファイヤスターが岩を駆《か》け下り、つれあいの頭に鼻づらを触《ふ》れた。「だいじょうぶかい？」

「雪を飲みこんじゃっただけよ」サンドストームはかすれ声で答えた。

ライオンブレイズは壁のすきまに木の葉をもうひとつかみ、つめこんだ。昼だというのに空はどんよりし、キャンプは薄暗《うすぐら》い。この数日でまた雪が降り、ブナノキの上にずっしり積もったため、新しくつくった壁がきしんでゆがみ、あちこちに穴やすきまができてしまった。ライオンブレイズは朝からずっと、新しい部屋に冷たい風が吹《ふ》きこまないように、壁のすきまをふさぐ作業をつづけている。すきまにつめる木の葉は、トードステップとバーチフォールがキャンプに運んでくる。雪を掘《ほ》り、凍《こお》った森の地面に積もった落ち葉をかき集めてくる二匹《ひき》の脚《あし》は泥《どろ》だらけだ。

　バーチフォールがライオンブレイズの足元に木の葉をまたひと束落とした。その後ろを、トードステップが寒さを吹き飛ばそうと行ったり来たりしている。「もっと必要？」

　息を切らす二匹の体は、どちらもやせて骨が浮《う》き出ている。半月近く獲物《えもの》が乏《とぼ》しく、一族は一日に二、三口の食べ物を口にできれば幸せ、という状況《じょうきょう》だ。

　ライオンブレイズは霜《しも》でやられた木の葉をすくい取った。「もっと見つけてきてくれれば、部屋の裏のすきまもふさげるけど」

　バーチフォールはうなずき、トードステップをつれてふたたびキャンプを出ていった。

「しっかりふさいでちょうだいね！」壁の向こうから、マウスファーのかん高い声が飛んできた。「ゆうべはすきま風がひどくて、ほとんど眠《ねむ》れなかったのよ」

　ライオンブレイズは笑った。アイヴィーポーがもって帰ってきた太ったミズハタネズミのおかげで、マウスファーは元気を回復したようだ。ライオンブレイズは木の葉をまたすくい取ると、慎重《しんちょう》に枝の上を歩いて部屋の裏へまわった。

「ライオンブレイズはいるか？」ブランブルクローが部屋の入り口に首を突《つ》っこんでいる。

「ここだよ。部屋の裏」ライオンブレイズは木の葉を落として壁から飛び降り、急いで副長のところへ行った。「なに?」

ブランブルクローは部屋の入り口からあとずさった。「狩猟《しゅりょう》部隊を率いてもらいたい」

ライオンブレイズは葉くずがつまったかぎ爪《づめ》を雪でぬぐった。「喜んで。どこへ行けばいい?」

「ウィンド族との境界線近くの森へ行ってみてくれ」

部屋の入り口から、マウスファーの顔がのぞいた。「すきま風対策のほうは、どうしてくれるの?」

「つづきはバーチフォールとトードステップにやらせます」ブランブルクローが答える。

ライオンブレイズは顔をしかめた。「境界線の近くで狩《か》りをして、だいじょうぶかな。ほら、ウィンド族が神経質になっているじゃないか、自分たちもあの森で狩りをするようになってから」

ブランブルクローは鼻を鳴らした。「だからこそ、おれたちの存在を意識させるべきだ。以前、ウィンド族は獲物《えもの》を追って境界線を越《こ》えたことがあっただろう? あんなことを習慣にされたくない」

「そうだね」副長の考えはもっともだ、とライオンブレイズは思った。

「面倒《めんどう》は起こしたくない」ブランブルクローはつづけた。「だが、サンダー族はつねに境界線を見張っているのだということを、ウィンド族にわからせなくてはいけない」

マウスファーがつま先に力をこめた。「どうして、ウィンド族は昔のように荒《あ》れ地だけで狩りをするわけにいかないのかしらね」そういうと背を向け、あたたかい部屋の奥《おく》へもどっていった。まだ、ぶつぶついっている。「ウィンド族が森で狩りをするようになったなんて。つぎは、なに？　シャドウ族が湖で魚を捕《と》るようになるとか？」

マウスファーの姿が見えなくなると、ブランブルクローがふたたび口を開いた。「面倒は起こすな。しかし、遠慮《えんりょ》はするな」

ライオンブレイズは毛を逆立てた。「運がよければ、ウサギが捕《つか》まるよ」ウサギは寒さがきびしくなると、森のなかへ避難《ひなん》してくることがある。

「ああ。ウサギが捕れるといいな」ブランブルクローの視線が獲物置き場へ漂《ただよ》う。そこにあるのは、ネズミとやせたコマドリだけだ。「リーフプールとシンダーハートとダヴポーをつれていけ」副長は命じた。

ライオンブレイズは気が重くなった。シンダーハートのことは、あれから避《さ》けている。なぜ、かのじょに秘密をしゃべっちまったんだろう？　なぜ、かのじょがぼくの話をすんなり受け入れてくれると思いこんでいたんだろう？　というか、どうして受け入れてくれないんだ？　しっぽがぴくぴくする。ぼくはどこも変わっていないのに！　とくべつな能力は、ずっと前からあったのに。ライオンブレイズは空き地の反対側に目をやった。シンダーハートがさっきからあそこでリーフプールとおしゃべりしているのを知っている。シンダーハートがリーフプールになにやら耳打ちしたのが見え、ライオンブレイズはどきんとした。ぼくの秘密をだれかにしゃべったら、どうしよう？　シンダーハートがそんなことをする？

まさか！　ライオンブレイズは不安を振《ふ》り払《はら》った。シンダーハートも変わっていない――いまでもぼくを信用してくれているはずだ。「アイヴィーポーは？」

ブランブルクローは首を横に振った。「まだ、引っかき傷の化のうがおさまらない、とジェイフェザーがいっている。すっかり治るまで、キャンプから出したくないそうだ」

ライオンブレイズはシンダーハートとリーフプールのところへ歩きだし、看護部屋の前を通りすぎざま、ダヴポーを呼んだ。ブライアーライトの話し相手をしにいっていたダヴポーはイバラのカーテンを鼻で押《お》し分けて現れ、追いかけてきた。「なんでしょうか？」シンダーハートとリーフプールのそばに着くと、ダヴポーは息をはずませてきいた。

「ウィンド族との境界線近くへ狩《か》りをしにいく」

リーフプールが立ち上がった。「ついでに、ウィンド族が境界線を越《こ》えていないか調べるんでしょう？」

シンダーハートがのびをした。なめたばかりの毛が乱れている。シンダーハートは首を曲げ、もつれた毛のかたまりを舌でなでつけた。

「では、出発しましょう」リーフプールを見やると、驚《おどろ》いたことに目をあわせてきた。最近、リーフプールはいくらか堂々とふるまうようになった。せっせとジェイフェザーの手伝いを買って出て、助言を受け入れられようがことわられようが、動じない。パトロールでもずいぶんたのもしくなり、たいてい真っ先に獲物《えもの》を捕《と》らえるし、マーキングのにおいが古くなった場所を指摘《してき》したりもする。

ライオンブレイズは顔をしかめた。リーフプールはいま、看護猫《かんごねこ》と戦士のどっちなんだ？　どう接したらいいんだろう？　ライオンブレイズは足踏《あしぶ》みした。ぼくの母として見ればいいのか？　それとも、母の姉？　リーフプールはたしかにぼくを産んでいるが、育ててはいない。ぼくを育てたのは、スクワーレルフライトだ。スクワーレルフライトは、少なくとも仕事の手があいて保育部屋にいるときは、面倒《めんどう》をみてくれた。ライオンブレイズは思い、肩《かた》をすくめた。ぼくの体を洗ってあたためてくれたのは、たいていデイジーとファーンクラウドだった。二匹《ひき》はスクワーレルフライトと同じくらい、そしてリーフプールよりはずっと、ぼくの母親のような存在だ。

「どうしたの？」リーフプールの声に、ライオンブレイズはわれに返った。「行かないの？」

「行きます」

ダヴポーがあくびをしている。

「どうして、おまえはいつもそんなに疲《つか》れているんだ？」ライオンブレイズはかっとなってどなった。

「申しわけありません」ダヴポーは目をぱちくりさせると、あわてて駆《か》けだし、シンダーハートを追ってキャンプを出ていった。リーフプールがあとにつづくと、ライオンブレイズは良心がとがめた。ダヴポーをどなりつけたりするべきじゃなかった。あいつはまだ幼いから、とくべつな能力が体力の負担になっているのかもしれない。

ライオンブレイズは一団の後ろについてキャンプを出た。森のにおいに、不安が吹《ふ》き飛んだ。小道や茂《しげ》みが新雪でなめらかにおおわれ、森はまっさらな状態に見える。ライオンブレイズは思わず童心にかえり、やわらかい雪に真っ先に足跡《あしあと》をつけたくなって、仲間を追い抜《ぬ》き、先頭を歩きだした。シンダーハートとリーフプールとダヴポーは足音もたてずに、静かについてくる。

ふたつのなわばりをへだてる細い小川に近づくと、ライオンブレイズはあたりをかぎ、境界線を越《こ》えてきたウィンド族の猫《ねこ》がいないことを確かめた。小川は雪がつまって凍《こお》った溝《みぞ》と化し、地面が細長くくぼんでいること以外は境界線の目じるしとしての役目を果たしていないが、新鮮《しんせん》なマーキングのにおいがはっきり境界線を示している。ウィンド族とサンダー族の両方のマーキングのにおいが鼻を刺《さ》す。

「わたしとシンダーハートで、イバラの茂みの向こうへ獲物《えもの》をさがしにいきましょうか？」リーフプールがいった。

「ふた組に分かれたほうが、広範囲《こうはんい》をさがせるわ」シンダーハートもいう。

「そうだな」ライオンブレイズはほっとした。「ダヴポーもつれていってくれ」ダヴポーはまた、あくびをしている。こいつといっしょより、ひとりで狩《か》りをしたほうがよさそうだ、とライオンブレイズは思った。

三匹《びき》がイバラの茂みの向こうへ走り去ると、ライオンブレイズは溝のふちに生えたサンザシの低木をかいだ。熱心に獲物をさがしつつ、ウィンド族のにおいを警戒《けいかい》する。

溝の向こう側で、凍った雪を踏《ふ》む音がした。ライオンブレイズは顔を上げた。ブリーズペルトが鼻をフンフンいわせて、小さな足跡をたどっている。その後ろを、父親のクロウフェザーが耳をそばだて、背筋に沿った毛を逆立てて歩いている。

ライオンブレイズは低木の後ろで、さらに低く身をかがめた。二匹はぼくに気づいていない。ライオンブレイズはサンザシの葉のない枝のあいだから、ウィンド族の二匹を見守った。二匹はやせこけ、寒さに震《ふる》えながら、獲物の足跡をたどっていく。姿勢を低くたもとうともしない。このあたりでも、ヒースで身をかくせていると思っているのか？　ばかだな！

頭上の木の枝から、雪がバラバラ落ちてきた。ウィンド族の二匹が目を輝《かがや》かせて見上げた。翼《つばさ》の羽ばたきがきこえ、ツグミが近くにいることが、ライオンブレイズには見なくてもわかった。口をあけると、舌がツグミのにおいにおおわれた。雪がさらに落ちてきたかと思うと、ツグミが羽ばたいて降りてきて、カラマツの松ぼっくりのそばに着地し、松ぼっくりのひだのあいだをつついて虫をさがしはじめた。クロウフェザーとブリーズペルトが動きを止め、体に力をこめた。しっぽの先だけをぴくぴくさせている。ツグミはひたすら松ぼっくりをつついている。

すると、ブリーズペルトがツグミめがけて跳《と》んだ。けった雪が後ろに飛び散る。ツグミはぎょっとした鳴き声をあげ、すごい勢いで飛び立った。すかさずブリーズペルトが前脚《まえあし》をのばして跳《と》び上がり、ツグミを激しくたたく。ツグミははじかれて、溝《みぞ》のこっち側へ飛んできた。

ライオンブレイズは低木の後ろから飛び出し、空中にいるツグミをはたいた。ツグミは地面に落ちた。死んでいる。

「おい、なにするんだ！」ブリーズペルトの怒《いか》りくるったかん高い声が溝の向こう側で響《ひび》いた。「おれのツグミだぞ！」

「ぼくのなわばりに入ってきたんだ」ライオンブレイズは捕《と》らえたツグミの上にかがみこんだ。口につばがわく。ウィンド族の獲物《えもの》がひとつ減り、サンダー族の食べ物がひとつ増えた。

ライオンブレイズはクロウフェザーを見やった。リーフプールに一族を裏切らせた猫《ねこ》。その猫がぼくの父親だなんて、ぜったい認めるものか。ウィンド族育ちのその息子は、自分で捕らえた獲物もしっかりつかんでいられないのか？

「おれがしとめたんだぞ」ブリーズペルトがけんかを売るようにどなる。

「ほんとうか？」ライオンブレイズはあごを上げ、ウィンド族の戦士をにらみつけた。「なら、取りにきたらいい」

ブリーズペルトはしっぽをぴくっと動かすと、ひと跳びで溝を跳び越《こ》え、ライオンブレイズに体当たりしてきた。

　とたんにライオンブレイズの闘志《とうし》がわき上がった。ブリーズペルトに押《お》し倒《たお》されて下敷《したじ》きになったライオンブレイズは毛をふくらませ、戦士が皮膚《ひふ》に爪《つめ》を立てようとした瞬間《しゅんかん》、後ろ脚で立ち上がって、ハエを払《はら》うかのように戦士をはねのけた。それから向きを変えてブリーズペルトの真上に飛びのり、前脚で戦士の体をはさんで押さえこんだ。

「あさましいサンダー族め！」ブリーズペルトは四つの脚をばたつかせて、ライオンブレイズの下からすべり出た。

　ライオンブレイズはひげをぴくぴくさせた。簡単すぎる。ライオンブレイズは片前脚を振《ふ》りかぶると、ブリーズペルトのほおを力いっぱいなぐった。ウィンド族の戦士はよろけて倒れ、それから苦しげに起き上がった。「おれのツグミだ」戦士はどなり、稲妻《いなずま》のような速さで前脚を突《つ》き出して、ライオンブレイズの後ろ脚を払った。

　不意をくらったライオンブレイズは息をのみ、雪のなかに倒れこんだ。ブリーズペルトの歯が肩《かた》に食いこんできた。いきり立ったライオンブレイズは、すべりやすい雪の上で魚がはねるように脚をばたつかせ、足がかりが見つかるなり立ち上がって、ブリーズペルトにがつんともう一発お見舞《みま》いした。雪の上に、血が真《ま》っ赤《か》な雨のように降りかかる。

「やめて！」

リーフプールの悲鳴が凍《こお》った空気を震《ふる》わせた。リーフプールはシンダーハートとダヴポーをつれてシダの茂《しげ》みを駆《か》け抜《ぬ》けてくると、「よく、息子たちのけんかを黙《だま》ってながめていられるわね！」とクロウフェザーに金切り声で叫《さけ》んだ。

クロウフェザーが答えるより先に、境界線の向こうの木陰《こかげ》から、つれあいのナイトクラウドが現れた。黒い毛皮はブリーズペルトとそっくり、うらめしそうに光る琥珀色《こはくいろ》の目も息子と同じだ。「かれの息子は一匹《ぴき》だけよ」憎々《にくにく》しげにいう。「クロウフェザーは、ブリーズペルトだけの父親よ！」

ブリーズペルトが身をかがめた。ふたたび襲《おそ》いかかろうと、毛皮の下の筋肉に力をこめたのがわかった。

「やめなさい！」リーフプールが、ブリーズペルトとライオンブレイズのあいだに飛びこんだ。

ブリーズペルトの突《つ》き出した前脚《まえあし》が、リーフプールのわき腹にまともにあたった。かぎ爪《づめ》が毛皮を切り裂《さ》き、リーフプールを地面に引き倒《たお》す。雪の上にまた、血しぶきがかかった。ライオンブレイズはぎょっと見つめた。すると、ライオンブレイズが動くより早く、すでに溝《みぞ》を越《こ》えてきていたクロウフェザーが息子をリーフプールから引きはがした。

クロウフェザーは息子を獲物《えもの》のようにわきへほうり、リーフプールの上にかがみこんで、うなった。

「きみは、おれじゃなく自分の一族を選んだんだぞ」

リーフプールがクロウフェザーを見上げる。「あなたを愛していなかったからではないわ」

クロウフェザーの目に苦悩《くのう》がよぎった。「かもしれない」うなり声でいう。「けど、一族を捨てるほどではなかったじゃないか」

「その雌猫《めすねこ》から離《はな》れて！」いつの間《ま》にか溝を越えてきていたナイトクラウドが、クロウフェザーの毛皮に爪を立て、リーフプールから引き離した。

クロウフェザーは鋭《するど》くうなり、つれあいに襲いかかろうとした。ブリーズペルトが、やめてくれと叫んで両親のあいだに飛びこんだ。ライオンブレイズは吐《は》き気《け》がした。こいつはぼくのきょうだいだ。きょうだいを敵にまわすなんて、できない。

ブリーズペルトがしっぽをふくらませ、歯をむいて父親と向きあった。「母さんに手を出すな」ツグミのことはもう、忘れ去られている。今度は流される血ではなく、体のなかを流れる血、血筋という問題がもち上がってしまった。

ライオンブレイズは耳がゆれるほど激しく首を振《ふ》った。こいつらはぼくの身内じゃない。二、三歩離れたところで、リーフプールが体を起こして立ち上がった。ライオンブレイズはリーフプールをにらみつけた。この猫が悪いんだ。こんな面倒《めんどう》なことになったのは、この猫のせいだ。そう思いながらも、リーフプールの悲しげな目を見たとたん、リーフプールの苦悩を自分のことのように感じて、胸が痛んだ。この猫は、だれよりも苦しんだんだ。

クロウフェザーがうなってブリーズペルトに背を向け、溝《みぞ》を跳《と》び越《こ》えてウィンド族のなわばりにもどった。「早く来い。そのちっぽけな鳥はサンダー族にくれてやれ。それがないと、サンダー族は飢《う》え死にしちまうんだろうから」

ブリーズペルトは父親を追って、こそこそ歩きだした。通ったあとに細い血の筋が残る。

ライオンブレイズは毛をふくらませた。引っかかれた感覚もなく、どこも痛くもなんともない。部族猫《ぶぞくねこ》と戦うのは、やめるべきだろうか？「なんか、ずるい感じ」ダヴポーの言葉を思い出した。ぼくのとくべつな力は、〈暗黒の森〉の戦士たちと戦うときまでとっておくべきかもしれない。

ナイトクラウドが溝を跳び越えたかと思うと、ちょっと立ち止まって振《ふ》り返った。「つぎに会ったときはずたずたにしてやるから、おぼえていらっしゃい！」

ダヴポーが前へ飛び出した。「ブリーズペルトがはじめたのよ！」

「お黙《だま》りなさい」シンダーハートがダヴポーを境界線から引きもどし、ライオンブレイズのそばを通りすぎざま小声でいった。「あの雄猫《おすねこ》とは戦わないほうがよかったかも」

ダヴポーがぴくりと耳を立てた。「どうしてですか？」

ライオンブレイズは顔をしかめ、「獲物《えもの》は捕《つか》まえたのか？」と弟子に鋭《するど》くきいた。

「まだです」ダヴポーはしっぽをピシッと振った。

「なら、さっさと狩《か》りをはじめろ」

ダヴポーが不機嫌《ふきげん》に足を踏《ふ》み鳴らして歩きだすと、ライオンブレイズはリーフプールのほうを向いた。

「キャンプにもどって、ジェイフェザーにけがの手当てをしてもらったほうがいいですよ」

リーフプールは境界線から目を引きはがして、うなずいた。

ライオンブレイズは、ダヴポーとリーフプールがイバラの茂《しげ》みの向こうに消えるのを待ち、それからうなり声でシンダーハートにきいた。「なぜ、ウィンド族の猫のことなんか気にするんだ？」

「重傷を負わせていたかもしれないからよ！」

ぼくがそんなことも考えなかったと思うのか？「自分のやっていることぐらい、わかっているよ！」

ライオンブレイズはどなった。「ぼくを凶暴《きょうぼう》なキツネといっしょにしないでくれ！」

シンダーハートはうつむいて、ぼそぼそいった。「ごめんなさい。どう対応したらいいのかわからなくて。とくべつな力をもったあなたのせいよ。なにもかも変わってしまったのは、あなたのせい」

ライオンブレイズはシンダーハートを見つめた。疲労感《ひろうかん》が黒い波のように襲《おそ》ってきた。「いいや。とくべつな力をもつことは、ぼくが生まれるずっと前から決まっていたんだ」ため息まじりにいい、背を向けて歩きだした。「狩りをして、キャンプにもどろう。一族が腹をすかせて待っているよ」

ライオンブレイズは後ろに下がってながめていた。グレーストライプが舌なめずりしながら、獲物《えもの》置き場のまわりをぐるぐる歩いている。ライオンブレイズたちはウサギ二匹《ひき》とツグミとライチョウ一羽《わ》をもって帰った。

「もっとウィンド族との境界線で狩《か》りをするようにしよう」灰色《はいいろ》の戦士はのどを鳴らした。

ベリーノウズが口をあんぐりあけた。「ひさしぶりに、獲物が山になってる！」

ライオンブレイズは空き地の反対側を見つめた。狩りはうまくいったが、心の痛みは少しも癒《いや》されない。

あれから、シンダーハートは目もあわせてくれず、リーフプールはだれとも口をきいていない。サンドストームがせきこんでいるのが見える。ショウガ色の戦士は地面に半分埋《う》まった岩の横にファイヤスターとすわっており、そばにいるブライトハートに説得されている。「ジェイフェザーにみてもらったほうがいいですってば」

「いいえ、ほんとうにだいじょうぶ。雪を吸いこんじゃっただけだから」サンドストームはいい張る。

ブライトハートがサンドストームのまわりをぐるっとまわった。「雪くらい、だれでも吸いこんでいます。でも、せきこんでいる者はほかにはいません」心配そうにいう。

ファイヤスターがつれあいの体をかいだ。「ジェイフェザーの診察《しんさつ》を受けたほうがいいかもしれないな」

ブライトハートがうなずいた。「ホワイトコフっぽいですもの」そういったとたん、ファイヤスターにじろっとにらまれ、しっぽをぴくぴくさせた。「もし、ほんとうにホワイトコフなら、みんなに注意を呼びかけないと」

ファイヤスターが身をのり出した。「声を落とせ！」一族によけいな心配をさせたくないのだ。

「ジェイフェザーを呼んできます」ブライトハートはきっぱりいうと、看護部屋へ急いだ。

「ごくろうさん、ライオンブレイズ」ブランブルクローが獲物の山をかいだ。「まず、ポピーフロストと子どもたちに食べさせよう」

「ブライアーライトにも」ミリーがつけ足した。

ライオンブレイズはうわの空で、ウサギを前脚《まえあし》でころがした。「これだけあれば、全員に行きわたるよ」

ジェイフェザーがブライトハートのあとについて看護部屋から現れ、サンドストームのそばで止まって、戦士の上にかがみこんだ。

ライオンブレイズは獲物置き場を離《はな》れて弟に近づき、小声できいた。「ホワイトコフか？」

「しーっ！」ジェイフェザーはサンドストームのわき腹にぐっと耳を押《お》しつけ、しっぽを震《ふる》わせたかと思うと、しゃんと体を起こした。「安静にしてください。そして、体を冷やさないように」

ブライトハートがそわそわ足踏《あしぶ》みした。「じゃ、やっぱりホワイトコフなのね」

「かもしれません」ジェイフェザーはサンドストームの耳に肉球をあてた。「ナツシロギクのたくわえがまだあるか、見てみます」

ライオンブレイズはすわった。枯《か》れ葉の季節に入ったばかりだというのに、早くもホワイトコフにかかる者が出るとは。蔓延《まんえん》したら、どうしよう？　目のはしに、薄茶色《うすちゃいろ》の毛皮が見えた。リーフプールが母親に駆《か》け寄ってきた。

「サンドストーム、どうしたの？」リーフプールはかがんで母親の息をかぎ、ジェイフェザーを見上げた。

「ヨモギギクが必要だわ。さがしてくる」

「きょうはもう遅《おそ》いから、朝まで待ったらどうだ？」ファイヤスターがリーフプールの背中にしっぽをのせた。

「それに、ヨモギギクなんて、どこに生えているというの？」ブライトハートが絶望的という表情で首を振《ふ》った。「もう、何日もさがしまわっているけれど、見つからないわ」

「だれも住んでいない〈二本足〉の家のそばの、ジェイフェザーの薬草畑に生えているんじゃないですか？」ライオンブレイズはいった。

ジェイフェザーが身をこわばらせた。

「採《と》ってくるわ！」リーフプールがファイヤスターのしっぽを振りほどいた。

「繊細《せんさい》な薬草なんです」ジェイフェザーがどなった。「いま採ってしまうと、根が死んで、二度と育たないかもしれません」

リーフプールはきっと振り向いて、ジェイフェザーをにらみつけた。「採らなかったら、サンドストームの病気が悪化するかもしれないのよ！」

「サンドストームはたくましいので、ヨモギギクは必要ないと思います」ジェイフェザーがいい返す。

「危険を冒《おか》したくありません」

「なんの危険？」リーフプールが食ってかかる。「ヨモギギクのこと？　それとも、サンドストームの命？」

ファイヤスターが進み出た。「まだ、そこまで深刻ではない」

ジェイフェザーは見えない目をリーフプールにすえたままだ。「ヨモギギクが必要かどうかは、ぼ、ぼくが判断します。看護猫《かんごねこ》はぼ、ぼくです」

あたりがしんとなった。険悪な雰囲気《ふんいき》のなか、ライオンブレイズはははらはらした。脚《あし》の下で雪がきしむ。

「わかったわよ」リーフプールがついに口を開いた。「森のなかでさがすわ」そういうと、ぷいと背を向け、不機嫌《ふきげん》な足取りで歩きだした。

「朝まで待て！」ファイヤスターが後ろから叫《さけ》ぶ。

リーフプールはちょっとためらったのち、戦士部屋へ向かい、なかに消えた。

「境界線に侵入者《しんにゅうしゃ》の形跡《けいせき》はなかったか?」

「は?」ライオンブレイズは顔を上げた。ファイヤスターがこっちを見ている。小ぜりあいがあったことを報告するのを忘れていた。「ウィンド族の一団に出くわしました」

ファイヤスターは顔をしかめた。「境界線を越《こ》えてきたのか?」

ライオンブレイズは一瞬《いっしゅん》とまどった。たしかに、越えてきた。けどそれは、ぼくが腹ちがいのきょうだいをけしかけたからだ。なんと説明すればいいんだろう? 「境界線を越えてきた獲物《えもの》のことで、ちょっともめました」ようやく、そういった。「けど、大ごとにはなりませんでした」

「その獲物はだれが勝ち取ったんだ?」ファイヤスターがきく。

「ぼくです」

サンドストームがまた、せきこみはじめた。ファイヤスターがつれあいの体にしっぽをまわし、「そういう争いはめずらしくない」といってから、つれあいのほうを向いた。

そんな単純な問題ならいいのに! ライオンブレイズは思い、目を閉じた。きょうの小ぜりあいは、獲物とか飢《う》えとか狩猟権《しゅりょうけん》をめぐるものではない。あんなことになったのは、ふたつの部族の複雑な血縁《けつえん》関係のせいだ。複雑な血縁関係は、部族間だけでなく部族仲間のあいだにも影響《えいきょう》をおよぼし、仲間同士で敵意をいだかせ、部族を内側から弱くする原因となっている。

イエローファングのいうとおりかもしれない。部族はそれぞれ単独で行動するほうがいいのかも。あんな危険な敵に立ち向かうのだ。決戦では、よけいなことに気をとられて集中力を欠くわけにはいかない。

第19章

雪の重みで、長老たちの部屋の屋根がきしんだ。ジェイフェザーはびくっとし、「つぶれないでくれ」とつぶやいた。

「昔の部屋だったら、ぺしゃんこになってただろう」そばで、パーディーの毛皮が樹皮をかすった。「けど、この部屋は、ブナノキの枝のまわりにスイカズラをからめてあるから頑丈《がんじょう》だ。くぼ地いっぱいに雪が降り積もっても、もちこたえるよ」

マウスファーが寝床《ねどこ》で寝返りをうった。「わたしが心配なのは、雪解けよ。いまはまだ、雪はかたまっているからいいけれど、屋根のすきまからしたたりはじめたら――」

パーディーがしっぽをシュッと振《ふ》って、さえぎった。「雪が解けはじめたら、そりゃぬれるさ。枯《か》れ葉の季節はいつもそうじゃないか。野生の暮らしをする猫《ねこ》は、体がぬれるものだ。きみたちを守ってくれるスター族でも、それは変えられない」

ジェイフェザーは鼻づらでマウスファーの鼻づらに触《ふ》れた。「じっとしてください」身を引いたマウスファーにいい、長老の息をかいだ。すっぱいにおいはせず、鼻も冷たい。胸に耳をあてると、ぜいぜいいう音がきこえた。病気なのか、たんに高齢《こうれい》のせいなのか、判断しかねる。しかし、もう昼だというのに、マウスファーはまだ寝床にいる。「ほんとうに、のどの痛みはありませんか？」ジェイフェザーはもう一度きいた。

「ええ、ほんとうよ」マウスファーはうなり声で答えた。

「関節の痛みは？」

「いつもと変わらないわ」

ジェイフェザーは顔をしかめた。なぜ、けさは、モウルキットとコケのかたまりで遊んでやりたがらなかったんだろう？　ジェイフェザーはパーディーのほうを向いた。「マウスファーがまたせきをしはじめたら、知らせてください」

「ああ、すぐおまえさんを呼びにいくよ」パーディーは約束した。

ジェイフェザーはスイカズラのつるを鼻で押《お》し分け、空き地をおおう雪に肉球が触れたとたん、ぶるっと震《ふる》えた。ライオンブレイズたちが大量に獲物《えもの》をしとめてきてくれたおかげで、一族は何日も食うに困らずにすんだが、もう、獲物置き場は悲しいほどからっぽだ。そんな状況《じょうきょう》のなか、サンドストームのホワイトコフが一族に広まりはじめた。まず、せきをしはじめたので床《とこ》につかせたバンブルストライプが、夜中になって熱を出した。と思ったら、ポピーフロストに伝言をたのまれたブラッサムフォールが看護部屋にやってきて、「チェリーキットが熱を出したそうです」と知らせた。

「マウスファーの診察《しんさつ》を終えたらすぐ行く、と伝えてくれ」

ソーンクローの率いる一団がキャンプを出ていくと、ジェイフェザーは、ポピーフロストが心配過剰《かじょう》なだけであることを祈《いの》りながら、保育部屋へ向かった。すると、途中《とちゅう》でかすれた息づかいがきこえ、ジェイフェザーは立ち止まった。「マウスウィスカーか？」

「ああ」空き地のはしから、かすれた声が返ってきた。

「寝床《ねどこ》へ行って、待っていてくれ」戦士が反論する前に、ジェイフェザーはまた歩きだした。言い争いをしているひまはない。病気が広まりつつあるのだ。サンドストームはすでに看護部屋に移ってもらっている。ファイヤスターのそばにいられては困るからだ。族長は健康でいてくれなくては。ジェイフェザーは心のなかで祈った。どうか、看護部屋にいるブライアーライトに病気がうつりませんように。

「ジェイフェザー！」保育部屋の入り口からポピーフロストが呼んだ。部屋のあたたかい空気に包まれたとたん、ジェイフェザーの背中に小さなかぎ爪《づめ》が刺《さ》さった。

「下りなさい、モウルキット！」寝床からデイジーのきびしい声が飛んできた。

モウルキットはジェイフェザーの背中からすべり下りた。「敵に飛びかかる練習をしてただけなのに！」

「練習は外でしなさい」ポピーフロストがジェイフェザーの横をすり抜《ぬ》けた。

「チェリーキットもいっしょに行っていい？」とモウルキット。

ジェイフェザーは子猫《こねこ》をぽんとたたいた。「あとでな。診察が終わってからだ」

モウルキットが部屋からころがるように出ていくと、ポピーフロストがジェイフェザーに耳打ちした。

「熱っぽいの」

ジェイフェザーは寝床の上にかがみこみ、チェリーキットの小さな鼻づらに自分の鼻づらを触《ふ》れた。

「少し熱をおびているな」子猫の胸に片耳をあてる。「けど、呼吸は問題なさそうだ」

「なんともないってば」チェリーキットがかん高い声でいった。「モウルキットと遊びにいってもいい？」

「薬草を与《あた》えなくてだいじょうぶ？」ポピーフロストが不安そうにきく。

「ああ、まだ必要ない」ジェイフェザーは答えた。乏《とぼ》しいたくわえをできるだけ長くもたせたい。「モウルキットと雪のなかで遊ばせるといい」

「外で？」ポピーフロストは息をのんだ。

「体温を上げすぎないようにするのが、なによりだ。呼吸に問題がないかぎり、雪に熱を下げてもらえばいい」ジェイフェザーはチェリーキットを鼻でつついて、寝床から出した。「少しでも気分が悪くなったら、部屋にもどって休め」子猫《こねこ》にいい、ポピーフロストに向きなおった。「せきをしはじめたり、息がぜいぜいいいだしたりしたら、呼んでくれ」

ジェイフェザーは保育部屋をあとにし、サンドストームのようすをみに看護部屋へもどった。「具合はいかがですか？」間《ま》にあわせの寝床《ねどこ》にかがみこんで、きいた。

「少しよくなったわ」サンドストームは答えた。

戦士の耳に肉球をあてると、前よりも熱い。ジェイフェザーは不安になり、寝床を離《はな》れて、薬草置き場から薬草を引っぱり出しはじめた。どこかに、ナツシロギクがまだあるはずだ。干《ひ》からびた葉が見つかり、においをかいでみた。だめだ。ジェイフェザーはがっくりきた。せきに効くものはなにもない。

イバラのカーテンがかさこそ鳴り、新鮮《しんせん》な薬草のにおいが鼻をついた。ノコギリソウか？

「これを置き忘れてましたよ」部屋の入り口でローズペタルのくぐもった声がし、薬草の葉がパサッと地面に落ちる音がした。

ほんとうに、ノコギリソウだ！　初霜《はつしも》に耐《た》えられるはずはないのに。

ジェイフェザーは急いで葉の束をかぎにいった。「どこで見つけたんだい？」そばに、ほかの薬草も生えているかもしれない。

「キャンプの外の、イバラの茂《しげ》みのそばにあったんです」とローズペタル。「ジェイフェザーが落としたのかと思ったんですけど」

ジェイフェザーは顔をしかめた。「ぼくじゃない」

「じゃ、ほかのだれかが落としたんでしょう」ローズペタルがノコギリソウに触《ふ》れたらしく、きつい香《かお》りがあたりに漂《ただよ》った。「リーフプールかもしれませんね」

「かもな」リーフプールはこのところ、毎日のように薬草をもとめて森をさがしまわっている。疲《つか》れ果てていて、もって帰る途中《とちゅう》でいくつか落とし、それきりそのことを忘れてしまったのかもしれない。「お礼をいってくる」ジェイフェザーはローズペタルをかすめて通り、イバラのカーテンを押《お》し分けた。

リーフプールは保育部屋の前でころがって、子猫たちと遊んでやっている。毛皮から森のにおいは漂ってくるが、ノコギリソウのにおいはしない。

「ありがとうございました！」ジェイフェザーは空き地を横切り、大声で礼をいった。

リーフプールは動きを止めた。「なんのこと？」

「薬草のお礼です」

「薬草？」

「ノコギリソウの葉ですよ」ジェイフェザーはいった。「ローズペタルがキャンプの外に落ちているのを見つけたんです。あなたが採《と》ってきて、あそこに落としてしまったんじゃないかと」

「わたしじゃないわ」リーフプールはしっぽの先で地面の雪を払《はら》いながらやってきた。「ほかの猫《ねこ》じゃない？」

ジェイフェザーは体を後ろへひねり、「ローズペタル！」と看護部屋に向かって呼びかけた。

若い戦士は部屋から飛び出してきた。「なんでしょうか」

「ノコギリソウの落ちていた場所へ案内してくれ」

ローズペタルはジェイフェザーをつれてイバラのトンネルを抜《ぬ》けると、「ここです」と、キャンプと森のあいだのせまい空き地で止まった。

ジェイフェザーは地面をかいだ。かぎ取れるのはノコギリソウと雪のにおいだけで、猫のにおいはしない。

「きっと、戦士のだれかが薬草を見つけて、なにかに役立てられたらと思って採《と》ってきたんですよ」とローズペタル。「パトロール中だったから、あとでジェイフェザーに知らせようとして、それきり忘れちゃったとか」

「かもな」ジェイフェザーは肩《かた》をすくめた。「もし、だれも名のり出てくれなかったら、ファイヤスターに知らせて、つぎの一族の集会で、見つけてくれた者にお礼をいってもらうことにしよう」そういうと、好奇心《こうきしん》を押《お》しやり、キャンプへもどろうと歩きだした。

「ジェイフェザー！」

ソーンクローの大きな呼び声に、ジェイフェザーは足を止めた。「なんですか？」あたりをかいでみる。「モスウィング？」ソーンクローとスパイダーレッグがリヴァー族の看護猫をつれて坂をくだってきた。

「湖岸で会ったんだ」とソーンクロー。「おまえに話があるそうだ」

モスウィングは鼻を鳴らし、つきそってきたサンダー族の二匹《ひき》から離《はな》れた。「ご案内、ありがとう」ぼそっという。「でも、ひとりでも来られたと思うわ」

スパイダーレッグが毛を逆立てた。「なんだよ、親切のつもりでやったのに」

「モスウィングは感謝していますよ」ジェイフェザーはしっぽを振《ふ》っていうと、スパイダーレッグのそばを通りすぎて、モスウィングをつついた。「湖岸へ行きましょう。看護部屋はこみあっているので」

「病気がはやりだしたの？」モスウィングがあとから坂をのぼってくる。

「ホワイトコフです」ジェイフェザーはモスウィングの魚くさい息に、鼻にしわを寄せた。「いまのところサンドストームだけですが、もしかしたら、ほかの三匹も」

モスウィングがため息をつくのをきいて、ジェイフェザーは、スター族が地上の四つの部族を分断させようとしていることを教えようかと思った。どうせ、モスウィングはスター族とかかわりがないのだから、教えてもかまわないだろう。この猫には、スター族の力はおよばないのだ。けど、イエローファングの言葉が頭から離れない。見せられた光景も。

「ブライアーライトの具合はどう？」モスウィングがきいた。

「胸は悪くせずにすみました」

「それはよかったわ」

「どの戦士にも負けないくらい、前脚《まえあし》がたくましくなりました」ジェイフェザーはつづけた。「この調子で鍛《きた》えつづければ、もっと強くなるでしょう」

「長くつらい道を歩むことになったわね」とモスウィング。

「ほかの道を知らなければ、そんなにつらくないと思います」坂をのぼりきると、湖から吹《ふ》いてくる風で鼻が痛くなった。ジェイフェザーは足を速めて森を出ると、湖へくだる雪におおわれた坂を駆《か》け下りた。つねにモスウィングの二、三歩先を歩きたかった。そうでないとつい、いつもの仲間意識をおぼえてしまいそうだ。

土手を勢いよく駆け下りると、深い雪に飲みこまれ、ぎょっとした。雪は湖岸に畝《うね》のように積もっている。冷たいかたまりを吸ってしまったジェイフェザーはせきこみ、くしゃみをしながら、凍《こお》った水ぎわへ向かって苦労して進んだ。ようやく吹きだまりから解放されると、「早く雪解けにならないかな」と早口でいった。

モスウィングは吹きだまりをのしのし越《こ》えてきて、ジェイフェザーのそばにすわった。「日に日に寒さが増すばかりよ。子猫《こねこ》たちが氷の上で遊ばないように見張るのがたいへん。きのうは、足首をねんざした子を三匹《びき》も手当てするはめになったわ」

ただ子猫たちの話をしにきただけなのか？　ジェイフェザーはモスウィングの心のなかに意識を漂《ただよ》わせた。モスウィングの心のなかはからっぽのようだ。時間のむだだ。「用件はなんでしょうか？　一日じゅう、おつきあいするひまはないので」

モスウィングはのどを鳴らした。「相変わらず、無愛想ね」そういうと雪をかき、声を落とした。「ウィロウシャインからきいたのだけれど、今後ほかの部族の看護猫たちとは口をきかないように、とスター族からお達しがあったそうなの」

「ならなぜ、ぼくと口をきくんですか？」

「あなたにも同じお達しがあったかどうか、知りたくて」

意識のはしに突然《とつぜん》、毛のもつれたイエローファングの姿がちらちら現れた。年老いたもと看護猫がそばにいるのを感じて、ジェイフェザーはぞくっとした。「スター族になんといわれたかは、教えられません」うなり声でモスウィングにいった。

「じゃ、同じお達しがあったということね！」

ジェイフェザーがいい返したいのをこらえると、モスウィングはつづけた。「わたしと口をきくなといわれたから、教えてくれないのね！」しっぽが雪をかする。「湖に飛びこめとスター族にいわれても、したがうの？」

ジェイフェザーは毛を逆立てた。「それとは、話がちがいます」

「そうかしら？」モスウィングが顔を寄せてきた。「部族仲間を救うためにほかの部族の力を借りたことは、数えきれないほどあるでしょう？」

ジェイフェザーは肩《かた》をすくめた。

「部族というものが生まれたころからずっと看護猫《かんごねこ》がしてきたことを、スター族はやめさせようとしているのよ。部族猫たちに、死ねといっているようなものだわ。スター族はどうかしちゃったの？」

「よけいなことをしゃべるんじゃないよ」ジェイフェザーの耳に、イエローファングのかすれ声が響《ひび》いた。「黙《だま》っていないと、四つのすべての部族が闇《やみ》に葬《ほうむ》られることになる」

「スター族のおっしゃることには、それなりの理由があるんです」ジェイフェザーはぼそっといった。

「どんな理由？」モスウィングがうなった。魚くさい息がジェイフェザーの顔にかかる。「知らないんでしょう？」

ジェイフェザーは身を引いた。「教えられません」

「なにかがおかしいときは、感覚でわかる」とモスウィング。「看護猫のおきては、戦士のおきてとはちがって、境界線を越《こ》えたものでしょう？　わたしたちにとっては、どの猫もただの猫——同じ生きる権利をもつ者。わたしたちは看護猫になるとき、すべての猫を分けへだてなく保護することを、誓《ちか》ったじゃない」

「なら、自分の部族仲間を保護すればいい」ジェイフェザーはどなり返した。「ぼくの一族のことはほっといてください」

「サンドストームのホワイトコフが悪化してグリーンコフになったら、どうするの？」モスウィングがまた鼻づらを寄せてきた。「スター族にそうしろといわれたら、見殺しにできるの？」

「スター族のおっしゃることには、それなりの理由があるんです」ジェイフェザーは雪に爪《つめ》を立てた。

「ただの、亡《な》くなった戦士たちよ！」モスウィングはどなった。「死んだとたんに、みんな勇敢《ゆうかん》で賢《かしこ》くなるとでも思っているの？　生前と変わらずおろかであやまった判断をする者もいるかもしれない、とは思わない？」

イエローファングのくさい息のにおいがし、ジェイフェザーは鼻にしわを寄せた。もと看護猫のもつれた毛がからまってくるのを感じる。イエローファングは、スター族に仲間入りしてからも、なにも変わらない。けど、おろかではない。ジェイフェザーはのどの奥《おく》でうなり、激しくいった。「あなたはスター族の戦士に会ったことがないんでしょう？　いいかげんなことをいわないでください」

「スター族のいうことだって、無責任だわ！」

そばでイェローファングがうなった。「モスウィングは生まれながらの大ばかだ。きっと、ばかのまま死ぬよ」

ジェイフェザーはモスウィングに背を向け、歩きだした。「ぼくを説得しようとしたって無理ですよ」

モスウィングはもどかしげにゆっくり息を吐《は》くと、「はいはい、わかったわよ！」とあわてて追いかけてきた。け散らす雪がジェイフェザーにかかる。「ホワイトコフの治療《ちりょう》に使う薬草、いらない？ヨモギギクとイヌハッカなら、わたしのところにあるわ——たくさんはないけれど、もし困っているのなら、分けてあげられるわよ」

「けっこうです」ジェイフェザーは意地を張ってことわり、土手をのぼった。

モスウィングは後ろで止まった。「必要になったら、いつでもいらっしゃい」

「だいじょうぶです」ジェイフェザーは坂をとぼとぼのぼりはじめた。湖岸の雪がサクサク鳴り、モスウィングがウィンド族との境界線の方向へ引き返していくのがわかった。

冷たい風がジェイフェザーの毛を引っぱる。「これでご満足ですか？」うなり声でイェローファングにきいたが、年老いた看護猫《かんごねこ》はもう姿を消していた。

ジェイフェザーは駆《か》けだし、坂をのぼって森に入った。無意識にキャンプへつづく道をたどり、冷気のなかに白く息を吐き出すたびに、息苦しさが増す。ようやくイバラのトンネルの外に着くと、息を切らして急停止した。

トンネルを抜《ぬ》けると、ポピーフロストが駆け寄ってきた。「チェリーキットが息できないの！」

ジェイフェザーは母猫を押《お》しのけ、急いで空き地を横切った。保育部屋の前で子猫が雪をかいている音がする。

デイジーが不安を発している。「あなたの指示どおり外で遊ばせていたら、ぜいぜいいいはじめたの」

ジェイフェザーは雪をかいているチェリーキットをしっぽでぽんとたたいて、おとなしくさせ、わき腹に耳をあてた。息を吸いこむたびに、胸のなかに雑音が響《ひび》く。「せきはしていましたか？」

「ええ、少し」母猫が答える。

「部屋のなかへつれていってください」

「新鮮《しんせん》な空気を吸わせなくていいの？」デイジーがきく。

「とりあえず、休ませることです」ジェイフェザーはチェリーキットを母親のほうへ押した。「この子の毛をなめて、湿《しめ》らせてください。体を冷やしてやるんです」

ポピーフロストは怒《おこ》ってわめくチェリーキットをくわえて、保育部屋のせまい入り口をくぐった。

ジェイフェザーが看護部屋へ向かうと、デイジーが駆け足で追ってきた。「あの子に薬草は？」

「症状《しょうじょう》がもっと悪化したら、与《あた》えます」

「どうして、いますぐ与《あた》えないの？」

ジェイフェザーは振《ふ》り向き、「たくわえが乏《とぼ》しいんです」と押《お》しころした声で答えた。

「ローズペタルがもってきたあの薬草は？」

「あれはノコギリソウです。解毒《げどく》作用しかありません」

「だれがあの薬草を見つけたのか知らないけれど、ヨモギギクやイヌハッカも見つけてくれないかしらね」

「だれかわかったら、きいてみます」ジェイフェザーはいった。サンドストームのようすをみに、早く看護部屋にもどりたい。

「チェリーキットがどうかしたの？」ソーレルテイルが駆《か》け寄ってきた。

「ちょっとぜいぜいいっているだけです」ジェイフェザーはいった。

「チェリーキットが病気にかかったんですか？」ダヴポーの声に、ジェイフェザーはいら立った。見習いは、腐《くさ》ったようなすっぱいにおいのリスを落として、そばへやってきた。

「ちょっとぜいぜいいっているだけだ！」ジェイフェザーはくり返した。

デイジーのしっぽがシュッと鳴った。「さっきは、せきこむマウスウィスカーを寝床《ねどこ》へ追い立てていたわね」

「バンブルストライプも夜中にせきこんでいたわ」ソーレルテイルがいいそえる。

そばで、リーフプールの声がした。「サンドストームは朝から看護部屋を出てこないの」

一族全員が集まってくる気か？　ジェイフェザーはしっぽを激しく振った。「心配しないでください！　ぼくが――」

ダヴポーがさえぎった。「シャドウ族にグリーンコフの患者《かんじゃ》がいます」

リーフプールの呼吸が速くなった。

「グ、グリーンコフ？」デイジーのささやくような声がきこえた。

ジェイフェザーはダヴポーのほうへ鼻づらを突《つ》き出した。「大勢なのか？」

ダヴポーは脚《あし》をもぞもぞ動かした。肉球が雪をかする。「リ、リトルクラウドだけです」急に口ごもる。

「ほかにはいないな？」ジェイフェザーは念を押した。ダヴポーはシャドウ族のキャンプに感覚を漂《ただよ》わせて、ようすをさぐっていたにちがいない。仲間やほかの部族の猫《ねこ》たちをスパイすることを、ダヴポーがどんなに後ろめたく思っているかはわかっている。

「いません」

「よかった」ジェイフェザーはしっぽをピシッと振った。どうして、ダヴポーにシャドウ族のことがわかったのか不思議がられないうちに、みんなの気をそらさなくては。「ソーレルテイルといっしょに、チェリーキットの体を冷やすための水をふくませたコケのかたまりを取ってきてもらえますか？」デイジーにいった。「それからダヴポー、だれかがつまずかないうちに、そのくさいリスを獲物《えもの》置き場に置いてこい」

見習いに命じると、ジェイフェザーは看護部屋へ向かった。

リーフプールが追ってきた。「どうするつもり？」

「なにをですか？」

リーフプールはぴたりとついてくる。「リトルクラウドのこと」

「スター族に祈《いの》ります」

「それだけ？」

「ほかに、どうするんですか？」

「助けるのよ！」リーフプールは鋭《するど》い声でいった。

「なぜ？」

「あなたは看護猫《かんごねこ》でしょう！」

ジェイフェザーは止まって振《ふ》り向き、リーフプールと顔を突《つ》きあわせた。ほかの部族の看護猫たちとのきずなを断て、とぼくがスター族に命じられたことを、リーフプールは知らない。けど、教えるつもりはない。リーフプールは看護猫の仕事から身を引いたとき、スター族と対話する権利も放棄《ほうき》したのだ。とはいえ、リーフプールの気持ちはわかる。ぼくも、リトルクラウドとはこれまで〈月の池〉でずいぶんおしゃべりをしてきて、友だちのきずなが生まれている。ジェイフェザーは声を落とした。「自分の部族に病気の者がこんなにいるんです。ほかの部族の心配までする余裕《よゆう》はありません。薬草のたくわえも底をつきそうです。最後のひとかけらまで、部族仲間の治療《ちりょう》に必要です」

リーフプールはなにもいわない。黙《だま》りこまれ、ジェイフェザーはいらいらした。「なにかしたくても、どうしようもないんです」リーフプールに背を向け、看護部屋へ歩きだした。

スター族にそうしろといわれたら、見殺しにできるの？　モスウィングの言葉が耳によみがえる。

リーフプールの視線で毛皮が焼けそうだ。リーフプールの思いが、夢のなかの景色のようにはっきり見える。その思いは、ぼくが大事に育てている、古い〈二本足〉の家のそばの薬草畑にじっと向けられている。リトルクラウドを助けるために、あの薬草を盗《ぬす》むつもりか？

まさか！

しかし、油断はできない。リーフプールとリトルクラウドのつきあいは長く、深い。看護部屋へ向かっていたジェイフェザーは向きを変え、あたりをかいだ。ハイレッジの下で、ブランブルクローがスパイダーレッグとベリーノウズと話している。

「ブランブルクロー！」ジェイフェザーは副長のそばへ行った。

「なんだい？」

「お願いしたいことが」ジェイフェザーは声をひそめた。

「どんなことだ？」副長も声を落とす。

「キャンプに病気が発生した。まだホワイトコフだけだけど、じゅうぶん深刻だ。ぼくが大事にしている薬草畑はこれまで以上に貴重だから、見張りを立ててほしいんだ」

「見張り？」ブランブルクローの声が驚《おどろ》きで高くなる。「薬草を盗《ぬす》もうとするやつがいるとでも？」

「シャドウ族でも病気が発生しているんだ。シャドウ族はぼくの薬草畑のことを知っている。ほら、あそこの薬草を手に入れようと、なわばりを広げる計画を立てていたじゃないか」

ブランブルクローのしっぽがシュッと空《くう》を切った。「あれは、アイヴィーポーの見た夢の一部だ」うなり声でいう。

「そうだよ」ジェイフェザーはいった。アイヴィーポーの見た夢はスター族の猫《ねこ》から送られたものではなかったかもしれないが、無意味だったとはいえない気がする。「それに、森にあふれる飢《う》えた獲物《えもの》が、みずみずしい薬草をちょうだいしにくるかもしれない」

「ベリーノウズ！　スパイダーレッグ！」ブランブルクローは二匹《ひき》の戦士に声をかけた。「古い〈二本足〉の家のそばにある、ジェイフェザーの薬草畑を知っているな？」

「ああ」とスパイダーレッグ。

「あの薬草畑を昼夜、見張ってもらいたい」

ジェイフェザーは進み出た。「猫も獲物もいっさい近づけないでください。とても貴重な薬草なので、ぜったいに失いたくないんです」

「安心しろ。しっかり守るよ！」ベリーノウズがさっそく駆《か》けだした。

「日暮れに、交代要員を送るよ」空き地を駆け抜《ぬ》ける二匹の戦士の後ろから、ブランブルクローが叫《さけ》んだ。

ジェイフェザーは目を閉じた。〈暗黒の森〉が力を増しつつあり、スター族の猫たちはおびえている。そして今度は、部族仲間を信用できなくなった。脚《あし》の下で地面がぐらりとゆれた気がした。

「しっかりしなくちゃ」ジェイフェザーはつぶやいた。「気丈《きじょう》でいなくちゃ」

第20章

ダヴポーは溝《みぞ》に入り、からみあったツタの後ろで身をかがめた。月の光に照らされて背後に影《かげ》ができないように、雪に腹がつくほど低い姿勢をたもつ。

溝のふちに足音が近づいてきた。口をあけると、かぎ慣れたにおいがした。どきどきする。足音はさらにしっぽ一本分、近づいた。ダヴポーは息をころした。あと少し。

「捕《つか》まえた！」ダヴポーは短い急斜面《きゅうしゃめん》を駆《か》けのぼり、タイガーハートに飛びついて、いっしょに地面をころがった。

「降参！」

ダヴポーはタイガーハートから離《はな》れた。「たまには、先に来たら？」

「今夜は早く来たつもりだったのに」タイガーハートは乱れた毛をなめて整えた。「ぼくがいつキャンプを出るか、きみには正確にわかるみたいだな！」

ダヴポーはうつむき、「そう、あなたが寝床《ねどこ》から這《は》い出す音がきこえてたりして」とぼそぼそいうと、話を変えた。「この雪、いつまで降りつづくのかしらね」

タイガーハートは肩《かた》をすくめた。「雨よりましだよ」

「でも、足跡《あしあと》を残さずには、どこへも行けないわ」

「優秀《ゆうしゅう》な戦士は、雪が積もってなくても追跡《ついせき》できるよ」

ダヴポーは首をのばし、タイガーハートのほおに鼻をすり寄せてささやいた。「水の上でも、あなたを追跡できるわ」

タイガーハートはのどを鳴らした。「会いたかったよ」

境界線のマーキングのにおいが、あたりにむっと漂《ただよ》っている。サンダー族とシャドウ族のまざりあったにおい。「だれも住んでいない〈二本足〉の家に行かない？」ダヴポーは誘《さそ》った。

「今夜は時間がない」タイガーハートはため息をついた。「ブラックスターが真夜中と夜明けに臨時のパトロール隊を送り出すことになってるんだ」

ダヴポーは首をかしげた。「なぜ？」

「獲物《えもの》だけでなく、薬草もさがさなくちゃならないから」

「リトルクラウドのご病状が悪化したの？」

「ああ」タイガーハートの腹が鳴った。「それに、一族は飢《う》えはじめてる」

ダヴポーはタイガーハートのほおに自分のほおを押《お》しつけた。サンダー族にもホワイトコフの患者《かんじゃ》はいるが、幸い、まだグリーンコフには変わっていない。「力になってあげられたらいいんだけど」ダヴポーは、〈二本足〉の家のそばにあるジェイフェザーの薬草畑を思い浮《う》かべた。シダで厚くおおわれて霜《しも》や雪から守られ、薬草がいきいきと茂《しげ》っている。「でも、あの薬草畑の薬草はだれにも採《と》られないように、ジェイフェザーが見張りをたのんだの」

タイガーハートの耳がぴくりと立った。「薬草畑？」

「青葉の季節からずっと、ジェイフェザーが大事に育ててる薬草」

「ジェイフェザーが薬草を育ててる？」

ダヴポーは驚《おどろ》いて身を引き、顔をしかめた。「知ってると思ったのに。シャドウ族がサンダー族のなわばりをほしがったのは、そのためだったんじゃないの？」

タイガーハートはダヴポーを見つめた。「シャドウ族がサンダー族のなわばりをほしがったことなんかないよ」

「でも、アイヴィ――」ダヴポーは口をつぐんだ。タイガーハートにアイヴィーポーの夢の話を教える必要はない。「こないだの戦いが起きたのは、そのせいだと思ってた」

「なわばりをほしがったのは、ファイヤスターだ」とタイガーハート。「ファイヤスターが、あの空き地を返してくれ、とおっしゃったんじゃないか」

ダヴポーはそわそわ足踏《あしぶ》みした。なぜって、アイヴィーポーが族長を説得したから。ダヴポーは体を振《ふ》った。タイガーハートとけんかなんかしたくない。戦いはもう、終わったんだもの。「どうでもいいわ」

「けど、とにかく、ジェイフェザーは薬草をもってるんだな?」タイガーハートが顔を寄せてきた。「どの薬草?」

「ヨモギギクがほんの少し」思わず口ごもる。ジェイフェザーの大事な薬草のことを教えるのは不誠実な気がするが、タイガーハートにうそをつきたくない。「あと、イヌハッカがちょっぴり」

「イヌハッカ?」タイガーハートの目が輝《かがや》いた。「少しもらえないかな」

ダヴポーの体がかっと熱くなった。「シャドウ族に分けてあげられないか、ってすでにリーフプールがジェイフェザーにきいてみたわ」

「そしたら?」

「だめだ、って」

「けど、リトルクラウドは命を落とすかもしれないんだぞ!」

「自分の一族を大事にしなくては、って」ダヴポーは戦士の体をかすめて、ぐるりと歩いた。さ、遊びましょ、タイガーハート！　というつもりで、戦士の鼻をしっぽではじく。「どっちが高くのぼれるか、競争しない？」ダグポーはすぐそばの松の木を見上げた。あたしのかぎ爪《づめ》、いちばん低い枝までのぼる力はあるかしら。枝はあたしの頭よりかなり高い位置からのびている。

「きこえなかったのか？」タイガーハートがどなった。「リトルクラウドは命を落とすかもしれない、といったんだ」

ダヴポーはしゅんとして、目を伏《ふ》せた。「薬草、盗《ぬす》んできましょうか？」いったとたん、胃がきゅっとなった。

「それはだめだ」タイガーハートはきっぱりいった。「ぼくのために、自分の部族で盗みをはたらくなんて、よせ」

ダヴポーは全身の力が抜《ぬ》けるほどほっとした。「あなたの部族に少し分けてあげるように、ジェイフェザーを説得してみてもいいわ」

タイガーハートが鼻を触《ふ》れあわせてきた。「ありがとう」とささやかれると、ダヴポーは同情で胸がいっぱいになった。

タイガーハートはつづけた。「とにかく、早く薬草を手に入れないと。薬草をさがして森の地面を引っかいてるあいだに、一族は飢《う》え死にしちまう」

「ねえ、見てて」ダヴポーは尻《しり》から坂をのぼった。タイガーハートの気をそらせるなら、鼻から地面に落っこちたっていい。ダヴポーは坂をのぼりきると身をかがめ、後ろ脚《あし》で強く地面をけった。同時に、しっぽをつかもうと前脚を頭の後ろへのばす。腹を空へ向けて体をそらし、前脚を地面につけようとしながら、どうか宙返りが成功しますように、と祈《いの》った。

どすん、とあごから着地し、ダヴポーは息が止まりそうになった。雪に前脚を突《つ》っこんで、凍《こお》った地面に爪を立て、どうにか坂をころがり落ちずにすんだ。

タイガーハートが笑っている。「優雅《ゆうが》な着地だな」

「黙《だま》って見てて」ダヴポーは地面を引っかいて立ち上がり、もう一度ためそうと身をかがめた。すると、肩《かた》にタイガーハートがしっぽをのせた。

「ちょっと待って」

「なに？」ダヴポーはタイガーハートを見た。

戦士の片方の前脚がぽんと上がったかと思うと、ダヴポーの鼻に雪のかたまりがあたった。

「もう！」ダヴポーはぱっと立ち上がり、雪をすくって戦士めがけて投げた。タイガーハートはひょいと首をすくめてかわし、雪のかたまりは戦士の耳の横を通りすぎた。ダヴポーはふざけて戦士に飛びかかり、雪のなかに倒《たお》した。

「うわっ！」タイガーハートはバランスをくずしたふりをして、ダヴポーをしっかりかかえて短い急斜《きゅうしゃ》面《めん》をころがった。止まったとたん、ダヴポーはきゃっと叫《さけ》んだ。二匹《ひき》は息を切らし、抱《だ》きあったままその場に横たわっていた。あまりのうれしさに、ダヴポーは思わずのどを鳴らした。

それから、はっと身をこわばらせた。

「どうした？」タイガーハートも体を緊張《きんちょう》させる。

「足音」あたりを警戒《けいかい》していなくてはいけないことを忘れていた。もう、毛がシダをかすめる音や、肉球が凍《こお》った雪をこする音がきこえる。「だれか来る」

「だれだ？」

ダヴポーはあたりをかいだ。そのとたん、しっぽの毛が逆立った。「アイヴィーポー！」

遅《おそ》かった！

斜面の上に、姉の白い顔が現れた。「やっぱり！」姉は鋭《するど》くうなった。

ダヴポーはくいっとあごを上げた。「とっくに知ってたくせに！」

「でも、この目で見るのははじめてよ」アイヴィーポーの目が輝《かがや》く。

そばで、タイガーハートが体をまっすぐ起こし、アイヴィーポーにどなった。「おい、シャドウ族のなわばりに入ってるぞ」

「ダグポーだって！」アイヴィーポーは鼻を鳴らした。「少なくとも、あたしは一族を裏切ってないわ」

ダグポーはかっとなった。「なによ、あなたこそ毎晩、一族を裏切って〈暗黒の森〉に行ってるじゃない！」

タイガーハートは動揺《どうよう》している？　ダグポーはちらっと戦士を見やった。戦士はアイヴィーポーを見すえている。

アイヴィーポーがしっぽを上げた。「自分から話す？　タイガーハート。それとも、あたしから話しましょうか？」

ダグポーは耳を寝《ね》かせて、身をのり出した。「あの話なら、ききたくない！」タイガーハートが〈暗黒の森〉で指導を受けているなんて、ありえない！

アイヴィーポーはタイガーハートと目をあわせたままだ。ダグポーの背筋を冷たいものが走った。

「ほらね？」アイヴィーポーはうなり声でタイガーハートにいった。「妹はあたしの話を信じようとしないの」しっぽの先をぴくぴくさせる。「あなたが話せば、信じるかもしれないわ」

いやよ！　ダグポーはあとずさりはじめた。お願い、タイガーハートまで、〈暗黒の森〉とかかわっているなんていわないで。

アイヴィーポーの後ろでシダがかさそこ鳴った。と思ったら、ダグポーはタイガーハートに押《お》され、息をのんだ。枯《か》れたイバラの下に押《お》しこまれる。「じっとしてろ」戦士が小声でいった。

ダヴポーは地面に伏《ふ》せて、息をころした。あたりにシャドウ族のにおいがむっと漂《ただよ》う。

「なにごとだ?」スモークフットの低いうなり声がきこえた。

タイガーハートが雪を引っかく音がする。「境界線近くでこいつを見つけたんです」

ダヴポーは震《ふる》えながら、イバラのつるの向こうに目をこらした。斜面《しゃめん》の上に、スモークフットとアップルファーの姿が見えた。二匹《ひき》のシャドウ族の戦士はアイヴィーポーをにらみつけている。

サンダー族の見習いのそばで、タイガーハートが得意そうにいった。「ブラックスターに問いただしてもらいに、こいつをキャンプへつれて帰るところだったんです」

「ほんとう?」アップルファーの目が険しくなる。「そもそもなぜ、あなたは夜中に出歩いているの?」

スモークフットがタイガーハートに顔を近づけた。「おまえは真夜中のパトロールを命じられていないはずだが」

タイガーハートはスモークフットの目を見て、いった。「眠《ねむ》れなかったんです」

スモークフットはアイヴィーポーに向きなおった。「おまえは、シャドウ族のなわばりでなにをしていたんだ?」

ダヴポーの心臓が速く打ちはじめた。

「獲物《えもの》をさがしてたんです」

どうか、姉の言葉を信じて！

「こんな夜中に？」アップルファーがつめ寄った。

「食べ物が乏《とぼ》しいんです」とアイヴィーポー。「夜行性の獲物が捕《つか》まるかもしれないと思って」

「シャドウ族のなわばりで？」スモークフットもつめ寄る。

「境界線を越《こ》えてたことに気づかなかったんです」

「サンダー族の見習いは鼻も利《き》かないのか？　さ、行くぞ」スモークフットはどなった。「こいつをキャンプにつれていこう」

ダヴポーはパニックになりそうなのを必死にこらえ、姉をつれ去るシャドウ族の猫《ねこ》たちの足音をきいていた。どうか姉を守って、タイガーハート！　心のなかで叫《さけ》んだ。

一団がじゅうぶん遠ざかるとすぐ、ダヴポーはイバラの下から這《は》い出して、境界線へ走った。アイヴィーポーがシャドウ族に捕《と》らわれちゃった！　でも、だれにもいえない！

ダヴポーは心臓が止まりそうだった。アイヴィーポーが捕らわれた理由を、どう説明するというの？　あたしがタイガーハートと内緒《ないしょ》で会っていることがばれちゃうかもしれない。もう、ライオンブレイズやジェイフェザーに信用されなくなっちゃうのでは？　部族仲間に一生許してもらえなかったら？　ダヴポーはアイヴィーポーの気配をもとめて、耳をそばだてた。すると、シャドウ族のキャンプ内の話し声がきこえてきた。

「あの猫《ねこ》、だれ？」子猫が興奮《こうふん》したかん高い声できいている。

「ただのサンダー族の見習いよ」母猫がなだめる。「寝床《ねどこ》にもどりなさい。夜中よ」

ダヴポーはもっとよく耳をすました。

「朝になったら、ブラックスターから話があるだろう」スモークフットの声だ！　アイヴィーポーに話しかけているにちがいない。「呼ばれるまで、ここにいろ」

「隅《すみ》にコケがある」タイガーハートのひそめた声がきこえた。「それで寝床をこしらえるといい。だれもじゃましないから、安心しろ。ただ静かにして、逃《に》げ出そうとしないように」

ダヴポーの胸のつかえがおりた。アイヴィーポーはひどいあつかいは受けていないようだ。救出に行く必要はないわよね？　とダヴポーは思い、キャンプへもどると、用を足す場所の出入り口をこっそりくぐった。そして、音をたてないように軽く脚《あし》を地面に下ろして空き地を進み、シダをすり抜《ぬ》けて見習い部屋に入った。やわらかいコケを敷《し》きつめた寝床で体を丸める。だが、アイヴィーポーのいない、からっぽの冷たい寝床が気になってたまらない。いろんな思いが渦巻《うずま》き、心臓が激しく打つのを感じながら、ダヴポーは目を閉じた。

キャンプ内の騒《さわ》がしさで目がさめた。ハイレッジの下で、ブランブルクローが狩猟《しゅりょう》部隊を組んでいる。看護部屋ではサンドストームがせきをし、ポピーフロストが、チェリーキットにヨモギギクを少し与《あた》えてくれ、とジェイフェザーにたのみこんでいる。ダヴポーは心配といら立ちで落ちつかない気分で寝床を出た。耳をよくすまし、シャドウ族のキャンプの物音をさがすと、やがてシャドウ族の戦士のぶっきらぼうな声がきこえた。「あとで、ブラックスターから話がある」なにかが地面にあたる小さな音に、ダヴポーはびくっとした。「食え」戦士がアイヴィーポーに獲物《えもの》をほうってよこしたらしい。

「ありがとうございます」アイヴィーポーはおびえてはいないようだ。

ダヴポーはあごを上げた。どうするべきか、わかった。「アイヴィーポー！」ダヴポーは呼びかけ、少し間《ま》を置いてから部屋を飛び出した。

「アイヴィーポー！」

グレーストライプ、ベリーノウズ、ミリー、ホワイトウィングが、アイスクラウドとフォックスリープといっしょにハイレッジの下にすわっており、その前をブランブルクローが行ったり来たりしている。

ダヴポーは深く息を吸いこむと、その集団に大声でたずねた。「アイヴィーポーはもう、パトロールに出かけちゃいましたか？」

グレーストライプが振《ふ》り向き、不思議そうにダヴポーを見た。「あの子になにか用かい？」

ダヴポーはできるだけさりげなく肩《かた》をすくめた。「目がさめたら、寝床《ねどこ》にいなかったんです」

母のホワイトウィングが立ち上がった。「わたしは見かけていないわ」心配そうにいい、つれあいを呼んだ。「バーチフォール！」

雪をかいて貯蔵穴から獲物《えもの》を掘《ほ》り出そうとしているバーチフォールは動きを止めた。「なんだい？」

「アイヴィーポーを見かけなかった？」ホワイトウィングがきく。

バーチフォールはダヴポーを見た。「寝床にいないのか？」

ダヴポーは首を振《ふ》った。「目がさめたら、いなかったの」

ホワイトウィングが見習い部屋に入り、すぐに飛び出してきた。「寝床は冷たいわ。ひと晩じゅう、いなかったようね」

バーチフォールの毛が逆立った。「ブランブルクロー！」

副長は顔を上げた。「なにか問題が起きたか？」

「アイヴィーポーが寝床で寝た形跡《けいせき》がないんだ」バーチフォールが知らせる。

ブランブルクローはまわりにいる戦士たちを見まわした。「あの子を見かけた者はいないか？」

「ゆうべ見かけたきりです」ベリーノウズがいった。

「わたしは日暮れにあの子とネズミを分けあって食べたわ」とソーレルテイル。

用を足す場所に通じるトンネルから、シンダーハートが走ってきた。「アイヴィーポーがいないの？」「寝床で寝た形跡がないの」空き地のはしをそわそわ行ったり来たりしているホワイトウィングが答えた。「長いことキャンプの外にいるには寒すぎる」ブランブルクローがいう。「けがでもしていたら、たいへんだわ」ホワイトウィングが息をのんだ。

バーチフォールがつれあいの毛の逆立った背筋をしっぽでなでた。「ああ、なにが起こるかわからない」「捜索《そうさく》したほうがよさそうだな」ブランブルクローがベリーノウズとグレーストライプにうなずいた。「それぞれ仲間を集めて、森を捜索してくれ」

ダヴポーはあわてた。狩猟《しゅりょう》部隊をそんなむだなことに使っちゃだめよ！　いろんな思いが渦巻《うずま》く。アイヴィーポーはシャドウ族のキャンプにいます、なんて知らせるわけにはいかない。どうしてわかったのか、みんなに不思議がられてしまう。

ジェイフェザー！　ジェイフェザーなら、わかってくれるはず。

ダヴポーはまわりのみんなを盗《ぬす》み見ると、看護部屋へ向かった。「ジェイフェザー！」「しーっ！」看護猫《かんごねこ》は水たまりに薬草の葉をひたしていた。「サンドストームがお休み中だ！」

ブライアーライトが体を起こして、寝床のふちにもたれた。「どうしたの？」

「アイヴィーポーがいないんです」ダヴポーはジェイフェザーを見つめ、せっぱつまった口調《くちょう》に気づいてくれることを祈《いの》った。内密に話したい。

ジェイフェザーは水のしたたる葉をひとつにまとめて、水たまりのそばに置いた。「来い」そういい、ダヴポーの横をすり抜《ぬ》けた。ブライアーライトが不思議そうに見守るなか、ダヴポーはジェイフェザーのあとについて看護部屋を出た。

トードステップとアイスクラウドが、地面に横たわったブナノキを這《は》いのぼっている。「アイヴィーポー！」トードステップが枝と岩壁《いわかべ》のすきまをのぞきこんで呼びかけた。

ローズペタルは保育部屋の裏を調べている。「ここに来た形跡《けいせき》はないわ」

「キャンプ内にはいないだろう」ジェイフェザーがつぶやいた。

「どこにいるか、わかりました！」ダヴポーはこらえきれずにいった。「きこえます。姉はシャドウ族のキャンプにいます！」

「あんなところで、なにをしているんだ？」ジェイフェザーがきいた。

「さ……さあ。でも、とにかくきこえます。捕《と》らわれてるようです。そこを動くなといわれて、食べ物を与《あた》えられて。それから、あとでブラックスターから話がある、といわれてます」

「いったい、なんだってそんなことになったんだ？」ジェイフェザーは心配というより迷惑《めいわく》そうにいうと、くずれた岩の山へ向かった。「一族全員が騒《さわ》ぎだす前に、ファイヤスターに知らせよう」

ダヴポーはジェイフェザーにしたがって岩をのぼった。できるかぎり言葉をひかえること、と自分にいいきかせる。秘密はぜったい明かしちゃだめ。

「シャドウ族のキャンプ？」ファイヤスターはジェイフェザーの話をきくと目をぱちくりさせ、ダヴポーに鋭《するど》い視線を向けた。「あの子はいつから向こうにいるんだ？」

ダヴポーはとぼけて族長を見つめた。「ゆうべ、寝《ね》じたくをはじめたときはキャンプにいましたが、けさ目がさめたら、いなかったんです」

「自分の意思で出かけたのだろうか」

「境界線へ行ったのかもしれません」ダヴポーは思いきっていってみた。「そこで、捕《つか》まってしまったとか？」

「シャドウ族との境界線になにしにいくというんだ？」ファイヤスターは耳についたマダニを落とそうとするかのように、首を振《ふ》った。「こないだの戦い以来、境界線付近ほど危険な場所はないと思うが」

ダヴポーはうつむいた。体がほてる。「なにしにいったかは、わ――わかりません」

ジェイフェザーが族長のほうへ身をのり出した。「捜索《そうさく》を中止したほうがいいんじゃないでしょうか」

ファイヤスターは部屋を出ていった。ダヴポーはゆっくりあとを追った。「アイヴィーポーはシャドウ族に捕らわれたようだ」族長は下の空き地に向かって叫《さけ》んだ。

一族が驚《おどろ》いて族長を見上げた。ダヴポーはひるんだ。

「どうして、わかるの?」長老のマウスファーが空き地の中央へ来て、うなり声でいった。

ファイヤスターは足踏《あしぶ》みした。「最後に見かけたのは、シャドウ族との境界線だ」ダヴポーのとくべつな能力のことを明かさずには、それ以上はいえない。

ソーンクローがマウスファーの前へ進み出た。「救出しにいくべきです!」

「わたしに行かせて!」ホワイトウィングが強くいった。

「おれが一団を率います」ソーンクローがかぎ爪《づめ》に力をこめる。

「さっそく行きましょう!」バーチフォールが叫《さけ》ぶ。

ファイヤスターはしっぽをピシッと振《ふ》った。「落ちつけ」

「あの子をいつまでもあんなところに置いておけません!」ホワイトウィングがうなる。

「大勢で行くな。小集団で、あの子がほんとうに捕《と》らわれているか、確かめにいけ」ファイヤスターはいった。「ほんとうだとわかったら、あの子を返してくれるようにたのめ」

バーチフォールは毛を逆立てた。「たのむんですか?」

ファイヤスターはうなずいた。「相手のキャンプで戦うわけにはいかない。長老や子猫《こねこ》もいるんだぞ」

マウスファーが片耳をぴくりと動かした。「アイヴィーポーが捕らわれていることを忘れないで。攻撃《こうげき》なんかしたら、あの子がひどい目にあわされるかもしれないわ」

ファイヤスターはすわって前脚《まえあし》にしっぽをかけると、副長を呼んだ。「ブランブルクロー！　ブラクンファーとクラウドテイルとダヴポーをつれて、行ってこい」

ダヴポーはつま先にぎゅっと力をこめた。行きたくない。こんなことは起きていない、と思いたい。

ホワイトウィングが前へ飛び出した。「わたしもいっしょに行かせてください！」

ファイヤスターは首を横に振った。「ブランブルクローにまかせろ。アイヴィーポーを無事につれ帰ってくれるよ」ホワイトウィングがうなって背を向けると、族長はダヴポーを振り返った。「さあ、行け」

ダヴポーはくずれた岩の山を駆《か》け下り、ブランブルクロー、クラウドテイル、ブラクンファーのあとについてキャンプを出た。「それにしても、夜中になにしに境界線なんかに行ったんだ？」クラウドテイルがだれにともなくきいた。一行はシャドウ族のなわばりへ向かって森のなかを進んだ。

「まさか、一族を裏切るようなことはしていないよな？」ブラクンファーがつぶやいた。

姉はぜったいそんなことしません！　とダヴポーは心のなかで叫んだ。罪悪感が体をつらぬく。あたしのせいで、アイヴィーポーはブラクンファーに忠誠心を疑われてしまった。

「内緒《ないしょ》でほかの部族の猫と会っていた者は、前にもいたが」ブランブルクローは暗い表情で行く手を見すえている。

すべて、あたしのせいなんです！　姉を責めないで！

境界線に着くと、ブランブルクローはすわった。クラウドテイルが驚《おどろ》いて副長を見つめる。「キャンプまで行かないのか？」

「パトロール隊が現れるのを待ちます」ブランブルクローは答えた。

クラウドテイルは不満そうに鼻を鳴らした。

「ほんとうにシャドウ族に捕《と》らわれているのかどうか、わからないんだ」ブラクンファーが指摘《してき》する。

クラウドテイルはマーキングされた境界線上を行ったり来たりしはじめた。「シャドウ族がしかけそうな罠《わな》だ」

ダヴポーは耳をそばだてた。雪を踏《ふ》む足音がきこえる。シャドウ族は夜も眠《ねむ》らず、パトロールをしている。ダヴポーは激しく打つ心臓の音の向こうに耳をすまして待ち、きこえても不思議ではない距離《きょり》まで足音が近づくと、仲間にいった。「なにかきこえます！」

ブランブルクローが立ち上がって、境界線のほうを向いた。毛を逆立てず、落ちついた表情で前方を見すえる。ロウワンクロー、シュルーフット、クロウフロストが、茂《しげ》みのあいだをぬうようにやってきた。

だいじょうぶ、うまくいくわ。ダヴポーは自分にいいきかせ、無理やり震《ふる》えを抑《おさ》えた。シャドウ族の三匹《びき》の後ろから、タイガーハートがするりと現れた。ダヴポーは目を伏《ふ》せた。タイガーハートと目があうと、気持ちが顔に出て、みんなにばれてしまいそうで怖《こわ》い。

「落としものでも取りにきたのか？」境界線の向こうから、クロウフロストがうなった。

クラウドテイルが毛を逆立てる。「じゃ、やっぱりあの子をつれ去ったんだな！」

シュルーフットがクラウドテイルをにらみつけた。「わたしたちのなわばりをうろついているのを、タイガーハートが見つけたのよ」

ブランブルクローがまばたきした。「あの子は無事なのか？」

クロウフロストは返事をためらっている。シャドウ族のキャンプにいる姉のたてる音か声はきき取れないかと、ダヴポーは耳をすました。

「傷つけていない」クロウフロストは小声でいった。

ロウワンクローとシュルーフットが目をかわす。

「つれて帰ってもいいかい？」ブランブルクローがシャドウ族の副長ロウワンクローにきいた。

「どうして、あんな礼儀正《れいぎただ》しくきくんだ？」クラウドテイルがブラクンファーに耳打ちした。

ブランブルクローはしっぽをぴくりと動かし、ロウワンクローに向けてつづけた。「食わせなきゃならない猫《ねこ》を増やしたくないだろう？」

ロウワンクローはうなずいた。「それはそうだが、サンダー族の見習いになわばりに迷いこまれるのも困る」シャドウ族の副長は境界線に近づき、どすのきいた声でつづけた。「あの子を返してやる。ただし、イヌハッカと引きかえに、だ」

ダヴポーはじろっとタイガーハートを見た。だが、戦士は無表情だ。ついきのう、タイガーハートは看《かん》護猫《ごねこ》リトルクラウドの容体をひどく心配していた。そしていま、まさにその看護猫の治療《ちりょう》に必要な薬草を手に入れるための取引に、アイヴィーポーを利用している。タイガーハートが、サンダー族の薬草畑のことを部族仲間に教えたにちがいない。よく、そんなことができるわね。

ダヴポーは打ちのめされた気分になった。かれは本気であたしを愛してくれてはいないんだわ！　あたしを利用していただけだったんだ。そして今度は、アイヴィーポーまで利用するなんて！　ダヴポーは凍《こお》りついた。でも、自分の部族を救うためには、あたしも同じことをするのでは？　いざとなったら、あたしはどっちに忠実になるだろう？　タイガーハート？　それとも、サンダー族？

「イヌハッカ？」ブランブルクローがきき返した。

「リトルクラウドがグリーンコフにかかった」ロウワンクローはいう。「生きのびるには、イヌハッカが必要だ」

ブランブルクローは不思議そうな顔をした。「なぜ、こんなかたちで要求するんだ？」

「アイヴィーポーを痛めつけたくない」とロウワンクロー。その言葉にふくまれた意味は明らかだ。「われわれはただ、イヌハッカが必要なんだ」

ブランブルクローが体に力をこめたのが、ダヴポーにはわかった。相手の脅迫《きょうはく》に反応しないように、こらえているのだろう。ブランブルクローはうなずき、「ファイヤスターに伝えよう」というと、部族仲間にしっぽで合図して、サンダー族のキャンプへ引き返しはじめた。

「なぜ、単純にフレームテイルからジェイフェザーにたのまないんだ？」ファイヤスターはロウワンクローのもちかけた取引条件を知らされると、驚《おどろ》いてブランブルクローを見つめた。「われわれは昔からつねにほかの部族を助けているのに」

空き地にいるファイヤスターのそばで、グレーストライプが口をゆがめて、うなり声でいった。「そして、助けることを批判されてきた」

看護部屋の入り口にジェイフェザーが立っている。積もった雪に爪《つめ》を立てているのが、ダヴポーのところからも見える。

地面に半分埋《う》まった岩からスクワーレルフライトといっしょにながめているリーフプールは、悲しみに打ちひしがれた顔をしている。「リトルクラウドはどれほど重症《じゅうしょう》なの？」

ブランブルクローが険しい表情で答えた。「見習いを一匹《びき》、監禁《かんきん》するほどだ」

「イヌハッカを採《と》ってきます」ジェイフェザーがぼそっといった。

「ああ、たのむ」ファイヤスターがうなずく。「少なくて貴重なのはわかっているが、リトルクラウドが必要としている」

スクワーレルフライトが進み出た。「サンドストームも、でしょう?」

「チェリーキットもよ!」デイジーがふさふさしたクリーム色のしっぽを立てて走ってきた。「まだ、ちっともよくならないわ」

ファイヤスターはうなずいた。「全員の要求にこたえられるようにしよう。しかし、さしあたりもっとも危険な状況《じょうきょう》に置かれているのは、リトルクラウドとアイヴィーポーだ。まず、二匹《ひき》を助けなくては」

保育部屋の入り口から、ポピーフロストの顔がのぞいた。不安そうに目をまん丸くしている。ファイヤスターは母猫《ははねこ》をちょっと見やってから、ブランブルクローに向きなおって小声でいった。「あのノコギリソウを見つけてきた者が、ほかの薬草も見つけてくれるといいんだが」

ダヴポーは寝床《ねどこ》にもぐりこんで、かくれたくなった。サンドストームとチェリーキットの病状が悪化したら、どうしよう? もし死んじゃったら、どうしたらいいの? すべて、あたしのせいだわ!

第21章

アイヴィーポーの前に、しなびたネズミがぽとんと落ちた。「食え」

アイヴィーポーはネズミをほうったシャドウ族のこげ茶色の戦士を見上げ、それからネズミをかいだ。

「ありがとうございます」

戦士はえらそうな足取りでイバラの壁《かべ》をまわって歩き去った。アイヴィーポーが監禁《かんきん》されているキャンプの片隅《かたすみ》を、イバラの壁が半分かくしている。

「なんで、おまえなんかに食いものを与《あた》えなきゃならないんだ?」スターリングポーがアイヴィーポーをにらみつけた。「ぼくたちの獲物《えもの》を盗《ぬす》もうとしてたやつなんかにさ」

アイヴィーポーは自分の見張りを命じられているシャドウ族の若い雄猫《おすねこ》に、ばかにしたような目を向けた。「うっ、かっ、うっかり境界線を越《こ》えちゃったんだってば」

「ふん、よくいうよ」スターリングポーは目をそらし、見張りを再開した。

アイヴィーポーはあきれて、目をぐるっとまわした。スターリングポーの格好はまるで、ライオン族の戦士でも監視《かんし》しているみたいだ。「いったい、あたしがなにをすると思ってるの？　戦士部屋を攻撃《こうげき》して、キャンプをのっ取るとでも？」

スターリングポーはちらりとこっちを見た。「おまえがなにをくわだててるか、わかったもんじゃない。サンダー族の猫《ねこ》は、ずるがしこいことで有名だ」

「サンダー族が？　ずるがしこい？」アイヴィーポーは耳を疑った。森でいちばんずるがしこいのは、シャ、シャドウ族でしょ。アイヴィーポーは鼻を鳴らした。やってられないわ。こんなばか猫とのおしゃべりで時間をむだにしたくない。アイヴィーポーは地面に腹をつけてすわり、ネズミを食べはじめた。筋っぽい肉をかみながら、首をのばしてスターリングポーのしっぽ越《ご》しにイバラの向こうをのぞき、活気づいてきたシャドウ族のキャンプをながめた。

イバラの壁《かべ》の小さな穴から、二匹《ひき》の子猫がころがり出てきた。「行くぞ、デューキット！」大きいほうの子猫――とら柄《がら》の雄《おす》――が身をかがめて、しっぽを振《ふ》った。

「えっ？」灰色《はいいろ》の雌《めす》の子猫が、きょうだいを見つめた。

とら柄の子猫が空き地を駆《か》けだした。「トイレまで競走だ！」

「ずるい、スパロウキット！」デューキットが追いかける。

イバラの壁の穴から、三匹めの子猫がころがり出てきた。「待って！」雌の子猫は目をまん丸くして、二匹の後ろ姿を見つめる。

「安心なさい、ミストキット」子猫のあとから、とら柄の母猫が部屋を出てきた。「お母さんといっしょに追いかけましょう。追いつくから、だいじょうぶよ」母猫は二匹の子猫を追って歩きだした。すぐ横を、ミストキットがちょこちょこ走る。淡《あわ》い灰色の毛が逆立ち、松ぼっくりのようだ。母子は空き地の奥《おく》の壁に着くと、トンネルをくぐって見えなくなった。

毛に白いものがまじりはじめている雄の長老シーダーハートが、自分の部屋の前でのびをした。後ろのイバラの茂《しげ》みから、雌の長老トールポピーが出てきてあくびをし、灰色の空を見上げた。「また、雪になりそうね」

シーダーハートが身震《みぶる》いした。「そのうち、雪で腹を満たさなきゃならなくなりそうだな」

真っ白い雌猫が空き地を横切って、きたならしい獲物《えもの》が少しばかり積み上げられた場所へ向かっていく。いちばん上にのっているのは、死んだカエル？　アイヴィーポーはぞっとした。白い雌猫はそのカエルのようなものをかぐと、くわえて部屋のほうへ引き返した。すると、部屋のせまい出入り口からオリーヴノウズが現れた。

「これ、分けあって食べない？」白い戦士が声をかけた。

「ありがとう、スノウバード」オリーヴノウズは答えると、「アウルクロー、あなたもいっしょにハタネズミ食べない？」と肩越《かたご》しに部屋のなかへ呼びかけた。

アイヴィーポーはネズミを食べながら、シャドウ族の暮らしぶりがサンダー族とそっくりなのを見てちょっと驚《おどろ》き、それから思った。あたしったら、どんなようすを想像していたの？　ネズミやリスが働かされているとか？

ロウワンクローが族長の部屋に入っていったかと思うと、すぐにブラックスターとともに出てきた。二匹《ひき》は短く言葉をかわし、それからロウワンクローがあごを上げて、一族に呼びかけた。「狩《か》りに行く準備のできた者は集まれ」

ロウワンクローのまわりに毛皮の波が押《お》し寄せた。アイヴィーポーは目をこらし、できるかぎり多くの戦士を見分けようとした。シャドウ族の猫《ねこ》の体つきや毛の色は、サンダー族ととてもよく似ている。ウィンド族はもっと小柄《こがら》でやせているし、リヴァー族は太っている。

「ラットスカー、スコーチファー、スノウバード、アップルファー」ロウワンクローが四匹に順番にうなずきかけた。「きょうは、きみたちが狩猟《しゅりょう》部隊を率いろ。レッドウィロウ、おまえは境界線のパトロールに行け。タイガーハート、シュルーフット、クロウフロスト」ロウワンクローはしっぽで招いた。「おれといっしょに来い」

トーニーペルトがしっぽをぴくりと動かした。「訓練場に雪が吹《ふ》き寄せられているの。もっと雪の積もっていない空き地をさがすか、キャンプ内で訓練するしかないわ」

ロウワンクローがうなずいた。「だれか、訓練場として使えそうな場所を見つけたら教えてくれ。それまで、戦いの訓練はここでおこなう」

用を足す場所に通じるトンネルから、子猫たちが飛び出してきた。

「あの知らない猫、まだいる?」スパロウキットがかん高い声できいた。「ほら、きのうの夜、タイガーハートがつれてきた猫」

戦士たちが驚いて目をかわしたかと思うと、つぎつぎに振《ふ》り返って、アイヴィーポーのすわっているイバラの陰《かげ》になった一角を見つめた。アイヴィーポーは緊張《きんちょう》したが、悪者のようにこそこそかくれる気はなかった。シャドウ族の大事ななわばりを侵害《しんがい》したわけではないのだから。アイヴィーポーは堂々と胸を張って、イバラの壁《かべ》の後ろから出て、戦士たちと目をあわせた。

ロウワンクローが空き地の中央へ進み出た。「昨夜、タイガーハートが境界線の内側でサンダー族の見習いを見つけた」

ロウワンクローの後ろで、戦士たちがいっせいに毛を逆立てた。

「一匹だけか?」ラットスカーがきく。

「パトロール隊がさがしてみたが、ほかにはだれも見つからなかったそうだ」とロウワンクロー。「戦士《せんし》猫《ねこ》のにおいはしなかったらしい」

「ほんとう？」オリーヴノウズが耳を寝《ね》かせた。「サンダー族はなわばりをさらに広げようとしているのかもしれないわ！」

「そんなこと、しません！」アイヴィーポーは思わずどなった。

「黙《だま》れ！」見張り番のスターリングポーが毛を逆立てて振《ふ》り向いた。

アイヴィーポーはスターリングポーをにらみつけた。すると、トーニーペルトが進み出て、「ほんの見習いじゃないの」と仲間にいった。

ロウワンクローはすわり、前脚《まえあし》にしっぽをかけた。「とりあえず、捕《と》らえておくことにした。サンダー族はすぐにもこいつをさがしはじめるはずだ。それまでは、この猫は脅威《きょうい》ではない」

「そうだよ。おまえなんか、ちっとも脅威じゃない」スターリングポーがうなった。

アイヴィーポーはスターリングポーの耳をなぐりたいのをこらえた。

ロウワンクローがかぎ爪《づめ》に力をこめて、命じた。「狩猟《しゅりょう》部隊はそろそろ出発しろ。狩《か》りの時間をむだにしたくない」

ラットスカー、スコーチファー、スノウバード、アップルファーが一族の群れのなかをぬうように歩いて、自分の率いる一団のメンバーを集めはじめた。すぐに、四つの狩猟部隊は騒々《そうぞう》しくイバラのトンネルをくぐって松林へ飛び出していった。

小さな鳴き声に、アイヴィーポーは振り向いた。「おい、サンダー猫！」

スパロウキットがいつの間《ま》にかイバラの壁《かべ》を通り抜《ぬ》け、アイヴィーポーを見つめていた。背中を弓なりに曲げ、毛を逆立てている。アイヴィーポーは思わずくすっと笑った。つづいてデューキットがひょいと現れ、とげだらけの枝のあいだからミストキットが震《ふる》えながら顔をのぞかせた。

「おまえ、飛べるのか？」スパロウキットがきいた。

「飛ぶ？」アイヴィーポーは目をぱちくりさせた。

「戦いで、おまえたちが木から飛び降りてきた、って戦士たちがいってたよ」

「ああ、あのこと」アイヴィーポーはうなずいた。「ええ、サンダー族の猫はみんな飛べるわ」

「うそつけ」スターリングポーがうなった。

アイヴィーポーは肩《かた》をすくめた。「シャドウ族の子猫たちがおバカさんなのは、あたしのせいじゃないわ」

スパロウキットが突進《とっしん》してきて、どなった。「おバカさんじゃないもん」

アイヴィーポーは首をかがめて子猫と顔を突《つ》きあわせ、歯をむいてうなった。子猫の毛が逆立ち、恐怖《きょうふ》で目がまん丸くなった。「キンクファー！　助けて！」スパロウキットは悲鳴をあげて背を向け、逃《に》げだした。ミストキットとデューキットが泣き叫《さけ》びながら、あとを追う。

「おい、どういうつもりだ？」スターリングポーがかみつくようにいった。

「ごめんなさい」アイヴィーポーは身を縮めた。「あんなに怖《こわ》がるとは思わなかったのよ」体がほてる。

「ちょっとからかっただけなのに」

「あの子たちは、子猫《こねこ》を楽しんで食うサンダー族の戦士の話を、きかされて育ったんだ！」スターリングポーがどなる。

アイヴィーポーは驚《おどろ》いてスターリングポーを見つめた。「そうなの？」

「しばらく、怖い夢にうなされつづけるだろうな」

「謝ってくるわ。ね、そうさせて」アイヴィーポーはいった。

イバラがかさこそ鳴り、ブラックスターがやってきた。「ああ、謝ってもらおう。だが、それはあとだ」すごみのある声でいう。

アイヴィーポーは姿勢を正した。なんて大きな猫だろう。黒い脚先《あしさき》が、あたしの頭ほどある。「このたびは、ほんとうに申しわけありませんでした」

ブラックスターのひげがぴくぴく動いた。「心配するな。まだ、おまえを獲物《えもの》置き場に置くつもりはない」目が輝《かがや》いているように見える。楽しんでいるのだろうか？　ブラックスターは、アイヴィーポーが捕《と》らわれている場所を見まわし、アイヴィーポーの足元にある食べかけのネズミを見下ろした。「こんなふうにおまえを捕《つか》まえて、すまない。食い物は足りたか？」

「はい」アイヴィーポーはあわてて、食べかけのネズミを族長のほうへ押《お》しやった。「みなさんの大事な食べ物を食べつくしたくありません。獲物が乏《とぼ》しいときですから」

ブラックスターはうなずいた。「自分のキャンプに帰りたいだろう」

アイヴィーポーは思わず涙《なみだ》ぐんだ。「はい」

「すぐに帰してやる」ブラックスターはアイヴィーポーの後ろへ視線を向けた。「だが、取引をしてからだ。サンダー族は、われわれが必要としているものをもっている」そういうと背を向け、その場を離《はな》れた。

アイヴィーポーは族長の後ろ姿を見送りながら、胃のあたりが落ちつかなくなった。「取引？」

スターリングポーが肩《かた》をすくめた。「食べ物とおまえを交換《こうかん》するんじゃないか？」

トーニーペルトが枝の突《つ》き出したイバラをまわって現れた。「だいじょうぶ？」三毛猫のやさしい声に、アイヴィーポーはますます自分の住みかが恋《こい》しくなった。

「はい」アイヴィーポーは、のどにこみ上げるかたまりをぐっと飲みこんだ。「なにとあたしを交換したいんですか？」

「薬草」トーニーペルトは答えた。「リトルクラウドが病気で、イヌハッカとヨモギギクが必要なの。ジェイフェザーが育てている薬草があるんでしょう？　タイガーハートからきいたわ」

「タイガーハートから？」わけがわからない。シャドウ族はあの薬草畑のことを昔から知っているんじゃないの？　タイガースターはそういっていたわ。だから、シャドウ族は境界線を越《こ》えてなわばりを広げたかったんでしょう？　タイガースターはうそをついたの？

「きのう、サンダー族の戦士たちが薬草のことを話しているのが、きこえたんですって」とトーニーペルト。

いいえ、うそよ！　アイヴィーポーの耳の奥《おく》で怒《いか》りが脈打ちはじめた。ダヴポーが教えたんだわ！　どうして、そんなふうに一族を裏切れるの？　アイヴィーポーは捕《と》らわれている場所を見まわした。どうして、あたしを裏切れるの？

トーニーペルトがもっとそばへ来た。「心配しなさんな」目をまん丸く見開いている。「あなたを助けるためなら、ジェイフェザーはきっと喜んで薬草を分けてくれるわよ。そうしたらすぐ、あなたは帰れるわ」

アイヴィーポーは毛を逆立てて、あとずさった。

「用を足す場所へ案内しましょうか？」トーニーペルトはつづけた。「脚《あし》をのばすといいわ。こんなせまいところにずっといて、体がこわばっちゃったでしょう」戦士はしっぽを振《ふ》って、スターリングポーを追い払《はら》った。「この子はわたしが見張るわ」

アイヴィーポーはトーニーペルトにつれられて、キャンプの反対側へ向かった。空き地は長く、幅広《はばひろ》い。

部屋はすべてキャンプの壁《かべ》のなかに引っこんでいる。アイヴィーポーは感心した。戦いの技《わざ》を練習するのに最適な場所だ。空き地のはしに寝《ね》そべっているドーンペルトが、食べかけのカエルから目を上げ、こっちを見て顔をしかめた。母猫《ははねこ》キンクファーのそばにスパロウキットがうずくまっている。デューキットとミストキットの姿はない。長老のシーダーハートとトールポピーが、部屋の外の雪のなかにこしらえた寝《ね》床《どこ》から、空き地を横切るアイヴィーポーをながめている。

アイヴィーポーはじろじろ見られて体がほてり、ようやく用を足す場所に通じるトンネルをくぐると、ほっとした。トーニーペルトは空き地で待った。用を足す場所はキャンプの壁の外だった。ここからこっそり逃《に》げ出して、境界線までたどり着けるかしら、とアイヴィーポーは思った。

「終わった?」トーニーペルトの声がした。

アイヴィーポーは一瞬《いっしゅん》ひらめいた考えを振り払った。松林のなかは、あたしよりずっとなわばりにくわしいパトロール隊だらけだから、そんなのぜったい無理。アイヴィーポーは用を足し終わると、その上に雪をけってかけ、トンネルのなかを引き返した。「子猫ちゃんたちに謝りたいんですけど」トンネルを出ると、トーニーペルトにいった。

「どうして?」

「おどかしちゃったんです」

トーニーペルトは笑った。「どうりで、スパロウキットがいつもよりおとなしいと思った」戦士はアイヴィーポーをつれて空き地を横切り、キンクファーのところへ向かった。母猫《ははねこ》に近づくと、ミストキットが部屋から這《は》い出してきて、母親の後ろにかくれた。つづいてデューキットも現れ、キンクファーのしっぽの下にもぐりこんだ。

スパロウキットが震《ふる》えながらあごを上げ、うなった。「おまえなんか、怖《こわ》くないやい!」

「さっきは——」

悲鳴がキャンプをつんざき、フレームテイルがイバラの壁《かべ》のすきまから駆《か》けこんできた。目は血走り、毛はひどく乱れている。

「どうしたの?」トーニーペルトが毛を逆立て、おびえきった看護猫に駆け寄った。

「闇《やみ》!」フレームテイルは息をのんだ。「吸いこまれるような、冷たい闇」雄猫《おすねこ》の目は恐怖《きょうふ》で瞳孔《どうこう》が開いている。

ブラックスターが部屋から飛び出してきた。「なにごとだ?」族長はスモークフットを押《お》しのけ、看護猫を見つめた。

フレームテイルは族長を見すえ、鋭《するど》い声でいった。「大きな闇がせまっています。闇に四方を囲まれるのを感じたんです。闇が、絶え間なく打ち寄せる波のように襲《おそ》いかかってきてシャドウ族を飲みこみ、滅《ほろ》ぼそうとしています」

ブラックスターは看護猫にぐっと顔を近づけた。「どう対処すればいいんだ?」

「戦いにそなえなくては。スター族のおっしゃったとおりです。他の部族はあてにできません。シャドウ族は単独で、命がけで戦わなくてはなりません!」

スモークフットが身をのり出した。「いったい、だれと? だれと戦わなきゃならないんだ?」

フレームテイルは首を振《ふ》った。「敵は見えませんでした」

「きっと、ほかの部族だ」ブラックスターがうなった。「単独で戦わなければならない、とスター族がおっしゃったのなら、敵はほかの部族にちがいない!」

アイヴィーポーのそばでキンクファーが身震いし、子どもたちをしっぽで引き寄せた。イバラの壁がゆれ、アイヴィーポーは振り向いた。タイガーハートがキャンプに入ってきた。つづいて、ロウワンクロー、シュルーフット、クロウフロストがやってくる。

フレームテイルは体をしゃんと起こし、落ちつきを取りもどした声でいった。「部族史上最大の戦いがはじまろうとしています。戦う準備をしなくては」

タイガーハートが大きな背中をこわばらせたかと思うと、ちらっと振り返って、アイヴィーポーと目をあわせた。ぼくたちはもう、準備をはじめているよな、とその目はいっているようだった。

しかし、アイヴィーポーは安心できなかった。フレームテイルにおりた不吉《ふきつ》なお告げに、すっかりおびえていた。部族仲間のところへもどりたい、とアイヴィーポーは思った。どれが避《さ》けられない戦いで、どれがあとまわしにできる戦いか、ファイヤスターに判断してもらいたい。

史上最大の戦いがほんとうにはじまろうとしているのなら、その前に自分の部族に帰りたい。

第22章

ダヴポーは耳をそばだて、イバラの壁《かべ》の外を行ったり来たりしていた。シャドウ族との境界線へ出かけた一団が、ブランブルクローを先頭にもどってくる音がきこえる。副長の後ろをブラクンファーとグレーストライプがザクザクと雪を踏《ふ》んで歩き、まんなかにアイヴィーポーをはさんで、スクワーレルフライトがしんがりについている。

一団が無言なので、ダヴポーは落ちつかなくなった。だれも、シャドウ族に捕《つか》まるというへまをおかしたアイヴィーポーをしからない。シャドウ族のキャンプでどんなことがあったのかもたずねない。ダヴポーはそわそわした。シャドウ族につれ去られるのを黙《だま》って見ていたあたしを、アイヴィーポーは許してくれるだろうか。

坂の上に一団が現れ、キャンプへくだってきた。ダヴポーはアイヴィーポーと目をあわせようとしたが、姉は不安そうに足元を見つめている。

「だいじょうぶだった？」ダヴポーは一団を出迎《でむか》えにいき、姉と並んで歩きだした。「まさか、痛めつけられたりはしなかったでしょ？」

「ええ、だいじょうぶ。休ませてやって」スクワーレルフライトがいった。

「ファイヤスターから話があるんじゃないですか？」

スクワーレルフライトは首を横に振《ふ》った。「起きてしまったことを、あれこれいってもしょうがない」ため息をつく。「アイヴィーポーは反省しているわ。あんなばかなまねは、二度としないでしょう」

ダヴポーは口をつぐんだ。アイヴィーポーが夜中に境界線でなにをしていたか、だれも知りたがらないの？

アイヴィーポーはまっすぐ見習い部屋へ向かった。

「お願い、なにかいって！」ダヴポーは姉に懇願《こんがん》した。

アイヴィーポーは立ち止まり、うつろな目でこっちを見た。「あたしのことならだいじょうぶ。心配しないで。疲《つか》れただけ」

「ほんと？」ダヴポーは姉に顔を近づけた。

アイヴィーポーはうなずき、顔をそむけた。

岩壁《いわかべ》ぎわのくずれた岩の山で石がカラカラ鳴った。ハイレッジから駆《か》け下りてくるファイヤスターのオレンジ色の毛皮が、夕闇《ゆうやみ》に鮮《あざ》やかに浮《う》かび上がる。「すべてうまくいったか？」族長はブランブルクローにきいた。

「薬草と引きかえに、アイヴィーポーを返してもらいました」副長は答えた。

「あの子が捕《つか》まったいきさつはわかったか？」族長がさらにきく。

「アイヴィーポーがいうには、境界線で夜の狩《か》りの練習をしていて、マーキングされた線をうっかり越《こ》えてしまったそうです」

戦士部屋の前でソーンクローが顔をしかめて、ぶつぶついっている。「年長の戦士たちがつれもどしにいくことはなかったんじゃないか？　敵に敬意を払《はら》いすぎだよ」

ソーンクローのまわりを、ダストペルトがしっぽで空《くう》を切りながら歩く。「もしも、これで薬草が足りなくなってサンダー族のだれかが命を落としたら、シャドウ族は血を見ることになるぞ」

ダヴポーは罪悪感にさいなまれながら、姉の後ろ姿を見送った。

「さ、いらっしゃい」耳元でスクワーレルフライトの声がした。「アイヴィーポーは休ませてやりなさい。大集会に出かける時間よ」

ダヴポーはくるりと向きを変えた。「すっかり忘れてました！」空を見上げると、真っ白いまん丸の月が浮かんでいる。今夜、もしタイガーハートに会ったら、なんといえばいいの？

ソーンクローとダストペルトはもう、出入り口のトンネルのそばで待っている。看護部屋の入り口にかかるイバラのカーテンのあいだに、ファイヤスターのしっぽがすっと消えた。出かける前に、サンドストームのようすを見にいったのだろう。ソーレルテイルが寒さに毛をふくらませて、ブラッサムフォールとローズペタルといっしょに空き地を横切っていく。戦士部屋からベリーノウズ、フォックスリープ、ライオンブレイズが現れた。

スクワーレルフライトは保育部屋のそばで止まって、リーフプールが出てくるのを待ち、「チェリーキットの具合はどう?」と、現れた姉にきいた。

「呼吸がちょっと荒《あら》いけれど、食欲はあるわ」リーフプールは答え、妹とつれだってキャンプの出入り口へ向かった。

ブランブルクローが看護部屋を見やった。吐《は》き出す息が鼻の前で白く渦巻《うずま》く。看護部屋からファイヤスターとジェイフェザーが出てきた。「よし、出発だ」

一団は湖岸へ向かった。土手をくだるとき、ジェイフェザーはライオンブレイズのわき腹にぴたりと身を寄せた。ライオンブレイズはところどころにある深い雪の吹《ふ》きだまりをよけて弟を導き、湖から吹きつける風で雪が払《はら》われていくらか歩きやすくなった場所に、道をつくってやっている。

「ダヴポー!」ライオンブレイズが小声で呼んだ。

ダヴポーは急いで指導者に追いついた。「なんでしょうか？」

「アイヴィーポーが境界線でなにをしていたか、おまえは知っているのか？」声をひそめるライオンブレイズの横で、ジェイフェザーが耳をそばだてる。

「〈暗黒の森〉とはなにも関係ありません」ダヴポーも声をひそめた。「姉はただ……」必死に考えをめぐらす。「本人のいうとおり、夜の狩《か》りの練習をしてたんです」ジェイフェザーのしっぽがぴくっと動いたのが見えた。ダヴポーは意識を集中し、アイヴィーポーはほんとうに狩りをしていたのだ、と信じこもうとした。ジェイフェザーに心のなかをさぐられて、真実を見破られたくない。

「見て！」スクワーレルフライトが丘《おか》を見上げている。サンダー族の一団は、ウィンド族のなわばりの湖岸を進んでいた。スクワーレルフライトの視線をたどると、荒《あ》れ地の丘のてっぺんに、ずらりと並んだウィンド族の戦士の姿が黒く浮《う》かび上がっている。

「あいつら、なにを待っているんだ？」ソーンクローがうなった。

フォックスリープがしっぽについた雪を振《ふ》り落とした。「先に到着《とうちゃく》したくないんじゃないですか？」

月がウィンド族の戦士たちを照らし、なめらかな白い丘の斜面《しゃめん》に長い影《かげ》を落としている。

「進もう」ファイヤスターが足を速めた。「雪と風をよけられる島に、少しでも早く着きたい」

ダヴポーはローズペタルとブラッサムフォールが追いつくのを待ち、歩調をあわせて歩きだした。「あの二匹《ひき》、だいじょうぶかしら」ブラッサムフォールが留守番《るすばん》のきょうだいを心配している。

「ブライアーライトは、看護部屋の仕事を任されて喜んでいるんじゃない？」とローズペタル。

「でも、バンブルストライプは一日じゅう、せきをしてるわ」ブラッサムフォールはため息をついた。

「病状が悪化したら、どうしよう？」

「ジェイフェザーの代わりにブライトハートがいるから、心配ないわよ」ローズペタルがいう。「ブライトハートは処置のしかたを知ってるわ」

ダヴポーはウィンド族の丘《おか》の上へ感覚を向けた。雪をかぶったヒースが、きしむような音をたてている。丘の上で待つ戦士たちは音もたてず、ただこっちをながめている。ダヴポーは胃のあたりが落ちつかなくなり、感覚をもっと遠くへ、後ろのシャドウ族のなわばりへ漂《ただよ》わせた。

「罠《わな》かもしれない」クロウフロストの不安そうな声がきこえた。「行かないほうがいいんじゃないですか？」

ブラックスターがせき払《ばら》いした。「おびえていると思われてはならない。休戦のきまりのある満月の夜に、攻撃《こうげき》してくることはないだろう」

「断言できますか？」スノウバードがきく。

「大集会よ！　攻撃なんてするわけがないわ！」トーニーペルトが強くいう。

シャドウ族はだれを恐《おそ》れているんだろう？　スター族から、〈暗黒の森〉の戦士たちのことを知らされたのだろうか？　ダヴポーはリヴァー族のキャンプへ耳を向けた。

「行かないの？」モスウィングがキャンプの反対側へ呼びかけている。

「はい、あたしは留守番します」ウィロウシャインのきっぱりとした声が返ってきた。

「みんな、休戦のきまりを守るだろうか」副長のリードウィスカーがぶつぶついう。

雪の上を歩く母猫《ははねこ》モスペルトの足音がきこえた。「大集会が終わって、ほかの部族が島からいなくなるまで、子猫と長老たちをかくしておいたほうがいいんじゃない？」

月にかかる雲のように、恐怖《きょうふ》が部族をおおっている。

リヴァー族の戦士たちが空き地をそわそわ行ったり来たりする音が、ダヴポーにきこえたとき、サンダー族は島にかかる倒木《とうぼく》に着いた。ダヴポーはブラッサムフォールとローズペタルを鼻で押《お》し分け、湖岸にいるジェイフェザーとライオンブレイズのそばで身をかがめて、小声でいった。「知ってます！」

ライオンブレイズが振《ふ》り向き、目をぱちくりさせた。「だれが、なにを？」

「ほかの部族です！　〈暗黒の森〉のことを知ってます」

「気のせいだろう」ジェイフェザーの目が月明かりにきらりと光る。「〈暗黒の森〉のことを知っているのは、ぼくたちだけだ」

たしかに、だれかが〈暗黒の森〉のことを口にしたのをきいたわけではないことに、ダヴポーは気づいた。「でも、どの部族もなにかにおびえてます」

「ああ、わかる」ジェイフェザーがうなずいた。「それは感じる。きっと、看護猫《かんごねこ》からスター族のお告げのことをきいたんだろう」

「あたしたちも、部族仲間に話すべきじゃないですか？」ダヴポーはいった。

「みんなを死ぬほどおびえさせようというのか？」ライオンブレイズが積もった雪に爪《つめ》を立てた。「どんなことが起きようと、ぼくたちだけで対処できる」

「見ろよ！」湖岸の水ぎわからフォックスリープが叫《さけ》んだ。「島までずっと、氷が張ってるぞ！」若い戦士はもう、凍《こお》った湖面をずるずる進みはじめている。

ダヴポーは湖岸のへりへ行き、おそるおそる片前脚《かたまえあし》をのばして湖面に触《ふ》れた。氷の冷たさに足の裏がひりひりしたが、しだいに肉球の感覚がなくなってきた。ダヴポーはもう片方の前脚と後ろ脚を順番に湖面につけ、白くかたい湖面に四つの脚で立った。

「もどりなさい！」ソーレルテイルが叫んだ。「氷が割れたらどうするの！」

「だいじょうぶですよ。このあたりは浅いですから」フォックスリープが叫び返した。若い戦士はあぶなっかしくふらつきながらさらに前進し、足を速めたかと思うと、つるんとひっくり返った。「ひゃっほー！」戦士はそのまますべっていって止まり、のどを鳴らした。「やってみろよ、ブラッサムフォール！楽しいぞ」

ブラッサムフォールはフォックスリープを追って駆《か》けだし、氷の上をすべりながら、驚《おどろ》きと喜びの声をあげた。

そのとき、ダヴポーの脚がすべった。ぎょっとしたダヴポーはころばないように神経を張りつめ、慎《しん》重《ちょう》に湖面を進みはじめた。恐怖《きょうふ》で全身の筋肉がこわばっているが、湖の上を歩いていると思うとわくわくする。月のように白い湖面をすかして、波打つ黒い水が見える。一歩踏《ふ》み出すたびに氷がきしみ、うめく。

「早くしろ！」島の岸から、ファイヤスターのきびしい声が飛んできた。「岸に上がれ」

ダヴポーは氷に爪を立てようとしたが、表面を引っかくばかりで、ついにはぶざまにひっくり返り、雪の積もった島の岸まですべっていった。脚がかたい地面に触れると、ほっとした。

ブランブルクローとダストペルトはもう、シダの茂《しげ》みを押《お》し分け、松の木に囲まれた空き地へ向かっている。凍ってパリパリ鳴るシダの茂みにもぐったダヴポーは、一瞬《いっしゅん》、仲間の姿を見失った。だが、みんなの毛がシダをかすめる音を頼《たよ》りに進むと、空き地のはずれに出た。リヴァー族の戦士たちが凍りついたようにかたまって、到着《とうちゃく》したサンダー族をながめている。

「リヴァー族ったら、どうしちゃったのかしら」ローズペタルが小声でいった。

ファイヤスターがグレートオークへ行き、雪の積もった根にのぼった。リヴァー族の猫《ねこ》たちが、魚が群れ集まるみたいにさらに身を寄せあう。ダヴポーはリヴァー族の集団に警戒《けいかい》の目を向け、ブラッサムフォールのそばへ行った。

「なににおびえてるのかしらね」ブラッサムフォールが声をひそめる。

「さあ」ダヴポーは足元を見つめた。

ダヴポーの後ろでシダがパリパリ鳴った。振《ふ》り向くと、ウィンド族が空き地になだれこんできた。ダヴポーは驚《おどろ》いて毛を逆立てた。もう到着《とうちゃく》していたとは。氷の張った湖面を渡《わた》るのに夢中で、ウィンド族の動きを追っていなかった。ウィンド族の猫たちはサンダー族の集団のまわりにずらりと並び、目をあわせようとはしない。ブリーズペルトの視線がダヴポーをかすめ、すぐにそれた。

ダストペルトがそわそわ行ったり来たりしている。「こんなに静かな大集会ははじめてだ」

「だれもおしゃべりしたがらないの？」スクワーレルフライトが不思議そうにあたりを見まわす。

シャドウ族は最後に到着した。だれもが緊張《きんちょう》したようすで、目をまん丸くしている。ダヴポーはタイガーハートのこげ茶色の耳の先を見つけた。タイガーハートはダヴポーをさがそうとはせず、部族仲間の集団のなかにとどまっている。ダヴポーはいら立った。どうして、こんなにいろんなことが一瞬《いっしゅん》にして変わってしまうの？　四つの部族は互《たが》いに敵視しあっているみたい。部族間に不信の種をまいたのは、スター族？　それとも〈暗黒の森〉の戦士たち？

「寒いから、さっさとはじめましょう！」グレートオークのいちばん低い枝から、ミスティスターが叫《さけ》んだ。同じ枝の少し先にファイヤスターがいて、その向こうにワンスターとブラックスターがフクロウのようにじっとすわっている。

リヴァー族とウィンド族がグレートオークのすぐ近くに集まると、シャドウ族が急いでそのそばに陣取《じんど》った。ダヴポーは部族仲間のあとについて月明かりの下に出た。そして、ローズペタルとブラッサムフォールを鼻で押《お》し分け、あたたかい群れのまんなかにもぐりこんで、ソーンクローとライオンブレイズのあいだにすわった。

月明かりを浴びてうずくまるミスティスターの姿は、小さな銀色の水たまりのようだ。「今年の枯《か》れ葉の季節は寒さがきびしく、湖の浅瀬《あさせ》も凍《こお》ってしまったので、狩《か》りはひと苦労です」

ウィンド族のナイトクラウドがうなり声でいった。「魚食いも空腹を経験するといいわ」

ミスティスターはつづけた。「悪天候でも、訓練には支障がありません。それに、ありがたいことに、だれも病気にかかっていません」

ワンスターが立ち上がった。「ウィンド族も健康だ。しかし、獲物《えもの》のウサギは乏《とぼ》しく、キャンプのまわりは雪が深い。われわれは追跡《ついせき》技術をみがき、巣穴にいる獲物を突《つ》きとめる方法を見いだした」

ワンスターはブラックスターに、どうぞと会釈《えしゃく》した。ブラックスターは立ち上がると、集まった猫《ねこ》たちをしばらく黙《だま》って見下ろし、それからようやく口を開いた。「ロウワンクローがシャドウ族の副長に就任した」言葉を慎重《しんちょう》に選んで話す。「ラシットファーを亡《な》くした悲しみはまだ癒《い》えない。早すぎる死だった」ブラックスターはファイヤスターを見ずにつづけた。「狩《か》りはきびしく、リトルクラウドは病気だ。だが、うれしい知らせがある。治療薬《ちりょうやく》が見つかったので、リトルクラウドはつぎの満月の夜の大集会には参加できそうだ」

シャドウ族の集団から同意の声がいくつもあがった。ダヴポーの横で、ソーンクローが体に力をこめた。ライオンブレイズが雪におおわれた地面を引っかく音がした。

ファイヤスターが立ち上がった。ブラックスターを見すえている。「その治療薬はどうやって見つけた?」ファイヤスターはせまった。まわりにいる猫たちの呼吸が速くなり、脚《あし》をもぞもぞさせる音がきこえてきた。すべての部族に緊張《きんちょう》が走ったようだ。ファイヤスターは返事を待たずにつづけた。「きみたちはサンダー族の見習いを一匹《ぴき》つれ去って監禁《かんきん》し、その見習いの解放と引きかえに治療薬を手に入れた。そうだな?」

リヴァー族とウィンド族の戦士たちが息をのむ音がした。

「あの猫はわれわれのなわばりにいたんだぞ!」ブラックスターがどなった。

「追い払《はら》えばいいだろう！」ファイヤスターが切り返す。「まだ自分の身を守れない若い猫を捕《つか》まえてつれ去り、獲物《えもの》のように取引に利用するなんて、真の戦士のすることか？」

ブラックスターは歯をむいた。「真の戦士ならば、ほしいものがあればはっきり要求する勇気をもっているはずだ」ファイヤスターはつづけた。「ひどい仕返しをされなかったことを幸運だと思え。このひと月のあいだに、われわれはすでに一度、きみたちを打ち負かしている。もう攻撃《こうげき》されることはない、などと思わないことだ」

ブラックスターは毛をなめて整え、目をぐっと細めて、押《お》しころした声でいった。「シャドウ族はどんな事態にもそなえている」

「ああ、もう準備はできている！」グレートオークの下でシャドウ族の副長ロウワンクローが毛を逆立て、ぱっと立ち上がった。そばにいるクロウフロストとスモークフットも立ち上がってみんなのほうを向き、サンダー族の戦士たちを見すえた。

ライオンブレイズが口をゆがめた。スクワーレルフライトはのどの奥《おく》でうなり、ダストペルトは耳を寝《ね》かせた。ダヴポーは息をのみ、爪《つめ》を出した。いま、ここで戦うつもり？　空を見上げると、輝《かがや》く満月がくっきりと浮《う》かんでいる。休戦を解除する雲はない。

部族猫たちのあいだにささやき声が広がる。

「これがそうなの？」

「闇《やみ》がせまったのか？」

「けど、まだ月は輝《かがや》いているぞ！」

月が輝いていようとどうしようと、関係ないようだった。いまや、だれもが毛を逆立てている。警戒《けいかい》し威嚇《いかく》するようにほかの部族をにらみつける猫《ねこ》たちの目が、月明かりにきらりと光る。

ミスティスターが立ち上がった。「リヴァー族のみんな！　帰りましょう」リヴァー族の族長はグレートオークから飛び降りて一族を導き、毛を逆立てているほかの部族の戦士たちのあいだを歩きだした。つづいてワンスターが、そのあとにブラックスターがグレートオークから飛び降りた。二匹《ひき》の族長はそれぞれ黙《だま》って自分の一族をつれて空き地を出ていった。

ファイヤスターが最後にグレートオークの幹をつたって下りるのを、ダヴポーはながめていた。空き地の奥《おく》で、シダがかさこそ鳴っている。三つの部族が茂《しげ》みを押《お》し分け、島を出ていこうとしている。

タイガーハートと話さなくちゃ！

ダヴポーは去っていく猫たちを駆《か》け足で追いかけ、ようやくタイガーハートのしっぽの先を見つけると、その毛先をかすめる程度に引っかいた。タイガーハートは振《ふ》り向き、ダヴポーをにらみつけた。

「なんだよ？」

「話があるの！」

タイガーハートの目の表情がやわらいだ。「来いよ」戦士はダヴポーを静かな場所へ導いた。凍《こお》ったシダの茂みを抜《ぬ》けると、雪におおわれた起伏《きふく》のある草地に出た。「ずっときみとおしゃべりできなくて、ごめん。いま、ちょっと緊迫《きんぱく》した状況《じょうきょう》なんだ」戦士は小声でいった。

ダヴポーはタイガーハートをにらみつけた。「ジェイフェザーの薬草畑のことをブラックスターに教えたわね！」

タイガーハートはなにもいわずに、ただ見つめ返す。

「どういうつもり？」ダヴポーは悲痛な声でいった。「もし、サンドストームが命を落としたら、あなたのせいよ！」

「けど、リトルクラウドが病気なんだ」

「サンドストームもよ！」

「グリーンコフじゃないだろう？」

ダヴポーの怒《いか》りがふくれ上がった。タイガーハートはいやに理性的だ。自分のしたことをわかっていないの？　タイガーハートにしっぽでわき腹をなでられ、ダヴポーは思わず身を引いた。

タイガーハートは顔をしかめた。「ジェイフェザーが真の看護猫なら、どっちみち薬草を分けてくれたと思うよ」

「ジェイフェザーは自分の部族仲間を優先しなくちゃいけないのよ！」

タイガーハートは首をかしげた。「ぼくだってそうだ」

ダヴポーはむかむかしてきた。こんなおしゃべりはすぐにもやめたい。でも、これだけはきいておかないと。「あたしよりも部族仲間を優先する、ということ？」

タイガーハートのしっぽが震《ふる》えだした。「そういう意味じゃないよ」琥珀色《こはくいろ》の目がまん丸くなる。「ぼくはただ――」

「そういう意味だと思う」ダヴポーは戦士の言葉をさえぎって、蚊《か》の鳴くような声でいった。「ぜったい、そう」ダヴポーはタイガーハートに背を向け、その場をあとにした。

第23章

アイヴィーポーは寝床《ねどこ》で丸くなった。雪をけって駆《か》けだす音が響《ひび》き、島へ出かける一団がキャンプを出ていくのがわかった。アイヴィーポーは前脚《まえあし》の下に鼻を突《つ》っこんだ。

もっと優秀《ゆうしゅう》な戦士になるためよ！　自分にいいきかせて、目を閉じる。自分の部族を守るためよ！

眠《ねむ》りに引きこまれると、アイヴィーポーは目をあけた。〈暗黒の森〉に来ていた。あたりをかぐと、土の腐《くさ》ったようなにおいと木に生えたカビのにおいしかしない。「ホークフロスト！」自分の声が森のなかに響きわたる。あの戦士に会わなくちゃ。ホークフロストはあたしをりっぱな戦士にしたいだけ。それだけよ。

アイヴィーポーはコケむした小道を進んだ。現実の世界では肉球が痛くなるほど冷たい雪の上を歩いているので、あたたかい土の感触《かんしょく》が妙《みょう》だ。道が開け、行く手に泥《どろ》の川が現れた。ホローポーといっしょにあの川のなかでダークストライプを倒《たお》したことを思い出し、ちらりと満足感がわいた。

黒い川をたどって二、三歩進むと、木々のあいだに光が見えた。アイヴィーポーは森の奥《おく》へつづく曲がりくねった道をたどりはじめた。強くなっていく光に向かって、足を速める。まわりには、太い木が前より密集してそびえている。アイヴィーポーは光を見すえて進んだ。近づくと、光の正体がわかった。木の幹や根元に密生した奇妙《きみょう》な灰色《はいいろ》のキノコが光っているのだ。キノコは月の光を反射しているのだろうか？

まん丸の白い月が見えないかと、アイヴィーポーは頭上に目をこらした。ここでも、今夜は満月のはずでしょう？　しかし、木の枝が頭上を密におおっていて、空も月も見えない。すると、風もないのに、枝がカタカタ鳴りだした。アイヴィーポーは背筋がぞくっとした。なにを怖《こわ》がっているの？　アイヴィーポーは自分をしかりつけ、進みつづけた。

前方に話し声がきこえ、アイヴィーポーはほっとしてさらに足を速めた。ぎっしり並んだ木の向こうで、タイガーハートとタイガースターが話している。

「遅刻《ちこく》だぞ」タイガースターの怒《おこ》った声がした。

アイヴィーポーはタイガーハートの返事をきこうと、耳をそばだてた。

「大集会に行かなくちゃならなかったんです」

「訓練のほうが大事だ」

アイヴィーポーはすばやく木の後ろにかくれ、暗がりに目をこらした。タイガースターがタイガーハートのまわりを歩き、どすのきいた声でいっている。「自分のほんとうの仲間はだれか、まだわからないのか？　ネズミを食って暮らすやつらより、おれに忠実になるべきじゃないかね？」

アイヴィーポーはどきんとした。タイガーハートにシャドウ族を敵視させようとしているの？

どさっという音がした。タイガーハートがうめいた。アイヴィーポーはすばやく前へ這《は》って、つぎの木の後ろにかくれ、それから前方に目をこらした。タイガースターがタイガーハートを地面に押《お》さえこんでいる。

「おまえがサンダー族との戦いでおかした失敗は、それだ」タイガースターは鼻で笑うと、シャドウ族の戦士を放した。

タイガーハートは急いで立ち上がった。「どこがまちがってたんですか？」

「おれの前脚《まえあし》を見るな」タイガースターはシャドウ族の戦士の後ろ脚を払《はら》おうとするかのように、前へ跳《と》んだ。タイガーハートは頭を低くして後ろ脚を高くけり上げ、攻撃《こうげき》をかわした。だが、それより早くタイガースターは体をひねって、若い戦士の首筋にかみつき、引っぱってよろけさせた。タイガーハートはばたんと横ざまに倒《たお》れた。

「脚は武器になるが、とどめを刺《さ》すのは歯だ。それを忘れるな」タイガースターはうなり声でいうと、あとずさった。

タイガーハートはぱっと立ち上がり、「忘れません」と息をはずませて答えた。

「ライオンブレイズはそれをわかっている」タイガースターがみがみいう。「あいつはそうやってラシットファーを殺した。サンダー族のあんな弱虫にも太刀打《たちう》ちできないようでは、おまえはただの役立たずだ」

アイヴィーポーは息をのんだ。タイガースターはあたしにうそをついたんだわ！　サンダー族に忠実だなんて、真っ赤《まっか》なうそじゃないの！　アイヴィーポーはショックで息苦しくなった。タイガースターは、あたしにいいきかせたのと同じようなことを、タイガーハートにもいっている。あたしを指導していたのは、サンダー族を助けるためなんかじゃなかったのだ。

「決戦のときが来たら」タイガースターは話しつづけている。「くだらない大集会なんかに費やした時間は、なんの役にも立たない。われわれは、四つの部族とかれらの弱々しい先祖と戦うのだ。そのときに、だれが真の戦士たちか明らかになる」

アイヴィーポーはその場から逃《に》げ出した。森のなかを突《つ》っ走る。両側に立ち並ぶ木がぼやけて見える。フレームテイルが見たといっていた光景は、その戦いにちがいない。その戦いのために、ホークフロストはあたしを味方に引き入れたのだ。

あたしはとくべつでもなんでもなかったんだわ。

あたしはなんてばかなの？

タイガースターはサンダー族を助けたいなんて思っていない。四つの部族とスター族を相手に戦争したいのだ。しかも、部族の戦士たちを兵隊として利用して、部族と戦わせようとしているのだ！

アイヴィーポーははっと急停止した。静かに流れる川が、行く手をはばんでいる。どうやって帰ればいいの？　アイヴィーポーは何度もまばたきした。

目をさますのよ！　目をさますのよ！

「どうしたの？　だいじょうぶ？」

デイジーの声だわ。ここは保育部屋？　とアイヴィーポーは一瞬《いっしゅん》思い、ぱちりと目をあけた。そこにいるのは、メープルシェイドだった。オレンジ色と白の雌《めす》の戦士は、ばかにした目でじろじろ見ている。

「ほっといてください！」アイヴィーポーはどなった。

「悪い夢でも見ているのかい？」メープルシェイドはふふんと笑った。

アイヴィーポーはメープルシェイドのくさい息からあとずさった。「さっさと消えたらいかがですか？」

メープルシェイドはかぎ爪《づめ》に力をこめた。「ふん。ふたつみっつ、うらみを晴らすまでは、どこへも行く気はないね」

アイヴィーポーは震《ふる》えそうになるのをこらえた。「あ……あたしは、ホークフロストをさがしてたんです」

「かれはいそがしいんだ」メープルシェイドが近づいてきた。「今夜は、わたしが代わりに指導をたのまれた」

アイヴィーポーはつばを飲みこんだ。「そうなんですか？」

「前回おぼえた水中の技《わざ》をためそう」

アイヴィーポーは川を見つめ、気が重くなった。

「おぼえたことをやってみせておくれ」メープルシェイドはそういうと背を向け、川に入っていった。

アイヴィーポーは我慢《がまん》して、ついていった。どろっとした水が脚《あし》にまとわりつき、毛皮を引っぱる。

「もっと深いところへ行ったほうがいいかい？」メープルシェイドがきいた。水は戦士の肩《かた》にかかっている。アイヴィーポーは鼻を水の上にたもつために、つま先立ちで進まなくてはならなかった。「さて、どうするんだったかな？」メープルシェイドがうながす。「ほら、学んだことを思い出すんだ」

「あなたの脚を払《はら》うんです」

「よし。じゃ、やってみな」

さっさとすませるのよ。アイヴィーポーは自分にいいきかせ、深く息を吸いこむと、水中にもぐった。ぬるぬるした生ぬるい水に鼻づらをおおわれ、吐き気《はけ》をおぼえる。メープルシェイドの脚先へ向かって進み、つかもうと前脚をのばした。そのとき、背中に重いものがあたったかと思うと、アイヴィーポーは押《お》され、川床《かわどこ》に胸をぶつけた。耳の奥《おく》で血がごうごう鳴る。アイヴィーポーはもがいた。メープルシェイドに押さえこまれたのだ。大きな雌猫《めすねこ》はアイヴィーポーの体にかぎ爪《づめ》を突《つ》き立て、かたい川床にぐいぐい押しつける。

アイヴィーポーは川床で身をよじった。口から空気の泡《あわ》がもれる。メープルシェイドはアイヴィーポーの胸から空気を押し出そうとしている。アイヴィーポーは激しく抵抗《ていこう》し、メープルシェイドをけとばしてどかせないかと、後ろ脚をばたつかせた。肺が悲鳴をあげ、視界が暗くなってきた。水を吸いこみそうになるのを、必死にこらえる。

すると、ばたつかせている後ろ脚が大きな石をけった。石はひげ一本の幅《はば》くらい、かすかに動いた。アイヴィーポーはもう一度、もっと強くけった。石はかしいだかと思うと、ごろごろころがりはじめた。メープルシェイドの脚が浮《う》き上がった。戦士がよろけたすきに、アイヴィーポーは力いっぱい川床をけって、戦士を押しのけ、水面へ向かった。

早く息をしたかったが、アイヴィーポーは我慢して水にもぐったまま泳ぎ、メープルシェイドからできるかぎり離《はな》れた。上向きに傾斜《けいしゃ》しはじめた川床をたどって泳ぐと、対岸の土手に着いた。アイヴィーポーは水から飛び出して、ぬかるみに這《は》い上がり、むさぼるように息を吸いこんだ。

肩越《かたご》しに振《ふ》り返ると、メープルシェイドがバシャバシャと水しぶきを上げて川床をさぐっているのが見えた。アイヴィーポーはカワウソのように腹ばいになって土手をのぼり、木のあいだにそっとすべりこんだ。そして、陰《かげ》に体がすっかりかくれたことを確かめると、地面に倒《たお》れこんであえぎ、せきこんで大量の黒い水を吐《は》いた。

「アイヴィーポー！」

ダヴポーだわ！

目を上げたとたん、安堵《あんど》が押《お》し寄せた。自分の寝床《ねどこ》のふちが見え、ふちに編みこんだ茎《くき》の上に、心配そうな妹の顔がのぞいていた。部屋の出入り口のシダのすきまから、夜明けの光がさしこみはじめている。

「だいじょうぶ？」

アイヴィーポーはまた、せきこんだ。胸が焼けるように痛い。「ええ。もう、だいじょうぶ」かすれ声でいった。二度と〈暗黒の森〉には行きたくない。ぜったいにいや。「大集会はどうだった？」

「どうしてもききたいことがあるの」ダヴポーは不安そうだ。部屋の外では、一族が起きだした音がする。

「どんなこと？」

アイヴィーポーが起き上がってすわると、ダヴポーは身をのり出した。「もう一度、タイガーハートのことを教えて」耳をぴくぴくさせる。「ほんとうに、い、い、〈暗黒の森〉で指導を受けてるの？」

アイヴィーポーは目を伏《ふ》せ、小声で答えた。「ええ。残念だけど」

「いいのよ」ダヴポーはため息をついた。「はじめから、あたしのことなんか好きじゃなかったんだと思うから」

アイヴィーポーはびくっと鼻づらを上げた。「そんなことないわよ！」

ダヴポーはかぶりを振《ふ》った。「あなたはわかってない」

「わかってるわ！」アイヴィーポーは寝床を飛び出し、ダヴポーに体を押しつけた。「かれはあたしと同じく、タイガースターにだまされたの！」

ダヴポーがこっちを見つめた。「えっ、どういうこと？」

「全部うそだった――」

「待って！」ダヴポーがさえぎった。「ライオンブレイズとジェイフェザーにもきかせなくちゃ」

アイヴィーポーは驚《おどろ》いて妹を見た。なんの話？　あの二匹《ひき》とどういう関係があるの？

「いいから、あたしを信用して」ダヴポーはアイヴィーポーをつついて立たせ、部屋から追い立てた。

看護部屋から、しおれた薬草の束をくわえたジェイフェザーが出てきた。ダヴポーに気づいたらしく、ジェイフェザーは見えない目をぐっと細めてこっちへ向けた。そして、部屋の出入り口のそばにある石の下に薬草を押しこむと、急ぎ足でやってきた。

「具合でも悪いのか？」

「いいえ、元気です」ダグポーがいった。「ライオンブレイズはどこですか？」

「ここにいるよ」黄金色《こがねいろ》の戦士がくずれた岩をつたってハイレッジから駆《か》け下りてきた。

「話があるんです」ダグポーは小声でいい、ジェイフェザーとライオンブレイズをつれてキャンプの出入り口へ向かった。

いったい、なんなの？　とアイヴィーポーは思った。ここにも、〈暗黒の森〉に負けないくらいたくさんの秘密があるようだ。

キャンプを出ると、ダグポーは先に立って急斜面《きゅうしゃめん》をのぼりはじめた。雪の吹《ふ》きだまりをかき分け、倒木《とうぼく》を跳《と》び越《こ》える。倒木の反対側は、幹にさえぎられて雪が吹き寄せていない。ダグポーは腐《くさ》りかけた樹皮にもたれてすわり、その横にジェイフェザーとライオンブレイズがすわった。アイヴィーポーは倒木の上でちょっと体勢を整えてから、三匹《びき》のそばに飛び降りた。冷たい風に、四匹は身を寄せあった。

「さ、アイヴィーポー。話して」ダグポーがうながした。

アイヴィーポーはジェイフェザーとライオンブレイズを順番に見た。二匹は期待に毛をふくらませている。アイヴィーポーは深く息を吸いこみ、話しだした。「夢で〈暗黒の森〉にかよってたんです」

「それならもう、知っている」ジェイフェザーがうなった。

アイヴィーポーは目をぱちくりさせた。「タイガースターの指導を受けてたんです」気持ちを落ちつけようとつとめる。「ホークフロストの指導も。一族を守れるように、りっぱな戦士になれ、って二匹にいわれて」

「その言葉を信じたのか？」ライオンブレイズがどなった。

「最後まできいてやってください！」ダヴポーがうなる。

アイヴィーポーは感謝をこめて妹を見た。「タイガースターは、自分はサンダー族に忠実だ、といったんです。サンダー族の猫《ねこ》として生まれ、サンダー族の精神を失ったことはない、と」

「そうか」ジェイフェザーがゆっくりうなずいている。

「あたしはダヴポーに負けたくなかっただけなんです」アイヴィーポーはいった。「すごく優秀《ゆうしゅう》になって、あたしもみんなの注目を浴びたかったんです」

ライオンブレイズの表情がやわらいだのを見て、アイヴィーポーはほっとした。戦士はいった。「おまえは優秀な見習いだ、アイヴィーポー。すばらしい戦士になるよ。妹と張りあおうとするな」

どうして？　アイヴィーポーの嫉妬心《しっとしん》がよみがえった。ダヴポーのどこがそんなにとくべつなの？

「でも、もうあそこへは行くのはやめます。真実を知ってしまったので。タイガースターと仲間の戦士たちは、すべての部族を攻撃《こうげき》しようとたくらんでるんです。あたしたちを滅《ほろ》ぼしたいんです。あたしはもう、二度と〈暗黒の森〉には行きません」話し終えて緊張《きんちょう》が解けると、どっと疲《つか》れを感じた。

「どうやって、やめるんだ?」ジェイフェザーから思いがけない質問が飛んできた。

「どうやって、って?」

「眠《ねむ》りにつくとき、〈暗黒の森〉の夢を見るかどうかは、自分の意思で決めるのか?」とジェイフェザー。

アイヴィーポーは顔をしかめた。「い……いいえ、ちがう気がします。夢のなかで目をあけてみると、そこは〈暗黒の森〉だ、という感じです」

ジェイフェザーが体を起こした。「そいつはいい」

どういうこと? 望まないのに、またあの場所で目をさましてしまったら、どうしたらいいの? アイヴィーポーは気分が悪くなってきた。「ど、どうして、いいんですか?」

「おまえにスパイをしてもらいたいからだ」ジェイフェザーはいった。

アイヴィーポーは震《ふる》えだした。「でも、あそこへは二度と行きたくありません」

「いまさらそんなことをいっても、遅《おそ》い」ジェイフェザーは肩《かた》をすくめた。「おまえは〈暗黒の森〉に仲間入りしたんだ。タイガースターが、ここまで鍛《きた》えあげたおまえを手放すと思うか?」

「でも、あたしはもう、指導を受けたくありません!」

ジェイフェザーは耳を貸さず、見えない青い目でアイヴィーポーの目を射るように見つめている。「おまえの気が変わったことを、やつらは知らないんだろう?」

アイヴィーポーは声が出ず、ただうなずいた。

「なら、これからも指導を受けにいけ。そして、やつらについてわかったことをすべて、ぼくたちに報告しろ」

「ああ、そのとおり」ジェイフェザーは片脚《かたあし》でひげをなでた。「おまえは一族を裏切ろうとしていたんだぞ。今度は、やつらを裏切ればいいじゃないか」

アイヴィーポーの心臓が激しく打ちはじめた。「あたしに、かれらの動向をさぐれと？」

ダヴポーがぱっと身を起こした。「姉は、自分が一族を裏切ってるとは思わな――」

「タイガースターの指導を受けていたんだぞ」ジェイフェザーがぴしゃりとさえぎった。「それのどこがサンダー族のためになるというんだ？」

ライオンブレイズが前脚にしっぽをかけた。「ジェイフェザーの作戦は悪くないと思う」

アイヴィーポーはまたべつの悪夢に捕《と》らわれた気がした。

ライオンブレイズはつづけた。「ただし、アイヴィーポーが賛成すればの話だ」

メープルシェイドに肩をつかまれて川床《かわどこ》に押《お》さえこまれたときの感覚がよみがえった。「いやです！」ただの見習いにもどって、ふつうに暮らしたい、とアイヴィーポーは思った。マウスファーとパーディーのためにコケを採《と》ってきたり、現実の世界の森で実在する猫《ねこ》たちと狩《か》りの練習をしたりしたい。「二度とあそこには行きません」

「おまえに選択《せんたく》の余地はないかもしれない」ジェイフェザーがつぶやいた。

ダヴポーがしっぽをぴくぴくさせて、いった。「姉とふたりで話をさせてください。お願いします」

指導者のライオンブレイズがうなずき、倒木《とうぼく》に飛びのって、ジェイフェザーを呼んだ。

「行こう。あとはダヴポーにまかせよう」

ジェイフェザーは小さなため息をつき、兄にしたがった。

雪を踏《ふ》む二匹《ひき》の足音が遠ざかると、アイヴィーポーは妹を見た。「いったい、なにが起きてるの？」

ダヴポーはすわりなおした。「あなたのまだ知らないことがあるの」

「なあに？」

「この倒木のむこうへ行って、なにかしてきて」

「なにか、って？」

「なんでもいいわ」ダヴポーはまばたきした。「雪のかたまりを投げるんでも、木にのぼるんでも、なんでもかまわない。ただ、あたしにきこえないように、見えないようにやって」

アイヴィーポーはけげんに思いながら、倒木をのり越《こ》え、雪のなかを駆《か》けだした。しばらくして後ろを振《ふ》り返り、だれの姿も見えないことがわかると、さらに先へ進んだ。そして、ダヴポーにはぜったいにきこえないと思われるところまで来ると、木の後ろにかくれて雪に穴を掘《ほ》った。それから、ふたたびその穴を埋《う》め、妹のところへ駆けもどった。

「どう?」アイヴィーポーは息をはずませて、きいた。

「穴を掘って、また埋めなおしたでしょ」ダヴポーはいった。

アイヴィーポーはくらくらした。「あたしのあとをつけたの?」

「あたしの足跡《あしあと》はあった?」

アイヴィーポーは首を横に振った。「ならどうして、わかったの?」

ダヴポーはちょっと口をつぐんで、うるんだ青い目で姉を見つめ、それから一気にいった。「あたし、どんな音もきこえるの。においもそう。意識を集中すれば、どんなにおいもかぎ取れるの」

アイヴィーポーは鼻を鳴らした。「いいかげんにして! すぐ、自慢《じまん》したがるんだから! なにもかもきこえて、かぎ取れる猫《ねこ》なんかいないわ!」

ダヴポーはしっぽを激しく振った。「自慢なんかしてない。自慢できることならいいのに、ってときどき思うくらいよ。あたしにはとくべつな力があるの。星よりも大きな力をもつ猫が三匹現れる、という予言がおりて、あたしはその予言の猫なの。もう二匹は、ジェイフェザーとライオンブレイズ。だから、あの二匹はあたしの話に耳を傾《かたむ》けるの。ファイヤスターもそう」

「ファイヤスターは、あたしの夢の話もきいてくださったわ！」アイヴィーポーはいった。「あたしの話は事実なの！　たったいまも、リヴァー族のホローポーが、きのうパウンステイルのマダニ取りをしなかったことで小言をいわれてるのがきこえるわ。シャドウ族のデューキットとミストキットが寝床《ねどこ》で、クロウフロストのもってきた古くてくさいスズメにどっちが先にかぶりつくかでけんかしてるのもきこえる。それから、ウィンド族ではヘザーテイルが、密生したハリエニシダのあいだを通る新しい道をヘアスプリングに教えてて、ワンスターは毛づくろいを――」

「でも、あれはつくり話だったじゃない！」ダヴポーは姉の顔に鼻づらを突《つ》きつけた。

「もういい、やめて！」アイヴィーポーは妹の話を受け入れるのに苦労した。「ほんとに、それ全部きこえるの？」

ダヴポーはうなずいた。「なにもかも。ビーバーのたてる音もきこえたわ」

「それで、川の水をせき止めてるのはビーバーだとわかったのね！」長いこと不思議に思っていたことが、奇妙《きみょう》な感じで腑《ふ》に落ちてきた。「だから、あなたはほんの見習いなのに、あの任務に送り出されたわけね」頭がくらくらする。「じゃ、ファイヤスターもあなたのとくべつな力のことをご存じなのね？」

「ええ。でも、ファイヤスターだけよ」

アイヴィーポーは体がほてり、いら立ってきた。「どうして、もっと早く話してくれなかったの？」そうきくと、妹に答えるひまを与《あた》えずにつづけた。「見習いなのに超天才《ちょうてんさい》みたいなあなたばかり目立って。それをながめてるあたしのつらさはわからなかった？」

ダヴポーは前脚《まえあし》をもぞもぞ動かした。「口止めされてたの。ジェイフェザーとライオンブレイズのことも、ファイヤスター以外だれも知らないわ」

「でも、あのきょうだい二匹《ひき》は互《たが》いのことを知ってるんでしょ？　あと、ホリーリーフも知ってたんじゃない？」アイヴィーポーははらわたが煮《に》えくり返ってきた。「そもそも、あたしが〈暗黒の森〉に行ったのは、あなたのせいなのよ！」

ダヴポーは目を見開いた。「ど、どういうこと？」

「はじめてホークフロストに会ったのは、〈星のない世界〉じゃなかったの。花とか太陽の光とかそういうものであふれた野原だった。ホークフロストは……あたしをほめてくれたの。妹のダヴポーではなく、あたしの能力に関心をもってくれてるようだった。サンダー族では、だれにもあんなあつかいをしてもらったことがないわ。ここのあたしは、あなたの影法師《かげぼうし》でしかない」

「それはちがう！」ダヴポーはどなった。

「でも、あたしはそう感じたの！　だから、ホークフロストの誘《さそ》いにのったり、教えてくれる技《わざ》を片っぱしからおぼえたからって、あなたに責められる筋合いはない」

「だれもあなたを責めたりしないわ」ダヴポーはため息をついた。

アイヴィーポーはいぶかるようにぐっと目を細めた。「そうかしら？　ライオンブレイズとジェイフェザーはあたしを信用してない。あの二匹《ひき》はたぶん、あたしを永久に〈暗黒の森〉に追放したいと思ってる！」

ダヴポーは耳を寝《ね》かせた。「ばかなことをいわないで！　あたしたちがあなたを必要としてるのがわからない？　〈暗黒の森〉で起きてることが正確にわからなければ、予言は役に立たない。望みがかなったじゃないの。あなたはとくべつな猫《ねこ》になれたのよ」

アイヴィーポーは目をぱちくりさせ、小声でいった。「とくべつな猫になんか、なれなければよかった。怖《こわ》いわ」

妹が肩《かた》にしっぽをのせてきて、おだやかにいった。「あたしたちもみんな怖いの。スター族の猫たちでさえ、怖がってる。部族の終わりと〈暗黒の森〉のあいだに立ちはだかることができるのは、あたしたちだけなんだと思う」雪の壁《かべ》に囲まれてうずくまる妹の姿が、急に小さく見えた。

「できるだけ力になるわ」アイヴィーポーは急いで約束した。もう、あたしだけの問題ではない――じっさい、まったくあたしの問題ではない。湖のまわりで暮らすすべての猫にかかわる問題だ。

「また〈暗黒の森〉に行ってきます、ってジェイフェザーとライオンブレイズに伝えて。まだ仲間だというふりをして、連中のたくらんでることをできるかぎりくわしく突《つ》きとめるわ」

第24章

フレームテイルはイヌハッカをツタの葉で包み、イバラの茂《しげ》みにある薬草置き場に押《お》しこんだ。それから ヨモギギクの茎《くき》を束ねられるように並べはじめた。目がかすみ、あくびが出た。

「フレームテイル」

遠くでだれかが呼んでいる。

「フレームテイル！」キンクファーに鼻でつつかれた。「呼んでいるのに、きこえないの？」

「すみません」フレームテイルは目をしばたたいて、振《ふ》り向いた。「なにか、ご入り用ですか？」心のなかでため息をつく。もうへとへとで、みんなを助ける気力は残っていない。

「お願い、ミストキットをみにきて。声が出なくなっちゃったの」

「これを片づけたら、すぐ行きます」フレームテイルは約束した。

母猫《ははねこ》が看護部屋を出ていくと、リトルクラウドの寝床《ねどこ》がかさこそ鳴り、茶色い鼻がのぞいた。「少し休め」指導者の看護猫はいった。声はまだかすれているが、前よりいくらか強さを感じる。「昨夜は眠《ねむ》れたのか?」

フレームテイルは重い足取りで指導者の寝床へ行った。「はい、ほんの少し」

リトルクラウドの目には輝《かがや》きがもどり、毛もまだもつれてはいるが、グルーミングしたあとが見られる。「だと思った」指導者はゆっくり起き上がった。「寝返りをうってばかりいたから、気になったんだ」

「いやな夢を見たんです」フレームテイルはうちあけた。

「同じ夢か?」リトルクラウドがきく。

「はい」この一週間、フレームテイルは一瞬《いっしゅん》たりとも安眠《あんみん》していない。おびえた猫たちの悲鳴や叫《さけ》び声が響《ひび》くなか、底なしの闇《やみ》に落ちていく光景に、毎晩うなされるのだ。

「相変わらず、くわしい意味はわからないんだな?」

フレームテイルはヨモギギクのところへもどり、小声でいった。「スター族は闇しか見せてくださいません。なんのヒントもくださらないんです。最初に攻撃《こうげき》をしかけるのがだれなのか、ぼくたちはどうそなえればいいのかも、わかりません」

リトルクラウドが身をのり出した。「先祖の戦士たちがついていてくださるよ。でなければ、そんなお告げはしないだろう。あるいは、先祖もくわしいことをご存じないのかもしれない。わかりしだい、おまえに知らせてくるだろう」

「いいえ、リトルクラウドに知らせてきますよ」フレームテイルは返した。

リトルクラウドののどがかすかに鳴った。ひさしぶりにきく音だ。「心配するな」指導者はかすれ声でいった。「まだまだ、先祖に仲間入りするつもりはないよ」体を震《ふる》わせて、せきこむ。

フレームテイルはどきんとした。「もっとイヌハッカをさしあげましょうか？」

リトルクラウドは首を横に振《ふ》り、「よくなってきているから、だいじょうぶだ」と弟子を安心させた。

「けど、念のために」フレームテイルは薬草置き場の奥《おく》をさぐりはじめた。

「熱は下がったし、呼吸も楽になった。イヌハッカをむだにするな。枯《か》れ葉の季節は、思っているより長くつづくものだ」

フレームテイルは指導者を振り返った。「一命を取りとめられて、ほんとうによかったです」

「ああ、おれもほっとしたよ」リトルクラウドは目を輝《かがや》かせた。「さ、ミストキットのようすをみにいっておいで」

フレームテイルはヨモギギクの茎《くき》を一本だけよけて束ね、イヌハッカといっしょに薬草置き場の奥に押《お》しこんだ。

「シーダーハートのようすもみてきてくれ」リトルクラウドはつづけた。「ゆうべ、長老たちの部屋からせきがきこえたんだ」

「わかりました」フレームテイルはよけておいたヨモギギクの茎をくわえ、看護部屋の出入り口へ向かった。

保育部屋の前を行ったり来たりしていたキンクファーが、フレームテイルを見るなり駆《か》け寄ってきた。

「あの子、けさはムクドリみたいにピーチクパーチクしゃべっていたのに、お昼寝《ひるね》からさめたら、声が出ないの」

「心配いりませんよ」フレームテイルは保育部屋の入り口にひょいと飛びこんだ。「病気にかかったとしても、もう、薬草がありますから」

保育部屋のなかは暗く、あたたかかった。砂におおわれた地面をスパロウキットがコケのかたまりをころがしながら突《つ》っ走ってきて、それをぽんと打ち上げた。すかさずデューキットが跳《と》び上がって、コケをつかんだ。と思ったら、スパロウキットに飛びかかられて、フレームテイルにぶつかった。フレームテイルはわきへよけた。

「気をつけて」キンクファーがいいながら、部屋に入ってきた。

ハシバミの茎を編んでつくった寝床《ねどこ》から、ミストキットの顔がのぞいた。

スパロウキットがデューキットから体を離《はな》した。「ミストキットは病気になっちゃったんだよ！」

「すぐよくなるよ」フレームテイルはくわえてきたヨモギギクの茎を寝床のそばに落とすと、子猫《こねこ》をかいだ。体は熱っぽいが、すっぱいにおいはしない。病気だとしたら、ホワイトコフだ。フレームテイルはヨモギギクのはしをかみ切り、慎重《しんちょう》にキンクファーの足元に置いた。

「これをかんでやわらかくしたものを、つぎの食事のあとに与《あた》えてください」フレームテイルは母猫《ははねこ》に指示した。

キンクファーはうなずき、見に駆《か》け寄ってきたスパロウキットとデューキットが触《ふ》れないように、茎《くき》の切れはしをすばやくわきへどけた。

「げっ！」デューキットが身震《みぶる》いした。

スパロウキットは顔をしかめた。「ミストキットは薬草を食べなきゃならないの？」

フレームテイルは首をかがめて、子猫たちと鼻を突《つ》きあわせた。「あんまりあの子のそばに行くと、おまえたちも薬草を食べなきゃならなくなるぞ」そういうと、いやそうに叫《さけ》ぶスパロウキットをその場に残して、保育部屋を出た。

シーダーハートは、長老たちの部屋の前に寝そべっていた。せきをこらえて、わき腹を震わせている。

「これをどうぞ」フレームテイルはヨモギギクの茎の残りを、年老いた雄猫《おすねこ》の鼻づらの前に落とした。

「かんで、全部飲みこんでください」

シーダーハートは茎を押《お》しやり、「若い猫たちのために取っておけ」と、かすれ声でいった。「わしはここまで生きのびたんだ。せきぐらいでは、びくともしないよ」

「ええ、そうかもしれません」フレームテイルはうなずいた。「けど、とにかく食べてください。ぼくを安心させるつもりで」

「そういうことならば……」シーダーハートはヨモギギクの茎をなめて口に入れ、顔をしかめてかむと、飲みこんだ。「いつになく、若葉の季節が待ち遠しくなりそうだ」長老は低い声でいった。

フレームテイルはあくびをし、つぶやいた。「ちょっと脚《あし》をのばしてきたほうがいいな。でないと、夕暮れのパトロール隊が出かける前に、眠《ねむ》っちまいそうだ」

フレームテイルはキャンプの出入り口へ向かった。キャンプの外は霜《しも》が降りて、しんしんと冷えこんでいる。

湖から悲鳴がきこえた。だれかがどうかしたのか？　フレームテイルは耳をそばだてた。レッドウィロウとパインポーの声がする。なにかにおびえているようではない。それどころか、楽しそうだ。

凍《こお》った雪の上を走ってくる足音がきこえた。三毛柄《みけがら》の毛皮が見えたかと思うと、オリーヴノウズがそばで急停止した。息をはずませている。「湖で遊んでいるの！　すっかり凍っていて、湖面を歩いてリヴァー族のなわばりまでも行けそうよ」

ドーンペルトもやってきた。「スコーチファーとアウルクローを呼んでこようっと！」ドーンペルトはフレームテイルたちのそばを駆《か》け抜《ぬ》けてキャンプへ向かい、肩越《かたご》しに叫《さけ》んだ。「あなたも遊びにいきなさいよ、フレームテイル。このところ、うかない顔ばかりしてるじゃない。少しは楽しいことをするといいわ」そういうと、イバラの壁《かべ》の向こうに消えた。

フレームテイルはうずうずした。もう長いこと、無邪気《むじゃき》に遊ぶなんてことはしていない。年じゅう痛みや苦痛とかかわり、せきやくしゃみの心配ばかりして、年寄りくさくなっていくのが自分でもわかる。

「いらっしゃいよ！」オリーヴノウズが駆けだした。

フレームテイルはオリーヴノウズを追って茂《しげ》みのあいだを駆け抜け、湖岸へくだった。〈二本足〉の使う途切《とぎ》れた橋が凍《こお》りついた状態で、真っ白い湖面の上に突《つ》き出している。オリーヴノウズは板張りの橋の上を駆け足で進んで突端《とったん》まで行き、しっぽでフレームテイルを招いた。追いついたフレームテイルは、橋の突端に立って湖を見わたした。

湖はすっかり凍り、沈《しず》みゆく夕日にピンク色に染まった大きな氷の板のようだ。岸からキツネ数匹分離《すうひきぶんはな》れたところで、レッドウィロウが白くきらめく湖面を少し走ってから、ばたんと腹ばいになり、くるくるまわりながらすべりだした。そのようすを立ってながめているクロウフロストとラットスカーが、おかしそうに叫んだ。年長の戦士たちまで無邪気に楽しんでいる。

オリーヴノウズが途切れた橋から凍った湖面に飛び降りた。「いらっしゃいよ。安全よ」

フレームテイルはびくびくしながら飛び降りたが、脚《あし》の下の氷がしっかり凍っているのがわかって、ほっとした。それから、おそるおそる足を踏《ふ》み出して途切れた橋をあとにし、石をすべらせて遊んでいるスターリングポーとパインポーのところへ向かった。

「なんの遊び？」フレームテイルは声をかけた。

パインポーがぱっと体を起こした。「ありがとうございます、オリーヴノウズ！　これで、メンバーがそろいました」

スターリングポーがフレームテイルに駆け寄った。「獲物石《えものいし》っていうゲームをしたいんです。いま考えついたゲームなんですけど」スターリングポーはいうと、「こっちへ石をすべらせてくれ！」とパインポーに叫び、氷の上をシュッとすべってきた厚みのあるなめらかな石を、片前脚でぴたっと押《お》さえた。

「これが獲物」スターリングポーはフレームテイルのほうへ石を押しやり、「で、あそこが巣穴です」と、しっぽを振《ふ》った。フレームテイルは氷の張った湖のはずれに目をこらした。

「ほんとの巣穴じゃなくて、あの木とモチノキの低木のあいだが――」スターリングポーは湖岸をしっぽで示した。「石の安全地帯です。あそこに石を入れたら、あなたたちの勝ちです。ぼくとパインポーがそれを阻止《そし》できたら、ぼくたちの勝ち。そしたら、攻《せ》めと守りを交代します」

「よし、わかった」フレームテイルは真剣《しんけん》な目になって、石に片脚をのせた。

オリーヴノウズがそばを通りすぎながら、いった。「わたしはあなたと組むから、通せん坊《ぼう》されたら、わたしに石をパスして」

スターリングポーとパインポーはもう、「巣穴」を守る位置についている。

二匹《ひき》のあいだをただまっすぐ石をすべらせて通り抜《ぬ》けるのは無理だ、とフレームテイルはすぐに気づいた。そこで、方向を変え、二匹から離《はな》れて石を進ませていった。「ついてきてくれ!」オリーヴノウズに叫《さけ》ぶと、オリーヴノウズはフレームテイルからしっぽ二、三本分の距離《きょり》をあけて並んで走りだした。フレームテイルはさらに石を押《お》してすべらせた。湖面は肉球が痛くなるほど冷たく、うっすら雪におおわれているが、すべりやすさは最高だ。

目のはしに、サンダー族の一団が映った。自分たちのなわばりの近くで、凍《こお》った湖におそるおそる足を踏《ふ》み出している。フレームテイルは気にしなかった。湖の上には境界線はないし、どっちみち、ぼくは看《かん》護猫《ごねこ》だ。看護猫はどこでも自由に行けるのだ。フレームテイルは速度を上げた。湖面をけるのをやめ、脚《あし》をすべらせて進む。毛が風になびき、飛んでいるような気分になる。フレームテイルはすべりながら、石を強く押してオリーヴノウズに送った。

オリーヴノウズは片前脚で石を押さえると、くるりと向きを変え、「攻撃《こうげき》しましょ!」と叫んだ。

フレームテイルも向きを変え、オリーヴノウズと並んで、パインポーとスターリングポーのいる場所へ向かった。二匹の見習いは氷の上で身をかがめて、真剣《しんけん》に石を見すえ、石が自分たちのほうへすべってきたらすぐに飛びついて押さえようと構えている。

「取って！」オリーヴノウズが石を送ってきた。

フレームテイルはころびもつんのめりもせず、スムーズにすべりながら石を受け取ると、オリーヴノウズに打ち返した。待ち構えているオリーヴノウズが、それを打ち返す。スターリングポーとパインポーがきょろきょろと石を目で追う。フレームテイルとオリーヴノウズは石を打ちあう速度を上げながら、「巣穴」にせまっていった。

フレームテイルは二匹の見習いのあいだを見すえると、力いっぱい石をすべらせた。石は、獲物《えもの》めがけて急降下するタカのような勢いで、わずかなすきまへまっすぐ向かっていく。フレームテイルは速度を落として止まり、石が「巣穴」に近づくのをわくわくしながら見守った。

「あたしが止める！」パインポーが味方に叫んで前へ跳《と》び、腹ばいになってヘビのようにすばやくすべり、前脚をのばしてぴたっと石を押さえた。そして、勝ち誇《ほこ》った声をあげると、シュッと石を押し返した。石はフレームテイルのそばを通りすぎ、湖のまんなかへすべっていった。フレームテイルは向きを変え、脚をすべらせながら追いかけた。

石を追って、ラットスカーとクロウフロストの前を通りすぎる。石は回転しながらすべりつづける。と思ったら、ありがたいことに速度を落とし、ついに止まった。フレームテイルは腹ばいになり、石を取りにすべっていった。

ピシッ！

体の下で、割れる音が響《ひび》いた。

前脚《まえあし》の下の氷がもち上がるのを感じてぎょっとしたかと思うと、体がかしぎ、水のなかにすべり落ちた。フレームテイルは悲鳴をあげて、氷のように冷たい水に飲みこまれた。とたんにあたりが真っ暗になった。

水が毛を引っぱる。あまりに冷たくて、かぎ爪《づめ》で引っかかれているように痛い。

水の底へ引きずりこまれていくのを感じる。頭上にかすかに見えていた光が消えた。

夢で何度も見た光景だ！

フレームテイルは水面へ上がろうと、夢中で水をかきはじめた。

こういうことが起きるのだと、なぜ、スター族は教えてくださらなかったんだ？

フレームテイルは目をしばたたき、まわりの泡《あわ》が漂《ただよ》っていく方向を確かめると、希望をいだいて上へ向かった。水をかく前脚が、かたい壁《かべ》にあたった。

そんな！

白い壁の向こうに光が見える。光に向かってかくと、今度は湖面に張った氷の下側のガリガリの面にかぎ爪があたった。頭上の氷の上を動く影《かげ》が見える。足音が響き、自分を呼ぶ声や叫《さけ》び声がきこえる。

すると、体が水の底へ引っぱられはじめた。疲《つか》れ果て、もう抵抗《ていこう》する力が出ない。頭上で響く声や足音が遠ざかってきこえなくなり、体の感覚がなくなってきた。フレームテイルは動きを止め、水に身をまかせた。

なんて静かなんだろう。

なんておだやかなんだろう。

突然《とつぜん》、水がゆれ、氷のかけらと泡がまわりに渦巻《うずま》いた。そばに、つややかな灰色《はいいろ》の毛皮が漂っている。

ジェイフェザー？　サンダー族の看護猫《かんごねこ》も落っこちてきたのか？　ここは静かだ。なにも心配いらないよ、へたに抵抗しないほうがいい、とフレームテイルは看護猫仲間を安心させてやりたくなった。

そのとき、フレームテイルの毛皮がぐいっと引っぱられた。ジェイフェザーがつかんで引っぱり上げようとしているようだ。ジェイフェザーはどこで潜水《せんすい》のしかたをおぼえたんだろう？

暗さを増す水のなかに、ジェイフェザーの目が見えた。視力のないはずの目が、訴《うった》えるように見つめてくる。フレームテイルは見つめ返し、心のなかで答えた。無理だよ。氷の下に閉じこめられちまったんだ。

水の力が強まり、必死に水をかいて抵抗するジェイフェザーの努力もむなしく、二匹《ひき》は下へ下へと引っぱられはじめた。

すると、もう一対《いっつい》の目が見えた。ふくらんだ白い目。水中に、猫《ねこ》がもう一匹《びき》いるようだ。毛がなく、傷だらけの異様な姿をしている。フレームテイルはそばに漂《ただよ》っているように見えるその猫をしげしげ見た。まだ会ったことのないスター族の猫だろうか、とちらりと思った。しかし、いまも昔も、こんな姿の戦士がいるだろうか？

醜《みにく》い猫はジェイフェザーに近づいた。

そいつを放せ！

フレームテイルの頭のなかに声が響《ひび》いた。フレームテイルではなく、ジェイフェザーにいっているのだ。そいつの死期が来たのだ。おまえではない。放すんだ！

フレームテイルは、ジェイフェザーのかぎ爪《づめ》が毛皮から離《はな》れるのを感じ、薄《うす》れていく光を見上げながら、沈《しず》みはじめた。

やがて光がすっかり消え、フレームテイルは闇《やみ》に飲みこまれた。

第25章

　雪の上をトガリネズミがちょろちょろ走っている。アイヴィーポーはすばやく追いかけて飛びかかり、感づかれる前にしっぽを押《お》さえて捕《と》らえた。そして、スター族に感謝の言葉をつぶやくと、とどめを刺《さ》した。湖から響くけたたましい鳴き声がいっそうにぎやかになり、悲鳴のようなかん高い叫《さけ》び声まできこえる。アイヴィーポーは頭を起こし、口からトガリネズミをぶらさげたまま、耳をそばだてた。一瞬《いっしゅん》、妹のとくべつな能力がうらやましくなった。それから、思いなおした。あんな能力があったら、ひどくわずらわしいにちがいない。夜なんか、どうやって眠《ねむ》るのかしら。

　湖で騒《さわ》ぐ猫たちの声が、あたりの冷気のなかに不気味に響きわたる。アイヴィーポーもほんとうはブラッサムフォールやローズペタルといっしょに氷の張った湖へ遊びにいきたかったのだが、それよりも、迷惑《めいわく》をかけてしまった部族仲間のために狩《か》りをして、失ってしまった薬草の埋《う》めあわせができるくらいたくさん獲物《えもの》を捕ろう、と心に誓《ちか》ったのだった。境界線でシャドウ族に捕らわれた一件について、少なくとも半分は自分に責任がある。それに、ダグポーにも負けたくない。ダグポーは、すでにこの上ないほど一族の役に立っているみたいだ。

アイヴィーポーは曲がったオークの木に近づき、根っこのあいだを掘《ほ》りはじめた。雪の下にネズミとスズメを埋《う》めてある。昼前からずっと狩《か》りをしていて、そろそろ脚《あし》が疲《つか》れて重くなってきた。アイヴィーポーはふたつの獲物《えもの》を掘り出すと、慎重《しんちょう》にくわえ、キャンプへ向かった。

イバラのトンネルに着いたころには、太陽は木々の向こうに沈《しず》み、キャンプは影《かげ》に包まれていた。一族が毛を乱し、ハイレッジの下をそわそわ歩きまわっている。

看護部屋へ向かうジェイフェザーの姿を見て、アイヴィーポーは驚《おどろ》いた。毛がぐしょぬれだ。取り乱したようすのリーフプールがジェイフェザーにつきそい、いっしょにイバラのカーテンの向こうに消えた。

アイヴィーポーはくわえてきた獲物を獲物置き場へもっていき、ぽつんと置かれたリスとやせたムクドリの上に落とした。

「おお、すごいじゃないか。ごくろうさん」グレーストライプがやってきて、アイヴィーポーのしとめたものをほめてくれた。

「一日じゅう、狩りをしてたんです」アイヴィーポーはいった。

空き地にファイヤスターの声が響《ひび》きわたった。「自分で獲物を捕《つか》まえられる年齢《ねんれい》の者は全員、ハイレッジの下に集合しろ」

戦士部屋からソーンクローとダストペルトが出てきた。保育部屋からはポピーフロストが急ぎ足で現れ、入れちがいにデイジーが子猫《こねこ》たちを部屋のなかへ追い立てる。毛を逆立てたフォックスリープはもう、くずれた岩の山の下を行ったり来たりしている。そのようすを、ローズペタルが不安そうに目を見開いてながめている。ベリーノウズがトードステップとアイスクラウドを押《お》しのけ、いちばん前にすわりにいった。ブランブルクローはくずれた岩の山の下へ行くと足元を見つめ、副長からしっぽ二、三本分離《はな》れたところにスクワーレルフライトがすわった。

用を足す場所に通じるトンネルから、ダヴポーが急いでやってくるのが見えた。アイヴィーポーは妹といっしょに母ホワイトウィングのそばにすわり、「なにがあったの？」と小声できいた。

ホワイトウィングは首を振《ふ》り、ため息をついた。

「悪い知らせがある」ファイヤスターが話しはじめた。「シャドウ族のフレームテイルが湖で遊んでいて、割れた氷の下に落ちた」

ポピーフロストが息をのんだ。「死んだんですか？」

「遺体《いたい》は見つかっていない」ファイヤスターはちらりと看護部屋のほうを見やった。「ジェイフェザーが助けようとしたんだが、フレームテイルの体が重すぎて引き上げられなかった」

スクワーレルフライトが毛を逆立てた。「ジェイフェザーは無事なの？」

ファイヤスターはうなずいた。「凍《こご》えているが、リーフプールがついているから心配ない。適切な処置をしてくれるだろう」

ブランブルクローの表情がくもった。フレームテイルは、ブランブルクローの姉の子だ。亡《な》くなったらさぞつらいだろう、とアイヴィーポーは思った。

「今後――」ファイヤスターの口調《くちょう》がきびしくなる。「凍《こお》った湖面にのった者は、厳重に処罰《しょばつ》する」

「そりゃ、死刑《しけい》だよな」フォックスリープがひげをぴくぴくさせて、つぶやいた。

スクワーレルフライトが若い戦士をしっぽでたたいて黙《だま》らせた。

アイヴィーポーの体を母のしっぽがかすった。「ぜったい氷の上で遊ぶんじゃありませんよ」ホワイトウィングは小声でいった。

「そんなことするわけないでしょ」とダヴポー。

「冗談《じょうだん》じゃないわ」アイヴィーポーは身震《みぶる》いした。メープルシェイドに黒い川の底に押《お》さえこまれたときの恐怖《きょうふ》を思い出したのだ。

ファイヤスターはハイレッジから飛び降り、看護部屋へ向かった。

「氷の下に落ちたシャドウ族の猫《ねこ》は、ほかにもいるんですか？」獲物《えもの》置き場へ向かうフォックスリープに、ダヴポーがきいた。

若い戦士は首を横に振《ふ》った。「フレームテイルだけだ」

アイヴィーポーはダヴポーに身を寄せた。「だいじょうぶ？」

「ジェイフェザーを失うところだったんだわ」妹は耳を震わせ、小声でいった。

「ええ、でも無事だったじゃない」

ダヴポーはうなずいた。「落ちたのがタイガーハートだったらと思うと」不安そうな目になる。

「でも、ちがった」アイヴィーポーはしっぽでダヴポーのわき腹をなでた。「いま、かれの声がきこえるんじゃない？」

ダヴポーは鼻づらを上げ、耳をぴくぴくさせた。意識を集中しようとしているのが、アイヴィーポーにもわかった。すると、遠くを見つめる妹の目の表情がやわらいだ。「仲間といっしょにお通夜《つや》をしてるわ」ダヴポーは姉に向きなおった。「フレームテイルのいなくなった空間の音まできこえる気がする」姉に身を押しつける。「きょうだいを亡くすなんて、耐《た》えられないでしょうね」姉の体にしっぽをまわした。

「無理に〈暗黒の森〉に行かなくていいのよ」

アイヴィーポーは胸がしめつけられた。あたしに選択《せんたく》の余地はあるのかしら。はじめのころとは状況《じょうきょう》がちがう。あのころは、野原にいる夢を見て、そこに現れたホークフロストに自分の意思でしたがい、森に入った。けれど最近は、自分の意思とは関係なく、夢のなかで目をあけるともう、そこは〈暗黒の森〉だ。

でも、あたしは約束した。

一族を助けたいから。

ダヴポーの力になりたいから。


コケを敷《し》きつめた寝床《ねどこ》で丸くなると、妹がかがみこんできたのを感じた。

「よかったら、いっしょに寝ようか?」ダヴポーはいった。「そうすれば、あなたがうなされてるようだったらすぐ、起こしてあげられるわ」

アイヴィーポーは首を横に振《ふ》り、声をひそめていった。「あそこにはもう、数えきれないほど何度も行ってるのよ。あたしのことなら、だいじょうぶ」だといいけれど。そう願い、目を閉じた。

なかなか眠《ねむ》くならなかった。ダヴポーがおだやかな寝息をたてはじめたころ、ようやく疲《つか》れた体の緊《きん》張《ちょう》がほぐれ、アイヴィーポーは眠りに落ちた。目をあけ、あたりをかぐ。ここへ来て脚《あし》が震《ふる》えるのは、はじめてだ。

「よう、アイヴィーポー」

アイヴィーポーはびくっと振り向いた。黒くまっすぐそびえる松の木の横に、タイガースターが立っている。あたしを待っていたようだ。アイヴィーポーはぐっとつばを飲みこみ、パニックになりそうなのをこらえて無理やり体の力を抜《ぬ》き、けげんな表情を浮《う》かべた戦士の目を見返した。「こんばんは」

タイガースターはアイヴィーポーをしげしげながめてから、きいた。「タイガーハートを見かけたか？」

「かれはフレームテイルのお通夜《つや》に出てるんです。今夜は来ないかもしれません」

「ああ、フレームテイルか」タイガースターは肩《かた》をすくめた。シャドウ族の看護猫《かんごねこ》が亡《な》くなったことは、もう知っているようだ。「これで、一匹《ぴき》減ったな」

なんて、ひどいやつ！

タイガースターはアイヴィーポーのまわりをぐるっと歩き、しっぽでわき腹をなでた。「おまえは来てくれてよかった」

「今夜はどんな技《わざ》を練習するんですか？」アイヴィーポーはつとめて明るい声でききき、訓練を楽しみにしていると思ってもらえることを祈《いの》った。

「訓練はあとだ。まず、もう少し互《たが》いのことをよく知ってもらおうと思う」タイガースターはそびえ立つ木のあいだを歩きだした。足元に霧《きり》が渦巻《うずま》く。「来ないのか？」

アイヴィーポーは駆《か》け足であとを追った。みんなにきこえてしまいそうなほど大きな音をたてて心臓が打っている。落ちついていなくちゃ、とアイヴィーポーは思った。ダヴポーとサンダー族のためにがんばるのよ。

まわりの暗がりに、戦士たちの黒い影《かげ》が見える。タイガースターのあとについて森のさらに奥《おく》へ進むと、いたるところに猫《ねこ》がいるのがわかった。みな、霧《きり》のなかをすり足でうろつきながら待っている。部族猫かしら。それとも、〈暗黒の森〉の戦士？　アイヴィーポーは見分けようと、暗がりに目をこらした。顔をしかめたメープルシェイドがいる。そのまわりを、傷だらけで毛の乱れた戦士たちがうなり、ぼそぼそしゃべりながら歩いている。

「こ、ここに、こんなたくさんの猫がいるとは思いませんでした」アイヴィーポーはタイガースターにいった。

「スター族の数に匹敵《ひってき》するほどいる」タイガースターはおだやかに答えた。

開けた薄暗《うすぐら》い空き地に出た。ひと月ほど前に訓練で使った大きな岩が見える。そのつるんとした岩でティスルクローが爪《つめ》をとぎ、岩肌《いわはだ》をちょっと引っかいては、きれいになった爪の先を満足そうに見つめている。ホークフロストがアイヴィーポーに会釈《えしゃく》した。ホークフロストの後ろを、ダークストライプが行ったり来たりしている。シュレッドテイルとスノウタフトの姿もある。そして、岩陰《いわかげ》にはブロークンスターがじっとすわって、目を光らせている。

ホローポー、アントペルト、ブリーズペルトの姿が見え、アイヴィーポーはほっとした。部族猫は自分だけなのでは、と不安になりはじめていたからだ。タイガースターが振《ふ》り返って、小声でいった。「友だちといっしょにすわるといい。おれは、みんなに告知することがある」

だれも友だちじゃないわ！　アイヴィーポーは思ったが、見慣れた顔ぶれが集まったところへ急いだ。その猫たちのそばにすわると、不安がいくらか薄らいだ。

タイガースターが岩に飛びのった。「自分で獲物《えもの》を捕《つか》まえられる年齢《ねんれい》の者は全員集まれ」皮肉をこめた口調《くちょう》に、岩を囲む猫たちがあざけるように笑った。

「いよいよだ！」タイガースターはどすのきいた声でいった。

木々のあいだで影が動きだし、暗がりから戦士たちがぞろぞろ現れた。心臓がますます激しく打ちはじめたアイヴィーポーは、アントペルトに身を寄せた。

「決戦の日は近づいている！」タイガースターのどすのきいた声が鋭《するど》い声に変わった。「われわれは部族の世界を侵略《しんりゃく》し、部族とその戦士のおきてを永久に破壊《はかい》するのだ」

横でアントペルトが身をこわばらせるのを感じた。ショックを受けているの？　アイヴィーポーはアントペルトの表情をうかがい、それからホローポーとブリーズペルトの顔を見た。三匹《びき》は目を輝《かがや》かせている！　三匹は根っからの〈暗黒の森〉の戦士であるような顔をしている。アイヴィーポーは必死に恐怖《きょうふ》をかくして、空き地を見まわした。空き地は怒《いか》りくるって叫《さけ》ぶ猫たちで埋《う》めつくされている。

「皆殺《みなごろ》しにしてやれ！」

「部族の時代は終わりだ」

メープルシェイドが後ろ脚《あし》で立ち上がって、空《くう》をかいた。「かれらは、わたしたちから生まれたことを嘆《なげ》くでしょうね！」

アイヴィーポーは耳をそばだてた。攻撃《こうげき》をしかけるのはいつ？　しかし、タイガースターはただ歯をむいてうなり、岩からすべり下りて、群れのなかに消えた。アイヴィーポーは戦士の姿を見失った。あたりは興奮《こうふん》に満ち、だれもが毛を逆立てて歩きまわりはじめた。

一対《いっつい》の目がアイヴィーポーのほうを向き、きらりと光った。ダークストライプがこっちへやってくる。アイヴィーポーは思わず爪《つめ》を出した。

「命がけで戦う準備はできているか？」ばかにしたような声だ。

アイヴィーポーはちらりと森に目をやり、あの暗がりに逃《に》げこめたら、と思った。

「それとも、ここを出ていきたいか？」ダークストライプはアイヴィーポーの心を読んだようにいった。

「い、いいえ、まさか」

「よし」ダークストライプはアイヴィーポーのまわりをぐるりと歩き、しっぽで背筋をなでた。しっぽはひんやりとして重く、ヘビに背中を這《は》われたような気がした。ああ、タイガーハートがそばにいてくれたら、とアイヴィーポーは思った。

「アイヴィーポー！」

期待をこめて目を上げたアイヴィーポーは、がっかりした。やってきたのは、ブロークンスターだった。傷だらけの大きな雄猫《おすねこ》はアイヴィーポーに会釈《えしゃく》した。「よう、アイヴィーポー。訓練でおまえの力を見てきたが」ダークストライプを肩《かた》で押《お》しのける。「おまえはなかなか素質がある」

アイヴィーポーは目のはしでダークストライプを意識しながら、ブロークンスターと目をあわせた。なぜ、ブロークンスターは取りたてであたしをほめるの？　ダークストライプをくやしがらせようとしているの？

「おまえにとくべつな任務がある」ブロークンスターはつづけた。

アイヴィーポーは目をぱちくりさせた。「ほんとですか？」テストみたいなものかもしれない。

「ついてこい」ブロークンスターは森に入った。

アイヴィーポーは息をはずませ、駆《か》け足であとを追った。戦士は低い丘《おか》を越《こ》え、水のない川床《かわどこ》に飛び降りた。川床はねじれた木のあいだを曲がりくねってつづいている。二匹《ひき》は川床をたどり、ほこりっぽい灰《はい》色《いろ》のコケがぶら下がった低い枝の下を通った。枝をくぐったとき、コケがクモの巣のように毛皮にはりつき、アイヴィーポーは身震《みぶる》いした。

アイヴィーポーは立ち止まった。土手をおおう枯《か》れかけたシダの茂《しげ》みのなかで、なにかがちらちら動いている。霧《きり》のなかに目をこらしたアイヴィーポーは、ぎょっとした。ダークストライプだ。

「失《う》せろ、ダークストライプ！」ブロークンスターのどなり声に、アイヴィーポーは跳《と》び上がった。茂みのなかの影《かげ》に気づいたのは、アイヴィーポーだけではなかったのだ。

ほっそりした影はぴたりと動きを止め、視界から消えた。

「あいつはまるで、だだをこねる子猫《こねこ》だ」ブロークンスターはつぶやくと、すぐそばの木をしっぽで示した。「木のぼりの腕前《うでまえ》を見せてくれ」

「わかりました」アイヴィーポーはいちばん低い枝に飛びのり、節だらけの太い幹をよじのぼった。脚《あし》が痛みはじめると、ちょっと止まって息を整え、上を見た。まだ、空は見えない。この木、どこまでのびているんだろう？　はるか下に、川床《かわどこ》から見上げるブロークンスターの姿が見える。

「悪くない！」ブロークンスターが叫《さけ》んだ。「ただし、下りるときは、もっとすばやく動いてみろ」

アイヴィーポーは集中力を高め、しっぽ一本分の距離《きょり》をすべり下りては樹皮をつかんで、速度を調節することをくり返した。そして地面にじゅうぶん近づくと、幹を押《お》して跳び、水のない川のへりに生えたぬるぬるした草の上にひらりと着地した。

ブロークンスターが土手を駆《か》けのぼってきた。「よし、今度は攻《せ》めの技《わざ》をやってみせろ」

アイヴィーポーは身をかがめて爪《つめ》を出し、しっぽ二、三本分の距離にあるコケのかたまりを見すえると、ぱっと飛びかかってかたまりのまんなかをなぐり、すかさず宙返りをしながら、敵をけとばすように後ろ脚を突《つ》き出したあと、ぽんと四つの脚で着地した。

「敏捷《びんしょう》だな」ブロークンスターがこっちを向いた。「守りの技はどうかな？」戦士はいい終えないうちに、飛びかかってきた。

戦士のかぎ爪がきらりと光った瞬間《しゅんかん》、アイヴィーポーは首をかがめ、間一髪《かんいっぱつ》で攻撃《こうげき》をかわした。そして、すばやく体をひねってころがると、戦士の予想を裏切ろうと、起き上がるなり前へ跳んだ。

思ったとおりだった。ブロークンスターのかぎ爪が、ほんの一瞬前にアイヴィーポーがいた場所に突き刺《さ》さった。アイヴィーポーはくるりと向きを変えて戦士を見すえ、毛を逆立て、歯をむいて、つぎの攻撃にそなえた。

ブロークンスターはすわった。「よくできた」

心臓が大きな音をたてている。ブロークンスターにもきこえているにちがいない、とアイヴィーポーは思った。任務はどうなったの？　あたしの腕前をテストするだけなの？

「もうひとつ、やってもらいたいことがある。それがすんだら、新しい部族仲間といっしょに戦わせてやる」

アイヴィーポーは耳を立てた。やっぱり、テストだったんだ！「どんなことでしょうか？」

空き地のはしの暗がりで、なにかが動いた。

ダークストライプ？

「出てこい！」ブロークンスターが叫《さけ》んだ。

シダの茂《しげ》みからショウガ色の猫《ねこ》が現れ、アイヴィーポーは思わず地面をつかんだ。

「フレームテイル？」

シャドウ族の看護猫は目を見開いた。「きみも、氷の下に落っこちたのかい？」

アイヴィーポーは首を横に振《ふ》った。「あ――あたしは……」言葉につまった。あたしがここにいるわけを、どう説明すればいいの？「あ、あなたは、どうやってここへ？」

「ぼくはスター族のもとにいたんだ」フレームテイルは不思議そうに、頭上の枝のすきまに目をこらした。「茂みのなかで物音がしたから、突《つ》きとめにいったんだ。物音はぼくの名前をささやく声とともにどんどん逃《に》げていくんで、追いかけたら、ここに来た。けど……ここはもう、スター族の狩《か》り場じゃないよな？」足踏《あしぶ》みする。「帰り道わかる？」

アイヴィーポーは看護猫を見つめた。なんと答えればいいの？

「殺せ」ブロークンスターの命令が静けさを破った。

アイヴィーポーは稲妻《いなずま》に打たれたようなショックをおぼえた。「えっ？」

冗談《じょうだん》でしょ？

そこで、わかった。これは罠《わな》だ――ばかなウサギみたいに、そんな罠にかかるものですか。「できません」アイヴィーポーは勝ち誇《ほこ》った顔でブロークンスターを見た。「かれはもう死んでますから」あたしが返事に困ると思ったら大まちがいよ。

ブロークンスターはひげをぴくぴくさせ、うなり声でいった。「若いな。なんて無知なんだ。スター族に永久に存在しつづける猫はいない。みな最後には消える」戦士はおいしそうな獲物《えもの》を見つけたような目でフレームテイルを見た。「その前に殺されなければの話だが」

アイヴィーポーは顔をしかめた。「それはまちがってます！　ここは、猫たちのついの住みかです！」

「いいや、まちがっていない」ブロークンスターはきっぱりいった。「それに、最後に魂《たましい》が消えるときの苦痛は想像を絶するものだ」

アイヴィーポーはあとずさりはじめた。「あたしは殺しません」

ブロークンスターの鼻づらが、いきなり目の前にせまった。熱く、くさい息が目にしみる。「なぜだ？」戦士は鋭《するど》い声できいた。「おまえは〈暗黒の森〉の戦士じゃないのか？」

アイヴィーポーは目をぱちくりさせた。「あ――あたしは……」ブロークンスターの鋭い視線に焼かれそうだ。

「ホークフロストがなぜおまえを選んだのか、おれにはわからない」戦士はうなった。「おまえは湖のそばで暮らす部族仲間への忠誠心を、けっしてなくしそうにない」戦士の顔がさらにせまる。「おまえは危険だ」

「危険な猫《ねこ》がほしいんじゃないんですか？」アイヴィーポーは切り返した。正当な理由でブロークンスターを説得できれば、フレームテイルは解放されるはずだ。

ブロークンスターの視線はゆらがない。「おまえの妹の力を知っている」

「それがなにか？」

「おまえはあの子のふたごの姉妹だ」

「そこまでご存じなら、あたしが予言の猫じゃないことも、当然ご存じでしょう？」

「おまえは血のつながった妹をほんとうに裏切ることができるか？　なんなら、おれがあの子を殺してやろうか？　そうすれば、おまえは忠誠をつくす相手に悩《なや》まずにすむ」

ダヴポーを巻きこまないで！　ダヴポーがいなくなったら、部族は途方《とほう》に暮れてしまう。アイヴィーポーは堂々と顔を上げた。あたしを殺せばいい。

でも……。

あたしがいまここで死んだら、だれが部族に警告するの？　決戦の日は近づいている、とタイガースターはいっていた。部族のところへもどらなくては。そのためには、ブロークンスターを説得して、生きのびる必要がある。こうするしかない。

「あたしは〈暗黒の森〉に忠実です」アイヴィーポーはフレームテイルに向きなおって身をかがめ、しっぽを激しく振《ふ》った。ごめんなさい、フレームテイル。でも、部族を守るためにはこうするしかないの！

アイヴィーポーは心のなかでいい、爪《つめ》を出した。お許しください、スター族さま！

フレームテイルに向かって跳《と》んだそのとき、ぼんやりとしたこげ茶色の影《かげ》が視界に現れ、かたいものがドンとぶつかってきた。その衝撃《しょうげき》でアイヴィーポーはふっ飛び、脚《あし》を広げて空き地に投げ出された。アイヴィーポーは目をしばたたき、ふらふら立ち上がった。

タイガーハート！

「どういうつもりだ！」タイガーハートがどなった。フレームテイルを体で守って立つ戦士の目は、恐怖《きょうふ》ととまどいに満ちている。「弟の魂《たましい》を消されてたまるか！」

暗がりから、タイガースターがぬっと現れた。「おお、じつに勇敢《ゆうかん》だな。さすが、おれの血を引く猫だ」

許して！　アイヴィーポーはタイガーハートと目をあわせようとした。だが、若い戦士の目はタイガースターとブロークンスターのあいだを行ったり来たりしている。「弟に手を出すな」タイガーハートはうなり、フレームテイルに身を押《お》しつけた。

「ブロークンスター」タイガースターはなだめるような口調《くちょう》でいった。「フレームテイルを殺す必要はないんじゃないか？　そいつは脅威《きょうい》ではない。そいつにできるのは、薬草をまぜあわせることだけだ」

ブロークンスターは振《ふ》り向いた。「そいつは生きようが死のうが、どうでもいい。だが、この子はどうする？」戦士はしっぽでアイヴィーポーを示した。

アイヴィーポーはうつむき、息を整えようとした。〈暗黒の森〉の猫《ねこ》たちを説得できたわよね？　あたしが忠実なのは、湖のそばで暮らす部族ではなく〈暗黒の森〉の猫たちだ、と信じこませることができたわよね？　夢からさめて湖にもどったらタイガーハートにどんな仕打ちをされるかは、考えたくない。

「戦士は一匹《ぴき》たりともむだにできない」タイガースターのおだやかな声に、アイヴィーポーはぱっと顔を上げた。

「アイヴィーポーは〈星のない世界〉に忠実だ、とおれは信じている。決戦のときが来たら、この子は必ずやわれわれとともに戦うだろう」

作者 —— エリン・ハンター (Erin Hunter)

ふたりの女性作家、ケイト・ケアリーとチェリス・ボールドリーによるペンネーム。大自然に深い敬意を払いながら、動物たちの行動をもとに想像豊かな物語を生みだしている。
おもな作品に「ウォーリアーズ」シリーズ、「サバイバーズ」シリーズ(小峰書店)などがある。

訳者 —— 高林由香子 (たかばやし ゆかこ)

埼玉県生まれ。バンコクで育つ。
早稲田大学商学部卒業後、外資系銀行勤務の後、翻訳をはじめる。
訳書に「ウォーリアーズ」シリーズⅠ・Ⅱ・Ⅲ(各6巻)などがある。

ウォーリアーズⅣ 3
夜のささやき

2017年5月26日　第1刷発行

作者 エリン・ハンター
訳者 高林由香子
発行者 小峰紀雄
発行所 株式会社小峰書店
〒162-0066 東京都新宿区市谷台町4-15
電話 03-3357-3521
FAX 03-3357-1027
http://www.komineshoten.co.jp/

印刷 株式会社三秀舎
製本 小高製本工業株式会社
NDC933 ISBN978-4-338-29903-9 422p 20cm